LUZIFER
VERLAG

RICK JONES

DIE RITTER DES VATIKAN

OPERATION ISKARIOT

This Translation is published by arrangement with Rick Jones
Title: The Vatican Knights: The Iscariot Agenda

Deutsche Erstausgabe

Titel der Originalausgabe: THE ISCARIOT AGENDA

Cover & Umschlaggestaltung: Michael Schubert
Übersetzung: Andreas Schiffmann
Lektorat: Astrid Pfister

ISBN: 978-3-95835-301-5

Printed in Germany

Bibliografische Information der Deutschen Nationalbibliothek:
Die Deutsche Nationalbibliothek verzeichnet diese Publikation in der Deutschen Nationalbibliografie; detaillierte bibliografische Daten sind im Internet über http://dnb.d-nb.de abrufbar.

Kapitel 1

Anwesen von Senator Cartwright, Washington, D.C.
Mehrere Jahre zuvor

Senator Joseph Cartwright war ein sehr ehrgeiziger Mann, dessen ausgeprägte Selbstherrlichkeit häufig im Versammlungssaal zutage trat. Er wusste, dass ihn genau die Monster, die er selbst erschaffen hatte, eines Tages töten würden.

Im Arbeitszimmer auf seinem Landsitz schloss er gerade die Fensterläden wegen der ständig zuckenden Blitze, während sich draußen ein abendliches Gewitter entlud, und hastete dann zu seinem Schreibtisch hinüber, um mehrere ganz besondere Unterlagen zusammenzuraffen.

Insgesamt waren es acht Biografien von Männern, die nach der Pfeife von Personen in den höchsten politischen Positionen des Landes tanzten – eine in sich geschlossene, unaufhaltsame Gruppe, an deren Gründung er sich selbst beteiligt hatte.

Der Senator band jetzt die braunen Aktenordner trotz seiner Arthritis mit erstaunlich flinken Händen zusammen und hoffte dabei, sein Tod würde den Anfang vom Ende eines Unterfangens darstellen, das auf entsetzliche Weise fehlgeschlagen war.

Als er die Augen schloss, und sich über die Dokumente beugte, kam Cartwright nicht umhin, wieder einmal jene Reue zu empfinden, die ihn ständig quälte, weil er in seiner

Annahme, unantastbar zu sein, dazu verleitet worden war, über das Ziel hinauszuschießen, indem er gewisse Würdenträger zu vehement und ungeduldig bedrängt hatte, ohne länger darüber nachgedacht zu haben, mit welch schrecklichen Machtmitteln sie die ganze Zeit jonglierten.

Jetzt, da seine Amtszeit als Senator jäh tödlich enden würde, belastete ihn die späte Einsicht, weshalb er sich wünschte, nie jemanden provoziert zu haben, der einflussreicher war als er.

Draußen vor den heruntergezogenen Jalousien seines Arbeitszimmers schlug gerade nicht weit entfernt ein Blitz in die Erde ein, der aussah wie eine Treppe, wobei das Licht im Zimmer zuerst flackerte und dann schließlich ganz ausfiel, woraufhin sich eine Finsternis im Haus ausbreitete, die so tief und leer wirkte wie ein Schwarzes Loch.

Während der Senator spürte, wie sein flatternder Puls einen Herzschlag lang komplett aussetzte, wurde ihm bewusst, dass die Acht bald kommen würden, um ihn zu töten. Ihm blieb höchstens noch eine Minute, vielleicht auch zwei.

Mit den Akten in seinen knochigen krummen Händen ging er neben dem Schreibtisch in die Hocke, stemmte eine Schulter gegen das Paneel an dieser Seite und drückte einmal kräftig dagegen. Es ließ sich hinein- und dann nach oben schieben, um eine kleine Aussparung zu offenbaren, deren Maße jenen eines Brotkastens entsprachen. Er hatte stets Geheiminformationen dort aufbewahrt und sie oft zur Erpressung gegen die Acht eingesetzt, um die politischen Leben derjenigen umzuschreiben, zu verfälschen oder zu zerstören, die seine Ansichten nicht teilten.

Jetzt würde er sie noch ein letztes Mal benutzen, wobei er darauf spekulierte, dass jemand die Akten später entdecken und verwenden würde, um die Acht und ihre Hintermänner in die Knie zu zwingen.

Nachdem er die Ordner in das Geheimfach gelegt hatte, zog Cartwright das versenkte Paneel wieder nach unten und ließ es sorgsam einrasten. Die Holzteile fügten sich so fest zusammen, dass man die Rillen dazwischen kaum wahrnehmen konnte.

Als er sich wieder erhoben hatte – mühsam, weil ihm die Schmerzen allmählich die Brust zuschnürten und ihm den Atem zu rauben drohten – stützte sich der Senator mit den Fingerknöcheln auf die Tischplatte, um sein Gleichgewicht wiederzuerlangen. *Wo seid ihr nur?*

Draußen flackerte es erneut kurz und grell. Ein betörend unverfälschtes Licht, das durch die Ränder der Jalousien fiel und die Umgebung wie Feuer erhellte. Die rasch aufeinanderfolgenden Blitze froren die Bewegungen gegenüber im Raum ein.

Der Senator richtete sich auf und wartete, in der Annahme, dass gleich eine Kugel sein Leben beenden würde.

Stattdessen aber traf ihn der Schreck, fast genauso schlimm wie ein Schuss. Denn ein kleiner Junge rief plötzlich nach ihm: »Großpapa?«

Oh nein!

Vor lauter Angst hatte er seinen Enkel komplett vergessen; seinen einzigen Nachkommen und letzten noch lebenden Verwandten. Sollten die Acht ihn hier finden, würden sie ihn ebenfalls den Regeln gemäß, die Cartwright selbst aufgestellt hatte, gnadenlos umbringen.

Er ging auf ein Knie hinunter und winkte, damit der Kleine schnell in seine Arme gelaufen kam. Während er ihn fest an sich drückte und mit seinen arthritischen Händen streichelte, flüsterte er immer wieder »Es tut mir so leid« und vergoss dabei Tränen in die strubbeligen Haare des Knaben.

Dessen Stimme klang so unschuldig, dass sie dem Senator in Hinblick darauf, was ihnen beiden in Kürze bevorstand, das verkommene Herz brach.

»Es tut mir so leid«, wisperte er wieder, während er sein Gesicht in den Schopf seines Enkels schmiegte. »Es tut mir ... so ... leid.«

In diesem Moment, als er den Jungen betrachtete, erkannte er in dessen Zügen die seiner Tochter wieder. Das Kind hatte die Augen und Lippen seiner Mutter, einen wirklich anmutigen Schmollmund.

»Du bist deiner Mama wie aus dem Gesicht geschnitten«, sagte er zu ihm. *Oh könnte sie jetzt bloß hier sein und sehen, wie groß du schon geworden bist.*

Zwei Jahre zuvor hatte Cartwrights Tochter gerade mit dem Auto einen Straßendamm überquert, als ein betrunkener Fahrer von einer Leitplanke geprallt und frontal mit ihr zusammengestoßen war. Sie musste gestorben sein, als sie durch die Windschutzscheibe geflogen war. Der Gerichtsmediziner hatte nach dem tragischen Unfall einigen Aufwand betrieben, um sie zusammenzuflicken, was den ästhetischen Anforderungen für eine Bestattungsfeier mit offenem Sarg allerdings dennoch nicht gerecht geworden war.

Darüber hinaus hatte der Senator in jener Zeit zum ersten Mal überhaupt die Ohnmacht erlebt, in keiner Weise auf den Verlauf der Ereignisse einwirken zu können. Befehlsgewalt hin oder her, ihm war schnell klar geworden, wo seine Fähigkeiten aufhörten, und dass Tote auferstehen zu lassen, nicht zu seinen Stärken zählte. Diese qualvolle Lehre hatte ihn auf den Status eines Normalsterblichen mit empfindlichen Schwächen zurückgeworfen.

Als Mensch mit unbeirrbaren Überzeugungen hatte er den Schmerz infolge des Verlusts seiner Tochter aber durch die Verdrängung von Schuldgefühlen gelindert und sich schließlich, ohne an Macht einzubüßen aufgerafft, bis er wieder ein politischer Halbgott gewesen war, der andere unterdrücken konnte, ohne irgendwelche Konsequenzen befürchten zu müssen.

Bis jetzt zumindest.

Der alte Mann schloss die Augen erneut und fuhr seinem Enkel zärtlich mit einer Hand über den Rücken.

Dann zwang er sich, gefasster zu wirken als er sich fühlte, und zog das Kind wieder an sich, um ihn wissen zu lassen, dass ihm seine uneingeschränkte Aufmerksamkeit zuteilwurde. »Markie, ich möchte, dass du mir zuhörst, und zwar ganz genau. Hast du mich verstanden?«

Der Kleine nickte.

»Du musst dir dringend ein Versteck suchen«, verlangte Cartwright von ihm. »Ich will, dass du dich vor den Blitzen versteckst und vor dem Donner auch. Und egal was passiert, egal, was du siehst oder hörst: Verlass dein Versteck auf keinen Fall, ist das klar?«

»Großpapa …«

»Ist das klar, Markie?«

»Ja.«

Der Junge fürchtete sich sichtlich, was den Senator dazu bewog, ihn noch einmal kräftig zu umarmen.

»Ich liebe dich, Markie. Vergiss das niemals. Ich liebe dich mehr als das Leben selbst.« Daraufhin entzog er sich dem Jungen und betrachtete seinen Enkel noch ein letztes Mal, während er ihn mit ausgestreckten Armen festhielt und sich fragte, was für ein Mann wohl aus ihm hätte werden können, wenn er verschont geblieben wäre.

Plötzlich hörte er ein Geräusch an der Tür – ein leises Klacken, als der Riegel zurückschnappte – dann eine Bewegung am Türknauf. Er drehte sich langsam im Dunkeln um.

Der Senator stieß das Kind jetzt sanft an, damit es in die finsterste Ecke des Zimmers ging. »Schnell, Markie. Versteck dich. Und nicht wieder rauskommen!«

Während der Junge in den schattigsten Winkel des Raums lief, stand Cartwright beschwerlich auf, wobei seine steifen Kniegelenke wie zum Protest knackten, und wartete mit trotzig vorgeschobenem Kinn auf die Männer.

Im selben Moment, als die Tür nach innen aufging, erhellte ein weiterer Blitz das gesamte Zimmer. Im staccatoartigen Geflacker konnte man erkennen, dass niemand im Flur stand.

Der Senator schluckte schwer; sein Hals war trocken wie altes Pergamentpapier.

Nun sagte er mit zitteriger Stimme, die einem beherrschten Ratsmitglied nicht gerecht wurde: »Zeigt euch.«

Beim zweiten Wort blitzte es wie auf Kommando noch einmal, und das gleißende Licht gab die Acht endlich preis.

Die Meistersoldaten verharrten regungslos vor Cartwright wie antike Statuen.

Es waren acht Elitekämpfer, jeder äußerlich unverkennbar und mit sehr speziellen Fertigkeiten ausgestattet. Gemeinsam stellten sie ein Mordkommando dar, dass Senatoren und Stabschefs in erster Linie als die Force Elite kannten.

Sie hatten sich bereits im Zimmer verteilt. Einer sah aus wie der andere; wächserne Gesichter mit vollkommen gefühlskalten Augen.

Keiner bewegte sich. Keiner sagte etwas.

Ihre Militäruniformen waren schwarz, und sie trugen matt glänzende Stiefel und schwarze Barette mit dem Symbol der Gruppe. Einem grinsenden Totenschädel mit zwei wie Knochen überkreuzten Tantō-Messern.

Meine Kinder …

Als weitere Blitze ausblieben, wurden die Acht plötzlich eins mit der Finsternis.

»Wie könnt ihr mir das nur antun?« Der Senator trat einen Schritt zurück, was wohl seinem Selbsterhaltungstrieb geschuldet war. »Ich habe euch erschaffen! Euch *alle*!«

Draußen donnerte es kurz laut, und die darauffolgende, unbehagliche Stille schien eine kleine Ewigkeit zu dauern.

Schließlich fügte Cartwright wie ein Politiker mit allumfassender Macht hinzu: »Ich verlange sofort, dass ihr mir antwortet!«

Die Lamellen der Fensterläden dämpften das Licht kaum, als es abermals blitzte, und es wurde erneut blendend hell im Zimmer. In dieser Sekunde blickte der Senator ins Antlitz seines Mörders, der nur wenige Zoll vor ihm stand – er spürte den flachen Atem des Mannes auf seiner Haut und bemerkte sofort, wie ausdruckslos dieser ihn anschaute.

Er hatte weder gehört, wie der Mann nähergekommen war, noch wie die übrigen den Raum verlassen hatten.

Er stand seinem Mörder nun ganz allein gegenüber.

»Wo sind denn die anderen hin?«, rang er sich ab und schaute sich panisch um.

Waren die Acht wirklich imstande, sich so schnell und leise zu bewegen, dass sie keine Hinweise darauf hinterließen, überhaupt je dagewesen zu sein?

»Sie kennen die Verordnung«, erwiderte der Mörder schlicht. »Die anderen suchen gerade das Anwesen ab. Niemand darf zurückgelassen werden.«

»Dann dürften sie enttäuscht sein«, gab Cartwright zurück, »denn außer mir ist niemand hier.«

»Doch, ein Junge. Fünf Jahre alt.« Der Mörder äußerte dies so dermaßen gleichgültig und empfindungslos, dass der Senator genau wusste, dass sie ihre Mission absolut unparteiisch und pflichtbewusst ausführen und alle töten würden, die zu exekutieren sie beauftragt worden waren, sogar ein unschuldiges Kind.

»Mein Enkelsohn ist aber nicht hier«, behauptete Cartwright hastig.

Noch ein Blitz. In der vorübergehenden Helligkeit konnte er einen weiteren Blick auf das Gesicht des Mannes erhaschen, in dem sich nichts als Gleichgültigkeit lesen ließ. Er sah jung aus mit seinen ebenmäßigen Zügen und der straffen Haut, die sich über seine spitzen Wangenknochen und eine sogar noch markantere Kieferpartie zu spannen schien. Er war bestimmt zwei Meter groß, und seine Figur wies ihn als Gewichtheber aus, der viele Stunden Training dafür aufgebracht hatte, seine Arme, Brust und Schultern zu stählen. Außerdem galt er unter einer Reihe von Killern als Wunderkind und war der Jüngste in seiner Gruppe.

»Bitte«, flüsterte Cartwright nun. »Ich habe dich erschaffen. Ich habe dein ganzes Team erschaffen. Ohne mich wäre die Force Elite gar nichts.«

Im Dunkeln hörte er, wie der Mann langsam ein Kampfmesser aus der Scheide zog.

»Sie haben sich leider zu weit aus dem Fenster gelehnt, Senator.«

»Ich habe ein Monster geschaffen, und jetzt bringt es mich um!«

»Ich führe lediglich die Befehle eines Ranghöheren aus. Das wissen Sie … und Sie kennen auch den Grund dafür.«

Cartwright wich zurück, und streckte seine Hände flehentlich nach vorn aus. »Bitte tut meinem Enkelsohn nichts«, bat er mit ernster Stimme. »Ich verlange nichts weiter von euch, als ihn zu verschonen.«

»Würde ich dies tun, wäre es eine Pflichtunterlassung.«

»Er ist doch gerade mal fünf Jahre alt, verdammt!«

»Und außerdem eine Bedrohung, die es auszumerzen gilt.«

Erneut flammte ein Blitz auf. In einer seiner Hände hielt der Mörder ein KA-BAR-Messer dessen Klinge auf der einen Seite glatt und auf der anderen gezackt war.

»Ich habe dich einst entdeckt. Ich habe dich zu dem gemacht, was du heute bist«, sagte der Senator. »Willst du wirklich denjenigen umbringen, der dich zum Kopf der Acht ernannt hat, zum Anführer der Force Elite?«

Der Einbrecher entgegnete darauf nichts. Er rückte lediglich mit hochgehaltener Waffe näher, bereit zum Zustechen,

Aufschlitzen und zum Töten. Dann sagte er: »Der Höflichkeit halber, Senator, werden Sie nicht zu leiden brauchen.« Mit diesen Worten fuhr er Cartwright waagerecht über die Kehle. Der tiefe Schnitt, der nun aufklaffte, erinnerte an ein abscheuliches Grinsen, und das herausfließende Blut leuchtete bei jedem weiteren Blitz auffallend rot, während sich das Opfer mit einer seiner unförmigen Hände, deren Finger wie Krallen gekrümmt waren, an den Hals fasste. Mit dem anderen Arm ruderte er wild, um sich an der Schreibtischkante festhalten zu können, als sich alles um ihn herum drehte, immer schneller, wie ein Strudel sich verdichtender Schatten, aus deren Tiefe sich eine noch schwärzere Finsternis anbahnte.

Genau in dem Moment als er die Kante zu fassen bekam, fiel der Senator auf die Knie und fuhr hektisch mit der blutüberströmten Hand an der Abdeckung des Geheimfachs entlang. Es war seine letzte Handlung vor dem Tod, und der rote Streifen auf dem Holz war der endgültige Schlussstrich unter seiner Zeit als berufener Politiker.

Noch während Cartwright am Boden verblutete, begann der Killer, das Arbeitszimmer zu durchsuchen.

Irgendwo mussten schließlich die Lebensläufe sein.

Der Junge hatte sich währenddessen in einem Schrank unter den Buchregalen versteckt und den Wortwechsel von dort aus mitverfolgt, und auch das Flehen seines Großvaters um sein Leben gehört. Dann war ein grässliches Geräusch gefolgt … schmatzend oder verschleimt … das Röcheln eines Mannes bei dem Versuch, trotz einer riesigen Halswunde weiter zu atmen.

Bald darauf bekam das Kind in der anschließenden Stille Angst, und seine Ungewissheit bezüglich dessen, was vor der Schranktür geschehen war, nötigte ihn trotz des Verbots, leise nach seinem Großvater zu rufen.

Jetzt erfolgten Schritte: vorsichtig und leise, wie schwerelos auf dem Teppichboden. Jemand kam auf die Regale und auf den Schrank zu.

War es sein Großpapa?

Ringsherum wurden nun Türen geöffnet und wieder geschlossen, weshalb der Knabe seine Beine anwinkelte und die Knie vor seine Brust zog. Er verschränkte seine Arme davor, als wenn er sich besonders kleinmachen wollte. Dies tat er jedoch vergeblich, da nun auch sein Schrank geöffnet wurde.

Er schaute jetzt über seinen Kniescheiben hinweg. Seine Wangen waren nass vom Weinen, und seine schmächtige Brust bebte heftig, weil er stumm vor sich hin schluchzte.

Der Killer sah ihn einen Moment lang nachdenklich an, wobei sich die Blicke der beiden begegneten.

Im weißen Licht eines erneuten Blitzes bemerkte der Junge, dass sein Großvater mit halb geschlossenen Lidern neben dem Schreibtisch saß. Die Vorderseite seines Hemdes glänzte rot wie ein kandierter Apfel. Als der Mörder in dieselbe Richtung schaute, fiel ihm auf, wie der Kleine den Senator fokussierte. Dann drehte er sich wieder zu dem Kind um.

Während der Mörder erneut in den Schrank schaute und Mark seinen Blick erwiderte, tanzten weitere Blitze wie Schwerter in einem Kampf und leuchteten den Raum noch länger als zuvor aus. Der Mann hielt noch immer sein Messer in der Hand, und der Junge richtete seine Aufmerksamkeit unentwegt darauf. Dann begriff er plötzlich den Zusammenhang … die Waffe und ihr Besitzer … das blutbesudelte Hemd seines Großvaters.

Schließlich schüttelte er panisch den Kopf. *Nein-nein-nein-nein-nein.*

Der Mörder streckte nun eine Hand in den Schrank hinein, legte sie beschwichtigend auf den Kopf des Kindes und ließ sie dann hinunterrutschen, sodass sie seine Wange streifte. Ohne ein Wort zu sagen, zog er den Arm wieder heraus und machte die Tür leise zu. Der Kleine konnte darüber nur staunen.

Er durfte tatsächlich am Leben bleiben.

Mehrere Stunden später, nachdem sich das Gewitter wieder verzogen hatte und der Tag unter einem schiefergrauen Himmel angebrochen war, der weitere Regenfälle ankündigte, verließ der Junge langsam sein Versteck und kroch zu dem alten Mann, der an den blutverschmierten Schreibtisch gelehnt dalag.

»Großpapa?«

Als er den Arm der Leiche anfasste, spürte er dessen Steifheit; die einsetzende Totenstarre.

»Oh, Großpapa.« Er brach erneut in Tränen aus und fühlte sich auf einmal furchtbar allein.

Nachdem das Kind fast bis zur Besinnungslosigkeit geweint hatte, fielen ihm plötzlich die Blutstreifen auf der Abdeckung an der Seite des Schreibtischs ins Auge, in den er so oft geklettert war, wenn sein Großvater mit ihm Verstecken gespielt hatte.

Dahinter verbargen sich auch immer Geheimnisse, das wusste er.

Als er das Paneel öffnete, sah er mehrere zusammengebundene Ordner in dem Fach – acht Stück, es waren die Geheimnisse der Ungeheuer. Er nahm sie nacheinander heraus und prägte sich beim Durchblättern sowohl die darin enthaltenen Fotos als auch die dazugehörigen biografischen Angaben ein.

Er war zwar erst fünf Jahre alt, aber er schwor sich dennoch, diese Gesichter niemals zu vergessen.

Kapitel 2

Gegenwart, Vatikanstadt

Monsignore Dom Giammacio war im Vatikan der Berater für Geistliche, die mit ihrem Glauben haderten. Diese suchten ihn meistens auf, um die Bestätigung für ihre »unverschämte« Annahme zu erfahren, an der Existenz Gottes zu zweifeln sei keine Todsünde, und sie könnten vielleicht die eine oder andere fromme Anpassung vornehmen – sozusagen hier und dort psychologisch nachjustieren – um die Gunst des Herrn wiederzugewinnen. Der Monsignore vertrat hingegen die Meinung, wenn sie Gott auf diese oder jene Weise fürchteten, könnte man folgerichtig davon ausgehen, dass sie bis zu einem gewissen Grad auch an ihn glaubten. Denn warum sonst sollte man Angst vor etwas haben, das man für nichtexistierend hielt?

Heute jedoch war es anders – wie jeden Montag in letzter Zeit.

Vor dem Monsignore saß ein beunruhigend kräftiger Mann mit strahlend blauen Augen, der den Priester oft missmutig anstarrte, sobald dieser versuchte, ein Gespräch mit ihm anzufangen. Der Kerl nahm nur sehr ungern an derartigen Betrachtungen teil – er sträubte sich regelrecht davor – beugte sich aber auf Giammacios Weisung hin stets den Wünschen Seiner Heiligkeit, wenn es um tieferliegende Fragen bezüglich seines immerzu widersetzlichen Unterbewusstseins ging.

Er war nicht nur kräftig, sondern auch groß, hatte breite Schultern und eine ebensolche Brust. Dass das Priesterhemd, das er trug, so eng anlag, dass es an den Nähten aufzuplatzen drohte, betonte seine eigentümliche Anatomie noch zusätzlich, und trotz seines römisch-katholischen Kollars als Glaubenssymbol tat er sich insgeheim sehr schwer damit, gottergeben zu sein.

Im Gegensatz zu den anderen, war er weder Priester noch überhaupt ein Geistlicher oder auch nur von frommer Gesinnung, sondern ein Ritter des Vatikans im Dienste des Papstes mit einer Vollmacht, die Interessen der Heiligen römisch-katholischen Kirche zu wahren. Falls nötig wurde er mit anderen Elitesoldaten des Heiligen Vaters und dessen vertrautesten Kardinälen – dem sogenannten Rat der Sieben – für verdeckte Aufträge eingespannt. Außerhalb des engen Kreises dieses »Rates« gehörte Monsignore zu den wenigen Eingeweihten, die wussten, dass es die Gruppe überhaupt gab, weshalb er zu absoluter Verschwiegenheit angehalten war. Die Ritter des Vatikans sollten nicht nur ein geschlossener Verband aus Soldaten ohnegleichen unter kirchlicher Führung sein, sondern auch so geheim bleiben, dass man sie nicht einmal als Mythos ansah. Weil der Krieg stets auch eine dunkle Seite hatte, durfte ihre Existenz niemals publik werden.

Monsignore zündete sich jetzt wortlos eine Zigarette an und ließ sie achtlos im Aschenbecher abbrennen. Der Qualm kräuselte sich träge beim Aufsteigen. Nachdem er die Finger gespreizt gegeneinandergedrückt und sich in seinem Sessel zurückgelehnt hatte, wandte er sich wieder Kimball Hayden zu, der ihm gegenübersaß. Was der Ritter ihm mit seinem düsteren Blick vermitteln wollte, war relativ offensichtlich: *Bringen wir diese unsägliche Angelegenheit schnell hinter uns.* Der Gesichtsausdruck des Mannes sagte praktisch schon alles. Er wollte nicht hier sein und sich ins Oberstübchen schauen lassen, doch unter dem Einfluss des Papstes waren sowohl ihm als auch Giammacio die Hände gebunden.

Einen Augenblick lang warteten sie beide darauf, dass der jeweils andere den Anfang machte. Diese Angewohnheit war mit der Zeit allerdings zu einem geistigen Wettstreit geworden, in dem der Monsignore letzten Endes immer nachgab. Es handelte sich dabei um einen Kampf, den er nie gewann.

»Lassen Sie uns jetzt beginnen, Mr. Hayden, oder was meinen Sie?«

Kimball rührte sich nicht auf seinem Platz, sondern taxierte den kleinen Mann weiterhin, der sich seine Resthaare mehr schlecht als recht über die Glatze gekämmt hatte, was dem Ritter bei ausnahmslos jedem ihrer Treffen ein kleines Schmunzeln abtrotzte.

»Mr. Hayden …«

»Kimball«, unterbrach er ihn. »Ich möchte, dass Sie mich Kimball nennen.«

Eigentlich wollte er das nicht, er ließ damit lediglich seine Muskeln spielen, um zu zeigen, dass er hier den Ton angab.

»Na gut, Kimball. Wenn Sie es so wünschen.«

Er zog eine Augenbraue hoch. »Ich wünsche es so.«

Monsignores Zigarette erlosch im Aschenbecher. Er hielt seine zusammengedrückten Finger ruhig, während sich bedingt durch ihrer beider Verstocktheit eine unüberbrückbare Kluft zwischen ihnen auftat.

»Und wie möchten Sie die heutige Sitzung einläuten?«, fragte Giammacio.

»Wie jede andere auch«, antwortete Kimball. »Indem ich deutlich mache, dass ich das hier für eine absolute Zeitverschwendung halte.«

»Warum erklären Sie das dann nicht dem Papst? Oder fehlt Ihnen dazu der Mut?«

Hayden lehnte sich ebenfalls zurück. Dass der Therapeut ihn kritisiert hatte, erstaunte ihn. Fürs Erste gab er klein bei. »Entschuldigen Sie bitte, Monsignore«, erwiderte er. »Ich schätze mal, Sie wären genauso gern woanders wie ich.«

»Wo ich gern wäre oder was ich will, spielt jetzt keine Rolle«, stellte Giammacio klar. »Es geht darum, dass wir endlich dahinterkommen, was Sie wollen, also hinter die Wahrheit dessen, was Glauben von Schicksalergebenheit unterscheidet … Sie unterscheiden sich gar nicht großartig von irgendjemand anderem, der zu mir kommt.«

Kimball schloss resignierend seine Augen. Sein einst so eiserner Wille wurde nach und nach immer schwächer, ein vielversprechendes Zeichen für den Monsignore.

Darum eröffnete der Geistliche nun das Gespräch mit dem Ritter. »Vor ein paar Monaten waren Sie an einem Einsatz zur Rettung des Papstes beteiligt, richtig?«

Kimball öffnete die Augen wieder und nickte.

»Und im Zuge der Auseinandersetzung mit den Gegnern mussten Sie diese töten, ja?«

Er nickte erneut, und senkte den Kopf ein klein wenig zur Bejahung.

Der Monsignore beugte sich ihm nun entgegen. »Jetzt leiden Sie unter einem inneren Konflikt, weil das, was Sie getan haben, den Lehren der Kirche in Bezug auf Mord widerspricht, stimmt's?«

Nun zögerte Kimball.

»Außerdem befürchten Sie, dass zwischen Ihrer Arbeit im Dienst der Regierung vor vielen Jahren und Ihrer jetzigen Tätigkeit für die Kirche kein Unterschied besteht. Sie denken, der Herr habe Sie bereits dafür verdammt und gebe Ihnen deshalb keine Chance mehr zur Erlösung, korrekt?«

Damit traf der Monsignore schon eher den richtigen Nerv.

Er griff zu seiner abgebrannten Zigarette und hielt sie zwischen zwei Fingern, während der Qualm weiterhin nach oben waberte. »Ich weiß, Sie sehnen sich nach Vergebung für Ihre früheren Taten«, fuhr er fort, »aber ich weiß auch, dass Sie diese unmöglich erlangen können, wenn Ihr Handeln nicht im Einklang mit dem steht, was die Kirche verlangt, nämlich dass Sie anderen zum Heilsbringer gereichen, wozu Sie jedoch – damit jene anderen überleben können – Morde begehen müssen. Deshalb stellen Sie sich die Frage: Wie soll ich Erlösung finden und in den Himmel kommen, wenn ich weiterhin töte? Das ist doch die Frage, die Sie beschäftigt, nicht wahr?«

Auch damit fand der Monsignore Anklang bei Hayden.

»Das ist doch die Frage, die Sie beschäftigt, nicht wahr?«, wiederholte er nachdrücklich.

Kimball nickte.

Ja.

»Und warum hören Sie dann nicht einfach damit auf?«

Er blieb ruhig sitzen, während er an dem Geistlichen vorbei ins Leere starrte, wobei er sich gerade, wie man erkannte, etwas Vergangenes ins Gedächtnis rief. »Ich bin mir sicher, dass Ihnen das, was ich Ihnen jetzt sagen werde, bereits geläufig ist, weil Sie meine Akte gelesen haben.«

Die Unterhaltung kam jetzt kurz ins Stocken, als Kimball den Fokus wieder auf sein Gegenüber richtete, und zwar mit so gestochen scharfem Blick, dass Monsignore die Geheimnisse erkennen konnte, die sich tief in seinen Augen verbargen. Was er dort sah, waren ernste Reue und unterdrückter Zorn im steten Widerstreit, wobei mal die eine, mal die andere Emotion die Oberhand gewann.

»Vor mehreren Jahren«, hob Kimball an, »wurde ich für eine verdeckte Mission von der Regierung der Vereinigten Staaten im Irak stationiert. Ich sollte dort einen Top-Politiker der irakischen Regierung ausschalten …«

Der Monsignore drängte ihn nicht zum Weitersprechen. Er wartete lediglich darauf, dass Kimball das Erzähltempo selbst bestimmte.

Und in diesem Moment schien der Ritter plötzlich Schwierigkeiten damit zu haben, seine Gedanken in Worte zu fassen. Als er schließlich fortfuhr, richtete er seinen Blick an die Decke, als stünden dort seine Erinnerungen als Text, auf den er sich beziehen könne. »Im Irak begegnete ich zwei Jungen, die Ziegen hüteten«, erzählte er nun. »Sie sahen mich … also konnte ich nicht anders, als sie davon abzuhalten, mich auffliegen zu lassen.«

»Demnach haben Sie sie also getötet.« Das war keine Frage, sondern die Bestätigung dessen, was der Monsignore schon wusste.

»Als ich nachts, nachdem ich sie beerdigt hatte, zum Himmel hochschaute, sah ich unheimlich viele Sterne – das hatte ich bis dahin noch niemals getan – und überlegte, ob es über dieses Leben hinaus noch etwas gebe … ein Jenseits.« Kimball hob eine Hand, um auf die Umgebung zu verweisen. »Danach suchte ich nach Gottes Antlitz. Ich wollte unbedingt Zeichen oder Hinweise finden, dass er wirklich existiert. Aber das Einzige, was ich gesehen habe, waren die unterschiedlichen Sternbilder, und in diesem Moment dämmerte es mir, dass ich tatsächlich zu dem geworden war, was ich der Regierung zufolge sei, und was sie aus mir hatte machen wollen.« Eine Pause folgte. »Jemand ohne Gewissen, ohne Schuldbewusstsein oder überhaupt irgendwelche Gefühle. Alles Eigenschaften, auf die ich bis zu jenem Zeitpunkt sogar stolz gewesen war.«

»Womöglich ist Ihnen Gottes Antlitz zu diesem Zeitpunkt nicht sichtbar erschienen, sondern nur als Geistesbild, aber es hat bewirkt, dass Sie sich der Wahrheit über Ihre Person stellen konnten, indem Sie Ihr Gewissen entdeckten«, erklärte der Monsignore. »Gott ist schließlich nicht so beschaffen, wie wir ihn uns sichtbar vorstellen, sondern er ist anders. Es heißt, er habe viele Gesichter, aber nur eine Stimme. Was Sie betrifft, Kimball, so legte diese Epiphanie Zeugnis davon ab, dass Gott Sie in seine Arme geschlossen hat, erkennen Sie das nicht? Sie haben Ihn nicht gesehen, doch Ihre Seele hat ihn dennoch gehört.«

Hayden reagierte zunächst nicht.

»Manchmal, Kimball, erscheint uns Gott unter den seltsamsten Umständen. Durch die Ermordung der Kinder wurde Ihr wahres Wesen erleuchtet.«

»Dann erklären Sie mir doch mal Folgendes«, erwiderte er. »Wie kann Gott die Ermordung von Kindern billigen?«

Giammacio starrte ihn kurz an, bevor er antwortete: »Schämen Sie sich wegen dieser Tat? «

»Selbstverständlich.«

»Dann ist das Ihre Lösung! Gott vergibt denjenigen, die ihre Sünden wirklich bereuen, und aufgrund Ihrer wahren Zerknirschtheit umarmte er Sie auch in jener Nacht.«

Hayden biss sich auf die Unterlippe. Wie leicht sich eine so verwerfliche Tat wegerklären und rechtfertigen ließ, war einfach unerhört. Selbstmordattentäter legten genau die gleiche Denkweise an den Tag.

»Kimball?«

Er erwiderte Giammacios Blick still.

»Sind Sie der Ansicht, dass die Rettung des Papstes im Laufe Ihrer jüngsten Mission im Sinne der katholischen Gemeinschaft gewesen ist?«, fragte der Geistliche nun.

»Ja, das bin ich.«

»Halten Sie den Papst für einen guten Menschen?«

Kimball wusste nicht, worauf sein Gesprächspartner hinauswollte. »Ja, natürlich.«

»Und diejenigen, die ihn entführt haben: Waren das auch gute Menschen?«

»Meiner Meinung nach nicht.«

Der Monsignore nickte. »Also sind Sie gegen *diese* Männer vorgegangen …« Als Giammacio die Arme hob, rauchte die Zigarette in seiner Hand noch. Als er beide Mittel- und Zeigefinger beugte, setzte er das Wort »diese« in Anführungszeichen. »… um das Leben des Heiligen Vaters zu retten, dessen vordergründiges Ziel der Frieden ist.«

Hayden seufzte. »Kommen Sie irgendwann auch mal auf den Punkt?«

»Mein Punkt, Kimball, ist ganz schlichter Art. Vor Ihrer Bluttat im Irak an den beiden Hirtenjungen hatten Sie schon andere Menschen getötet, nur weil es Ihre Pflicht und nach Ihrem *Wunsch* gewesen war. Liege ich soweit richtig, zumindest in Hinblick darauf, was ich über Ihre Vergangenheit als Auftragsmörder im Staatsdienst weiß?«

Kimball zögerte wieder. »Soweit ja«, bestätigte er dann.

»Aber als Sie die Männer umbrachten, um den Papst zu beschützen, entsprach das auch Ihrem *Wunsch*? Oder erachteten Sie es als einen *Zwang*?«

Der Ritter überlegte einen Moment lang, während sich der Monsignore weiter nach vorn beugte, um ihn eingehend zu betrachten. Durch die Brille hatten seine Augen etwas von Mikroskop-Objektiven, und sein Verhalten ließ ihn an einen wissenschaftlichen Gutachter denken.

Während seiner Zeit als heimlich vorgehender Killer in einer Splittergruppe der US-Regierung hatte Kimball stets pflichttreu getötet. Im Sinne der vatikanischen Grundsätze hingegen tötete er nur, wenn eine friedliche Lösung absolut unmöglich und Selbstverteidigung seine einzige Option war.

»Und darin besteht ein großer Unterschied«, erklärte der Monsignore. »Früher haben Sie getötet, weil Sie der Gelegenheit dazu unterworfen waren, doch seit dem Augenblick, da Sie als Ritter des Vatikan zum Gesandten der Kirche wurden beziehungsweise indem Sie weiter an Ihrer Erleuchtung festhalten und Ihre vergangenen Sünden bereuen, nehmen Sie niemandes Leben mehr, weil Sie es so wollen ... sondern weil Sie es müssen. Die Rettung des Papstes kann nur als

Notwendigkeit betrachtet werden, und zwar trotz der harten Mitteln zum Erreichen des Ziels. Selbst Gott erachtet es als rechtens, dass sich gute Menschen zu Rettern derjenigen aufschwingen, die sich nicht gegen das unangefochtene Übel verteidigen können.«

Einen kurzen Augenblick lang fühlte sich Kimball zwischen Dankbarkeit und zurückgehaltener Wut hin und her gerissen. Einerseits wusste er es wirklich zu schätzen, dass der Geistliche seine Taten als der Kirche geschuldete Notwendigkeit rechtfertigte, falls er sich dabei an bestimmte Prinzipien hielt, andererseits war es ihm absolut zuwider, dass Terroristen ihre verheerenden Aktionen mit den gleichen angeblichen Prinzipien unter dem Banner ihres Gottes durchführten und verachtenswerte Verbrechen genauso zwanglos beschönigten, wie der Monsignore die Morde des Ritters als begründbar auslegte. Alles hing eben nur davon ab, wie man die Prinzipien betrachtete, an die sich die jeweilige Partei halten sollte, doch Kimball erkannte keinen Unterschied, denn im Kampf war eine Sache stets ganz sicher: Immer maßte sich jede Seite an, Recht zu haben, obwohl ihre Prinzipien nicht gegensätzlicher sein könnten. *Wie einfach es doch war, etwas so zu interpretieren, dass man es unter den Tisch kehren und zugleich billigen konnte*, dachte er.

»Ich denke nicht, dass Erlösung auf mich wartet«, sagte er nun.

Der Monsignore lehnte sich wieder zurück und drückte die Zigarette im Aschenbecher aus. Sein Gesichtsausdruck blieb weiterhin neugierig, während er die Hände einmal mehr mit gespreizten Fingern verschränkte. »Auf jeden

Menschen wartet Erlösung«, hielt er dagegen, »und für jeden löst sich das Rätsel des Jenseits im Augenblick des Todes. Dennoch, Kimball: Sie müssen an Ihrem Glauben festhalten. Gewöhnen Sie sich an, das Gute in Ihnen selbst zu sehen, statt ewig einer Vergangenheit nachzuhängen, in der Sie dem sündhaften Lohn Ihres Stolzes hinterhergejagt haben. Ich glaube Ihnen, dass Sie Ihr damaliges Tun aufrichtig bereuen, aber trotzdem scheinen Sie der Vergebung in Ihren eigenen Augen nicht würdig zu sein, obgleich Ihnen Gott bereits vergeben hat.«

»Es liegt daran, Monsignore, dass meines Erachtens niemand solche schrecklichen Akte kaschieren kann, indem er einfach an etwas glaubt, von dem er annimmt, Gott halte es für rechtens. Wenn Sie mich fragen, machen Sie es sich damit zu einfach.«

»Und aus diesem Grund, Kimball, müssen Sie endlich Ihre Scheuklappen ablegen und sich bewusst machen, dass eine Distanzierung von der Dunkelheit, in der Sie so lange gelebt haben, zugunsten des Lichts dringend vonnöten ist. Mag sein, dass die Führungspersonen im Vatikan Sie als hochrangiges Mitglied in ihren Reihen halten, doch Sie sind auch ein Mann, der sich weit von Gott entfernt hat.«

»Weil ich zu viel von der wirklichen Welt gesehen habe, Monsignore. Und an vielem beteiligt war, worauf ich nicht stolz bin. Vergehen, für die ich am Tag des Jüngsten Gerichts geradestehen muss.«

»Sie sollten Ihre Zweifel womöglich beiseiteschieben und sich einfach Gott gegenüber öffnen, Kimball.«

»Sie stellen das wie ein Kinderspiel dar, Monsignore, doch das ist es nicht.«

»Versuchen Sie es doch wenigstens«, beharrte der Berater. »Wenn Sie jetzt in Ihr Quartier zurückkehren, suchen Sie den Dialog mit Ihm. Beten Sie zu Gott, dass er Sie erhört.«

Hayden schüttelte verwirrt den Kopf. »Darf ich Sie etwas fragen?«

»Sicher doch.«

»Haben Sie je einen Menschen umgebracht?«

Giammacio riss seine Augen auf und erschrak kurz. Diese Frage traf ihn vollkommen unvorbereitet. »Gott behüte, natürlich nicht.«

Kimball beugte sich nach vorn. »Und wenn es irgendwann geschehen sollte, kommen Sie zu mir und weihen mich in das Geheimnis ein, wie man die Erinnerung an diejenigen, die man umgebracht hat, soweit verdrängen kann, dass sie nicht mitten in der Nacht als Albträume im Schlaf zurückkehren, sodass man andauernd schreiend aufwacht.«

Der Monsignore ließ seine Schultern hängen. »Kimball, ich bin kein Zauberer. Dass ich Sie im Rahmen einiger weniger Sitzungen keine Fortschritte machen sehe, ist offensichtlich – und auch verständlich. Sie müssen sich auch selbst helfen. Reue ist vielleicht der erste Schritt, doch Sie müssen Gott gegenüber offen sein und ihn an Sie heranlassen.« Er öffnete seine Hände und griff zu einer neuen Zigarette. »Ich verlange ja nichts weiter von Ihnen als Offenheit, Kimball, und dass Sie mit wahrer Überzeugung beten. Das ist alles, worum ich Sie bitte … Beschränken wir uns bis auf Weiteres einfach nur darauf.«

Kimball verharrte im Sitzen und zögerte, seine Bereitschaft zu erklären respektive abzulehnen. Er wusste in diesem Augenblick wirklich nicht, was er eigentlich wollte.

»Heute in acht Tagen«, sprach der Monsignore schließlich. »Zur gleichen Zeit wie immer, und bitte verspäten Sie sich nicht wieder wie heute Nachmittag.«

Hayden erhob sich, blieb zur vollen Größe aufgerichtet stehen und schaute auf die leidlich verheimlichte Glatze des Geistlichen hinab, bis auch dieser aufstand und eine Hand ausstreckte. Der Ritter packte sie und drückte fest zu.

»Viel Glück, Kimball. Sollten Sie sich die Zeit nehmen, um die Vergangenheit zu vergessen, anstatt sie immer wieder zu durchleben, finden Sie möglicherweise auch zum Licht Gottes.«

»Ich lasse mir das mit dem Beten durch den Kopf gehen«, versprach Hayden schließlich.

»Gut, eine letzte Bitte hätte ich noch.«

»Nur zu.«

»Würden Sie bitte meine Hand loslassen? Sie tun mir weh.«

Nachdem Kimball es getan hatte, verließ er das Sprechzimmer, vor dem bereits eine Reihe anderer Geistlicher darauf warteten, sich mit dem Monsignore zu unterhalten.

Kapitel 3

Kimballs Quartier befand sich neben dem Turm des Heiligen Johannes im Westen der Vatikanstadt und etwa zweihundert Meter westlich des Petersdoms. Das Zimmer selbst war klein und hatte eine hohe Decke. Die Mauern bestanden aus hellem sandfarbenen Bruchstein, und ein Kreuz über einem kleinen Fenster mit Ausblick auf die Lourdes-Grotte in den prachtvollen Vatikanischen Gärten war der einzige Schmuck. An der hinteren Wand standen ein Einzelbett mit Nachttisch und Lampe sowie Regale voller Militärbücher und Fachzeitschriften. Nicht weit von der Tür entfernt war eine Gebetsbank zum Hinknien mit einem Ständer für Weihkerzen. Diese hatte Kimball allerdings nie angezündet, und die Bank war ebenfalls unbenutzt geblieben. Obgleich das Gemach keinerlei Luxus bot, wohnte der Anführer der Ritter des Vatikans darin.

Nachdem er die Tür hinter sich geschlossen hatte, ging er durch das Zimmer, wobei ihm der Kopf noch von den Gedanken über sein Treffen mit Dom Giammacio schwirrte, und er setzte sich auf die Kante des Betts, das ein wenig unter seinem Gewicht einsackte. Ihm war zum ersten Mal überhaupt eine Sitzung nahegegangen. Heute hatte der Monsignore freiweg die Tatsache ausgesprochen, dass das Licht Gottes Kimball nicht einfach so finden würde, sondern er sich ausdrücklich die Mühe machen musste, darauf zuzugehen.

Als er die Augen schloss und sein Kinn anhob, während seine Kiefermuskeln vor Anspannung zuckten, fasste er einen Beschluss: Er würde beten! Darum stand er wieder auf, ging zu der Bank mit dem Weihkerzenständer und kniete sich darauf. Mit einem Streichholz entzündete er zwei Kerzen, um den beiden Rittern Tribut zu zollen, die bei einem früheren Einsatz ums Leben gekommen waren. Er steckte die Dochte für Micha und Nehemia an, verlorene Freunde und Kameraden.

Als er die Augen erneut zumachte und die Hände in Gebetshaltung faltete, wollte er das Vaterunser sprechen, wusste aber nach den ersten sieben Worten nicht mehr weiter. Also versuchte er sich an *Gegrüßet seist du Maria*, stellte jedoch nach dem ersten Satz fest, dass er den Rest davon ebenfalls vergessen hatte, deshalb gab auf und kanzelte sich als schlechtesten Katholiken der Welt ab, da er sich nicht einmal mehr an ein so einfaches Gebet erinnern konnte.

Als er die Augen wieder öffnete, fiel sein Blick auf die schwarzen Rauchkringel, die feierlich von den Kerzendochten aufstiegen. Ihre Bewegungen waren sanft und fließend – wie jene der Gruppe, die seine Freunde einst gebildet hatten, doch die Flammen konnten falls nötig auch verbrennen. Im Zuge dessen fragte er sich, ob die toten Ritter zum himmlischen Licht gelangt waren, zweifelte aber schließlich an, dass es ein solches Licht überhaupt gab. Das, woran Hayden glauben musste, war die Einsicht an etwas viel Schöneres über den Schmerz und den Wahnsinn des Mordens hinaus, etwas fernab der Finsternis, in der er sein gesamtes bisheriges Leben verbracht hatte.

Was er wollte, war Frieden.

Noch einmal machte er die Augen zu und betete – nicht mit leeren Worten, die irgendwo schwarz auf weiß geschrieben standen, um gefühl- oder teilnahmslos rezitiert zu werden, sondern aus vollem Herzen und mit ganzer Seele. Er wisperte, sprach mit gedämpfter Stimme und hätte gern gewusst, ob der Herr gerade zuhörte, während er um Vergebung für die Leben bat, welche er ohne Reue beendet hatte.

Nach dem Gebet stellte sich jedoch wieder Stille ein.

Weder schwebten Federn von der Zimmerdecke herab, noch erscholl draußen am blauen Himmel ein Donner, und auch sonst deutete nichts darauf hin, dass Gott überhaupt etwas wahrgenommen hatte. In der Annahme, sein Schicksal sei damit besiegelt, gab Hayden seine gut gemeinten Bemühungen auf und blies die Kerzen aus.

»Tja, so viel zum Beten, Monsignore. Wenigstens habe ich es versucht.«

Er erhob sich wieder, ging die wenigen Schritte bis zum Bett zurück und ließ sich auf die Matratze fallen, was das Gestell mit einem protestierenden Quietschen quittierte. Während helles Licht durch das Fenster fiel, blieb er mit hinter dem Kopf verschränkten Händen liegen und starrte auf die Bleiglasscheiben, die ein buntes Abbild der Jungfrau Maria zeigten. Diese schien sich mit ausgestreckten Armen, die in der Mittagssonne leuchteten, an ihn zu wenden.

Die Stille im Raum dauerte weiter an, als sich Kimball Hayden vom Fenster wegdrehte und sich den Schlaf gönnte, den er so dringend brauchte.

Kapitel 4

Manila, Philippinen

Zwölf Jahre zuvor waren ihm die Beine oberhalb der Knie abgerissen worden.

Marshall Theodore Walker, ein ehemaliger Auftragsmörder der US-Regierung aus einem Geheimverband namens »Die Acht«, arbeitete jetzt selbstständig, da man die Force Elite irgendwann aufgelöst hatte.

In einem kleinen Appartement fünf Etagen oberhalb des hektischen und chaotischen Treibens auf Manilas Straßen, wachte er in den Laken verheddert auf, die er seit mehreren Wochen nicht mehr gewaschen hatte. Durch das Fenster hörte er die geschäftigen Filipinos auf dem Marktplatz vor dem Gebäude, die Schlachtfleisch in Streifen, ausgenommene Fische und Obst verkauften.

Nachdem er sich zerrauft wie immer aufrecht im Bett hingesetzt hatte, starrte er noch schläfrig auf die Stümpfe seiner Beine und erinnerte sich genau an den exakten Moment ihres Verlusts.

Als Konsultor eines privaten Militärunternehmens im Irak während der Frühphase des Krieges hatte er die Spitze eines Aufklärungskonvois in der Provinz Al-Anbar übernommen, als ein improvisierter Sprengsatz unter seinem Fahrzeug explodierte. Ein heißer Blitz, und der Boden des Geländewagens hatte sich ins Führerhaus hochgewölbt, während alles von Splittern scharf wie Chirurgenstahl zerfetzt worden war, auch die Knochen seiner Beine, und zwar so widerstandslos, dass sie keine ausgefransten Wundränder, zerfledderten Muskeln oder hervorstehenden Knochen zurückgelassen hatten – nur saubere Schnitte wie mit einer Säge.

Beim Wiedererlangen seines Bewusstseins hatte er festgestellt, dass die anderen Mitglieder seines Teams entweder tot, verstümmelt oder verbrannt waren, und die verbogene Karosserie hatte ihn wie eine schützende Kapsel eingeschlossen. Seine Kameraden hatten sterben müssen, aber Walker war am Leben geblieben. Heute ertappte er sich oft dabei, wie er sich wünschte, genau wie sie ein ehrbares Ende gefunden zu haben.

Nun schloss er die Augen wieder und seufzte bedauernd da ihn die Erinnerungen, die genauso eindringlich waren wie jene an den Tag, als ihn eine Splitterbombe seiner Beine beraubt hatte, auf jede erdenkliche Art mitnahmen, sei es emotional oder körperlich. Die Qualen, die Phantomschmerzen … nichts davon ließ irgendwann nach oder verschwand, und in gleicher Weise stießen ihn seine Narben … sichtbare wie seelische … immer wieder auf jenen lebensverändernden Moment in der irakischen Provinz.

Das bisschen Geld aus der staatlichen Abfindung, das den Großteil seines Unterhalts ausmachte, haute er für Fusel, die niedrige Miete und philippinische Nutten auf den Putz – die drei Säulen seines Daseins. Jetzt war er mit Kopfschmerzen aufgewacht, und neben ihm auf dem Nachtschränkchen stand eine leere Flasche Schnaps; ein einheimisches Erzeugnis. Er konnte nicht einmal dessen Namen aussprechen.

Indem er auf der Matratze nach unten rutschte, brachte sich Walker in die richtige Position, um sich in seinen Rollstuhl zu schwingen und sich aufzurichten. Dann fuhr er durch das Zimmer, eine stinkende Ödnis voller Schmutzwäsche und Leergutflaschen.

Als er in die Küche rollte, spürte er etwas, das ihm an jenem Tag in Al-Anbar vollkommen gefehlt hatte ... die Empfänglichkeit für Hinweise auf eine ernste Gefahr.

In der Mitte des Raumes bremste er, hielt inne und horchte. Aber nichts als der Lärm von den Straßen Manilas unten, wo die Händler ihre Waren feilboten, war zu hören.

Trotzdem: *Ich weiß, dass du da bist.*

Während er sich ununterbrochen mit scharfem Blick umschaute, langte Walker nach seiner Glock-Pistole, die er mit Klebeband unter dem Küchentisch fixiert hatte.

Der Holster war jedoch leer.

Bist ganz schön gerissen, was?

Auf einmal sauste etwas aus dem toten Winkel durch den Raum – so schnell und anmutig, dass der Bewegungsablauf an sich eine Augenweide war.

Außerdem war es das Letzte, was Walker wahrnahm, bevor er einen Schlag gegen den Kopf bekam und ohnmächtig wurde.

Als er wieder zu sich kam, lag er bäuchlings auf dem Küchentisch. Seine Arme hingen an den Seiten hinunter, und die Handgelenke waren mit Isolierband an den Beinen des Möbelstücks festgebunden. So fest, dass er sich nicht mehr rühren konnte, zumal er wegen seiner Beinstümpfe sowieso keine Möglichkeit hatte, Schwung zu holen.

Er drehte den Kopf auf die Seite und blieb so liegen. Als er sich anstrengte, wieder einen klaren Blick zu fassen, erkannte er die Umgebung zusehends deutlicher. Die Umrisse der Gegenstände wurden nun konkreter und die Formen erkennbarer.

Ein Mann, den er noch nie zuvor gesehen hatte, saß neben dem Tisch und beobachtete ihn. Seine Augen waren so dunkel, dass man meinen könnte, er habe gar keine Pupillen, aber sie zeugten dennoch von Interesse, Geduld und warum auch immer von Allwissenheit in erschreckendem Maße.

Er hatte ein sehr knochiges Gesicht mit einer vorstehenden Mundpartie und einem kantigen Kinn.

Als sich die Blicke der beiden begegneten, hielt der Mann ein Foto im Format acht mal zehn Zoll hoch. »Wissen Sie, was das ist?«

Walker leckte seine trockenen Lippen mit einer ebenso trockenen Zunge. »Wer sind Sie?«

»Wissen Sie, was das ist?«, wiederholte der Fremde.

Walker betrachtete das Foto genauer und erkannte, dass es seine alte Einheit zeigte: die Acht. Er selbst war darauf wesentlich jünger und hatte seine Beine noch. Alle posierten für den Schnappschuss, bloß Kimball Hayden nicht, der Mann ohne Gewissen oder Reue.

»Was wollen Sie?«

Der Unbekannte hielt ihm das Bild dichter vor das Gesicht. »Schauen Sie noch einmal genau hin.«

Nun fiel Walker auf, dass er und zwei andere mit Rotstift eingekreist waren.

»Ja … und?«

»Diese beiden. Mir ist klar, dass Sie hier auf den Philippinen als Berater für Privatmilitärs arbeiten. Ich muss wissen, wo sie sind – und Sie werden es mir sagen.«

»Das glauben Sie, hm? Tja, Sie können mich mal kreuzweise, was halten Sie davon?«

»Wo sind die Männer, Mr. Walker?«

»Hören Sie zu, Sie Penner: Sie halten sich wohl für weiß Wunders wen, weil Sie sich an einem Krüppel vergreifen. Wäre ich heute noch in derselben Verfassung wie auf dem Foto, hätten Sie schon längst ins Gras gebissen.«

»Ich bin durchaus im Bilde über die Acht und ich stelle nur ungern in Abrede, Mr. Walker, dass Sie es zu Ihrer Blütezeit mit meinen Fertigkeiten aufgenommen hätten.«

»Wenn man noch an einem Stück ist, kann man immer große Töne spucken. Wie wär's, wenn Sie das Klebeband abmachen? Dann finden wir raus, wie gut Sie gegen einen Krüppel dastehen, der nicht gefesselt ist – oder haben Sie davor zu viel Schiss?«

»Mr. Walker … Wo sind sie?«

»Warum sollte ich Ihnen das sagen?«

Der Mann bewies Geduld und antwortete schließlich mit monotoner Stimme: »Sehen Sie mich an, Mr. Walker.« Aus der Tasche seiner Cargo-Hose nahm er jetzt einen silbernen Zylinder und drückte auf einen Knopf daran. Heraus schnellte ein Dorn, der aussah wie die Klinge eines Stiletts. Er lief spitz zu und war offensichtlich rasiermesserscharf.

»Soll ich mich etwa davor fürchten?«

»Nein, Mr. Walker, das ist eigentlich nur ein Werkzeug – ein Stift, wenn Sie es so nennen wollen.«

»*Was?*«

Der Mann hielt den Dorn jetzt über das Genick des Liegenden.

»Was tun Sie da?«

»Bitte, Mr. Walker, nicht bewegen.« Er drückte die versenkbare Spitze gegen eines von Walkers Schulterblättern, sodass ein Tropfen Blut aus der Haut hervorquoll. »Das dauert nur ein paar Sekunden.« Daraufhin stach ihm der Mann quer über den Rücken, und vollzog einen sauberen Schnitt zwischen seinen beiden Schultern.

Walker bäumte sich vor Schmerzen auf und biss sich gequält auf die Zähne, bis die Muskeln unter seinen Kiefergelenken zitterten.

Aber er weigerte sich, einen Schrei auszustoßen.

»Sehr gut, Mr. Walker. Ein echter Krieger brüllt niemals vor Schmerzen, nicht wahr?«

»Machen Sie mich sofort los und lassen Sie uns kämpfen wie richtige Männer!«

Der Fremde hielt ihm das Bild erneut hin. »Mr. Grenier und Mr. Arruti – sagen Sie mir, wo sie sich aufhalten.«

»Was wollen Sie denn bloß von ihnen?«

»Ist das nicht offensichtlich, Mr. Walker? Ich will sie töten.«

Nun lachte Walker herablassend. »Haben Sie den Verstand verloren?«

Der Mann setzte den Dorn nun behutsam mitten auf der waagerechten Linie an, die er zwischen den Schulterblättern gezogen hatte, und fuhr mit der angeschliffenen Spitze am Rückgrat entlang hinunter bis ins Kreuz, was ein symmetrisches T im Fleisch ergab.

Walker bäumte sich abermals auf. Sein Gesicht war mittlerweile so rot wie das Blut, das aus den Wunden auf den Tisch floss, und die Adern an seinem Hals traten immer deutlicher hervor.

»SIE … DRECKSKERL!«

»Das war ja fast ein Aufschrei, Mr. Walker. Wie untypisch für einen echten Krieger, habe ich recht?«

»Hauen Sie gefälligst ab!«

»Arruti und Grenier, wo halten sie sich auf?«

Walker lachte erneut.

»Mr. Walker?«

Er verlor die Beherrschung während des Lachens.

»Na gut.« Der Mann drückte Walker jetzt die Spitze des Dorns wieder ins Kreuz und vollzog noch einen weiteren waagerechten Schnitt. Wie auf einer Leinwand ergaben die drei Linien nun den Buchstaben I auf der Haut.

Walker verkrampfte sich, um den Schmerz ertragen zu können, dann fragte er mit zusammengebissenen Zähnen: »Sie wollen wissen, wo sie sich aufhalten?«

Sein Peiniger wartete geduldig. Die Spitze seines »Werkzeugs« war mittlerweile rot gefleckt.

»Ich sag's Ihnen. Liebend gern tue ich das … und wissen Sie auch, warum ich es liebend gern tue?«

Als der Mann den Dorn erneut hochhob, funkelte der Stahlzylinder wie ein Spiegel.

»Weil die zwei Sie in Stücke reißen werden«, behauptete Walker. »Egal ob sie wissen, dass Sie kommen, oder nicht, es spielt keine Rolle. Sie können Sie meilenweit riechen. Sie spüren. Sie werden es ahnen … und Sie dann töten.«

»Und wo sind sie?«

Walker verlor offenbar erneut sein Bewusstsein. Seine Stimme wurde schwächer. »Sie finden sie in Maguindanao. Sie beraten die Leute im Kampf gegen die Terroristen dort.«

»Danke, Mr. Walker.«

»Wir sehen uns in der Hölle.«

»Das halte ich für unwahrscheinlich.« Der Mann hielt den Dorn jetzt an Walkers Schädelansatz und drückte die Spitze durch die Öffnung in den Hirnstamm. Damit brachte er ihn um.

Als er erschlaffte, stieß er einen letzten Atemhauch aus, der seine Lungenflügel leerte, und blieb in der friedfertigen Haltung eines Toten liegen.

Nachdem der Fremde dabei zugesehen hatte, wie Walker gestorben war, drückte er den Knopf an dem Zylinder noch einmal. Der Dorn verschwand schneller in dem Röhrchen, als es mit bloßem Auge wahrnehmbar war.

Daraufhin steckte er die Waffe in seine Hosentasche zurück und nahm einen roten Filzstift heraus. Damit schrieb er ein I in den Kreis auf dem Foto rings um Walker und ließ es auf dem Tisch liegen.

Wenige Stunden, dann würde der Mörder in der Provinz Maguindanao eintreffen.

Kapitel 5

Cotabato City, Philippinen

Die Stadt Cotabato auf Mindanao hatte ungefähr eine Viertelmillion Einwohner, überwiegend muslimischen Glaubens. Außerdem wuchsen dort die Spannungen, weil die al-Qaida und die Taliban dort mehr und mehr Fuß fassten. Langsam entwickelte sich die Region zu einem zweiten Afghanistan im Pazifikraum.

Fünf Jahre zuvor hatte die philippinische Regierung die Blackmill Corporation als unabhängiges Consulting-Unternehmen aus den USA angeheuert und damit in Wirklichkeit mit allen technischen Mitteln ausgestattete Söldner herangezogen, die ihnen dabei helfen sollten, den umstürzlerischen Idealismus einzudämmen, der allmählich zur Geißel des beschaulichen Inselstaates wurde. Cotabato City diente dreißig Kilometer nördlich der Guerilla-Hochburgen als Kommandozentrale des Unternehmens.

In einer kleinen, verrauchten Bar, wo es nach Schweiß roch und der Qualm billiger Zigaretten wenig zur Lufterfrischung beitrug, saßen die Kriegsberater David Arruti und Sim Grenier gerade an einem Tisch, der hinten im Lokal stand, und tranken einen *Kurzen* nach dem anderen.

Auch als Mittvierziger waren die beiden noch gut in Schuss, weil sie sich fortwährend an strenge Fitnesspläne hielten. Im Vergleich wirkte Arruti mit seinem breiten Schnurrbart, dem Kahlschlag und den dicken Armen, die man umso besser sah, weil er gern ärmellose Shirts trug, wie der Aggressor. Sim Grenier hingegen erweckte eher den Eindruck eines geschäftsmäßigen Denkers – gut gekleidet, obwohl sich gerade der Schweiß auf seinem ordentlich gebügelten Hemd ausbreitete wie ein Rohrschachmuster und in die Flecken unter seinen Achselhöhlen überging – der auch bei so hoher Luftfeuchtigkeit immer penibel auf seine Frisur achtete.

Wann immer sich die beiden zusammensetzten, unterhielten sie sich nur wenig über ihre gemeinsame Vergangenheit als Mitglieder der Acht. Stattdessen kamen die Zukunft und die Unruhen in Mindanao zur Sprache. Sie diskutierten häufig über Strategien und Gegenoffensiven sowie über die möglichen Vorteile, die ihr Erfolg den Filipinos bescheren könnte.

Was allerdings früher gewesen war, wurde nur selten angeschnitten.

An einem Tisch gegenüber im Schankraum saß noch ein weiterer Mann. Er war allein, hatte ein Glas Wasser vor sich und trug einen Busch-Hut in Tarnfarben. So wie es aussah, beschäftigte er sich mit seinem iPhone, auf dessen Display er herumtippte, und schien seine Umgebung gar nicht wahrzunehmen.

Unbemerkt war er deshalb allerdings nicht geblieben.

Grenier behielt diesen scheinbar so harmlosen Typen aufmerksam im Auge.

»Ja, er ist mir auch schon aufgefallen«, sagte Arruti nun. »Sitzt schon etwa eine Stunde da und hat nicht einen Schluck von seinem Wasser getrunken.«

»Er gehört nicht zu unseren Einheiten, oder?«

»Nein.«

»Also dann erklär mir mal, was ein weißer Mann in unmittelbarer Nähe von Mindanao treibt, obwohl ihm doch vollkommen klar sein müsste, dass er damit zur Zielscheibe von Kidnappern werden könnte.«

»Vielleicht ist es ihm nicht klar.«

»Überall hängen schließlich Anschläge mit Warnungen der Regierung, vor allem für Reisende.«

Arruti stürzte noch einen Whiskey hinunter. »Ist nicht mein Problem, wenn sich die Leute so dumm anstellen.«

Zwei Einheimische an einem Nachbartisch bekamen gerade einen ernsthaften Streit wegen des Ausgangs eines Kartenspiels und dessen Pott, etwa dreißig Zigaretten. Als ihr Geschrei endlich nachließ, drehten sich Arruti und Grenier um. Sie bemerkten sofort, dass der Mann verschwunden war. Das Wasserglas stand noch immer unberührt auf seinem Tisch. Aber darunter lag nun ein Hochglanzfoto.

Sie reckten die Hälse, schauten sich um, und suchten in der gesamten Bar nach ihm. Er schien sich wie ein Gespenst in Luft aufgelöst zu haben, oder in dem Zigarettenqualm aufgegangen zu sein, der regelrecht erstickend im Raum stand.

»Merkwürdig«, brummte Arruti.

Als die Bedienung begann, den Platz abzuräumen, nahm sie das Foto, warf einen Blick darauf und schaute dann zu den beiden Beratern hinüber. Anschließend ging sie auf deren Tisch zu.

Während sie sich ihnen näherte, eine Frau mit kakaobraunem Teint und einnehmendem Lächeln, streckte sie die Hand mit dem Abzug aus, sodass die zwei das Motiv erkennen konnten. Sie sahen schon aus einer Entfernung von zehn Fuß, dass es ihr früheres Team zeigte, die Acht.

Die Filipina, die anbetungswürdig niedlich war und als Barkeeperin jobbte, um die Angestellten von Blackmill zu ködern und sich später gegen US-Dollar auf einer fleckigen Matratze im Loft über dem Lokal bespringen ließ, gab Grenier das Foto. »Mr. Sim, hintendrauf steht, das soll Ihnen geben.«

Er nahm es und reichte es dann an Arruti weiter, der es lange und gründlich betrachtete. Sie beide waren rot eingekreist. Walker hingegen hatte jemand mit einem Kreuz durchgestrichen.

Die Bedienung begann, anzüglich mit den Hüften zu kreisen, während sie ihre vollen Lippen leckte. »Wenn ich Feierabend, Sie vielleicht Lust, mit mir hochzukommen?«

Grenier lächelte gekünstelt. »Nicht heute Nacht, meine Liebe, womöglich ein anderes Mal.«

Die Frau zog ihre Mundwinkel verdrossen herunter, lächelte aber schließlich doch wieder. »Okay, Mr. Sim. Ein andermal dann.« Sie kehrte mit verlockendem Hüftschwung zu dem anderen Tisch zurück und begann, ihn mit einem schmutzigen Lappen abzuwischen.

Grenier vollzog ihre Bewegungen vom Becken an abwärts mit, während Arruti weiter auf das Foto starrte.

Irgendwann sagte er in einem Tonfall, der so verbindlich und dennoch gelassen wirkte, dass kein Zweifel an der Überzeugung von dem bestand, was er gerade äußerte: »Jemand hat es auf uns abgesehen!«

Grenier seufzte. »Wir sollten uns vergewissern, ob bei Walker alles in Ordnung ist.«

Arruti warf das Foto auf den Tisch. »Er ist schon tot.«

»Das wissen wir nicht mit Gewissheit.«

»Du vielleicht nicht, ich schon.« Der Zweimetermann stand auf, fasste sich ans Kreuz, wo seine Glock im Gürtel steckte, zog sie und lud sie durch. »Er will uns damit aus der Reserve locken, Sim.«

Sein Gefährte erhob sich jetzt ebenfalls und überprüfte seine Waffe, eine Smith & Wesson .40. Daraufhin tastete er noch nach dem KA-BAR-Messer, das an seinem rechten Oberschenkel festgeschnallt war. »Dann enttäuschen wir ihn mal lieber nicht, oder?«

Wegen der zahllosen Leuchtreklamen war es taghell auf den Straßen von Cotabato City. Manche Winkel lagen allerdings weiterhin im Schatten, und in einigen Gassen herrschte sogar vollkommene Finsternis.

Außerdem war die Stadt ein Ort der Gegensätze: Licht und Dunkel, Gut und Böse, Leben und Tod, das alles auf einem Weg durch nur wenige Gebäudeblocks.

Grenier und Arruti standen in einem runden Lichtkegel da, während sie unverhohlen Schalldämpfer auf ihre Waffen schraubten.

»Du übernimmst die linke Seite, ich die rechte«, legte David fest. »Und knall ihn ja nicht ab. Ich will den Kerl noch verhören.«

Ohne etwas zu entgegnen, schlug sich Grenier mit fest an den Oberschenkel gedrückter Pistole auf die linke Seite der breiten Straße.

Arruti tat es ihm auf der gegenüberliegenden Seite gleich. Er konnte seine Waffe jederzeit blitzschnell ziehen.

Sie drangen nun langsam durch das Gewimmel der Filipinos vor, bis Arruti schließlich die Einmündung einer Gasse erreichte.

Helligkeit fiel ungefähr zwanzig Fuß tief ein, doch alles andere blieb hinter einer Wand aus Dunkelheit verborgen, aber an der Übergangsstelle stand jemand, der sie beobachtete.

»Simon Grenier.« Es war die Stimme eines Mannes – eines Weißen, das stand fest. »Oder sollte ich Sie lieber Sim nennen?«

Der Angesprochene machte einen Schritt vorwärts, woraufhin der Schatten zurücktrat; etwas weiter in die Finsternis hinein.

»Wovor haben Sie denn Angst, Sportsfreund?«

»Sie tragen eine Schusswaffe, das wäre kaum ein fairer Kampf.«

»Sie meinen einen fairen Kampf, wie Sie ihn mit Walker geführt haben?«

»Walkers Tage waren von dem Augenblick an gezählt, als ihm die Bombe die Beine weggerissen hat.«

»So wollen Sie also die Ermordung eines Invaliden rechtfertigen?«

Grenier ging noch einen Schritt weiter, wobei er seine Smith & Wesson fester packte. Der Unbekannte rückte wiederum ein Stück nach hinten.

»Raus mit der Sprache«, verlangte Sim. »Wessen Laufbursche sind Sie?«

Der Mann schwieg und zog sich noch weiter zurück, bis er schließlich endgültig unsichtbar wurde.

Grenier war unbehaglich zumute, weil er sich vollkommen schutzlos preisgab. Die Pistole nutzte ihm nur wenig, wenn er sein Ziel nicht sehen konnte. Ein Ziel, das Arruti unbedingt lebendig schnappen wollte. Katzengleich ging er an der nächstbesten Stelle in Deckung – in einer Mauernische, wo kein Licht hingelangte – und kauerte sich nieder. Nun befand er sich, wie er dachte, ganz in seinem Element, der vollkommenen Dunkelheit. Deshalb ging er davon aus, einen Vorteil zu besitzen.

Er wartete und lauschte.

Schließlich fing er an, seine Waffe zu heben. Langsam brachte er den Lauf in die Waagerechte.

Plötzlich sauste etwas durch die Dunkelheit.

Ein dreiblättriger Wurfstern pfiff durch die Gasse, rotierend wie der Reifen eines Fahrzeugs. Die Schneiden waren so scharf, dass man hören konnte, wie sie die Luft auf dem Weg zu ihrem Ziel verdrängten. Mit absoluter Präzision traf der Stern den Lauf von Greniers Pistole, wobei sie ihm entglitt und über den Boden in den Schatten schlitterte.

Grenier schaute verdutzt auf seine leere Hand und beugte dann die Finger. Er war nicht verletzt. Nun wandte er sich der Finsternis zu … der absolut undurchdringlichen Finsternis. Etwas schälte sich jetzt aus ihrer Tiefe heraus – eine Gestalt, die schwärzer als schwarz war.

»Ohne Kanone sind Sie wohl nicht mehr so tough, was?«, fragte der Mann hämisch.

»Tough genug«, erwiderte Grenier, zog sein langes Messer aus der Scheide und ging zurück zu der Stelle der Gasse, wo es hell war.

Der fremde Weiße folgte ihm, wobei seine Züge im schwachen Licht nur vage erkennbar wurden.

Grenier hielt sein Messer fest umklammert. »Wer sind Sie?«

»Ist das von Belang?«

»Wollen Sie mich etwa einschüchtern?«

»Ich will Sie töten, Mr. Grenier.« Der Mann nahm nun den Silberzylinder aus seiner Hosentasche, hielt ihn demonstrativ in die Höhe und drückte den Knopf. Der Dorn schnellte hervor.

»Das ist ein schlechter Witz, oder? Sie wollen mich mit diesem Eiskratzer umbringen?«

»Ich will Sie, Mr. Grenier, mit diesem Gerät umbringen. Und danach werde ich es benutzen, um einem der übrigen Mitglieder der Acht eine Nachricht zu hinterlassen.«

Sim nickte, als ihm nun plötzlich allzu deutlich bewusst wurde, dass er hier einen professionellen Killer vor sich hatte. »Darum geht es also – um die Acht. Die Regierung hat Sie zum Reinemachen geschickt, um frühere politische Fehltritte zu übertünchen, richtig? Nach so langer Zeit?«

Der Fremde begann nun, den Zylinder so lässig zwischen seinen Fingern zu drehen wie eine Majorette ihren Stab. Er führte die Bewegung geradezu kunstvoll aus. »Mr. Grenier, ich werde Sie ganz schnell beseitigen, versprochen.«

Sim schürzte seine Lippen ein wenig. Es war ein Anflug von gehässiger Erheiterung. »Sie haben wirklich Schneid, Kollege, das muss ich Ihnen lassen. Vielleicht sind Sie aber auch ein bisschen übermütig, wenn Sie glauben, mich kaltmachen zu können.« Er ging dazu über, Kreisbewegungen mit der Klinge seines Messers zu beschreiben. »Sie haben offenbar keine Ahnung, wozu ich mit diesem KA-BAR in der Lage bin, oder?«

»Das, wozu Sie in der Lage sind, Mr. Grenier reicht nicht ansatzweise an meine Fertigkeiten heran.«

»Sie *haben* Schneid, das schätze ich an Soldaten, selbst wenn Sie im Verhältnis zu mir noch ein richtiger Grünschnabel sind.«

»Bitte, Mr. Grenier, ich werde es auch kurz und schmerzlos machen.«

»Ja, ja. Also gut, Sie Wicht: Im Gegensatz zu Ihnen werde ich das Ganze ziemlich schmerz*haft* machen … aber zuerst einmal spucken Sie aus, was ich wissen will.«

Die zwei fingen nun an, sich gegenseitig zu umkreisen, fest entschlossen in ihrer mörderischen Absicht, während sie auf eine günstige Gelegenheit für einen Todesstoß warteten.

»Sagen Sie mir endlich, wessen Laufbursche Sie sind.«

Aber der Fremde antwortete nicht.

Die Zeit für Gerede war offenbar vorbei.

Jetzt ging es nur noch um Leben oder Tod.

Mit einer Bewegung von ungeheurem Geschick, elegant und schnell wie der Wind stürzte der Mann zu Grenier hinüber und stach mit dem Dorn zu.

Wie versprochen starb der ehemalige Killer schnell und ohne Schmerzen, als die Spitze mit einem einzigen Stoß buchstäblich genau ins Schwarze traf.

An der Einmündung der Gasse hatte sich mittlerweile ein Menschenauflauf gebildet.

Die Filipinos tuschelten aufgeregt und zeigten in die Dunkelheit, während sich Arruti hindurchdrängelte, wobei er sich die Pistole unauffällig in den Hosenbund steckte und sein Hemd am Rücken herauszog, um die Waffe zu verbergen.

Bis er die erste Reihe der Schaulustigen erreicht hatte, hatte sich sein Magen bereits übel verkrampft. So flau war ihm zuletzt als Frischling gewesen, als er im Laufe seines ersten Einsatzes Gegnern die Kehle durchgeschnitten hatte.

Grenier lag ausgestreckt und mit dem Gesicht nach unten auf dem Pflaster. Rings um seinen Kopf herum breitete sich Blut aus einer Wunde, die man nicht sehen konnte, sehr gleichmäßig zu einer Lache aus. In der fast vollkommenen Dunkelheit wirkte es schwarz wie Teer und zäh wie Sirup. Sein Hemd war aufgerissen und zur Seite gestreift worden, und in seinen Rücken ein schlecht erkennbares S wie ein Blitz oder das Zeichen von Heinrich Himmlers Schutzstaffel, der SS geritzt worden. Der Buchstabe reichte vom rechten Schulterblatt bis ins Kreuz, war aber nicht von einem Neonazi in die Haut geschnitten worden, denn es war ein einfaches S, dessen Rundungen sich der Täter in seiner Hast einfach nur gespart hatte.

Während sich Arruti wieder ins Gedränge zurückzog, sah er sich immerzu nach allen Seiten um. Er zwängte sich bis nach hinten durch und lief dann schnell in seinen sicheren Unterschlupf.

Dort würde er zumindest einen Vorteil genießen, wenn der Killer auf die Idee kam, ihm ebenfalls nachzustellen.

Kapitel 6

Arruti spürte jedes seiner fünfundfünfzig Lebensjahre jetzt ganz deutlich. Der Lauf zurück in die Sicherheit war bei der hohen Luftfeuchtigkeit auf den Philippinen äußerst anstrengend. Ungeachtet seiner guten Kondition wusste er, dass er dem Zahn der Zeit nicht ewig trotzen konnte.

Mit schweißnassem Shirt, das an seinem Oberkörper klebte, lehnte er sich an die Wand seines Einzimmerappartements und versuchte, sich zu beruhigen. Er atmete konzentriert ein und aus, sodass sich seine Brust gleichmäßig hob und senkte, damit sein rasendes Herz endlich wieder langsamer schlug. Zugleich machte ihm der Verlust zwei seiner engsten Freunde zu schaffen.

Nachdem er die Pistole aus seinem Hosenbund gezogen und sie auf die Küchentheke gelegt hatte, ging er zum Fenster und zog die Vorhänge ein wenig auseinander.

Aber es war nichts zu sehen, weder unten noch oberhalb. Auf den Straßen war in diesem Teil von Cotabato oft nur wenig los.

Arruti ließ die Vorhänge wieder zusammenfallen und trat vor den Kühlschrank, dort nahm er eine kalte Getränkedose heraus und öffnete sie. Als er die Tür schloss, sah er jedoch die Fotos daran kleben. Vor Schreck ließ er die Dose fallen, woraufhin sich ihr Inhalt über die gelben, rissigen Bodenfliesen ergoss.

Die zusätzlichen Bilder hingen genau in der Mitte zwischen drei seiner eigenen. Auf einem der alten sah man Grenier und ihn lächelnd mit machohaft hochgehaltenen Waffen, auf den beiden anderen standen die zwei neben Walker, der ohne Beine in seinem Rollstuhl saß und ebenfalls breit grinste. Es war eine kleine Collage einer verschworenen Dreierbande.

Die drei neuen Fotos hingegen waren mehr als unschön. Eines zeigte Walker auf einem Tisch liegend und gefesselt. Er war bereits ausgeblutet und hatte ein I in den Rücken geritzt. Das zweite war von Grenier und wirkte wie ein Standbild mit einem eingefrorenen S-Blitz in seinem Fleisch, wohingegen das letzte, ein alter Schwarzweißabzug, von seiner ehemaligen Einheit stammte, den Acht. Walker und Grenier waren mit Rotstift eingekreist worden, der eine mit einem I und der andere mit einem S übermalt. Auch Arrutis Gesicht war markiert, allerdings ohne einen Buchstaben.

Noch zumindest.

Er drehte sich jetzt rasch um und griff zu seiner Waffe, die auf der Theke lag. Diese war jedoch zerlegt. Jemand hatte das Magazin herausgenommen und es liegenlassen, die Munition ordentlich aufgefächert daneben. Der Schlitten lag vom Griff gelöst ebenfalls auf der Theke, alles beieinander. In ihren nunmehr getrennten Einzelteilen war die Pistole natürlich unbrauchbar. Seltsamerweise hatte der Einbrecher sie vollkommen geräuschlos nur wenige Schritte von Arruti entfernt auseinandernehmen können, und das auch noch binnen Sekunden.

Wie war das möglich?

Der Mann stand hinter der Küchentheke und beobachtete ihn. Seine Miene war vollkommen emotionslos. Es war das Gesicht eines Mörders.

»Wie sind Sie hier reingekommen?«

»Ist das wirklich von Bedeutung, Mr. Arruti?«

»Nein, vermutlich nicht.«

Arruti stürzte jetzt unvermittelt nach vorn , womit der Killer offenbar nicht gerechnet hatte, lief dann um die Theke herum und zog dabei ein Bein hoch. Der Fuß traf die Brust des Mannes, sodass dieser rückwärts fiel und auf einen Couchtisch krachte. Dessen Platte ging sofort zu Bruch, Zeitschriften und einzelne Blätter flogen herum, während er sich auf die Knie abrollte und die Hände aufstützte, um schnell wieder auf die Beine kommen zu können.

»Sie denken, Sie könnten einfach so hier einmarschieren und mich umbringen?«

Als Arruti wieder angriff, war der Killer allerdings darauf gefasst.

Dieses Mal wollte er von einer Seite gegen die Schläfe des Mannes treten, doch dieser packte sein Bein, hielt es fest und rammte ihm dann eine Faust genau in den Schritt, sodass Arruti auf ein Knie sackte.

Anschließend vollführte der Mörder aus dem Stand heraus wie ein Turner einen tadellosen Überschlag. Er rotierte im Uhrzeigersinn durch die Luft und ließ dann einen Unterschenkel auf Arrutis Schulter niedersausen wie ein Fallbeil. Das Schlüsselbein des Ex-Agenten brach, woraufhin sein Arm sofort wie gelähmt war. Im weiteren Bewegungsverlauf schwang der Fremde dann sein anderes Bein hoch und ließ es auf die zweite Schulter krachen, deren Knochen ebenfalls mit einem hörbaren Knacken brach.

Während sich der Schmerz wie ein Feuer in Arrutis Körper ausbreitete, biss er sich auf die Zähne und fiel auf die Knie. Seine Schultern hingen schief herab, und seine Arme konnte er auch nicht mehr bewegen. »Du Hurensohn!«

Der Mörder nahm jetzt seelenruhig auf der Couch Platz und rieb sich die Brust. »Für jeden Mann kommt die Zeit, da sein Leben ein Ende findet, Mr. Arruti. Ich gebe Ihnen nun einen kurzen Augenblick, um über Ihr Leben nachdenken zu können, bevor ich es beende.«

»Wer sind Sie?«

»Wer ich bin, ist irrelevant.«

Arruti war vollkommen erschüttert. »Dann erklären Sie mir wenigstens den Grund für das alles.«

»Nur so viel, Mr. Arruti: Sie haben noch exakt eine Minute, um Gott um Vergebung für all die Fehler zu bitten, die Sie in Ihrem Leben begangen haben.«

»Was meinen Sie damit?«

Der Killer beugte sich nach vorn. »Ich meine damit Ihre Rolle bei den Acht.«

»Aha, also ein Mörder, der gekommen ist, um einen anderen Mörder umzubringen. Was Sie da vorhaben, ist schon ein bisschen heuchlerisch, finden Sie nicht?«

Der Fremde steckte eine Hand in die Tasche seiner Cargo-Hose und nahm den Silberzylinder heraus. Er drückte den Knopf, um den Dorn hervorschnellen zu lassen. »Sie haben noch fünfundvierzig Sekunden, Mr. Arruti. Falls Sie an Gott glauben, sollten Sie sich beeilen, um Ihren Frieden mit ihm zu machen.«

»Ich würde vorher aber gern noch wissen, in wessen Auftrag Sie handeln. Ist es ein Senator? Oder vielleicht ein ehemaliger Präsident?«

»Noch dreißig Sekunden, Mr. Arruti.«

»Sie haben Ihre Nummer aber echt voll drauf, Hut ab.«

»Sie vergeuden Ihre Zeit.«

»Es ist immerhin meine Zeit, also kann ich damit anfangen, was ich will.«

»Zwanzig Sekunden.«

Arruti schluckte schwer. Er begann nun langsam, seine Augen nervös umherschweifen zu lassen, um sich einen Fluchtweg zu suchen; ein typischer Selbsterhaltungsreflex.

»Beten Sie, Mr. Arruti, das erleichtert Ihnen Ihre letzten Momente. Ihnen bleiben noch fünfzehn Sekunden.«

»Hören Sie, ich habe Geld. Ich tauche einfach unter. Wer auch immer Ihr Arbeitgeber ist, braucht nichts davon zu erfahren, richtig?«

»Falsch. Zehn Sekunden!«

Arruti seufzte aufgebend. »Kein Gott wird mir die Taten verzeihen, die ich begangen habe.«

»Das hätten Sie wohl besser schon vor dreiundzwanzig Jahren bedenken sollen.«

In der letzten Sekunde des Countdowns traf die Spitze ihr Ziel und tötete Arruti auf der Stelle.

Der Killer hatte tatsächlich Wort gehalten.

Er hob das Shirt des Toten am Rücken hoch und schlitzte dann ein grobes C in das Fleisch.

Sein Auftrag auf den Philippinen war damit abgeschlossen.

Kapitel 7

Eine Woche später

Kimball Hayden hatte sich für eine weitere beschwerliche Sitzung im Sprechzimmer von Monsignore Giammacio eingefunden. Er saß jetzt still vor dem Therapeuten, der eine Zigarette in der Hand hielt.

»Bei Ihrem letzten Besuch haben wir doch sehr vielversprechende Fortschritte gemacht.«

»Verstehen Sie doch einfach, Padre. Ich bin nicht gut im Reden. Bin ich nie gewesen. In Situationen wie dieser komme ich mir einfach total unbeholfen vor.«

»Kimball, es sind noch zwanzig Minuten Zeit. Ich schlage vor, dass wir das Beste daraus machen. Möchten Sie, dass ich das Gespräch einleite?«

Hayden zuckte mit den Achseln. »Egal.«

Der Monsignore schnippte Glut von seiner Zigarette in den Aschenbecher. »Während Ihres letzten Termins wurde deutlich, dass Sie Ablass für Dinge suchen, die Sie in der Vergangenheit getan haben. Dennoch scheinen Sie zu denken, dass nichts etwas bringt, egal wie sehr Sie sich auch bemühen. So verbissen Sie auch nach dem Licht streben, glauben Sie, dass es am Tag des Jüngsten Gerichts nicht für Sie leuchten wird, ist das korrekt?«

»Passen Sie auf, Padre …«

»Habe ich Recht, Kimball?«

Er setzte sich jetzt aufrecht hin und nahm unbewusst eine abwehrende Haltung an. »Äh, nun ja. Vermutlich schon.«

»Unabhängig davon, wie sehr Sie sich in Gottes Auge um Sühne bemühen?«

Kimball beugte sich nach vorn und antwortete hörbar gefrustet: »Es ist doch so, ich töte Menschen! Das gehört zu meiner Arbeit. Und es ist etwas, worin ich gut bin.«

»Aber darüber haben wir doch bereits diskutiert, oder? Über die Art und Weise, wie Sie getötet haben, um das Leben des Papstes und die Leben der Bischöfe des Heiligen Stuhls zu retten. Sind wir nicht bereits gründlich darauf eingegangen?«

»Padre, ich habe zwei Kinder umgebracht.«

»Und seitdem, während Sie sich nach Vergebung für diese Tat sehnen, haben Sie da nicht viele andere Kinder vor dem Tod bewahrt?«

Hayden lehnte sich zurück und dachte nach.

Ritter des Vatikans wurden jung auserwählt; als Straßenkinder und Waisen mit trüben Zukunftsaussichten, aber großem Potenzial zur Entwicklung eines starken Charakters und überragender körperlicher Fähigkeiten. Um das Zeug zum Krieger zu haben, musste man hungrig sein und so gelehrig, dass man sich konsequent auf ein wissenschaftliches Studium und Selbstbetrachtung einließ. Das eigene Wesen zu erkennen bedeutete, Treue über alles andere außer der Ehre zu stellen.

Am Hilbert-Institut, einer Akademie für obdachlose Kinder, die zu alt zur Adoption waren, stand Kardinal Bonasero

Vessucci neben Kimball. Sie waren auf einen Laufsteg mit Blick auf ein Basketballfeld gestiegen und hatten dort ihre Ellbogen auf das Geländer gestützt. Das aktuelle Spiel interessierte sie nicht sonderlich. Vielmehr konzentrierten sich beide auf einen Sportler, der auf der Bank saß – einen Jungen aus der dritten Reihe, der nur selten aufgestellt wurde.

»Um einen Ritter auszusuchen, Kimball, braucht man einen objektiven Blick und darf sich nicht von etwaigen Sympathien für ein Kind beeinflussen lassen. Dieser Bursche hier ist weder ehrgeizig noch begabt und der Verwaltung zufolge gesellschaftlich dermaßen abgeschottet, dass er keinerlei Freunde hat. So verhält er sich aber ganz bewusst.« Der Kardinal wandte sich Hayden zu. »Ihm fehlt alles, was nötig ist, um in fünfzehn Jahren die Verantwortung eines Ritters des Vatikans zu übernehmen.«

Kimball trat ein wenig zurück, um das Kind aus der Entfernung zu mustern. Er war ein schlaksiger Junge mit blasser Haut, der es viel spannender fand, mit einer Fußspitze Kreise in den Sand zu scharren, als das Spiel mitzuverfolgen.

»Er braucht eben einen Mentor«, sagte Kimball schließlich.

»Was er braucht, ist eine Person, die Wunder bewirken kann. Dort draußen gibt es weit mehr Kinder, die den Anforderungen entsprechen, die wir an kommende Ritter des Vatikans stellen.«

Hayden lehnte sich an das Geländer. »Wissen Sie, an wen mich der Kleine erinnert?«

Der Kardinal lächelte. »Ich tippe mal darauf, dass Sie jetzt sagen, er würde Sie an Sie selbst erinnern.«

»Genau das meine ich. Und erinnern Sie sich auch noch an die Person, die mir zur Hilfe gekommen ist, als ich sie am dringendsten benötigt habe?«

Vessucci nickte. »Das war ich.«

»In Venedig. Sie wussten alles über mich. Sie wussten von all den entsetzlichen Dingen, die ich getan habe. Dennoch verschlossen Sie sich nicht, sondern kamen mir entgegen … An dem Tag habe ich mich zum ersten Mal einem anderen Menschen gegenüber geöffnet.«

»Fähigkeiten, die ich mir erst aneignen musste. Denken Sie daran, dass wir alle zuerst unsichere Schritte machen, wenn wir als Kleinkinder das Gehen lernen, und mitunter auch hinfallen, jedoch immer wieder aufstehen und es erneut probieren, bis es uns schließlich in Fleisch und Blut übergeht.«

»Ich weiß nicht, Kimball, aber bei diesem Burschen habe ich einfach kein gutes Gefühl – und immerhin wähle ich schon sehr lange Ritter aus.«

»Sollte ich jemals dazu kommen, mir selbst ein Team zusammenstellen zu dürfen oder zukünftige Ritter auszuwählen, dann müssen Sie mir vertrauen. Warum sonst bin ich hier?«

»Um diejenigen zu erkennen und kennenzulernen, die aufgrund ihrer Eigenschaften dazu taugen, Seiner Heiligkeit in Zukunft beste Dienste zu leisten.«

Kimball seufzte. »Ich werde Zugang zu ihm finden.«

Der Kardinal drehte sich wieder zur Bank um und schaute dann auf den Jungen, der mit seinem Fuß weiter imaginäre Kreise zeichnete. »Zu manchen Menschen findet man leider einfach keinen Zugang, Kimball, egal wie eifrig *man sich auch ins Zeug legt, und meines Erachtens nach hat sich dieses Kind schon zu weit in sich selbst zurückgezogen.«*

»Meines Erachtens nicht.«

Daraufhin schwiegen die beiden vorübergehend.

»Ungeachtet meiner Einschätzung«, sagte Vessucci schließlich, »werden Sie sich nicht beirren lassen, oder?«

Hayden bekräftigte dies. »Nicht bei diesem Kerlchen, nein. Ich verlange nichts weiter, als dass Sie mir eine Chance geben, sein Mentor zu sein und ihn zu leiten. Denn dann garantiere ich Ihnen, wird er zu einem der besten Ritter des Vatikans avancieren, die sich der Papst vorstellen kann.«

»Sie setzen sich aber ein hohes Ziel in Anbetracht der Umstände. Man muss sich wesentlich mehr anstrengen, als Ihnen bewusst ist, um emotional und seelisch Zugang zu einem solchen Kind zu finden, das so sehr in sich gekehrt ist.«

»Falls gar nichts dabei herumkommt, haben wir wenigstens einem Bedürftigen die Möglichkeit gegeben, mehr aus sich machen zu können – und das ganz ohne großen Aufwand.«

Dies konnte der Kardinal natürlich weder widerlegen noch leugnen. »Sie haben gewonnen, aber lassen Sie mich zumindest noch einmal nachhaken: Sind Sie sich wirklich sicher, dass es ausgerechnet dieser Junge sein muss, wo doch so viele andere ebenfalls Gottes Hilfe bräuchten?«

Kimball nickte erneut und zeigte dann auf das Kind. »Er muss es sein.«

Vessucci erkannte die Unbeirrbarkeit seines Schützlings, der geradezu besessen davon war sich um den Knaben küm-

mern zu wollen, und drehte sich deshalb wieder zu dem allein dasitzenden Jungen um. »Dann nennen wir ihn doch … Ezechiel.«

»Kimball?« Der Monsignore drückte jetzt seine dritte Zigarette im Aschenbecher aus. »Sie sagen doch im Grunde damit, dass Sie versucht haben, diesen Jungen zu retten, um sich – wie sollen wir es nennen? – reinzuwaschen von dem Mord an den beiden Kindern im Irak.«

»So habe ich es aber nicht ausgedrückt.«

»Aber in diesem Sinne gehandelt.«

»Wenn Sie es so auslegen möchten, bitte.«

»Was ich allerdings nicht verstehe: Warum gerade dieses eine spezielle Kind, gegen das sich Kardinal Vessucci so vehement gesträubt hat?«

»Ich hatte meine Gründe dafür.«

»Würden Sie diese für mich spezifizieren?«

»Spezifizieren?«

Der Monsignore gestikulierte mit seinen Händen. »Genauer ausführen, detaillierter erklären.«

»Warum dann diese geschwollene Ausdrucksweise?«

»Nun, würden Sie es bitte tun?«

»Nein.«

»Dann erzählen Sie mir wenigstens von Ezechiel, jetzt wo er erwachsen ist.«

Hayden zögerte zunächst, während sich Giammacio eine weitere Zigarette nahm, und entgegnete dann schließlich: »Ich fand irgendwann Zugang zu ihm, genauso wie ich es vorhergesehen hatte, und machte ihn dann lauter.«

»Lauter?«

Kimball fuchtelte spöttisch mit seinen Händen herum, um die Gesten des Geistlichen nachzuahmen. »Jemandem Redlichkeit beibringen, bis er aufrichtig und unverdorben ist.«

Der Monsignore grinste. »Warum dann diese geschwollene Ausdrucksweise?«

Kimball erwiderte das Grinsen.

»Die Zeit ist leider um«, fuhr der Berater fort. »Nächste Woche machen wir an dieser Stelle weiter. Bei Ezechiel.«

»Über ihn gibt es aber nicht viel zu erzählen, nur dass er sich tatsächlich zu einem der Besten im Bunde der Ritter des Vatikans gemausert hat.«

»Vielleicht nicht direkt über ihn als Person, sondern eher was seine Errettung auf psychologischer Ebene bedeutet.«

Hayden stand auf und bot dem Monsignore die Hand an, doch dieser schüttelte sie nicht, sondern lächelte ihn nur freundlich an.

»Letztes Mal hätten Sie mir fast die Hand zerquetscht. Um meine Lehre aus etwas zu ziehen, brauche ich sozusagen nicht die andere Wange hinzuhalten.«

Während der Ritter den Arm wieder hängenließ, klopfte es leise an der dicken Holztür, deren Paneele mit schwarzen Beschlägen und Nieten zusammengefügt waren; eine dürftige Imitation mittelalterlicher Zimmerei.

Als der Therapeut die Tür öffnete, stand ein Bischof auf der Schwelle, der seine Hände in den Ärmeln seines Gewands verbarg. »Ich bedauere es zutiefst, Sie zu stören, Monsignore, doch der Heilige Vater verlangt, mit Mr. Hayden zu sprechen. Er meinte, es sei recht dringend, und erwartet ihn deshalb jetzt in seinem Gemach.«

»Ist schon in Ordnung«, beschwichtigte ihn Giammacio. »Unsere Sprechstunde ist sowieso gerade vorbei.«

Er hielt die Tür weit auf und winkte dann mit der anderen Hand, damit Hayden hinausging. »Nächste Woche, Kimball, und ich weiß, ich wiederhole mich ständig: Bitte kommen Sie pünktlich.«

»Auf die Minute genau, Doktor.«

Der Monsignore seufzte. »Das glaube ich erst, wenn ich es erlebe.«

Kapitel 8

Das Gemach des Papstes wirkte überladen wegen des geäderten Marmorbodens, der wie eine Eisfläche glänzte, und auch wegen der dunkelroten Vorhänge mit den goldenen Bogenkanten vor den bis unter die Decke reichenden Fenstern. Kerzenleuchter aus poliertem Messing flankierten die sechs Fuß hohen Porträts früherer Päpste, woraus sich eine anhand Ihrer Amtszeit als Gottesdiener chronologisch geordnete Galerie an den Wänden ergab. Das Zimmer war sehr geräumig und stand stets im Mittelpunkt aller päpstlichen Aktivitäten.

Nachdem Kimball eingetreten war, fiel die hölzerne Doppeltür langsam hinter ihm zu. Seine Schritte hallten leise wider, während er auf den Mahagoni-Schreibtisch des Kirchenoberhaupts zuging, in dessen Seiten Engel und Putten geschnitzt waren.

Papst Pius XIII saß in einem edlen Ledersessel, dessen Polster mit Knöpfen verziert war. Neben ihm stand Kardinal Vessucci in der üblichen Tracht, einer Simarre mit scharlachroten Säumen und einem gleichfarbigen Käppchen. Er schien Fotos in der Hand zu halten, die er dem Papst offensichtlich gerade gezeigt hatte, bevor Hayden hereingekommen war.

Pius XIII lehnte sich jetzt auf seinem Platz zurück und bedeutete dem Ritter, in einem der beiden Sessel vor dem Tisch Platz zu nehmen. »Es freut mich, dass Sie sich die

Zeit nehmen konnten, Kimball. Es tut mir aufrichtig leid, Ihre Sitzung mit dem Monsignore gestört zu haben, doch in der gegebenen Situation führte leider kein Weg daran vorbei, Sie unverzüglich herzubestellen.«

Hayden setzte sich. »Wir waren sowieso fertig. Womit kann ich Euch dienen, Heiliger Vater?«

Pius wandte sich dem Kardinal zu, der dies als Zeichen dafür wertete, das Wort zu übernehmen. Er reichte Kimball daraufhin drei Hochglanzabzüge im Kleinbildformat. »Die haben wir gerade von unserem Nachrichtendienst erhalten«, erklärte er dazu.

Diese Institution, bekannter unter dem Kürzel SIV für *Servizio Informazione del Vaticano*, unterhielt diplomatische Beziehungen zu über neunzig Prozent aller Staaten auf der Welt und war im frühen 19. Jahrhundert gegründet worden, um die Bestrebungen zu vereiteln, die Macht des Kirchenstaates zu untergraben. Folglich hatte es die Kirche für notwendig gehalten, eine »inoffizielle« Sicherheitsagentur zu erschaffen, die mithilfe eines Systems aus vertraulicher Absprache und Informationsbeschaffung Probleme löste. Angesichts der zunehmenden Bedrohung durch extremistische Verbände war der SIV nach dem vereitelten Attentat auf Johannes Paul II allerdings zu einer nicht mehr wegzudenkenden Einrichtung geworden.

Kimball betrachtete nun die Fotos. »Ich kenne diese Männer«, sagte er. »Sie gehörten meiner alten Einheit an, den Acht.« Als er genauer hinschaute, sah er allerdings nur tote Gesichter und halb geschlossene Augen ohne Pupillen.

»Die Fotos wurden in behelfsmäßigen Leichenschauhäusern auf den Philippinen gemacht. Diese hier hingegen ...«

Er reichte Kimball drei weitere. »... stammen von den jeweiligen Orten, an denen man die Leichen gefunden hat.«

Sie lagen allesamt auf dem Bauch, sodass man ihre Gesichter nicht erkennen konnte. Ihre Oberteile waren aufgerissen und zur Seite gestreift worden, ein Buchstabe war in ihre Rücken geritzt worden. Darüber hinaus bemerkte er, dass man Walker an den Beinen eines Tischs festgebunden hatte, während seine eigenen Beine fehlten.

»Hat der Täter Walker etwa die Beine amputiert?«

»Nein, Signor Walker war anscheinend Söldner – ein passenderer Begriff fällt mir nicht ein – und verlor sie bei einem Bomben-Anschlag im Irak. Signor Grenier und Signor Arruti führten wiederum ein Militärunternehmen auf den Südphilippinen und kümmerten sich um Walker, der in Manila wohnte.«

»Alte Waffenbrüder«, wisperte Hayden. Die Ritzungen beschäftigten ihn ebenfalls. »Hat das irgendeine symbolische Bedeutung?«

»Es sind bloß Buchstaben«, antwortete Vessucci sofort hastig.

»Sicher? Denn der eine sieht fast wie ein Blitz aus, der andere wie ein horizontal ausgerichtetes V, antike Runen oder so etwas in der Art.«

»Auf den ersten Blick ja, das stimmt, doch der SIV ist zu dem Schluss gelangt, dass es einfach nur grob ins Fleisch geschnittene Buchstaben sind. Man legt den Blitz als S aus, und das horizontal ausgerichtete V, wie Sie es nennen, soll ein C sein.« Der Kardinal gab ihm daraufhin noch ein Bild, worauf seine ehemalige Einheit für den Fotografen posierte. Kimball selbst kniete ganz rechts in der vorderen Reihe und präsentierte eine kalte innere Stärke. Jene Zeit lag nun schon eine gefühlte Ewigkeit zurück. Die stehende hintere Reihe bestand von links nach rechts aus Walker, Grenier und Arruti, die jeweils mit einem roten Stift umkreist worden waren. Auf Walkers Körper hatte jemand ein I geschrieben, auf Greniers ein S und auf Arrutis ein C.

»I-S-C. Wer auch immer das getan hat, will uns offenbar eine Botschaft schicken«, schlussfolgerte Kimball.

»Aber was bedeutet das Kürzel – und vor allem: Was soll das Ganze?«, fragte der Papst.

Hayden fuhr flüchtig mit einem Zeigefinger über das Foto und dabei auch über das vierte andere Mitglied, Ian McMullen. Dieser war Ire und hatte allen Klischees seines Schlags entsprechend Alkohol genauso sehr geliebt wie sein AR-15. Auch sein Gesicht war umkreist, aber noch nicht mit einem Buchstaben versehen. »Der Täter geht nicht gerade subtil vor, oder?«

»Kimball, derjenige, der diesen Männern das angetan hat, hat dem SIV die Fotos selbst zukommen lassen. Und er nimmt sich ein Mitglied der Einheit nach dem anderen vor … bis zu ihnen. Demnach weiß er auch, dass Sie hier sind.«

»Das ist unmöglich«, widersprach Hayden. »Alle Personen, die mit jener Einheit in Verbindung stehen – darunter auch die Politiker der US-Regierung – halten mich für tot.«

»Anscheinend doch nicht«, widersprach Pius. »Denn andernfalls gäbe es keinen Grund für den Mörder, diese Fotos zu uns zu schicken.«

Kimball dachte kurz darüber nach. Der Heilige Vater sprach durchaus vernünftig und lag auch richtig mit seiner Vermutung. »Das stimmt, doch was für mich einfach nicht ins Bild passt, ist die Tatsache, dass Grenier und Arruti abgeklärte Kampfsoldaten waren. Ich kann mir nur schwer vorstellen, dass eine Person, die es auf sie abgesehen hat, beide einfach so überwältigen konnte.«

»Ob es eine oder mehrere waren: Diese Angelegenheit muss unbedingt geklärt werden, bevor diese Person oder Gruppe meint, ihre persönliche Fehde in den Vatikan auszuweiten.«

Kardinal Vessucci trat nun vor den Schreibtisch und lehnte sich vor Hayden an die Kante. »Kimball, das Dumme ist, dass Leviticus gerade mit seinem Team in Brasilien ist, und Jesaja mit seinem in Kolumbien. Ezechiel, Job und Joshua haben ihren Jahresurlaub genommen und kehren erst in zwei Wochen wieder zurück.«

»Das heißt, ich bin ganz allein hier?«

»Wir tun unser Möglichstes, um die drei wieder zurückzubeordern. Der SIV wird sie schon finden.«

»Das kann aber Tage dauern.« Hayden hielt sich das Foto wieder vor die Augen und schaute auf McMullens eingekreistes Gesicht. »Ich habe doch schon ein Team«, fügte er hinzu.

Der Papst beugte sich nach vorn. »Sie reden von Ihrer früheren Truppe, oder?«

»Spricht etwas dagegen? Fünf von uns sind immerhin noch übrig. Das sind mehr als genug für diesen Zweck.«

»Kimball, diese Männer …« Der Kardinal zeigte auf die drei eingekreisten Toten. »… waren Söldner, die Morde für jeden begingen, der ihnen das beste Angebot gemacht hat. Wollen Sie wirklich wieder in Ihr altes Milieu zurückkehren?«

»Sagen wir mal so: Ich möchte anhand dieser leisen Versuchung herausfinden, wie weit ich in meinem Leben tatsächlich gekommen bin. Mal schauen, ob ich vermisse, was ich war … oder zufrieden damit bin, was aus mir geworden ist.«

»Kimball …«

Der Ritter lenkte sofort ein, indem er eine Hand hochhob. »Bonasero, bitte. Dieser Mann …« Er zeigte auf McMullen. »… hat mir zwei Mal das Leben gerettet. Er soll augenscheinlich das nächste Opfer sein, was bedeutet, dass ich unbedingt zu ihm gelangen muss, bevor der Mörder ihn findet. Ich habe also nicht mehr viel Zeit.«

Papst Pius seufzte. »Das gefällt mir ganz und gar nicht Kimball«, sagte er. »Andererseits darf ich unter keinen Umständen wissentlich dulden, dass jemand in Lebensgefahr schwebt. Nichtsdestotrotz werde ich den SIV darauf ansetzen, Ihre Gefährten aus dem Urlaub zurückzurufen und sie schnellstmöglich nachreisen zu lassen, sobald sie gefunden wurden.«

»In Ordnung. Ich muss aber leider sofort aufbrechen und meine ehemaligen Kameraden zusammentrommeln. Dazu brauche ich lediglich die aktuellen biografischen Aufzeichnungen über diejenigen, die noch leben – und muss natürlich auch wissen, wo sie genau sind.«

»Der SIV wird diese Informationen bestimmt gesichtet haben, bis Sie reisefertig sind«, versprach ihm Vessucci.

Hayden stand auf. »Vielen Dank.«

»Und Kimball.« Auch der Papst erhob sich jetzt in seinem vollen Ornat. »Die Versuchung, die Sie erwähnt haben, dass Sie in alte Sitten zu verfallen drohen, führt Sie wieder zu

Menschen, die sich für die dunkle Seite entschieden haben. Ich verlasse mich fest darauf, dass Sie standhaft bleiben.«

»Na ja, auf irgendjemand muss ja Verlass sein, oder?«

»Kimball.« Der Kardinal legte ihm jetzt sanft eine Hand auf die Schulter. »Seien Sie bitte vorsichtig. Etwas Unbekanntes zu bekämpfen, dass im Schatten agiert, um nicht gesehen zu werden, ist immer äußerst schwierig.«

»Wenn es aus Fleisch und Blut besteht, kann man es finden. Immerhin hat es auch mich gefunden, nicht wahr?«

»Passen Sie auf sich auf, Kimball«, ergänzte Papst Pius. »Und möge Gott Ihnen beistehen.«

Hayden nickte. *Seinen Beistand brauche ich hierbei auf jeden Fall*, dachte er, und zwar nicht nur wegen der Gefahr für sein Wohlergehen, sondern auch aufgrund des Risikos, seinen früheren Lebenswandel wieder anzunehmen. *Würde er erneut in gleicher Weise wie ein Alkoholiker, der nur einen Tropfen brauchte, um den rechten Weg zu verlassen, wieder auf den Geschmack kommen, einen anderen Menschen zu töten, nur weil er dazu in der Lage war, oder konnte er standhaft bleiben und sich einen Mord nur als allerletzten Ausweg vorbehalten?*

Nachdem er dem Kardinal zum Abschied auf die Schulter geklopft und den Fischerring des Papstes geküsst hatte, ging Kimball zu der wuchtigen Doppeltür des Gemachs zurück, wobei seine Schritte gespenstisch widerhallten.

Kapitel 9

Der Vatikan ordnete bei Alitalia Airlines einen umgehenden Flug von Rom nach Las Vegas im US-Bundesstaat Nevada an. Die Maschine sollte zum Auftanken in Boston zwischenlanden. In Haydens Gepäck befanden sich neben Kleidern in einem Geheimfach seines Koffers auch zwei KA-BAR-Kampfmesser. Bei sich trug er einen gefälschten Reisepass, den ihm die zuständige Behörde im Vatikan ausgestellt hatte, um seine Identität in den Vereinigten Staaten zu schützen, da deren Obrigkeit ihn als nunmehr toten Flüchtigen erachtete. Sollte nun herauskommen, dass er noch lebte und über verwerfliche Machenschaften der Regierung unter früheren Präsidenten im Bilde war – die Morde und Liquidierungen im Inneren, den erheblichen Aufwand zur Vertuschung politischer Verbrechen – würde Kimball höchstwahrscheinlich ins Visier irgendeines Agenten geraten und für immer verschwinden.

Kimball hatte sich in einer der Doppelsitzreihen am Gang in der ersten Klasse niedergelassen. Auf dem Platz neben ihm lag ein offener Dokumentenumschlag, und in den Händen hielt er die Lebensläufe der noch lebenden Mitglieder seiner alten Einheit. Er staunte immer noch darüber, wie rasch der SIV die detaillierten Informationen hatte besorgen können.

Als er kurz zur Seite und aus dem Fenster schaute, sah er den bewegten Wellengang des Atlantik unter der Maschine, die schäumenden Kämme und die weiße Gischt gegen das

Meerblau, während der Jumbojet mit fünfhundert bis sechshundert Meilen pro Stunde nach Westen in Richtung USA flog.

Dann warf er einen Blick auf seine Uhr. Noch vier Stunden bis zur Landung in Boston, danach weitere sechs bis nach Las Vegas; die Zeit reichte gerade so aus, um die Fakten aus den Aufzeichnungen zusammenzutragen, die dick wie ein Buch waren.

Als er sich wieder der Mappe in seiner Hand widmete, verglich er ein altes Foto mit einem neuen des nächsten Opfers: Ian McMullen.

So wie er jetzt aussah, konnte man ihn zurecht als verwahrlost bezeichnen. Auf einem Bild, das laut Datumsangabe weniger als zwei Jahre zuvor gemacht worden war, wirkte der Exsoldat dreißig Jahre älter als in Wirklichkeit. Er war dem Alkohol mittlerweile offensichtlich vollkommen verfallen und zu einem Mann geworden, der seine Seele aufgegeben und weder Ziele noch Hoffnungen hatte.

Er zog seit Jahren von Obdach zu Obdach durch die Straßen von Las Vegas. Das Klima trocknete ihn in gleichem Maße aus, wie ihm seine Vergangenheit den Willen zum Weiterleben geraubt hatte.

Dem entgegen stand ein älteres Bild, auf dem man ihn mit hervorstechenden Zügen, kräftigem Hals und rotem Schnauzer sah, der ihn als Iren wie aus dem Bilderbuch zeigte. Auf dem aktuelleren Foto war sein Gesicht hingegen gänzlich eingefallen, er war ungepflegt und verwahrlost. Seine fettigen Haare klebten ungekämmt an seinem Kopf, und die Augen waren nicht mehr dunkelgrün, sondern gräulich eingetrübt.

Kimball erkannte darin einen Tagedieb ohne Aussicht darauf, zu seinem früheren Selbst zurückzufinden und wieder einen Elitesoldaten abzugeben, egal wie sehr er sich auch anstrengen würde. Dieser Kerl war von allen guten Geistern verlassen und in einem Kampf zerrieben worden, den er einfach nicht gewinnen, geschweige denn überhaupt austragen konnte. Und von jetzt auf gleich hatte sich die Zahl der Mitglieder von Kimballs Team von vier auf drei verringert.

Er legte das Foto in die Mappe zurück und nahm jetzt die Akte des voraussichtlichen Opfers nach McMullen zur Hand. Dieses hieß Victor Hawk, er gehörte als Apache einem Stamm der amerikanischen Ureinwohner an und lebte in New Mexico. Nach seinem Dienst für die Regierung war er offensichtlich zu seinen Verwandten zurückgekehrt, bezog Geld vom Staat und verbrachte seine Zeit mit Pferdezucht auf einer Ranch am Rande des Reservats.

Als Soldat war er äußerst brutal gewesen, spezialisiert auf geräuschlose Morde dank der sagenhaften Sachkenntnis seines Volks und seiner militärischen Ausbildung, die letzten Endes auch zu seinen Vorzügen als unsichtbarer Killer gehört hatten. Hawk war von seinen Kameraden »der Geist« genannt und als überlebensgroß angesehen worden, denn angeblich sahen seine Opfer zunächst nur den Dschungel und dann einen huschenden Schatten, bevor sie starben, weil ihnen der Apache die Kehle mit einem Messer aufgeschlitzt oder ein Würgeseil um ihren Hals gelegt hatte.

Da er jetzt einen beträchtlichen Wanst vor sich herschob und sein einst pechschwarzes Haar graumeliert war, bezweifelte Kimball, dass er nach all den Jahren noch kampftauglich war.

Nachdem er auch Hawks Fotos beiseitegelegt hatte, fasste er die Mappen der letzten beiden Männer nicht allzu hoffnungsfroh, sondern eher pessimistisch ins Auge. Jeff und Stanley Hardwick waren zwei leichtsinnige Verrückte gewesen, denen Gefahr immer zur Freude gereicht hatte und denen die Lust am Adrenalinschub nie verging. Noch heute sahen sie so muskulös und stattlich aus wie in den Jahren zuvor.

Ihr Spitzname lautete »Gebrüder Grimm«. Einer von ihnen war ein Weltklasse-Scharfschütze, der andere ein Sprengstoffexperte mit überragenden Kenntnissen in weiteren Bereichen, etwa Kampfsportarten und Umgang mit zweischneidigen Waffen gewesen. Allerdings hatten die zwei auch zu Ungehorsam geneigt und sich den anderen Mitgliedern häufig widersetzt, weil sie der Ansicht gewesen waren, ihren eigenen Kopf auf Gedeih und Verderb durchsetzen zu müssen.

Gegenwärtig verkauften die Brüder offenbar Artikel aus Überschussbeständen der Army und Navy in einem Laden in Baltimore, wobei sich eine lange Liste von Ordnungswidrigkeiten ergeben hatte, unter anderem im Zusammenhang mit Alkohol und der Behinderung eines öffentlichen Beamten.

Hayden nickte. *Manche Dinge ändern sich eben nie.*

Schließlich schloss er die Mappe wieder und rieb seine müden Augen mit Daumen und Zeigefinger. Er wollte sich gern vorab einen Plan zurechtlegen, doch wie sollte dies mit einem Obdachlosen, einem in die Jahre gekommenen Indianer und zwei außer Rand und Band geratenen Irren gelingen, die nie richtig erwachsen geworden waren?

Und darüber hinaus: Wie fand man jemanden, der weder ein Gesicht noch einen Namen hatte?

Das ist leicht: Man lässt sich von ihm finden!

Letzten Endes atmete Kimball tief ein und ebenso langsam wieder aus, nahm die Fotos von McMullen erneut in die Hand und dachte: *Wenn dich dieser Mörder suchen kommt, bin ich auch da!*

Die Maschine flog weiter westwärts.

Kapitel 10

Las Vegas, Nevada

Die Welthauptstadt des Entertainment wurde ihrem Ruf seit jeher gerecht. Licht und Glitzerglanz, Hotels in Anklang an Bauten in Paris, Monte Carlo, Hollywood und Ägypten, Mandalay und New York City, die Greatest Show On Earth und die karnevalistische Einrichtung des Circus Circus.

Es gab jedoch kein Licht ohne Schatten. Gleich außerhalb des Innenstadtbereichs reihten sich weniger als eine Meile von der Experience auf der Fremont Street entfernt, die Heime und Essensausgaben für Clochards.

Auf den Bürgersteigen kam man kaum an Behelfsunterkünften vorbei, und nicht nur die Obdachlosen brauchten Psychopharmaka. Müll und Unrat verstopften die Regenrinnen, die Gebäude in der Umgebung waren alt und verlassen wie die Anwohner in dieser Gegend. Im Hintergrund erstreckte sich die Skyline der City von Las Vegas, zu der auch die Türme des Golden Nugget und Union Plaza zählten.

Auf der Owens Street verließ ein Mann gerade eine Suppenküche, deren Fassade irgendwelche Banden mit Graffiti besprüht hatten, und ging dann nach Osten in Richtung Boulevard. Er trug einen mottenzerfressenen Mantel, und zwar so, als sei es sein teuerster Besitz, obwohl es momentan unerträglich heiß war. Außerdem hatte er Handschuhe ohne Finger und eine Hose voller Fettflecke an. Seine Haare waren lang, verfilzt und zottelig. Mit der Zeit hatte sein Gesicht aufgrund akuter Leberschäden einen gelblichen Teint angenommen und er hatte Falten bekommen, sodass es wie eine labbrige Gummimaske wirkte. Betrachtete man ihn jetzt, wäre man nicht darauf gekommen, dass er einst einer der gefährlichsten Kämpfer auf dem Planeten gewesen war.

Stattdessen war Ian McMullen nun ein Stadtstreicher, der seinem Lebensabend entgegensah.

Als er den Las Vegas Boulevard erreicht hatte, bog er in Richtung Stadtkern, um sich eine Stelle zu suchen, wo er genug Kleingeld erbetteln konnte, um sich eine Flasche billigen Wein kaufen zu können.

Als er die Straßen Washington und Bonanza hinter sich gelassen hatte, geriet langsam das Zentrum in Sicht, und McMullen beschlich ein lange verborgenes Gefühl … er witterte Gefahr wie ein Tier.

Er blieb stehen, drehte sich um … über die Jahre war er bucklig geworden, sein Rücken krumm wie ein Fragezeichen … und sah die nichtssagenden Gesichter von Touristen oder Ansässigen, wobei er schon auf geringfügigste Veränderungen in ihrem Mienenspiel achtete, die preisgeben könnten, dass sie ihn verfolgten.

Obwohl er genau hinschaute und gezielt nach verräterischen Zuckungen suchte, konnte er nichts als lachende oder strahlende Menschen erkennen … einen zusammengewürfelten Haufen in der Stadt, wo die Sünde regierte und Moral auf dem Abstellgleis stand.

McMullen schnaubte abfällig, weil er sich über sich selbst ärgerte. Er wurde nicht nur rasend schnell alt, sondern offenbar auch allmählich paranoid.

Als die Sonne untergegangen war und Vegas so bezaubernd funkelte wie Paris an den Ufern der Seine, begann der Ire auf der Kreuzung der Fremont Street sein allabendliches Ritual, indem er flehend eine Hand ausstreckte und sagte: »Bitte, eine milde Gabe für einen Veteranen … Haben Sie nicht ein wenig Wechselgeld für einen alten Krieger? … Schon ein paar Cent helfen.« Dies wiederholte er unaufhörlich im gleichen Tonfall und Tempo.

Ian McMullen wurde jedoch in der Regel nur äußerst selten wahrgenommen.

»Bitte, eine milde Gabe für einen Veteranen … Haben Sie nicht ein wenig Wechselgeld für einen alten Krieger? … Schon ein paar Cent helfen.«

Als er seine Zeit ungefähr halb abgesessen hatte, drückte ihm ein Mann plötzlich einen Geldschein in die behandschuhte Hand. »Dafür unterhältst du dich aber kurz mit mir«, meinte der Fremde, bevor er die Finger des Obdachlosen zudrückte, womit er den Schein und zugleich auch dessen Wert verbarg. »Alles, was ich verlange – und diesen Wunsch wirst du mir ja wohl nicht abschlagen – sind ein paar Minuten deiner Zeit.«

McMullen zog daraufhin die Hand zurück und öffnete sie. Er hielt einen zerknitterten Fünfzig-Dollar-Schein darin.

Schnell musterte er den Mann. Dieser machte einen schroffen Eindruck auf ihn, er war hager mit knochigen und steifen Zügen. Der Kragen seines Hemdes war ein blütenweißes Band wie bei einem Priester.

»Und was kann ich für dich tun?« McMullen steckte das Geld in die Tasche seines Mantels.

»Bitte«, erwiderte der Pfaffe. »Meine Kirche befindet sich in der Fourth Street. Können wir dort miteinander sprechen?«

»Ich bin kein Stricher, Mann.«

Der Fremde lächelte. »Das unterstelle ich dir auch nicht.«

»Na, hoffentlich.«

Er streckte einen Arm in die Richtung aus, die McMullen einschlagen sollte. »Nach dir.«

Sie machten sich nun zu zweit auf den Weg.

»Also, was findest du an mir so wichtig, Vater, dass es dir fünfzig Dollar deines sauer verdienten Geldes wert ist?«

»Informationen«, antwortete der Priester daraufhin.

»Informationen? Mehr nicht?«

»Mehr nicht.«

»Tja, Vater, heute ist dein Glückstag. Ich habe was im Angebot: Fünfzig Dollar für alle Informationen, die du willst.«

Der Priester lächelte erneut. »Dann lass uns doch mit der Frage anfangen, warum du dich für diese Lebensweise entschieden hast.«

Der Ire zögerte kurz, als ringe er um treffende Worte. »Das war weniger eine Entscheidung als Schicksal«, erwiderte er schließlich.

»Du bist also Fatalist?«

»Ich denke, das Schicksal eines Menschen ergibt sich daraus, was er in seinem Leben alles getan hat, und manche sind eben so tief gesunken, dass sie sich ums Verrecken nicht wieder hochziehen können.«

»Ich verstehe. Du meinst also, du seist so tief gesunken, dass du nicht hoffen darfst, je Seelenheil zu erfahren.«

»Genau das meine ich.«

Während sie nun langsam weiter auf die Fourth Street zugingen, schwiegen sie eine Zeit lang.

Dann fragte der Pfaffe: »Würdest du mir denn erklären, warum du auf dein Recht verzichtet hast, nach Erlösung zu streben oder dich zu bessern?«

McMullen zog die Schultern hoch. »Ich bin kein guter Mensch.«

Nun blieb der Fremde stehen. »Warum behauptest du das?«

Der ehemalige Söldner starrte ihm direkt in die Augen. »Jemand, der jammert, dass er die Uhr zurückdrehen und noch einmal ganz neu anfangen will, hat meiner Meinung nach den falschen Lebensweg eingeschlagen. Kein Tag vergeht, ohne dass ich mir wünsche, alles wieder von vorn machen zu können.«

»Aber besteht das Leben nicht auch aus Herausforderungen?«

»Schon, Vater, doch mein Leben ist leider schon vor Jahren in die Binsen gegangen.«

»In die Binsen?«

»Das heißt, dass etwas verloren gegangen ist und man sich bemühen kann, wie man will, es aber trotzdem nie wiederbekommen wird.«

»Folglich hältst du dich also für verloren, ja?«

»Schon eine ganze Weile.«

»Du weißt aber, dass ein Eingeständnis der Seele guttut, oder? Es eröffnet bereits den Weg zur Erlösung.«

»Ach was, sogar Gott weist diejenigen ab, die sich um nichts mehr kümmern und gleichgültig sind.« Er schaute den Priester an. »Ich habe schreckliche Taten begangen, Vater. So schrecklich, dass Gott mich in der ersten Klasse zur Hölle fahren lassen würde, ohne mich auch nur eines Blickes zu würdigen.«

»Niemand kann derart verkommen sein.«

»Doch.« Als der Obdachlose näher an ihn herantrat, drang dem Priester sein Körpergeruch in die Nase, den er abstrahlte wie Asphalt die Wärme an einem heißen Sommertag. »Ich habe Morde verübt, Vater. Ich habe ungestraft Unschuldige getötet, weil sie mir im Weg standen. Und soll ich dir noch etwas sagen?«

Der Fremde verharrte ruhig.

»Es hat mir gefallen!«, fuhr McMullen fort. »Es hat mir sogar sehr gefallen.«

Der Priester hob langsam eine Hand, um den Obdachlosen zum Weitergehen aufzufordern.

»Was? Keine einzige Bemerkung dazu?«

Nun seufzte der Mann. »Auch Mörder schlagen diesen Lebensweg nicht freiwillig ein.«

»Ich habe doch gesagt, dass es nicht freiwillig geschah, sondern Schicksal war.«

»Du bereust also nichts davon? Kein bisschen?«

McMullen stockte beim Gehen kurz und hielt wieder inne. »Mit der Zeit bekam ich tatsächlich Schuldgefühle«, gestand er. »Und fand deshalb mein Seelenheil in der Flasche. Das tue ich noch immer.«

»Alkohol kann Gott aber nicht ersetzen.«

»Für mich schon.« Er blieb abermals stehen und sah den

Priester intensiv an. »Es artete so sehr aus, dass ich schließlich die Gesichter derer sah, die ich ermordet hatte, und ihre entsetzten Blicke, ihr Schluchzen und Flehen hörte; das hat mich innerlich zerfressen wie Krebs. Klar, ich war dem Saufen niemals abgeneigt, doch es wurde irgendwann so extrem, dass es mir dabei half, die Erinnerungen zu verdrängen und meinen Alltag zu bewältigen.« Er ging weiter. »Aus diesem Grund will auch niemand einem Penner wie mir Arbeit oder eine Chance geben. Keiner stellt jemanden ein, der ohne zu trinken, nichts auf die Reihe kriegt. Ich habe mein schlechtes Gewissen letzten Endes nur gegen den Teufel Alkohol eingetauscht.«

Die Kirche stand an der Ecke von Bridger und Fourth Street. Eine Gasse trennte das Gelände nach mehreren Yards von einer Hochzeitskapelle, die nicht mehr benutzt wurde.

»Dort entlang geht es zum Hintereingang«, sagte der Priester.

»Wie viele Informationen willst du denn noch?«

Er antwortete nicht, als sie den Weg zur Rückseite der Kirche zurücklegten, die mit einem Tor abgesperrt war.

»Ich fürchte, ich habe den Schlüssel vergessen«, behauptete er.

»Dann hat sich's wohl erledigt mit uns beiden.«

»Nein, eigentlich nicht«, hielt er dagegen. Er zog nun plötzlich einen silbernen Zylinder aus der Gesäßtasche und hielt ihn in die Höhe, damit der Obdachlose ihn sehen konnte. »Wer seine Sünden wirklich bereut, der hat auch das Recht auf Vergebung.«

Der Dorn schnellte jetzt an der Oberseite heraus.

»Was soll das?«

Der Pfaffe trat näher. »Ich gebe dir eine letzte Gelegenheit, Gott zu begegnen und um Vergebung zu bitten.«

»Hast du 'nen Knall? Du bist ein Priester!«

»Ehrlich gesagt bin ich das gar nicht.«

Und wie versprochen gab er McMullen die Möglichkeit, Gott um Einlass ins Reich des Lichts und der Liebe zu bitten.

Kapitel 11

Vatikanstadt

Papst Pius XIII stand in seinem Bad vor dem Spiegel. Er war blass, und seine teigige Haut fühlte sich weich wie der Unterleib eines Fisches an. Die Runzeln an seiner Stirn und die zahllosen kreuz und quer durch sein Gesicht verlaufenden Falten wirkten länger, dunkler, tiefer – wie eine Elfenbeinschnitzerei als Zeugnis der Bürde, die er während der letzten Jahre gestemmt hatte. Das Weiße in seinen Augen war mittlerweile von einem roten Netz durchzogen, was den Eindruck verstärkte, sie seien verquollen und würden vor Müdigkeit tränen.

Nachdem er das Bild seines auszehrenden Selbst flüchtig begutachtet hatte, drehte der Heilige Vater den Hahn auf und schaute zu, wie der Strahl aus dem glänzenden Messingrohr, das einem Fisch mit großen Schuppen nachempfunden war, ins Becken lief. Dann schöpfte er mit beiden Händen etwas von dem kalten Wasser, spritzte es sich ins Gesicht und tupfte es mit einem Handtuch ab, bevor er in sein Gemach zurückkehrte. Sein Gang wirkte beunruhigend schwerfällig, denn er machte kurze, schlurfende Schritte, die an eine Geisha erinnerten.

Vor seinem Arbeitstisch saß mit einem braunen Umschlag in der Hand Kardinal Bonasero, der geduldig auf ihn wartete.

Der Papst trat jetzt in seiner Alltagstracht ein, die aus einer durchgeknöpften, bis zum Boden reichende Soutane oder *sottana* mit Schärpe und *mozetta* bestand, einem Umhang mit Kapuze. Dazu trug er rote *pantofole* – Schuhe zum Hineinschlüpfen – und sein Käppi, das *zucchetto*. Allerdings schien diese Gewandung den Mann hinunterzuziehen, denn der Stoff schlackerte, als ob er für seinen Körperbau zu groß sei.

»Bitte verzeihen Sie, Bonasero. Die harte Arbeit, die ich mir lange Zeit auferlegt habe, macht mir wohl zusehends zu schaffen.« Er stellte sich nun vor seinen Sessel und sackte auf dem weichen Lederpolster zusammen, dann zeigte er auf den Umschlag, den Vessucci festhielt. »Hat der SIV das geschickt?«

Der Kardinal nickte und öffnete den Brief. Darin steckten Fotos vom Tatort eines Mordes in Las Vegas. Er legte sie sorgfältig vor dem Papst aus.

Was Pius dort sah, war Ian McMullens Leiche von verschiedenen Seiten. Der Fotograf hatte die Bilder aus unterschiedlichen Blickwinkeln gemacht. Der Mann lag mit seitwärts ausgestreckten Armen auf dem Bauch – es sah nicht ganz so wie eine Anspielung auf die Haltung eines Gekreuzigten aus – auf dem Pflaster einer Straße, und das Material seines Mantels war vom Rockschoß bis zum Kragen aufgetrennt worden, der Rücken darunter war nackt. Der Täter hatte ein A in sein Fleisch geritzt.

»Ian McMullen«, begann Vessucci. »Er war der Mann ganz rechts in der hinteren Reihe auf diesem Foto von Kimballs alter Truppe. »Somit hätten wir also einen weiteren Buchstaben.«

Pius stöhnte, während er das Foto konzentriert betrachtete. Auf den rot eingekreisten Gesichtern der Mitglieder von Haydens ehemaliger Spezialeinheit stand von links nach rechts gelesen I-S-C, und jetzt kam ein A an vierter Stelle hinzu. Dies bedeutete, dass der Killer sich in Kürze der Ermordung der Männer in der unteren Reihe annehmen würde, um seinen Auftrag abzuschließen, beginnend mit einem amerikanischen Indianer und endend mit dem wahren Ritter.

»Vier von ihnen sind bereits tot«, fasste der Kardinal verärgert zusammen. »Bleibt also noch die andere Hälfte.«

Der Papst wippte nervös mit dem Kopf, den er auf seine Finger gestützt hatte. »Ich mache mir gerade große Sorgen um Kimball«, entgegnete er. »Hat der SIV schon herausgefunden, wo seine Kameraden ihren Urlaub verbringen?«

»Noch nicht, Heiliger Vater, doch man hat alle Hebel in Bewegung gesetzt.«

»Mir wäre erheblich wohler zumute, Bonasero, wenn ich wüsste, dass ihm die anderen Ritter des Vatikans beistünden, anstatt dass er den Rückhalt seiner alten Gefährten sucht.«

»Wir können immer noch auf Leviticus und Jesaja zurückgreifen.«

Pius nickte. »Aber sie sind gerade anderswo mit dem Schutz Unschuldiger beschäftigt. Sie herzurufen, während Gottes Kinder dort dringend auf uns angewiesen sind, wäre eine sträfliche Sünde nicht nur meinerseits, sondern der gesamten Kirche gegenüber. Nein, Bonasero, so gern ich es auch tun würde, darf ich sie nicht von ihrer rechtmäßigen Pflicht als Ritter des Vatikans abhalten … Kimball ist vorerst bedauerlicherweise auf sich selbst angewiesen.«

Er nahm die Fotos und legte sie auf dem Schreibtisch nebeneinander. Walker – I, Grenier – S, Arruti – C, McMullen – A.

»Ich weiß, was er buchstabieren will«, meinte der Kardinal.

Pius nickte wieder. »Ich auch.« Er fuhr mit einem Finger über die Bilder. »I-S-C-A«, sagte er und lehnte sich dann zurück. »Er will damit auf den Mann verweisen, der Jesus für dreißig Silbermünzen verraten hat.«

»Judas Iskariot.«

»Ja, Judas Iskariot«, wiederholte er.

»Aber wieso?«

Er zuckte mit den Achseln. »Braucht ein Verrückter einen Grund für sein Tun?«

»Oder Verrückte«, argwöhnte der Kardinal. »Wir haben schließlich keine Ahnung, wie viele Personen hinter diesen Morden stecken. Wir können nur davon ausgehen, dass sich der- oder diejenigen, die das getan haben, noch in Las Vegas aufhalten und dort vielleicht sogar auf Kimball warten.«

»Wann landet er denn dort?«

»In weniger als einer Stunde«, antwortete Vessucci, »aber ich habe schon jemanden zum Flughafen bestellt, der ihn sofort abfangen und über den neuesten Stand der Dinge aufklären soll.«

»Dann beten wir dafür, dass Kimball nirgendwo hineintappt, worauf er nicht vorbereitet ist.«

»Kimball gehört zu den Besten. Er ist von Natur aus auf der Hut.«

»Aber er ist allein.« Kaum dass sich der Papst erhoben hatte, zitterten seine Knie, und er kippte wegen des Schwindels vorwärts, weshalb er sich auf den Schreibtisch aufstützen musste, um aufrecht stehenzubleiben.

Vessucci reagierte schnell und half ihm, sich wieder hinzusetzen. Pius' Blick wirkte währenddessen entrückt, geistesabwesend und orientierungslos. »Heiliger Vater.«

Er streckte scheinbar kraftlos eine Hand aus, und legte sie auf einen Unterarm des Kardinals. Das Luftholen fiel ihm hörbar schwer, so als liege ein langer Sprint hinter ihm. »Mir geht es gut, Bonasero, wirklich. Ich bin bloß zu schnell aufgestanden, das ist alles.«

Plötzlich bekam Pius einen Hustenanfall, rasselnd vor Schleim in seiner Lunge, und wurde dunkelrot im Gesicht, während seine Augen hervortraten und tränten. Er hielt sich einen Ärmel seiner weißen *sottana* vor den Mund.

Als er sich wieder beruhigt hatte, konnte er nur fassungslos auf den Stoff starren. Dieser war blutbefleckt.

Der Kardinal machte einen ruckartigen Schritt vorwärts. »Grundgütiger«, stöhnte er. »Das verheißt nichts Gutes.«

Der Papst schaute zu ihm auf. »Bringen Sie mich schnell ins Gemelli.«

Kapitel 12

McCarran Airport, Las Vegas, Nevada

Für das Kind war der Mann wie Nebel, der sich fortwährend auflöste und wieder verdichtete, stets an drei Stellen gleichzeitig war und die Dunkelheit zur Tarnung benutzte.

»Noch einmal!« Seine Stimme klang hart und gebieterisch, wie ein Mentor, der nichts weniger als Perfektion verlangte.

Von rechts aus dem Schatten schnellte jetzt ein hölzernes Katana hervor, schlug dem Jungen von hinten gegen die Schultern und verschwand anschließend wieder so schnell, wie es erschienen war. Die Waffe verursachte ihm zwar keine merklichen Schmerzen, doch das laute Klatschen erschreckte ihn wie das Geräusch einer Klapperschlange.

»Noch einmal!«

Er wandte sich jetzt ängstlich mit seinem eigenen Holzschwert in die Richtung, aus der er angegriffen worden war, umringt von Schatten.

Dieses Mal bekam er einen ähnlichen Treffer von links versetzt, extrem schnell und genau ins Kreuz.

Das Kind drehte sich auf der Stelle und horchte. Genau vor ihm schien sich etwas zu bewegen – man hörte nur, wie ein Fuß über den Boden rutschte – recht nahe und im Schutz der Dunkelheit. Dann reagierte der Junge sprunghaft, indem er dorthin stach, wo er seinen Gegner anhand des Geräuschs vermutete.

Erneut sauste das Holzblatt des Katanas aus der schwarzen Wand hervor und lenkte den Angriff des Knaben ab. Der Knall, als die beiden Waffen zusammenprallten, hallte durch das düstere Gewölbe unter der Vatikanstadt, und dann zog sich der Lehrer des Jungen aus dem Lichtkreis zurück, den die Flammen der abseits brennenden Fackeln erzeugten.

»Sehr gut, Ezechiel«, lobte er den Jungen voller Stolz. »Vertraue stets auf deine anderen Sinne, wenn dich einer von ihnen im Stich lässt. Kannst du nichts sehen, musst du lauschen; was du nicht hörst, wirst du riechen. Begreifst du etwas nicht, dann schlussfolgere logisch.«

Der Junge packte nun das Katana fest, während er es geradeaus richtete und mit gespitzten Ohren abwartete.

Sein Lehrer bewegte sich einmal mehr in der Finsternis, um zum nächsten Schlag anzusetzen.

Und das Kind horchte, verrückte die Füße, um sein Gleichgewicht zu wahren, und hielt die Waffe abwehrbereit.

»Gut, Ezechiel, ausgezeichnete Körperhaltung. Zu dumm nur, dass ich gerade hinter dir stehe.«

Erneut griff sein Lehrer aus der Dunkelheit heraus an. Jetzt streifte er seinen Rücken mit der Spitze des Katanas, was ihn in einem wirklichen Kampf getötet hätte.

Da warf der Junge sein Holzschwert verärgert auf den Boden, ließ sich bockig auf den Hintern fallen und gab sich schluchzend geschlagen.

Kimball betrachtete ihn daraufhin mehrere Sekunden lang, bevor er sich ihm behutsam näherte und auf einem Knie neben Ezechiel niederging. Er streckte einen Arm aus und zog das Kind zu sich. »Ist schon gut, Ezechiel, du machst dich wirklich ganz hervorragend.«

»Stimmt doch gar nicht!«

Kimball musste unweigerlich schmunzeln. »Doch, doch.« Schließlich setzte er sich zu Ezechiel auf den Beton. »Ich habe in diesem Übungsraum schon Kinder trainiert, die älter waren als du jetzt. Und weißt du was?«

Als der Junge zu ihm aufschaute, wanderten gespenstische Schatten über sein Gesicht, die das Licht der Fackeln erzeugte.

»Ob du es glaubst oder nicht«, fuhr Hayden fort. »Du hast ungeheures Talent, was Selbstverteidigung angeht, viel mehr als manche, die deutlich älter waren als du.«

Ein verhaltenes Grinsen trat auf Ezechiels tränenverklebtes Antlitz. »Echt?«

Kimball nickte. »Ja, echt. In wenigen Jahren schon bist du ein Profi, das garantiere ich dir.«

Der Junge ließ bei diesen Worten seine Schultern hängen.

Darüber wunderte sich der Ritter. »Was ist los?«

Ezechiel seufzte. »Dann bin ich aber bestimmt schon zwölf oder dreizehn und zu alt.«

Kimball lachte. »Dann bist du vielmehr ein ansehnlicher junger Mann am Zenit seiner Möglichkeiten. Sei einfach geduldig und gib niemals auf, okay? Denk daran, worüber wir uns einmal unterhalten haben – über das Aufgeben und Verlieren.«

Der Kleine nickte. »Wer aufgibt, verliert immer, und Sieger geben niemals auf.«

»Ganz genau. Und du bist doch ein Siegertyp, oder?«

»Das will ich meinen.«

Hayden ahmte ihn spöttisch nach – »Das will ich meinen« – hob das Holzschwert auf und gab es ihm wieder. »Wer aufgibt, verliert immer, und Sieger geben niemals auf.«

Das Kind warf einen kurzen Blick auf die Waffe und seufzte, dann stand er auf und hielt sie mit fest umschlossenem Heft in die Höhe. »Wer aufgibt, verliert immer, und Sieger geben niemals auf.«

Kimball erhob sich auch wieder und wich in die Dunkelheit zurück. Sobald er nicht mehr zu sehen war, rief er abermals die beiden Wörter: »Noch einmal!«

Und der Junge griff an.

In dem Moment, als das Flugzeug den Boden am McCarran Airport in Las Vegas berührte, hatten sich die Erinnerungen an Ezechiels frühe Jugend zerstoben, und vielleicht, so dachte er, lag der Monsignore ja letzten Endes doch richtig. Möglicherweise war Kimball um Abbitte für seine Sünden bemüht gewesen, indem er dieses Kind im Gedenken an die beiden ermordeten gefördert und sich dabei Erlösung erhofft hatte. Leben nehmen, Leben schenken.

Nach dem Aussteigen holte Hayden sein Gepäck und begab sich dann auf direktem Weg zu den Taxen, die vor dem Gebäude in einer Schlange standen. Dort in der Hitze, die ihn traf wie ein warmer Schwall Luft aus einem Ofen, obwohl es bereits Nacht war, wartete ein hutzeliger Mann mit spießiger Frisur, einer Brille mit schwarzem Gestell und den Kleidern eines Geistlichen nebst römisch-katholischem Kollar auf ihn. Dem Bild eines Kämpfers entsprach er also kaum.

Er näherte sich Kimball, der mit seinem Priesterhemd, einem entsprechenden Kragen und einer Hose und Stiefeln aus Militärbeständen sofort überall auffiel. Das war offenbar eine unpassende Kombination. »Mr. Hayden? Kimball Hayden?«

Der Ritter wandte sich dem Priester zu. »Ja?«

Dieser zog eine Brieftasche hervor und klappte sie auf, um ihm eine Marke zu zeigen, die ihn als Angestellten des vatikanischen Nachrichtendiensts *Servizio Informazione del Vaticano* auswies. »Ich bin Vater Sebastian. Ein Wagen wartet auf uns.«

Sie gingen gemeinsam zu einem Rollsteig, der zu den Plätzen der Tiefgarage für Kurzparker führte. Gleich nachdem sie in das Auto gestiegen waren und sich angeschnallt hatten, gab Vater Sebastian Gas und reichte Kimball einen Aktenumschlag. »Ich bedauere, aber diese Fotos werden Ihnen nicht gefallen.« Nachträglich ergänzte er: »Es tut mir leid … das mit Ihrem Freund.«

Hayden nahm die Fotos von einem Mordtatort heraus. Darauf lag ein Mann mit dem Gesicht nach unten auf der Straße, sodass man den eingeritzten Buchstaben A auf seinem Rücken sehen konnte.

»Ihr Freund Ian McMullen wurde vor nicht allzu langer Zeit tot aufgefunden. Ich war in der Lage, diese Fotos vor ein paar Stunden abzufangen, nachdem das Büro des County-Gerichtsmediziners sie versandt hatte.«

Der Priester verließ jetzt die Tiefgarage und bog auf die Swenson Street in Richtung Tropicana ein.

Während Kimball die Bilder in einer Hand hielt, zeigte er sich kaum emotional berührt.

»War es dieselbe Mordwaffe?«, fragte er schließlich ruhig.

»Anscheinend. Eine Art Werkzeug, so etwas wie ein Pfriem oder eine Ahle. Wir sind uns allerdings nicht ganz sicher, wie es genau funktioniert. In jedem Fall wurde nur ein einziger Stich in den Kopf damit vollzogen. Der Tod trat immer sofort ein.«

Hayden betrachtete eins der Fotos und bezweifelte dabei fast, dass es wirklich McMullen zeigte. Der ausgestreckt daliegende Mann wirkte ausgemergelt, so wie sich seine Rippen unter der Haut am Rücken abzeichneten. Die Höcker seiner Wirbel stachen viel zu deutlich hervor, er war ungebührlich dünn.

»Wissen Sie genau, dass das McMullen ist?«, hakte Kimball nach.

»Er ist es definitiv. Der Alkohol hat ihn vollkommen ausgelaugt.«

Nun seufzte der Ritter und schaute zum Türfenster hinaus, während sie auf der Tropicana Avenue in Richtung Westen fuhren. Die Acht wurden rapide dezimiert. Jetzt war nur noch die Hälfte der Truppe übrig.

Vater Sebastian fuhr fort: »Wir gehen davon aus, dass sich der Mörder noch in der Gegend aufhält, denn McMullen ist laut der Untersuchung erst seit höchstens vier Stunden tot.«

»In vier Stunden kann man bereits überallhin verschwinden.«

Dies stimmte zweifelsohne, weshalb der Priester auch nichts mehr entgegnete.

»Übrigens, wohin bringen Sie mich überhaupt?«, fragte Kimball.

»Zu einer Kirche im Westen der Stadt«, antwortete Sebastian. »Dort sind Sie erst einmal sicher.«

»Um genau zu sein, muss ich aber schnellstmöglich nach New Mexico. Können Sie das für mich arrangieren?«

»Ja, aber Sie brauchen zuerst Ruhe.«

»Nein, was ich brauche, ist eine Reisegelegenheit nach New Mexico, um den Geist vor dem Mörder zu erreichen. Falls er mir nämlich weiterhin einen Schritt voraus ist, wird bald niemand mehr am Leben sein.«

»Es ist aber schon spät. Die Ticketschalter öffnen erst in ein paar Stunden wieder, und bis dahin gehen auch keine Flüge. Alle Maschinen, die über Nacht fliegen, sind mittlerweile schon gestartet.«

»Dann besorgen Sie mir eben einen Mietwagen.«

»Bei allem Respekt, damit müssten Sie durch ganz Arizona und halb New Mexico fahren. Das würde länger dauern als einfach zu warten, bis die Ticketschalter wieder öffnen und dann zu fliegen.«

Hayden rief sich eine Karte der USA ins Gedächtnis. Vater Sebastian hatte recht. New Mexico und genauer gesagt Albuquerque waren weit von Las Vegas entfernt, aber auf dem Luftweg war es nur ein Katzensprung. Maschinen auf dieser Strecke erreichten kaum ihre vorgegebene Flughöhe, bevor sie schon wieder zur Landung ansetzen mussten. Was Kimball jedoch nicht behagte, war der Leerlauf zwischen jetzt und diesem Zeitpunkt.

»Es ist wohl besser, wenn Sie ein wenig schlafen«, legte ihm der Priester erneut nahe.

Kein schlechter Gedanke, mal abgesehen davon, dass Hayden viel zu aufgedreht war.

Er schaute wieder hinaus, auf das Lichtspiel am Las Vegas Strip. Sein Blick verlor sich, als würde er hypnotisiert werden. *Dort draußen*, dachte er, *war der Mann, der seine ehemaligen Mitstreiter umbrachte. Dort draußen im schönen Schein der Leuchtreklamen trieb sich jemand herum, der es wahrscheinlich auch auf ihn abgesehen hatte.*

Das Gefunkel wirkte seltsam surreal auf ihn.

»Es ist wohl besser, wenn Sie ein wenig schlafen«, wiederholte Sebastian.

Aber wie sollte er das schaffen? Die Frage, ob sich der Killer noch innerhalb der Stadtgrenzen von Las Vegas befand, ließ ihn einfach nicht los – oder war er längst schon wieder unterwegs und schon kurz davor, *den Geist* zu töten?

»Reservieren Sie mir einfach so früh wie möglich einen Flug. Außerdem brauche ich einen Wagen, wenn ich dort lande. Ich muss nämlich zum Reservat fahren.«

Vater Sebastian nickte. »Ich verstehe.«

Kapitel 13

Rom

In der Gemelli-Poliklinik lag Papst Pius XIII bequem aufgerichtet in einem Bett, damit er besser auf den Fernseher schauen konnte. Auf einem Stuhl neben ihm saß Vessucci.

»Bonasero.« Er streckte seine zitterige und knochige Hand aus. Der Kardinal hingegen ergriff sie ohne Anstrengung. »Sie sind ein enger Freund und der Favorit des Kollegiums für meine Nachfolge …«

»Sprechen wir nicht darüber, Heiliger Vater.«

»Bonasero, der Tod ist nicht das Ende, sondern ein Neuanfang. Der Eintritt ins nächste Leben.«

»Selbstverständlich, aber Euer jetziges Leben ist noch lange nicht vorüber.«

Pius lächelte und erwiderte nach einer Pause: »Ich habe ein gutes Leben geführt, mein Freund, doch wir beide wissen, dass meine Tage gezählt sind. Das braucht mir kein Arzt zu sagen.« Er seufzte und legte den Kopf zurück auf sein Kissen, ohne die Hand des Kardinals loszulassen. »Es ist an der Zeit, Gott im Himmel entgegenzutreten«, schob er hinterher.

»Amerigo …« Vessucci verstummte.

»Bonasero, Sie sind ein enger Freund und der Favorit des Kollegiums für meine Nachfolge. Sie haben als Papabile die Gabe, die Massen mitzureißen und Hoffnung zu spenden, wo man sie am ehesten braucht. Nutzen Sie diese Fähigkeit klug.«

Vessucci räumte ein: »Sollte ich Euer Nachfolger werden, weil das Kardinalskollegium meint, ich sei des päpstlichen Amtes würdig, dann werde ich sie nicht enttäuschen.«

Pius lächelte erneut. »Das weiß ich.« Daraufhin bekam er wieder einen heftigen Hustenanfall mit blutigem Auswurf, wobei er erneut hochrot im Gesicht wurde. Spritzer, die auf dem Rücken einer seiner von Leberflecken übersäten Hände zurückblieben, wischte der Kardinal mit einem Papiertaschentuch ab.

Wenige Augenblicke später sackte der Papst zurück in sein Bett und blieb ruhig mit einer Hand auf der Brust liegen, während sich sein Atemrhythmus langsam normalisierte und wieder gleichmäßiger wurde.

»Wenn ich sterbe«, sagte er zu Vessucci, als er wieder Luft bekam, »müssen Sie den freien Platz im Rat der Sieben neu besetzen. Mancher vertritt zu konservative Ansichten und erachtet die Ritter des Vatikans nicht als notwendig, doch es gibt auch solche, die das Recht der Kirche anerkennen, ihre Hoheit und die Interessen und das Wohl der Gläubigen zu schützen. Wählen Sie mit Umsicht, Bonasero, um einen Aufstand der konservativen Lager im Vatikan zu vermeiden, die am stärksten politisch motiviert sind.«

Vessucci nickte einvernehmlich. »Die Geheimnisse der Ritter werden weiterhin bewahrt werden und bleiben dem Rat der Sieben vorbehalten. Es sind nicht wenige, die der Kirche das Recht zusprechen, sich selbst zu schützen, also keine Sorge, Amerigo. Ich werde jemanden finden, um Euren Platz ohne Einbußen auszufüllen.«

»Wie ist es momentan um die Ritter des Vatikans bestellt?«

»Jesaja und Leviticus sind nicht auf nennenswerten Widerstand gestoßen und melden keinerlei Schäden, doch wir können sie noch lange nicht abrücken, um Kimball zu unterstützen. Die drei Urlauber sind leider nach wie vor unauffindbar.«

Pius stöhnte. »Und haben Sie schon etwas von Kimball selbst gehört?«

»Nein, aber er ist offenbar unbeschadet in Las Vegas gelandet und von einem SIV-Mitglied empfangen worden, das ihn über Signor McMullens Tod informiert hat. Wenn ich es richtig verstanden habe, befindet sich Kimball gerade auf dem Weg zum voraussichtlich nächsten Opfer.«

Ein hoch aufgeschossener Mann mit dürren Armen und Beinen, die sein Arztkittel nicht verhehlen konnte, weshalb er unwillkürlich an Abraham Lincoln erinnerte, trat nun ein und stellte sich ans Fußende von Pius' Bett.

Mit einem freundlichen Lächeln, das einnehmend genug war, um dem Mann die Anspannung zu nehmen, fragte der Papst beruhigend: »Na, wie geht es Ihnen heute, Dr. Simonelli? Blendend, hoffe ich doch.«

»Eure Eminenz ...« Der Arzt trat noch einen Schritt näher. »Eure Eminenz, ich komme leider mit ziemlich beunruhigenden Neuigkeiten bezüglich Eures Zustandes.« Er zögerte einen kurzen Moment, der jedoch surreal lang zu dauern schien. »Ich fürchte, Ihr habt Krebs.«

»Im fortgeschrittenen Stadium?«

»Ja, Heiliger Vater, ich bedauere. Der Tumor hat bereits Metastasen im Gewebe Eurer Lungenflügel als auch in den umliegenden Organen gebildet. Um genauer zu sein, handelt es sich um Stadium vier.«

»Stadium vier?«

»Krebs im Endstadium.«

Eine weitere bedrückende Pause folgte, ein unangenehmes Schweigen breitete sich aus.

Endlich fuhr der Papst fort: »Wie viel Zeit bleibt mir noch?«

»Zwischen drei und sechs Monate. Alles hängt davon ab, wie Euer Körper auf die Chemo- und Strahlentherapie anspricht.«

»Ich lehne beide ab«, erwiderte er. »Ich möchte, dass die Natur einfach ihren Lauf nimmt.«

Vessucci lenkte sofort ein: »Aber Heiliger Vater …«

Pius würgte ihn mit erhobener Hand ab. »Nein, Bonasero, Gott ruft mich heim. Das Unausweichliche hinauszuzögern ist deshalb unnötig.«

»Habt Ihr Schmerzen?«, wollte der Arzt wissen.

»Nein, ich bin bloß müde. Ich dachte die ganze Zeit, ich sei lediglich überarbeitet.«

»Wenn Ihr möchtet, lasse ich Euch auf Morphium einstellen.«

»Das brauchen Sie nicht, Doktor.« Er richtete sich jetzt wieder an den Kardinal: »Ich will, dass Sie rund um die Uhr bereitstehen, bis ich nicht mehr kann. Sie sind der Vorsitzende, also muss ich Sie darauf vorbereiten, meine Pflichten zu tragen, bevor ich sterbe.

Der Camerlengo wird sie übernehmen, sobald ich tot bin, und sie erfüllen, solange mein Nachfolger noch nicht feststeht.«

Vessucci nickte traurig. »Natürlich, Heiliger Vater.«

Der Papst legte seinen Kopf abermals auf das Kissen und starrte an die Zimmerdecke. »Ich kehre heim.«

Kapitel 14

Der Killer ahnte nicht, dass ihm Kimball Hayden gerade bis auf weniger als fünfzig Fuß nahegekommen war. Er hatte sich nämlich in einem schäbigen Franchise-Motel an der Tropicana verschanzt und saß nun hinter zugezogenen Vorhängen auf der Kante eines Betts, während er alte Informationen über die Acht durchging. Jene von Walker, Arruti und Grenier hatte er bereits aussortiert und mit Gummiband umwickelt auf den Nachttisch zwischen beiden Betten gelegt. Die fünf übrigen Akten lagen gerade auf seinem Schoß, McMullens Lebenslauf war aufgeschlagen. Die Fotos waren mit der Zeit an den Rändern vergilbt, die Einzelheiten zu dem einstigen Mörder im Dienst der US-Regierung beliefen sich auf siebzehn Seiten.

Der Killer nahm jetzt das Gruppenbild der Acht in die Hand und fuhr mit einem Zeigefinger über McMullens Gesicht, wo er den eingekreisten Kopf mit einem A überschrieben hatte.

I-S-C-A. Alle in der hinteren Reihe waren jetzt tot.

Und für ihn bestand kein Zweifel daran, dass sich die vorn Knienden bald wieder zu einem Kampfverband zusammentun und unter Haydens Führung einen Plan schmieden würden, um sich zu schützen.

Die verbliebenen vier konnten dann allerdings nur blind kämpfen, weil sie schließlich nicht wussten, mit wem sie es überhaupt zu tun hatten, geschweige denn die Zahl ihrer

Gegner kannten, weshalb sie hinter jedem Geräusch und Schatten eine Bedrohung wähnen mussten.

Der Killer klappte die Mappe zu und schob sie unter das Gummiband zu den anderen geschlossenen Akten. Die vier, die noch relevant waren, legte er neben sich auf die Matratze.

Als Nächstes, so nahm er sich vor, würde der Indianer aus New Mexico sterben, jener mit dem Spitznamen »der Geist«. Folgen würden dann die Brüder, die unvorsichtig aus Leidenschaft waren, und zuletzt bekam dann Hayden den Dorn zu spüren.

Der Mann stand auf, ging zum Fenster und öffnete die Vorhänge. Bei eingeschalteter Beleuchtung sah der Las Vegas Strip fürwahr herrlich aus; die Stadt markierte den Inbegriff des Traumes von Reichtum über alle Maße, der normalerweise aber stets unerfüllt blieb. Sie gründete auf verklärten Illusionen vom Penthouse-Leben, von Kaviar-Häppchen und Brunches mit Champagner, spie ihre Opfer aber letzten Endes aus, sobald sie diese ausreichend geschröpft hatte.

Las Vegas war ein grausamer Ort, der McMullen nach und nach ausgezehrt hatte.

Der Killer hatte bloß das Unvermeidliche beschleunigt.

Nun kehrte er zum Bett zurück, nahm die letzte Mappe und schlug den Einband auf. An der Innenseite haftete ein altes Foto von Kimball Hayden. Sehr jung, stoische Haltung, der Mann ohne Gewissen oder Reue. Es war das Bild eines klassischen Mörders.

Auch über dieses Foto fuhr der Killer mit einem Finger. »Nachdem ich alle aus deinem Umfeld getötet habe, sodass niemand mehr übrig ist, bringe ich dich um, bevor deine Seele dazu kommen kann, jene Erlösung zu finden, die sie so verzweifelt sucht … Ich schicke dich in die Hölle, wo du hingehörst.«

Während er die Augen schloss, pendelte sich seine Atmung auf eine langsame Frequenz wie zur Meditation ein, und als er die Akte zuklappte, erfüllte ihn tiefe Zufriedenheit.

Kimball Hayden war mittlerweile in Albuquerque gelandet und mit einem Mietauto aufgebrochen. Er hatte schwere Lider und über dreißig Stunden ohne Schlaf hinter sich, was seinen Körper merklich erschöpfte. Dennoch konnte er es kaum erwarten, die Siedlung der Mescalero-Apachen zu erreichen.

Die Landschaft ringsherum erstrahlte in unterschiedlichen Farbkombinationen, vorwiegend Rot, Rosa und Grauviolett. Die Spitzkuppen und Felsanhöhen waren allesamt mit Linien durchzogen, welche die über Jahrtausende hinweg herausgebildeten Gesteinsschichten voneinander abgrenzte, was der Kulisse einen irgendwie urtümlichen, prähistorischen Anstrich verlieh. Mojave-Salbei und andere Wüstenpflanzen wuchsen verstreut, und der Sand erinnerte farblich an den Schlamm des Mississippis, schraffiert von den Ablagerungen, die jedoch heißer Wind verweht und nicht etwa Wasser angeschwemmt hatte.

Der Flug nach New Mexico war minimal zeitaufwendig gewesen, die Fahrt hingegen dauerte jetzt umso länger.

Im Laufe des Nachmittags hatte Hayden die Abzweigung gefunden, die zum Reservat führte, doch Victor Hawks

Akte zufolge befand sich seine Ranch an der Grenze zwischen seinem Volk und den Menschen, mit denen er verkehrte, dem *Weißen Mann.*

Während Kimball die unbefestigte Straße nahm, und sein Wagen Wolken aus rotem Sand aufwarf, die wie Hahnenschwänze aussahen, konnte er in der Ferne ein Gebäude im Stil einer Farm und eine von Pfosten umgebene Stallung erkennen, eine Pferdekoppel.

An einem der Zaunpfähle lehnte ein großer Mann, aber Hayden hatte sich noch nicht weit genug genähert, um erkennen zu können, ob es Hawk war.

Er sah allerdings, dass dieser große Mann genau in seine Richtung schaute.

Der Indianer stützte sich mit einem Ellbogen auf den Pfosten, womit er einen lässigen Eindruck erweckte, obwohl er genau beobachtete, wie das Auto über den Sandweg auf seine Ranch zukam. Neben ihm harrte sein Deutscher Schäferhund aus. Dieser knurrte leise.

»Dog«, sagte Hawk. »Aus.«

Das Tier gehorchte jedoch nicht.

Als der Wagen nicht mehr weit weg war, entfernte sich der Indianer von dem Pfahl. Er war nicht nur groß, sondern auch breit, und hatte Bauchspeck angesetzt. Unter dem breitkrempigen Hut, den er trug, fielen ihm seine kohlrabenschwarzen Haare, die zu einem dicken Zopf geflochten waren, bis ins Kreuz. Außerdem hatte er dunkle Augen mit deutlichen Krähenfüßen, was auf lange Aufenthalte in der Sonne schließen ließ, die seine Haut braun wie gegerbtes Leder gemacht hatte.

Während ihm der Schäferhund auf Schritt und Tritt folgte, wurde sein Knurren nicht leiser.

»Dog, ich sagte: Aus.«

Als die Limousine den flachen Hügel heraufkam, hatte sie bereits Staub angesetzt. Ein Teil der Windschutzscheibe war dank der Scheibenwischer aber frei. Der Fahrer hielt an, stieg aus und baute sich dann mit einem Koffer in der Hand vor Hawk auf. Dass Erste, was dem Indianer ins Auge fiel, waren der Kragen eines römisch-katholischen Priesters, das dazu passende Hemd sowie die Hose und Stiefel nach militärischer Art. »Kann ich Ihnen irgendwie helfen?«

Der Fahrer trat einen Schritt näher. »Ist schon eine Weile her, seit wir uns zuletzt gesehen haben, Hawk. Wirst du immer noch »der Geist« genannt?«

Der Indianer legte seinen Kopf schräg und stöberte in seinen Erinnerungen. Schließlich sperrte er den Mund auf und machte ungläubig große Augen. »Kimball?«

Der Ritter nickte. »Wie geht es dir, großer Mann?«

»Du bist doch angeblich tot. Gestorben vor dem ersten Krieg im Irak.«

»So wie es aussieht, stimmt das wohl nicht.«

Der Hund knurrte nun lauter.

»Beißt er?«

»Ist bloß hungrig.«

Hawk trat ebenfalls näher und taxierte Hayden mit vor Staunen starrem Blick.

Dann sagte er: »Was ist passiert?«

»Ganz ehrlich, Hawk, ich bin einfach abgehauen.«

Der Indianer neigte seinen Kopf wieder zur Seite. »Du hast dich heimlich davongestohlen?«

Kimball nickte erneut. »Ich konnte es einfach nicht mehr ertragen. Mit all den Grässlichkeiten weiterzumachen, die wir uns zuschulden kommen ließen, war unmöglich für mich.«

Hawk stellte sich so dicht vor Hayden, dass kein Fuß mehr zwischen sie passte, und nahm ihn dann nach ein paar Sekunden scheinbar verlegen in die Arme. »Freut mich, dich wiederzusehen, mein Freund. Als ich gehört habe, dass du gestorben bist, habe ich mehrere Abende hintereinander für dich zu unseren Geistern gebetet, und hier bist du nun, viele Jahre später.« Er entzog sich ihm wieder und zeigte dann auf Kimballs weißes Kollar. »Was ist das? Bist du jetzt ein Pastor für deine Leute geworden?«

»Eher nicht.«

»Aber warum dann der Kragen?«

»Ist 'ne lange Geschichte, Hawk.«

»Ich habe Zeit. Ich tue den ganzen Tag nichts anderes, als hier zu stehen und meinen Appaloosas beim Weiden zuzuschauen.«

»Sie sind hübsch«, fand Kimball.

Auf der Koppel hinter Hawk standen sechs Pferde, alle unterschiedlich gefleckt in jeweils anderen Farben und verschieden großen Mustern.

»Aber genug über meine Tiere«, sagte er. »Warum bist du hier?«

Kapitel 15

Als die Nacht hereinbrach, leuchteten die Sterne in ihrer unendlichen Vielzahl so hell, dass ihre Bilder vor lauter Gefunkel fast lebendig wirkten. Fernab heulten die Kojoten den Dreiviertelmond an, sodass Dog seinen Kopf anhob und ihn in die Richtung der Laute drehte, als verstehe er die gemeinsame Hundesprache.

Währenddessen wehte ein lauer Westwind, und Kimball weihte Hawk in die Gründe dafür ein, dass er sich seinem Dienst vor der ersten Invasion des Iraks entzogen hatte – die zwei Jungen, die er getötet hatte, damit sie seine Position nicht verrieten. Er erzählte ihm von seiner Erleuchtung und der Gelegenheit, sein »inneres Licht« zu finden, die er seitens der Kirche erhalten hatte. Allerdings sparte er dabei seine Mitgliedschaft bei den Rittern des Vatikans aus, da es sich hierbei um einen Geheimbund handelte, und gab nur beiläufig an, dass er in der Hierarchie des Stadtstaats als niederrangiger Gesandter fungierte.

Während die beiden in Weidensesseln auf der Terrasse saßen, die sich rings um das Gebäude zog, hörte Hawk nur zu. Hin und wieder nickte er verständnisvoll, während sein Blick auf die Umgebung fokussiert blieb, die unter dem wachsamen Auge des fast vollen Mondes fahl weiß war.

Kimballs Redeweise machte deutlich, dass er sich vor dem Indianer dafür rechtfertigen wollte, dass er seine Pflichten als Kämpfer aufgegeben hatte. Für ein Mitglied der Acht oder einen Ausnahmesoldaten der Force Elite hatte Fahnenflucht schon immer als verwerflichste Feigheit den eigenen Kameraden gegenüber gegolten.

Als Hayden fertig war, lehnte er sich zurück und schwieg. Er wartete jetzt auf eine Reaktion, doch sein Freund entgegnete nichts.

Schließlich fuhr er selbst fort: »Hier ist es wirklich friedlich. Der klare Sternenhimmel, die Ruhe ringsum.«

»Es ist das Land meiner Vorfahren«, erwiderte Hawk endlich. »Mein Zuhause.«

Nach einem Moment angespannter Stille fragte Kimball: »Bist du enttäuscht?«

»Du warst ein Elitesoldat«, antwortete der Indianer, »doch wenn deine Seele keine Verbindung zu den Geistern aufbauen kann, die dir einen Weg zeigen, den du eigentlich nicht einschlagen willst, entsteht irgendwann ein innerer Konflikt. Deine Seele muss ihren Platz finden, indem sie eine Reise antritt, die zu innerer Zufriedenheit führt. Andernfalls wird kein Mensch je eins mit sich selbst.« Er wandte sich Kimball zu. »Und ich erkenne, dass du immer noch suchst.«

»Das stimmt.«

»Mit dem Alter wird man reifer und weiser. Auch ich bin schließlich zu der Einsicht gelangt, dass wir entsetzliche Taten begangen haben, Kimball. Dinge, die niemals hätten geschehen dürfen, wie ich jetzt weiß, nachdem mich die Geister meiner Ahnen aufgeklärt haben.« Der große Mann zögerte, während er weiter in die Landschaft starrte. »Fast jede Nacht weisen sie mich auf die Falschheit dessen hin, was ich damals getan habe«, sagte er dann. »Auf das Unrecht meines Handelns. Dann sehe ich stets die Gesichter derjenigen, die ich getötet habe, und die jetzt selbst zu Geistern geworden sind und mich heimsuchen.« Noch einmal wandte er sich Hayden zu, um seinem Standpunkt Nachdruck zu verleihen. »Ich bin aber niemals davongelaufen.«

Kimball nickte. »Ich bin auch nicht hergekommen, um dich zu bitten, mir zu verzeihen, auch wenn ich es zu schätzen wüsste, wenn du es tun würdest. Was wir getan haben, liegt jetzt lange zurück, Hawk. Wir müssen endlich damit abschließen, um weiterkommen zu können.«

Sein Freund ließ den Blick erneut in die Ferne schweifen und hob dann sein Kinn. Seiner Sitzhaltung haftete etwas Gleichgültiges an. »Dann möchte ich dich noch einmal fragen: »Warum bist du hier?«

Kimball griff zu den Papieren, die auf einem Tisch zwischen ihnen beiden lagen, und nahm die obere Mappe in die Hand. »Ich bin hier«, entgegnete er, »weil wir gejagt werden.«

»Gejagt?«

Er schlug die Akte auf und nahm das obere Foto heraus. Es handelte sich dabei um das Gruppenbild der Acht. Die Gesichter der Männer in der hinteren Reihe waren allesamt eingekreist und mit Buchstaben überschrieben: I-S-C-A. Hawk hockte als erster links in der vorderen Reihe, und hielt eine Machete in der einen Hand und eine Schusswaffe in der anderen.

Kimball gab ihm den Abzug und zog dann den nächsten aus der Mappe. »Vor ein paar Tagen«, sagte er, »wurde Walker auf den Philippinen ermordet.« Er reichte Hawk das

Foto, das den Mann auf dem Tisch liegend mit dem eingeritzten I auf dem Rücken zeigte.

»Er hat keine Beine«, meinte der Indianer lapidar.

»Er verlor sie bei seiner Arbeit als Söldner während eines Anschlags. Genaugenommen arbeitete er für ein Militärunternehmen, das Arruti und Grenier geleitet haben.«

Hawk ließ sich auch das dritte und vierte Foto geben, auf denen die beiden zu sehen waren, jeweils auf dem Bauch liegend mit Schnitten im Rücken, die ein S beziehungsweise ein C darstellten.

»Sie sind also offensichtlich auch tot?«

»Getötet kaum einen Tag nach dem Mord an Walker.«

»Sie wohnten auf den Philippinen. Dort lebt man mitunter auf gefährlichem Fuß.«

»Du weißt genauso gut wie ich, dass Arruti und Grenier kämpfen konnten. Dennoch legte jemand die notwendige kriegerische Raffinesse an den Tag, um sie aus dem Verkehr zu ziehen.« Er zeigte auf das erste Foto in Hawks Hand, auf dem die Mitglieder der Acht gemeinsam posierten. »Wer auch immer dahintersteckt, pickt sich seine Ziele nacheinander heraus, von oben links nach unten rechts, so wie es aussieht. Und du, Hawk, bist demnach als Nächster dran.«

»Aber warum ausgerechnet jetzt?«

»Da bin ich mir nicht sicher, doch es ist offenbar jemand, der augenscheinlich die passenden Beziehungen hat, um eine Elitemilitäreinheit als Mordkommando zu schicken. Politiker, eine inoffizielle Regierungsorganisation – irgendjemand mit der Ansicht, dass wir ihm aufgrund unserer Kenntnisse schaden könnten.«

»Dann würde ich eher auf Machthaber tippen, also auf

diejenigen, die sich unsere Fähigkeiten zunutze gemacht haben, um ihre Stellung zu verbessern, aber das war schließlich vor sehr langer Zeit.«

Kimball ließ sich in seinen Sessel zurückfallen.

Der Indianer betrachtete die Bilder noch eine ganze Weile, bevor er sie niederlegte. Dann blickte er gespannt hinaus auf das Land, wobei er gelegentlich nickte, als führe er einen inneren Dialog. »Er ist bereits hier«, sagte er dann.

Kimball schaute ebenfalls in die Wüste, sah jedoch nichts als die Schatten der Berge in der Ferne und die dunklen Umrisse von Sukkulenten. Weitab am Himmel im Westen hatte sich eine Gewitterfront zusammengebraut, und es donnerte leise. »Woher weißt du das?«

»Ich rieche es«, antwortete Hawk und fasste sich an die Nase. »Und spüre es hiermit.« Er klopfte sich mit einer flachen Hand auf das Herz. »Ihr habt mich schließlich 'den Geist' genannt, weil ich ein ausgemachter Jäger bin. Ich weiß, wie man unentdeckt bleibt – und ich weiß auch, dass jeder Jäger seine Beute erst einmal beobachtet, bevor er zuschlägt. Beute ist nämlich achtsam, selbst wenn sie nichts sieht.«

Kimball führte diese Behauptung auf den Instinkt des Apachen zurück. Sein Freund redete allerdings äußerst hochtrabend daher, denn im Grunde konnte er unmöglich erahnen, ob wirklich jemand dort draußen lauerte oder nicht. Andererseits konnte Kimball nicht leugnen, dass Hawk eine beispiellose Intuition besaß, die anderen komplett fehlte.

»Er beobachtet uns bestimmt und wird angreifen, wenn er eine günstige Gelegenheit sieht.«

»Bist du denn darauf vorbereitet, dich zu verteidigen?«

Der Indianer schaute ihn verwirrt an.

»Machst du Witze? Was mir entgeht, wird Dog aufschnappen, und falls der oder die Mörder die erste Verteidigungslinie tatsächlich überwinden, werde ich warten. Ich bin vielleicht alt, Kimball, aber ich bin immer noch geschickt wie eh und je.«

»Ich habe leider keine Waffen bei mir.«

»Ich habe eine ganze Menge. Warte kurz hier.«

Hawk stand auf und betrat das Haus. Die Angeln der Fliegengittertür quietschten, während sie zufiel, woraufhin Kimball allein draußen war, wieder in die Wüste schaute und sich fragte, ob er vielleicht gerade durch ein Nachtsichtvisier aufs Korn genommen wurde.

Als der Indianer zurückkehrte, schleppte er ein richtiges kleines Arsenal an. Sein Bowie-Messer war an einem seiner Beine festgeschnallt, geschätzt von ihm aufgrund der Länge, denn mit einer wuchtigen Klinge genoss man, wie er stets zu behaupten pflegte, dem Gegner gegenüber einen psychologischen Vorteil; größer bedeutete immer auch besser, hatte er oft gesagt. Auf dem Kopf trug er nun einen Restlichtverstärker mit monokularem Visier, und in der Hand hielt er eine Maschinenpistole – eine MP-5 – mit aufgeschraubtem Schalldämpfer, der so lang war wie der Lauf der Waffe, in der anderen hatte er ein Scharfschützengewehr das zu den Topmodellen der Sparte gehörte, ein CheyTac M200 mit einer Wirkungsreichweite von zweitausend Metern.

»Das ist nur ein kleiner Teil«, sprach er nun. »Hinten im Haus habe ich ein Geheimzimmer, wo ich alle meine Spielzeuge horte.«

Er gab Kimball das Gewehr, das zwar gut gewichtet, aber trotzdem hervorragend handhabbar war.

»Und hiermit …«, Hawk klappte das Visier des Restlichtverstärkers herunter und schaltete es ein. Das Gerät brauchte ein paar Sekunden, bis es einsatzbereit war. »… sehe ich ihn kommen, egal, aus welcher Richtung er angreifen wird. Das CheyTac bringt ihn dann zur Strecke, sobald er auch nur einen Fuß ins Mondlicht setzt.«

»Mir ist klar, dass ich in deinen Augen nicht mehr so glaubwürdig bin, Hawk, doch wir müssen in dieser Sache unbedingt Seite an Seite kämpfen.«

Der Indianer lächelte. »Wie in alten Zeiten?«

»Wie in alten Zeiten!«

Er nickte zustimmend. »Aber zuerst solltest du dich ein bisschen ausruhen. Wann hast du das letzte Mal geschlafen?«

»Ist über dreißig Stunden her«, antwortete Hayden ehrlich.

»Du wirst mir keine große Hilfe sein, wenn du nicht richtig wach bist. Geh schlafen. Dog und ich bewachen solange das Grundstück.«

»Aber falls du recht hast, wegen des Mörders …«

»Ich komme schon klar, Kimball. Denk daran, ich bin *der Geist*. Ich weiß, worauf man bei Raubtieren achten muss, weil ich selbst eines bin. Wenn er kommt, werde ich es sofort bemerken, und sobald ich weiß, dass er hier ist – auch wenn es mehrere sein sollten – wecke ich dich augenblicklich, damit du mit mir zusammen kämpfen kannst.«

»Wir brauchen ihn unbedingt lebendig, Hawk. Oder sie. Ich kann mir nämlich gut vorstellen, dass es mehrere sind, denn dass ein einzelner Mann Arruti und Grenier überlisten konnte, kommt mir doch mehr als unwahrscheinlich vor.«

»Wir werden wohl bald herausfinden, wie viele es sind, nicht wahr?«

»Ein paar Stunden Schlaf genügen mir schon, drei vielleicht?«

Hawk strahlte und grinste dann breit vor Stolz. »Ich bin der Geist«, wiederholte er. »Zuerst siehst du nur den Dschungel, dann einen huschenden Schatten, und schließlich bist du tot. Das bringt es auf den Punkt. Ich bin der Geist.«

»Ja, ich erinnere mich.«

»Mach dir keinen Kopf und gönn dir 'ne Mütze Schlaf. Du musst nachher voll auf der Höhe sein.«

Hayden legte die Mappen beiseite und stand auf. Seine Züge wurden vor Erschöpfung immer länger, seine Augen waren glasig und rot.

»Nimm mein Bett«, bot ihm der Indianer an. »Es ist sehr bequem.«

»Danke, Mann. Und Hawk?«

»Ja?«

»Es tut gut, dich wiederzusehen.«

Hawk wandte sich mit dem Gewehr auf dem Schoß ab. »Ja, mir auch, Bruder.«

Kapitel 16

Der Killer trug einen Tarnanzug für den Wüsteneinsatz. Nachts spielte die Farbe zwar keine entscheidende Rolle, da ihm die Dunkelheit sowieso zur Tarnung gereichte, aber der Stoff setzte sich praktisch nicht von dem Mojave-Salbei ab, der das Landschaftsbild prägte. Der Mann schaute nun, ebenfalls durch einen monokularen Restlichtverstärker, von einer Hügelkuppe über Hawks Ranch zu ihm hinunter.

Auf der Veranda des Hauses saßen momentan zwei Männer und unterhielten sich. Der Indianer blickte aufmerksam mit einem Gewehr auf dem Schoß hinaus auf das Gelände. Es war ein CheyTac M200.

Also rechnet ihr schon mit mir.

Den großen Mann neben dem Indianer konnte er nicht genau erkennen, weshalb er mit dem Objektiv näher heranzoomte, woraufhin ihm der fleckenlose weiße Kragen noch vor dem Gesicht auffiel.

Sein Atem stockte. *Tja, wenn das mal nicht der Kerl ist, der einen auf Priester macht.*

Das Risiko, das der Killer eingegangen war, hatte sich gerade um ein Zehnfaches erhöht.

Während er langsam über den Hügel kroch, um einen anderen Blickwinkel zu erhalten, raschelte das Material seines Anzugs wie Gras in leichtem Wind. Als er ein Dickicht aus Salbeisträuchern erreichte, hatte er eine geschlossene

Deckung vor sich und konnte zugleich die gesamte Front der Ranch sehen. Nun lautete die Frage: Wie sollte er vorgehen, wenn sich Hayden und Hawk gemeinsam zur Wehr setzen würden? Er traute sich zwar zu, einen von ihnen niederstrecken zu können, aber nicht alle beide. Immerhin handelte es sich dabei immer noch um Exmitglieder der Acht, selbst wenn sie ihre aktive Zeit längst hinter sich hatten. Kimball Haydens Gefährlichkeit sprach dahingehend für sich.

Ihn zu töten, lag dem Killer allerdings momentan fern, denn der Mann sollte der unteren Reihenfolge gemäß sterben, in der sich die Soldaten auf dem Foto positioniert hatten. Hawk als Erstes, daraufhin die Brüder und zuletzt Hayden.

Falls der Killer jedoch eines im Leben gelernt hatte, dann dass Pläne aufgrund der Unberechenbarkeit des Faktors Mensch nur selten aufgingen.

Im Westen standen Gewitterwolken am Himmel, und Donner grollte wie altertümliche Kanonen aus der Kolonialzeit – ein fernes tiefes Grummeln, das die Erde über Meilen hinweg erzittern ließ.

Der Killer wartete geduldig auf seine Chance, während er an seinem Glauben festhielt, dass für jedes Problem eine Lösung existierte. Eine solche bot sich dann tatsächlich auch zwanzig Minuten später.

Hayden erhob sich aus seinem Sessel, sagte etwas zu Hawk und verschwand dann im Gebäude.

Den Gegner zerstreuen, und dann angreifen. Stets gleiche Voraussetzungen schaffen, bevor man sich ins Gefecht stürzte.

Kurz nachdem Kimball hineingegangen war, verließ der Mörder seine Deckung, achtete aber darauf, dass Hawk ihn nicht mit seinem Restlichtverstärker sah. Er dachte immerzu daran, dass er nicht ewig Zeit hatte und deshalb zügig handeln musste, nun da die beiden endlich voneinander getrennt waren.

Darum rückte er jetzt langsam Zoll für Zoll, Fuß um Fuß zu dem Indianer vor, mit dem einzigen Ziel, ihn zu töten.

Hawk saß währenddessen wie ein selbstgenügsamer Pensionär und Amateurschütze mit dem CheyTac M200 auf den Oberschenkeln vor der Haustür, wo er gemächlich in seinem Sessel mit den gebogenen Kufen schaukelte, und durch seinen Restlichtverstärker schaute.

Das Gelände vor ihm erstrahlte in einem hellen Grün. Alles, was ohne Gerät im Schatten verborgen geblieben wäre, ließ sich nun klar erkennen – die Riesenkakteen, das Gestrüpp, der Salbei und sogar die Steilhänge aus Sandstein, und zwar so deutlich, dass man jede Rundung und Einkerbung eines beliebigen Steins oder Felsbrockens sehen konnte.

Die Nacht war durch das Gerät zum Tag geworden.

Er wippte ohne Eile auf den Kufen seines Sessels, während er mit geschärftem Blick geradeaus schaute, doch außer den Zweigen des Salbeis, die sich gelegentlich in einer schwachen Brise wiegten, bewegte sich nichts.

Nichts Auffälliges zu bemerken schloss aber wiederum nicht aus, dass etwas da war. Raubtiere warteten oftmals stundenlang auf den richtigen Moment zum Angreifen;

belohnt wurden sie stets damit, ihre Beute genüsslich reißen zu dürfen. Dies verstand niemand besser als *der Geist*, der einmal sieben Stunden ausgeharrt hatte, um einem ahnungslosen Opfer die Kehle durchzuschneiden.

Mit einem frischen Luftzug von Westen her wurde das leise Säuseln des Wüstenwinds vernehmbar, das sich wie ein langgezogenes Seufzen aus der Ferne anhörte, und fast den Ohren schmeichelte. Am Himmel zuckten Blitze. Höchstwahrscheinlich bahnte sich ein Unwetter an, dessen offensichtlicher Vorbote der leichte Wind war, dachte Hawk.

Normalerweise kam ihm eine solche Abkühlung nachts ganz gelegen, heute jedoch nicht. Weil die Blitze nämlich die Optik des Restlichtverstärkers unbrauchbar machten.

Und weil der Killer wohl nur einen Steinwurf von der Ranch entfernt lauerte.

Bist du gerade da draußen?, fragte sich Hawk.

Während er über diese Frage nachdachte, reagierte Dog, als könne er die Gedanken seines Herrchens lesen, indem er den Kopf vom Boden reckte, in die Finsternis starrte und sich auf etwas versteifte, das nur er sah. Ein tiefes Knurren entstieg seiner Kehle … ein Warnzeichen, das Hawk mittlerweile zu deuten wusste. Sie waren nicht mehr allein.

Er streckte sich nach dem Hund aus und kraulte ihn sanft hinter den Ohren. »Er ist da draußen, Junge, nicht wahr?«

Das Tier war wie zu einer Salzsäule erstarrt. Es fokussierte, es spürte etwas. Dann knurrte es ein wenig leiser.

Hawk legte jetzt beide Hände auf das Gewehr. Anschließend nahm er vorsichtig die Schutzkappen an der Vorder- und Rückseite des Hightech-Visiers ab.

Er brauchte nichts weiter als *einen* zielgenauen Schuss.

Am nicht allzu weit entfernten Horizont blitzte es nun immer häufiger, der Wind frischte auf, und sein Wispern wurde lauter.

Verdammt!

Die Sträucher fingen an, sich abhängig von der Strömung hierhin und dorthin zu neigen, sodass von allen Seiten Bewegung in die Landschaft kam.

Hawk hörte sofort mit dem Schaukeln auf.

Dog knurrte hingegen zurückhaltend weiter und erhob sich nun langsam. Sein Rückenfell sträubte sich, als er die Lefzen zurückzog und seine glänzenden spitzen Reißzähne zeigte.

»Oh ja«, flüsterte Hawk. »Du bist zweifellos da draußen.«

Dann sprach er so, wie es der Hund schon oft gehört hatte, und erteilte jenen einen Befehl zum Angriff auf einen Feind, der ihr Leben bedrohte.

»Hol ihn dir.«

Und Dog stürzte geifernd hinaus in die Dunkelheit.

Der Killer lag weiterhin regungslos auf der Lauer. Der Westwind kam immer häufiger in Böen von hinten. Überall um ihn herum wackelten die Büsche, was eine ganz schöne Unruhe am Boden erzeugte, die ihm natürlich perfekt in die Hände spielte. Würde er sich bewegen, würde er in seinem Tarnanzug sofort eins mit der Umgebung werden.

Durch sein Restlichtvisier erkannte er, dass der Indianer immer noch andächtig mit dem Hund neben ihm auf der Vorterrasse saß. Er wirkte zwar entspannt, ahnte aber eindeutig, dass er nicht allein war. Dass er sich angesichts der

Möglichkeit, in Kürze in das Fadenkreuz von jemanden zu geraten, derart preisgab, wirkte allerdings äußerst sonderbar.

Der Köter hob jetzt seinen Kopf und spähte hinaus; er schaute beunruhigend genau in die Richtung des Killers, so als habe er es schon auf ihn abgesehen.

Der Indianer stoppte nun sein Schaukeln.

Dann stand der Hund auf.

Was für eine verblüffende Feinfühligkeit und Intuition, dachte der Mörder.

Er schob eine Hand in seinen Anzug und tastete dort nach dem Griff des KA-BAR-Messers, dann zog er es langsam aus dem Futteral und drehte es zwischen seinen Fingern, um ein besseres Gefühl dafür zu bekommen, und um sich an die Haptik zu gewöhnen.

Der Mann wusste sehr genau, dass sich Hunde durch unbändigen Kampfgeist und Mut auszeichneten, beides war so unerschütterlich wie ihre Treue. Selbsterhaltung rückte von jeher vor der Unversehrtheit ihrer Besitzer in den Hintergrund.

Er packte sein Messer noch fester.

Plötzlich preschte die Töle in seine Richtung los, schnurstracks auf dem kürzesten Weg vom Haus zu seiner Deckung. Besonders erschreckend war es jedoch für den Killer, dass sie mit dem Maul in seine Richtung schnappte, als sei sie drauf und dran, ihn zerfetzen zu wollen.

Er konnte aber leider nur wartend liegen bleiben, während sich das Tier immer mehr näherte.

Hawk war dem Hund mehr zugetan als den meisten Menschen, fand dessen Treue von unschätzbarem Wert und verlor niemals die Freude an seiner Gesellschaft. In dem Moment, als dieser von seinem Liegeplatz losrannte, ließ der Indianer Dogs gesamtes Leben noch einmal Revue passieren, sah ihn als Welpen und schließlich wieder im Jetzt, während dieser in der Finsternis verschwand. Dazwischen erschien eine rasante Flut wunderbarer Bilder, die allesamt mit schönen Erinnerungen verbunden waren.

Mit einem Mal wurde Hawk zutiefst traurig, bewahrte aber trotzdem weiterhin Ruhe und verzog kaum eine Miene, obwohl er gerade gegen seine Rührung und den aufgestauten Kummer ankämpfte, der ihm die Tränen in die Augen zu treiben drohte.

Während Dog von ihm ablenkte, sprang Hawk von der Veranda und lief in die Dunkelheit, um sich an einen guten Aussichtspunkt zurückzuziehen. Sein Plan sah vor, dass der Hund den Gegner aufspürte, damit er wusste, wohin er mit dem Restlichtverstärker schauen musste, um mit dem CheyTac genau zielen und feuern zu können.

Nachdem er sich an die Wand eines Sandsteinblocks gedrückt hatte, brauchte Hawk nicht lange, um sich dort einzurichten. Er stützte das Gewehr auf die Kante und zog dann seine Sehhilfe aus, um mit einem Auge durch das gummierte Okular der Waffe blicken zu können, und dann suchte er.

Das Terrain leuchtete durch das Zielfernrohr betrachtet lindgrün, weshalb er es zuerst feineinstellen musste, während er sich bemühte, Dog wiederzuentdecken und den Feind anvisieren zu können.

Endlich sah er ihn … einen Mann mit Wüstentarnanzug, der ruhig auf den heranrasenden Hund wartete.

Hawk richtete das Gewehr nun langsam auf ihn aus. »Hab ich dich«, wisperte er und hakte einen Zeigefinger in den Abzug ein.

Die Schläfen des Killers pochten vor Adrenalin, das sein Körper gerade in Hülle und Fülle ausschüttete. Er war entdeckt worden! Sein Auftrag, sein Leben und alles, worauf er die ganzen Jahre hingearbeitet hatte, hing nun in der Schwebe, als der Hund auf ihn zu hetzte, als wolle er ihm die Gurgel herausreißen.

Dass er sich so sehr auf das Tier konzentrieren musste, während er genau wusste, dass der Indianer gerade in Position ging, um auf ihn zu schießen, bereitete ihm besonders Schwierigkeiten. Hawk hatte ein schlichtes Ablenkungsmanöver entwickelt, um genügend Zeit herausschlagen und sich einen taktischen Vorteil verschaffen zu können.

Das war ihm auch tatsächlich gelungen. Der Mörder sah zähneknirschend ein, dass er den Hund und den Menschen nicht zugleich im Auge behalten konnte. Der Indianer war schon in Bewegung, während sein Köter die Entfernung immer weiter verringerte … zähnefletschend mit wie Silberdollar im Mondlicht funkelnden Augen.

Mit rasenden Gedanken und fliehendem Puls wurde dem Mann plötzlich bewusst, dass Hawk jetzt am längeren Hebel saß.

Er hielt sein Messer fest umklammert. Der Hund näherte sich ihm unglaublich schnell, schoss auf ihn zu wie eine Rakete und machte dann einen Satz.

Hawk beobachtete, wie Dog geradewegs auf den Fremden im Tarnanzug zu rannte, der nun mit einem Messer in der Hand aufstand, um sich zu wehren.

Fantastisch!

Er krümmte seinen Finger am Abzug des CheyTac, als er den Kopf des Killers genau mittig im Visier hatte.

Langsam drückte er fester zu, wobei er nur noch ganz flach atmete.

Über dem Sandhügel im Westen, der wie eine Kulisse hinter dem Mann aufragte, ging plötzlich im Zickzack ein Blitz vom Nachthimmel nieder, der die Dunkelheit einen Sekundenbruchteil lang ausleuchtete. Im einstweilen gleißenden Licht wurde das verstärkende Visier des Gewehrs hinfällig, denn es bildete die Landschaft jetzt so hell ab, dass sich die sumpfige grüne Schattierung in ein blendend weißes Einerlei verwandelte. Hawks ganzes Blickfeld war augenblicklich überbelichtet, und der plötzliche Blitz schien ihm schmerzhaft in die Sehnerven zu fahren, weshalb er versehentlich zu früh abdrückte. Die Kugel ging weit an ihrem Ziel vorbei.

Er warf die Waffe zu Boden und begann dann hastig, sein brennendes Auge mit einem Zeigefinger zu reiben.

Aus der Ferne hörte er, wie sich Dog in den Kampf stürzte; knurrend, bellend und zuschnappend.

In dieser Situation fand Hawk einen weiteren Schuss zu gewagt, denn dass der Mann und der Hund auf der Anhöhe miteinander rangen, machte ihre Bewegungen unvorhersehbar. Sie wurden dadurch eins, wie zwei wilde Tänzer.

Donner grollte – immer noch weit weg, aber schon hörbar näher.

Hawk schaute nun hektisch durch das Visier, um Dog ausfindig zu machen, und zoomte dann heran. Das Gelände leuchtete wieder dunkelgrün, und die Details – der Salbei, das Unterholz, die Riesenkakteen – waren aufs Neue erkennbar.

Mit dem Zielfernrohr fand er aber weder das Tier noch den Mann.

Schlimmer noch: Jetzt war plötzlich alles still.

Er schwenkte die Waffe nach links, dann nach rechts. Nichts. Auf dem Hügel, wo sie miteinander gekämpft hatten, stand nun niemand mehr.

Hawk drehte sich schreckhaft zur Veranda um. Neben dem Schaukelsessel lag die Maschinenpistole, die er in seiner Eile, sich am Hang zu einem Vorteil zu verhelfen, dort zurückgelassen hatte.

Mist!

Das CheyTac M200 eignete sich hervorragend für Scharfschützen, doch im Gefecht konnte eine Angriffswaffe über Leben und Tod entscheiden. Obgleich die MP-5 genau vor dem Haus lag, hätte sie ebenso gut meilenweit entfernt sein können. Keine Frage, er hatte nicht getroffen; folglich war er also jetzt selbst ins Fadenkreuz geraten.

Er suchte die Landschaft weiterhin ab.

Dennoch sah er nichts als Salbei und Gestrüpp, schwankend im anhaltenden Westwind.

Wo steckst du bloß?

Die Luft rauschte nach und nach lauter, zischte wie fortwährendes Geflüster. Er redete sich gut zu: *»Du bist der Geist! Du kriegst das hin.«*

Hawk warf das CheyTac jetzt zu Boden und zog behutsam sein Bowie-Messer hervor. Die lange Klinge ließ sich reibungslos aus ihrer Scheide ziehen. Nachdem er in die Hocke gegangen war, schloss er die Augen und sprach zu den Seelen seiner Ahnen. Obwohl sein letzter Einsatz schon eine ganze Weile zurücklag, ging er davon aus, dass die Fertigkeiten seines Volkes angeboren seien. *Den Geist* töten zu wollen, entsprach dem Versuch, ein Rauchfähnchen mit bloßer Hand festhalten zu wollen. Es war unmöglich, und Hawk verglich sich selbst mit einem solchen Rauchfähnchen.

Er würde heimlich vorgehen, um den Killer zu orten, und ihm dann den Hals aufschlitzen.

Immerhin war er in dieser Gegend heimisch und kannte sie wie seine Westentasche. Das machte ihn seinem Gegner überlegen.

Mit dem Restlichtverstärker zur Orientierung und dem Messer in einer Hand machte sich Hawk geduckt auf den Weg durch den Sand, um seinen Widersacher zu finden.

Das Letzte, was der Mörder vor dem Zusammenprall sah, waren die Zähne des Hundes. Als das Tier zum Sprung ansetzte, nahm er es wie einen üblen Traum nur noch in Zeitlupe wahr. Er sah, wie lang und gefährlich spitz die Zähne waren, und erkannte den Zorn in Dogs Augen.

Kurz bevor sie aufeinandertrafen, hörte er das Pfeifen einer Kugel, die allerdings weit an ihm vorbeiging. Danach schlug der Hund wie ein Hammer gegen ihn, sodass er rückwärts fiel und sein Messer losließ.

Der Killer hielt das Tier von seinem Gesicht fern, wobei er beobachten konnte, wie silbrige Speichelfäden von den

Lefzen tropften, während es nach ihm schnappte – und bemerkte den widerlichen Mundgeruch. Auf und zu ging das Maul, immer dichter vor seinem Hals.

Das Messer!

Wo … ist … mein … Messer?

Indem er den Hund mit der linken Hand abwehrte, tastete der Killer blind auf der anderen Seite herum, wühlte den Boden auf wie eine Wüstenspinne, um die Klinge, den Griff oder auch nur einen Stein zu fassen zu bekommen.

Dort im Sand … funkelte da etwa Stahl?

Der Mann streckte sich danach aus, reckte den Arm und krümmte seine Finger, um das Heft umschließen zu können. Gleich würde ihm das Tier in die Kehle beißen. Es schnappte schon wenige Zoll vor ihm, drängte sich ihm immer dichter auf und kratzte schon an seinem Fleisch.

Dann ertastete er endlich etwas Festes, es war der Knauf des Messers. Seine Finger streiften die Waffe allerdings nur, denn sie lag noch knapp außerhalb seiner Reichweite.

Schließlich gelangte der Deutsche Schäferhund an den Hals des Killers. Seine Zähne rissen die Haut auf – nur gerade so eben, doch es fing sofort zu bluten an, erst tröpfchenweise und dann fließend.

Der Hund war jetzt rasend vor Mordlust.

Und der Mann konnte den Messergriff endlich packen.

Wie von Sinnen warf der Hund seinen Kopf zum Todesbiss zurück.

Der Killer aber hielt die Klinge hoch und stach damit zu.

Hawk begriff rasch, dass kein Mensch dem Alter trotzen konnte. Genauso sah er sich nun in seinem Glauben getäuscht, das Jagdgeschick sei ihm schlichtweg in die Wiege gelegt worden, denn es musste unbedingt durch stete Praxis geschärft werden. Weil er über die Jahre hinweg nicht zur Übung gekommen war, um seine Fertigkeiten wieder aufzufrischen, schwand seine Selbstsicherheit jetzt genau so schnell wie seine Ausdauer.

Schweiß strömte ihm von der Stirn und über die Wangen, ohne dass ihn der Wind merklich abkühlte, und sein Herz flatterte, als springe es ihm gleich aus der Brust. Hawk schalt sich selbst dafür, dass er sich so hatte gehenlassen.

Die Blitze folgten nun stroboskopartig schnell aufeinander, und der Donner im Anschluss brachte die Steinchen auf dem Boden zum Tanzen. Das Unwetter befand sich nun spürbar genau über ihm; nicht mehr lange, und der Wind würde Sturmstärke erreichen.

Noch einmal flackerte unwirklich helles Licht am Himmel auf und blendete den Indianer. Frustriert zog er sein Nachtsichtgerät ab und warf es auf den Boden, um sich nun allein auf seine Stammesintuition zu verlassen.

Als er in die Hocke ging, blies ihm der Wind so kräftig entgegen, dass sein geflochtener Haarzopf hinter ihm her schlackerte wie ein peitschender Pferdeschweif. Hawk pirschte sich langsam an die Stelle heran, wo Dog den Killer angegriffen hatte.

Dort fand er jedoch nur Fußabdrücke, die auf den Kampf hindeuteten und bereits verweht wurden. Der Wind beseitigte jegliche Spuren, die Aufschluss darüber hätten geben können, indem er Sand und Staub hinüberrollen ließ.

Der Indianer suchte nun fieberhaft die Umgebung fieberhaft ab.

Aber da war nichts außer dem Wind, der zu heulen begann wie ein Nachtgespenst oder eine Todesfee.

Wolkenausläufer verdeckten den Mond über ihm, nun da die Gewitterfront von Westen heranwälzte, als habe sie Ansprüche geltend zu machen.

Beim nächsten grellen Blitz, der den Himmel äderte, blieb es so lange hell, dass Hawk ungefähr fünfzig Meter weiter südlich einen Schatten bemerkte. *War das ein Mensch?* Er duckte sich und rückte näher. Während der folgenden Entladung konnte er einen Blick auf einen Mann in einem Tarnanzug erhaschen.

Der Apache nahm das Messer nun abwechselnd in beide Hände, um sich mit seinem Gewicht, seiner Masse und seiner Wuchtigkeit vertraut zu machen.

Behutsam und darauf bedacht, nicht aufzufallen, näherte er sich dem Killer nun von hinten.

Noch dreißig Meter.

Seine Schläfen pochten vor Mordgedanken, und das Herz in seiner Brust klopfte wie der Rhythmus von Kriegstrommeln.

Noch zwanzig Meter.

Hawk drehte das Messer jetzt immer wieder in seiner Hand und packte den mit Lederschnur umwickelten Griff schließlich so fest, dass sich die Knöchel seiner Fingergelenke weiß unter der Haut abzeichneten.

Noch zehn Meter.

Und ein weiterer Blitz. In dessen unbeständigem Flackern kam der Indianer dem Killer nun ganz nahe, zog den Kopf ein und streckte seinen Waffenarm aus, um ihn anzugreifen.

Der Mann im Tarnanzug vor ihm ahnte offenbar immer noch nichts davon.

Ich bin eins mit der Erde, ich bin der »Geist«. Zuerst siehst du nur den Dschungel …

Er holte so mit dem Messer aus, dass er es nach dem Zustechen sofort zur Seite ziehen konnte.

Noch fünf Meter.

… dann einen huschenden Schatten …

Der Stoff des Anzugs wehte wie Grashalme in sanftem Wind. Der Killer hatte Hawk den Rücken zugewandt.

Endlich stach der Indianer zu. Als er die Klinge tief in das Fleisch rammte, schmatzte es laut, als zerschneide er eine Melone.

… und schließlich bist du tot.

Der Killer beobachtete aus seiner Deckung hinter dem Sandstein aus, wie sich die Rothaut von Norden her näherte. Während er sein Messer in einer Hand hielt, funkelte dessen Stahl im Licht des schwindenden Mondes.

Dann stach der Indianer auf das Ziel ein, das der Killer vorgesehen hatte.

Dieser verzog vor Erregung nicht eine Miene, als er das Bowie-Messer hineintrieb.

Hawk spürte den Widerstand, während er immer wieder auf sein Opfer einstach, doch der Mann mit dem Anzug blieb einfach stehen.

Das kann nicht sein!

Nachdem er noch mehrmals zugestochen hatte, ging er dazu über, auf ihn einzuschlagen, indem er das Bowie-Messer wie ein römisches Kurzschwert benutzte – mit Hackbewegungen, zum Schneiden und zum Aufschlitzen.

Zuletzt trat Hawk zurück und betrachtete den Mann, während sich seine Brust sichtlich hob und senkte. Er war solche Anstrengungen einfach nicht mehr gewohnt und total entkräftet.

Der Tarnanzug rutschte jetzt plötzlich zu Boden. Der Mörder hatte ihn einem Riesenkaktus übergestreift, dessen Stamm etwa zwei Meter hoch und jetzt übel zugerichtet war.

Hawk schaute auf sein Messer – sah den Pflanzensaft an der Klinge – und dann wieder auf den Kaktus. Er machte ein verunsichertes Gesicht.

Plötzlich bekam er einen furchtbaren Stich in sein Genick – es tat höllisch weh – als er von einem Wurfstern getroffen wurde. Er war sofort gelähmt und sackte wie ein Beutel voller Knochen in sich zusammen. Zuerst litt er Schmerzen am ganzen Körper, so als würde er ständig gekniffen werden, und dann verspürte er Hitze, die ihm durch alle Glieder fuhr. Der Indianer biss die Zähne zusammen und bemühte sich, nicht laut aufzuschreien. Verschwommen nahm er wahr, wie der Killer, dem der Wind kräftig entgegenwehte, langsam auf ihn zukam.

Er konnte nur noch seine Augen bewegen, erkannte das Gesicht des Mannes jedoch nicht.

»Dachten Sie wirklich, Sie hätten nach all den Jahren noch genügend Biss?«, fragte der Killer ihn nun. Er klang aalglatt und sprach mit einem hypnotisch melodiösen Tonfall. »Sind Sie deshalb allein herausgekommen? Weil Sie sich beweisen wollten, dass Sie nach so langer Zeit immer noch *der Geist* sind?«

Hawk grunzte, riss sich aber zusammen und ließ die Schmerzen über sich ergehen, ohne einen weiteren Laut auszustoßen. »Sie sind jetzt gelähmt«, fuhr der Mörder fort. Seine Stimme blieb weiterhin ruhig, gleichmäßig und unbekümmert. »Der Wurfstern hat Ihr Rückgrat getroffen und wichtige Nerven durchtrennt. Allerdings …« Er brachte den Satz nicht zu Ende, sondern nahm stattdessen den Silberzylinder heraus. Ein schneller Druck auf den Knopf, und der Dorn schoss hervor. »… kann ich Ihre Schmerzen gnädigerweise beenden und Sie ins Land Ihrer Ahnen schicken, oder …« Er beugte sich über Hawk. »… Sie verbringen den Rest Ihres Lebens als Quadriplegiker, vielleicht noch zwanzig Jahre, bis Ihr Körper irgendwann zu einem bemitleidenswerten Gerippe verkümmert ist.«

Der Indianer biss weiterhin die Zähne zusammen. Sein Zorn war offensichtlich.

»Es ist Ihre Entscheidung, Mr. Hawk. Wenn Sie möchten, werde ich sie Ihnen gern abnehmen.«

Hawk blickte zum Himmel hinauf, wobei sein Gesicht erstarrte und einen gleichgültigen Ausdruck annahm.

»Ich verstehe«, sagte der Killer und hob das Bowie-Messer aus dem Sand auf. »Das werde ich noch brauchen«, fügte er hinzu. Nun schob er dem stämmigen Indianer seine Hände unter den Körper und drehte ihn auf den Bauch. Nachdem er den langen Pferdeschwanz zur Seite geschoben hatte, zog er den Wurfstern aus dem Nacken des Mannes, hielt die Spitze des Dorns an die Schädelbasis und drückte sie leicht ins Fleisch. »Mögen die anderen Geister Ihrer Seele gnädig sein«, sprach er und rammte die Waffe in den Schädel hinein.

Als der Mörder in Kimballs Zimmer trat, hielt er etwas in beiden Händen. Langsam, während sein Ziel in einem gleichmäßigen Rhythmus atmend schlief, schlich er ganz hinein.

Durch das monokulare Nachtsichtvisier, das er Hawk abgenommen hatte, erkannte er die Umgebung hinter einem Grünschleier ganz deutlich.

Hayden lag mit angezogenen Knien auf der Seite und hatte die Arme um seinen Oberkörper geschlungen, als ob er sich selbst umarmen wollte.

Der Killer rückte noch näher. Seine Schritte waren so leise, dass niemand ihn gehört hätte, nicht einmal im Wachzustand.

Der Schlafende rührte sich leicht und bewegte ein Bein.

Der Killer stockte daraufhin.

Kimball lag aber schon kurz darauf wieder bequem da. Der Eindringling hütete sich, den schlummernden Riesen zu wecken, und legte den Gegenstand in seinen Händen leise auf den Nachttisch neben dem Bett.

Während er sein Opfer noch eine Weile durch das Visier anschaute, wiegte er seinen Kopf langsam hin und her, als versuche er, ein lebendiges Kryptogramm zu entschlüsseln.

Schließlich wich er vorsichtig zurück, ließ den Schlafenden dabei aber keine Sekunde aus den Augen.

Dann war er auf einmal verschwunden, als habe er sich in Luft aufgelöst und vom Wind verwehen lassen.

Kapitel 17

Vatikanstadt

Papst Pius XIII lag mit einem Berg Kissen im Rücken aufgerichtet im Bett, um Dokumente zu lesen, wobei ihm die Brille aber fast von der Nasenspitze rutschte. Auf seiner Daunendecke verstreut lagen einzelne Blätter, und das Licht der Sonne – es war bereits fortgeschrittener Nachmittag – fiel durch die raumhohen Fensterscheiben ein.

Nun klopfte es leise an der Tür. »Ja bitte?«

Bonasero Vessucci betrat das Gemach des Papstes und schloss leise die Tür hinter sich. Er stellte sich anschließend neben das Bett seines Freundes. »Ist Euch behaglich genug, Amerigo?«

Der Papst nahm die Brille ab und hielt sie mit einem Daumen und Zeigefinger am Steg fest. »Unter den gegebenen Umständen«, antwortete er, »aber ich kann schlafen, solange ich will, und bleibe trotzdem immer müde.« Ihm fiel gleich auf, wie bekümmert der Kardinal aussah. »Was ist los, Bonasero?«

Vessucci seufzte leise. »So wie es aussieht, hat ein Krankenhausangestellter *Il Messagero* über Ihr Krebsleiden informiert.« Dies war die führende römische Tageszeitung. »Die Konservativen im Kardinalskollegium haben bereits eine Versammlung einberufen.«

»Dem liegt kein persönlicher Groll zugrunde, mein lieber Freund, das wissen Sie. Es ist einfach nur Politik.«

»Aber während wir miteinander sprechen, versucht Giuseppe Angullo gerade, sich mithilfe ebendieser Politik zum nächsten Kirchenoberhaupt aufzuschwingen.«

Pius winkte geringschätzig ab. »Er wird den vorherrschenden Konsens nicht davon überzeugen können, ihn zu wählen, egal wie eifrig er für sich wirbt. Er wird nicht nur kirchenintern für zu konservativ gehalten, sondern auch von der gesamten christlichen Gemeinde. Mag sein, dass er ein guter Mann ist, doch sollte er in keinem Fall bereit sein, sich zu beugen, auch wenn dies in einer Welt, die sich stetig verändert, unabdingbar ist, läuft er irgendwann Gefahr, den Glauben der Wählerschaft zu verlieren. Dies wird selbst das Konklave erkennen.«

»Das stimmt, aber er hat auch viele Unterstützer und ist mit Kardinal Marcello verbündet, dem auch viele Anhänger den Rücken stärken. Gemeinsam, Amerigo, könnten sie eine starke Interessengruppe bilden, die sich dafür einsetzt, dass Marcello Euer Amt übernimmt. *Il Messagero* hat sogar einen Leitartikel daraus gemacht.«

Pius rieb seine obere Zahnreihe über die Unterlippe, weil ihm klarwurde, worauf Vessucci hinauswollte. Marcello war ein einflussreicher Kardinal mit konservativen Gönnern innerhalb der Kirche, der die weitere Existenz der Ritter des Vatikans niemals dulden würde, weil er diese als zu militant erachtete, obwohl man sie dringend brauchte. Unter ihm würde der Rat der Sieben sofort aufgelöst werden.

»Falls seine Anhängerschaft zu stark wird«, fuhr Vessucci fort, »haben die Ritter keine Chance mehr. Ich werde sie nicht weiter hinter Marcellos Rücken unterhalten können, wenn er die Wahl für sich entscheiden sollte.«

»Und das sollten Sie auch nicht«, stimmte ihm der Papst zu. »Sie selbst haben allerdings auch ein starkes Gefolge, vor allem aber – und das ist das wichtigste – *meinen* Rückhalt. Ich werde mich Marcellos Anhängern stellen und sie, wenn es sein muss, einzeln ins Vertrauen nehmen, um ihre Sympathien für Sie zu gewinnen. Sie umzustimmen wird mir auf jeden Fall gelingen, wenn ich es als Gefallen mir gegenüber einfordere.«

»Das ist aber ein unsägliches Kalkül, wenn Ihr mich fragt.«

»So geht es aber schon seit der Gründung der Kirche zu«, behauptete Pius. »Es ist das, was den Katholizismus über die Jahrhunderte hinweg am Leben gehalten hat. Im Augenblick braucht er eine starke Führungskraft, und ich glaube von ganzem Herzen, Bonasero, dass Sie ihn in einer Welt, die moralisch Tag für Tag tiefer sinkt, und zu einer Zeit, wo sie uns besonders dringend braucht, wieder auf Kurs bringen können. Die Ritter des Vatikans müssen eine feste Instanz dieser Kirche bleiben, bis alle Menschen irgendwann ihre Waffen niederlegen und in Frieden miteinander leben. Bis dahin aber brauchen wir Männer wie Kimball, die an vorderster Front kämpfen, solange der Mensch nicht einmal beiläufig an Frieden denkt.«

Der Kardinal beugte sich nach vorn und klopfte auf ein Kissen, um es aufzubauschen.

»Wir haben diesen Tag kommen sehen«, ergänzte Pius und lächelte. »Niemand lebt ewig, Bonasero, das brauche ich Ihnen ja wohl nicht zu sagen. Darum wird die Fackel nun an Sie weitergereicht. Ich bitte Sie um nichts weniger, als dass Sie diese hochhalten und Gott durch die Art und Weise, wie Sie ihm dienen, stolz machen.«

Vessucci nickte und erwiderte das Lächeln, allerdings nur schwach.

»Jetzt zu den Rittern«, fuhr der Papst fort.

Der Kardinal nickte. »Leviticus und Jesaja sind nach wie vor im Einsatz und deshalb unabkömmlich. Soweit ich weiß, gibt es aber weder Todesopfer noch Kollateralschäden. Außerdem haben sie es geschafft, mehrere Unschuldige zu retten. Sie führen sie gerade zu Abholplätzen, wo sie von verbündeten Posten in Sicherheit gebracht werden.«

»Das freut mich zu hören«, erwiderte Pius. »Sehr gut. Und was ist mit Kimball? Haben wir schon etwas Neues von ihm gehört?«

»Nein. Nicht seit der SIV ihn mit seinem Bekannten in New Mexico zusammengeführt hat.«

»Victor Hawk?«

»Ja. Kimball hat uns aber noch nicht wieder kontaktiert.«

»Sie sehen besorgt aus.«

Vessucci nickte erneut. »Er hätte sich schon vor über einer Stunde bei mir melden sollen … und ich warte noch immer.«

Nun seufzte der Papst leise, bevor er aus dem Fenster schaute. Draußen war es so schön. Die Sonne schien, und Vögel schwirrten am wolkenlos blauen Himmel herum. Der Kardinal machte sich vollkommen zu Recht Sorgen, denn sich nicht an Absprachen zu halten, sah Hayden überhaupt nicht ähnlich, es sei denn natürlich, er war daran gehindert worden, Verbindung mit ihnen aufzunehmen.

Pius schloss seine Augen. »Herr im Himmel«, wisperte er leise.

Mehr brachte er nicht über die Lippen.

»Noch einmal!«

Im Geflimmer der Fackeln wanderten groteske Schatten an der Steinwand der fensterlosen Kammer entlang. Der Raum war rund und hatte eine Gewölbedecke, unter welcher eine Galerie mit Ausblick auf den Boden herumführte. In der Mitte unterrichtete Kimball gerade drei der jüngsten Ritter: Ezechiel, Job und Joshua. Ersterer war mit dreizehn Jahren der Älteste, die beiden anderen waren erst zwölf.

Hayden ging hin und her wie ein eingesperrtes Raubtier. Er hatte seine Hände hinter dem Rücken verschränkt und beobachtete die Jungen mit kritischem Blick, wobei ihm selbst marginale Ausführungsfehler auffielen, während sie Bewegungsabläufe und Techniken der japanischen Selbstverteidigungskampfkunst Aikido übten.

Joshua und Job wandten Blockade- und Haltemethoden an, die auf dem Prinzip der Widerstandslosigkeit beruhten, damit sich der Gegner mit seiner eigenen Schwungkraft zu Fall brachte, doch Aikido zeigte des Weiteren, wie wichtig vollkommene geistige Geruhsamkeit und Körperbeherrschung waren, um Angriffe überstehen zu können. Offensivtechniken gab es dabei nicht. Während die anderen beiden ihre Abläufe fließend zu beherrschen schienen, strauchelte Ezechiel. Die Bewegungen und Griffe mussten ihm schleierhaft sein, so ungeschickt, wie er sich anstellte.

Als sich Job auf Joshua stürzte, packte dieser eine seiner Hände und bog sie von seinem Körper weg, woraufhin der

Angreifer einen vollständigen Salto schlug und unsanft seitlich auf der Matte landete.

»Ausgezeichnet, Joshua. Auch von dir, Job. Ihr schlagt euch beide wirklich gut. Jetzt ab unter die Dusche, ihr zwei seid für heute fertig.«

Die beiden reckten ihre Fäuste in die Höhe und verschwanden durch einen Flur, dessen Wände ebenfalls steinern waren.

Ezechiel schaute ihnen betrübt hinterher.

Kimball kniete sich neben ihn, damit er ihn auf Augenhöhe anschauen konnte. »Du willst der Beste sein, oder?«

Der Knabe schwieg. Er trainierte schon seit Jahren, hatte aber natürlich mitbekommen, dass andere schneller fortgeschritten waren – Jüngere, Unreifere, solche mit einer natürlichen Gabe, wohingegen er sich stets gehörig anstrengen musste.

Schließlich antwortete er: »Ich werde niemals so gut sein wie sie. Ich kann mir ja kaum allein die Schnürsenkel zubinden.«

Kimball schmunzelte. »Du machst das schon gut, Ezechiel. Ich glaube fest an dich. Manchmal muss man eben härter arbeiten als andere, um über sich hinauswachsen zu können.«

»Ich will aber nicht härter arbeiten, sondern nur gut sein.«

»Weißt du was, Ezechiel? Ich werde mit dir üben, bis du den Dreh heraus hast, und bevor du dich versiehst, bist du besser als Job und Joshua zusammen.«

»Das bezweifele ich. Die sind nämlich echt stark.«

»Du bezweifelst es? Dann lass mich dir mal was erzählen;

erinnerst du dich noch an damals vor ein paar Jahren, als du noch kaum ein Schwert halten konntest?«

Der Junge nickte.

»Nun, damals hast du das Gleiche behauptet, aber sieh dich doch jetzt mal an. In deiner Altersgruppe läuft dir niemand den Rang ab, was chinesisches Kenpō angeht.«

Ezechiel seufzte.

Hayden fuhr ihm mit einer Hand über den Kopf, wobei er seine Haare verstrubbelte. »Und noch etwas«, sagte er. »Morgen weihe ich dich in meine Geheimnisse ein, was hältst du davon? Ich zeige dir dann Dinge, die nicht einmal Job und Joshua je gesehen haben.«

Nun strahlte Ezechiel. »Wirklich?«

»Wenn du mir dafür versprichst, noch beherzter zu trainieren.« Kimball erhob sich und tätschelte sanft den Schopf des Knaben. »Und jetzt Abmarsch«, fügte er hinzu und stieß ihn sanft in Richtung Flur. »Dir steht morgen noch ein langer Tag bevor, also schlaf dich aus.«

Daraufhin lief Ezechiel unter den Steinbögen des Korridors davon. »Morgen!«, rief er.

Hayden beobachtete, wie die Dunkelheit außerhalb des Fackellichts den Jungen verschluckte.

»Er bereitet Ihnen einige Mühe, was?« Kardinal Vessucci trat jetzt aus dem Schatten des gegenüberliegenden Flurs.

»Seit wann haben Sie uns schon zugesehen?«

»Schon ziemlich lange«, erwiderte der Geistliche. »Der Junge tut sich wirklich schwer, Kimball.«

»Mit allem, was er bisher getan hat«, stimmte ihm Hayden zu. »Das geht aber in Ordnung, denn ohne Plackerei gibt es eben keinen Erfolg.«

»Kimball, ihm fehlt die natürliche Veranlagung dafür, ein Ritter zu werden. Sie betreiben diesen Aufwand in Wirklichkeit nur für sich selbst – und nicht für ihn.«

»Ich versuche nur, das Richtige zu tun.«

»Sie versuchen, den Jungen geradezubiegen, und hoffen dabei, es färbe auf Ihr eigenes Leben ab. Ihn retten zu wollen, ehrt Sie durchaus, aber setzen Sie damit doch woanders an. Zwängen Sie ihn nicht in die Rolle eines Ritters, wenn ihm das Zeug dazu fehlt.«

»Ich glaube aber an ihn.«

»Kimball, dass Sie an jemanden glauben, der keine Aussichten hat, kann man Ihnen hoch anrechnen, doch die Person loszulassen, wenn man die Wahrheit insgeheim kennt, ist umso achtbarer. Falls er als Vorkämpfer der Kirche auszieht und dabei Schwäche zeigt, kommt er bestimmt ums Leben. Könnten Sie das im Wissen darum hinnehmen, dass er im Grunde von vornherein untauglich war?«

Hayden brauste nun auf. »Sie wollten mir einreden, ich würde nur in mir selbst Vergebung finden, doch das ist mir nicht gelungen. Immer noch nicht. Also bin auch ich selbst vielleicht untauglich.«

»Ich verstehe. Sie verlangen etwas von Ezechiel, das Sie nicht mal von sich selbst einfordern.« Der Kardinal wandte sich jetzt ab und ging zu einer Treppe, die zur Galerie hinaufführte. Von dort aus gelangte man nach draußen auf einen Balkon. Beim Hochsteigen, während er den Saum seines Gewands angehoben hatte, fuhr er fort: »Ich glaube an Sie, Kimball, genauso wie der Papst und alle anderen Mitglieder des Rates der Sieben. Sie haben uns bisher keinen Anlass gegeben, das nicht zu tun.« Als Vessucci die Tür zur

Loggia im Freien erreichte, drehte er sich erneut um und schaute zu Kimball hinunter. »Aber stellen Sie keine Erwartungen an den Knaben, die zu erfüllen Sie Ihrerseits nicht selbst bereit sind.«

Mit diesen Worten öffnete er die Tür, und in die Kammer fiel gleißendes helles …

… Licht.

Herrliches, prachtvolles Morgenlicht.

Als Kimballs Gehirn die Helligkeit vor seinen Lidern registrierte, reagierte er instinktiv, indem er von der Matratze auffuhr und mit einer Hand nach dem KA-BAR griff, das an einen seiner Oberschenkel geschnallt war. Eine geschmeidige Bewegung, und er hielt das Messer fest in der Hand, hatte die Beine gespreizt und seine Knie angewinkelt, sofort bereit zur Gegenwehr.

Er wusste, dass er zu spät zu sich gekommen war, weil er vor Erschöpfung viel tiefer als beabsichtigt geschlafen und damit Zeit vertan hatte.

»Hawk!«

Er schaute auf seine Uhr. Eigentlich hätte er schon Stunden zuvor aufwachen sollen, als es noch dunkel gewesen war.

»Hawk!«

Keine Antwort – nur beklommen machende Stille.

Und dann sah er ihn … auf dem Nachttisch … Dogs Kopf, als wache der Hund über ihn. Seine lange Zunge hing aus seinem Maul, und der Tod raubte den Augen bereits ihren Glanz.

Er hätte mich im Schlaf umbringen können, dachte Kimball. *Er war hier, in diesem Zimmer.* Dies belegte der Kopf des Tiers eindeutig; eine durch und durch abartige Botschaft.

Hawk?

Kimball sah sich geduckt um, während er vorsichtig mit der Waffe in der Hand hinaus auf den Flur trat.

Die Haustür stand offen, sodass er hinausschauen konnte, wo die Landschaft vom Regen, den er ebenfalls nicht bemerkt hatte, benetzt worden war, reingewaschen und wie unberührt.

Er rückte nun durch den Flur vor, wobei seine Sinne Alarm schlugen, allen voran das Gefühl, nicht allein zu sein.

Und plötzlich kam ihm der Gedanke: *Warum hat er mich nicht ebenfalls umgebracht? Er war so dicht bei mir, hätte es ohne Probleme tun können. Aus welchem Grund hat er davon abgesehen?*

Wassertropfen perlten auf dem Boden der Vorterrasse, und die Luft roch nach Ozon, normalerweise ein Zeichen für noch mehr Regen, obwohl der Himmel momentan nicht bedeckt war.

Hayden ließ seinen Blick aufmerksam über das Gelände schweifen, entdeckte aber weit und breit nichts.

Neben dem einen Sessel sah er die MP-5, wo Hawk sie am Abend zuvor hingelegt hatte. Er hob sie auf und zog sich sicherheitshalber erst einmal ins Haus zurück. Als er den Verschluss der Waffe öffnete, stellte er fest, dass sie noch immer durchgeladen war.

Dann nahm er sie hoch und schaute durch das Visier. Er schwenkte sie immerzu hin und her und hielt sich gebeugt, als er wieder auf die Veranda trat.

Während er die Pistole abwechselnd nach Osten und Westen richtete, drehte er den Kopf die ganze Zeit hin und her.

Nach zwanzig Minuten fand er schließlich seinen Freund. Hawk lag mit dem Gesicht im roten Sand, den der Regen zu Lehm gemacht hatte. Sein Shirt war aufgerissen, der Stoff zur Seite geklappt und sein Rücken nackt.

Der Mörder hatte ein R hineingeritzt.

Als Kimball die Leiche umdrehte, blieb ein sehr deutlicher Abdruck des Gesichts und Körpers im nassen Boden zurück. Lehmklümpchen blieben an der Leiche kleben. Er wischte sie sorgfältig ab, bevor er hinaus über das Wüstenterrain blickte – wohl wissend, dass der Täter schon längst verschwunden war.

Der Mann folgte strikt der Anordnung auf dem Foto. Demnach würden die Brüder als Nächstes sterben und Kimball zuletzt. Deshalb hatte er ihn also nicht umgebracht. Er wollte die Morde der Reihe nach begehen.

Kimball nahm die Pistole wieder herunter und richtete sich dann zu voller Größe auf.

Er war wider Erwarten allein.

Als er auf Hawk hinabschaute und dessen aschgraue Haut betrachtete, dachte er daran, dass sie einmal so kräftig dunkelbraun wie gegerbtes Leder gewesen war.

Er atmete einmal tief ein und ebenso lange seufzend wieder aus, dann schloss er die Augen und wisperte: »Iskariot.«

Kapitel 18

»Wir haben uns Sorgen um Sie gemacht«, sagte Bonasero Vessucci. »Sie haben sich nicht zur abgesprochenen Zeit bei mir gemeldet.«

Hayden zögerte am anderen Ende der Leitung, bevor er finster antwortete: »Er hätte mich töten können, Bonasero. Die Gelegenheit dazu hatte er.«

»Er hat es aber nicht getan.«

»Darum geht es aber nicht«, fuhr er fort. »Ich habe versagt! Weil ich zu müde war, konnte ich nicht zur Stelle sein, als ich gebraucht wurde. Ich bin kein junger Hüpfer mehr. Gegen das Altern anzukämpfen ist unglaublich schwierig.«

»Kimball, das Einzige, was zählt, ist, dass Sie noch am Leben …«

»Sie begreifen nicht, was ich meine«, beharrte Hayden wütend. »Er hat Hawk umgebracht und hätte mühelos auch mich umbringen können. Ich traue mir nicht zu, diesem Typen die Stirn zu bieten, wer auch immer er sein mag.«

»Sind Sie sicher, dass es ein einzelner Täter ist?«

»Ich glaube ja. Der Regen gestern Nacht verwischte zwar die meisten Spuren, aber am Fuß einer Kluft etwa vierhundert Yards östlich der Ranch, wo keine Nässe hingelangte, stieß ich auf eine Fährte, und im Stall ist er auch gewesen. Dort fand ich die gleichen Fußabdrücke, dasselbe Profil von GI-Stiefeln.«

»Von offiziellem Militärschuhwerk?«

»Genau.« Kimball ging nun an der Koppel vorbei. Die Appaloosas beachteten ihn überhaupt nicht. »Passen Sie auf, Bonasero. Sie müssen mein Team finden, und zwar schnell. Ich brauche es dringend. Meine alten Gefährten sterben mir unter den Händen weg.«

»Der SIV sucht immer noch nach den anderen Rittern. Wir versuchen gerade, sie über die Ortungssignale ihrer Mobiltelefone aufzuspüren.«

»Hat das bislang denn schon irgendetwas gebracht?«

»Möglicherweise haben wir Job in der Schweiz entdeckt, in der Nähe des Vierwaldstättersees. Joshua und Ezechiel sind allerdings weiterhin wie vom Erdboden verschluckt.«

»Was ist mit Jesaja und Leviticus?«

»Diese sind leider im Zuge ihrer Mission verhindert.«

Kimball stöhnte. »Bonasero, egal wer dieser Mörder ist, es handelt sich dabei um einen Profi. Ich fühle mich langsam unglaublich schutzlos und einsam, wenn Sie verstehen, was ich meine.«

»Verlassen Sie sich einfach auf mich, Kimball. Wir sind nicht untätig, was diese Sache betrifft. Sobald wir ein Team zusammenstellen können, tun wir es. Sollten wir Job schneller als den Rest finden, schicken wir ihn ebenfalls umgehend zu Ihnen.«

»Job ist ein guter Mann. Mit ihm an meiner Seite wäre mir wohler als mit den durchgeknallten Brüdern, die ich gerade suche.«

»Die beiden leben in Maryland, richtig?«

»Richtig.«

»Dann wird Job sofort zur Sacred Hearts Church östlich der Erzdiözese kommen, sobald wir ihn haben.«

»Ich kenne die Kirche.«

»Gut. Finden Sie die Brüder und warten Sie dann dort. Mit ihnen stehen Sie natürlich sicherer da als allein.«

»Das stimmt wohl.«

»Und noch etwas.«

»Ja?«

Eine Pause erfolgte, dann sagte er: »Sie haben die Neuigkeiten mittlerweile bestimmt auch schon erfahren.«

»Welche Neuigkeiten?«

»Über Amerigo.«

»Nein. Ich musste um mein Leben fürchten und konnte mich deshalb mit nichts anderem beschäftigen. Geht es ihm nicht gut?«

»Nein, es sind leider keine erfreulichen Neuigkeiten«, erwiderte der Kardinal. »Der Papst ist krank – sehr krank.«

Hayden hörte anhand von Vessuccis bedrücktem Tonfall, dass es wirklich düster aussah. »Was hat er?«

»Krebs«, sagte der Kardinal leise. »Bösartige Tumoren … im Endstadium.«

Kimball erstarrte abrupt, machte seinen Mund langsam auf und ließ die Hand hängen, mit der er das Telefon festgehalten hatte. Er hörte, dass der Kardinal weiterredete, blechern durch den Hörer, weit weg auf der anderen Seite des Planeten. Langsam hob er das Gerät wieder hoch. »Ich komme sofort zurück«, versprach er schließlich.

»Nein! Ihm bleibt immer noch ein wenig Zeit. Sie müssen unbedingt den Killer finden, Kimball. Falls Sie zurückkommen, wird er Ihnen garantiert folgen, womit Sie Gewalt im Vatikan provozieren. Das dürfen wir unter keinen Umständen zulassen.«

Der Ritter biss sich daraufhin so fest auf die Zähne, dass es in seinen Ohren knackte. »Dann trommeln Sie mein Team mal zusammen, Bonasero. Schicken Sie es in die Erzdiözese. In der Zwischenzeit werde ich Hawk bestatten, bevor ich aufbreche, um die Gebrüder Grimm zu suchen.«

»Wen?«

»So haben wir die zwei früher immer genannt«, erklärte er und trennte anschließend die Verbindung.

Mit einem Mal fühlte sich Kimball wie betäubt. Sein Weltbild lag in Scherben, die surreal funkelten, ihn blendeten und ihn die Kontrolle über sein Leben raubten. Er dachte an den Killer ... an die Morde ... das Spiel, die alte Truppe in bestimmter Reihenfolge zu dezimieren und Hayden all seine früheren Weggefährten wegzunehmen.

Und jetzt sollte auch noch der Vorhang für Papst Pius XIII ein allerletztes Mal fallen.

Kimball setzte sich erschöpft auf einen Querbalken des Koppelzauns, der ein wenig unter seinem Gewicht einsackte, und hielt sich die Hände vor das Gesicht. Für jemanden wie ihn, der auf Kampf und Konfrontation abgerichtet worden war, gehörte der Tod zum Beruf. Dass allerorts Freunde auf der Strecke blieben, war zu erwarten, doch wenn er eines nicht vorhergesehen hatte, dann so schmerzliche Gefühle für diesen einen Mann, wie sie ihn nun in Beschlag nahmen – einen Mann mit einem Gespür für das Licht in ihm, das er selbst nicht erkannte.

Deshalb ließ sich der Ritter zu etwas hinreißen, das er seit seiner Kindheit nicht mehr getan hat.

Er weinte. Er weinte um Papst Pius den XIII.

Kimball Hayden brauchte fast den ganzen Morgen, um zwei Gräber auszuheben – eines für Dog und eines für Hawk – beide neben einer hohen Pappel am Ufer eines überschaubaren Wasserreservoirs weniger als hundert Yards von der Stallung entfernt. Die Aussicht dort war wirklich atemberaubend. Das Gebirge im Westen, dessen Züge an Sägezähne erinnerten, wurde zu fortgeschrittener Stunde am Nachmittag dunkelrot, der Himmel blau wie das Meer vor Jamaika, und dieser einzige Baum im gesamten Tal, der mit seinem üppigen Geäst wie ein Riese aufragte, würde den Gräbern einen angenehmen Schatten spenden.

Schließlich stützte sich Kimball erschöpft auf den Griff der Schaufel, die er benutzt hatte, und betrachtete die Erdhügel – der eine höher und breiter als der andere – während der Wind von Nordwesten her auffrischte.

Das Laub der Pappel begann leicht zu wackeln, bog sich in die Gegenrichtung und federte dann wieder zurück. Alles wirkte so friedlich, obwohl man wahnsinnig hätte werden können. Die Erholung war zwar tröstlich, aber nur von kurzer Dauer.

Kimball blickte hinaus in die Umgebung. Er wusste, dass Hawk es sich genauso gewünscht hätte – ein Begräbnis auf dem Land seines Volks neben seinem tierischen Gefährten.

Der Ritter bekreuzigte sich nicht und sprach auch kein Wort. Der Mann, der »der Geist« gewesen war, weilte jetzt bei seinen Ahnen.

Nachdem Hayden die Schaufel in den Stall zurückgebracht hatte, ließ er die Pferde frei. Als sie davonjagten, warfen sie mit den Hufen Staubwolken auf, bis sie irgendwo nahe am Horizont verschwanden.

Der Anblick war auf wundervolle Weise majestätisch.

Als Letztes packte Kimball seine Sachen zusammen und machte sich auf den letzten Abschnitt seiner Reise.

Wenn er die Brüder gefunden hatte, würden sie sich dem Killer zu dritt stellen und ihn hoffentlich bezwingen.

Falls er jedoch in diesem Bestreben scheitern würde, wollte er an einem ebenso unberührten Ort begraben werden wie Hawk, wo er den Frieden und die Gelassenheit finden würde, die ihm sein ganzes Leben lang versagt geblieben waren.

Kapitel 19

Irgendetwas an dem Passagier störte den Piloten der Viersitzer-Cessna. Wann immer er ihm eine Frage stellte, antwortete der Mann nur einsilbig mit »Ja« oder »Nein«, und ging es um die Absprache des Preises für den Flug von Albuquerque nach Maryland, sprach er abgehackt, in wenigen Worten ohne Umschweife oder Interesse an Geplänkel über die Festlegung des Geldbetrags hinaus.

Dabei beugte er den Kopf nach vorn, um sein Gesicht bis auf den Mundbereich unter der Krempe seines Dschungelhuts zu verbergen. Trotz seiner weiten Kleider konnte man sehen, dass er äußerst durchtrainiert war. Auf dem Boden neben ihm stand ein olivgrüner Seesack, wie man sie von Marinesoldaten kannte.

Kein Zweifel, er verhielt sich mehr als nur ausweichend. Der Pilot war allerdings nicht bereit, von einem Fluggast abzusehen, der ohne Murren tausendzweihundert Dollar pro Reisestunde löhnte und ihm somit mindestens sechstausend einbrachte.

Diesen Betrag hatte er sogar schon im Voraus bezahlt, nachdem sie sich wegen des Preises einig geworden waren.

Sobald die Maschine beladen und der Mann hinter dem Piloten eingestiegen war, hatte dieser eine Starterlaubnis vom Tower eingeholt und die Rollbahn angesteuert. Währenddessen war sein Kunde still geblieben und hatte stets darauf geachtet, sein Gesicht unter dem Hut nicht zu zeigen, aber wiederholt zur Seite aus dem Fenster geschaut.

Der Pilot, ein Mann Mitte vierzig mit graumelierten braunen Haaren und für sein Alter recht vielen Falten, legte nun seinen Kopf schief und sprach: »Der Flug wird lange dauern – sechs Stunden etwa. Macht es Ihnen etwas aus, wenn ich rauche?«

»Ja.« Und schon wieder … mehr als eine Silbe brachte er offenbar nicht heraus.

Der Pilot legte nun mehrere Kippschalter an seinen Instrumenten um. »Na gut.«

Wenige Augenblicke später flogen sie bereits auf einer Höhe von fünfzehntausend Fuß.

Der Killer benahm sich vorsätzlich kurz angebunden. Dabei war ihm allerdings bewusst, dass dieses Verhalten gemeinhin Verdacht erregte, doch andererseits spürte er die Verzweiflung des Piloten, der sofort gegen seine Prinzipien handeln würde, wenn nur der Preis stimmte.

Diesen hatten sie auf sechstausend in bar festgelegt, vollständig und unverzüglich vorab bezahlt, ohne weitere Fragen und mit dem ausdrücklichen Flugziel Maryland.

Nachdem er seinen Seesack auf eine der Passagierbänke gestellt hatte, nahm er direkt hinter dem Piloten Platz. Diese Entscheidung verdeutlichte für sich genommen schon, dass ihm nicht nach Geselligkeit, einer Unterhaltung oder Nettigkeiten in irgendeiner Form zumute war.

Ohne den Kopf anzuheben, warf er gelegentlich Seitenblicke aus dem Fenster. Die Landschaft in der Ferne wirkte urwüchsig, geprägt von Hochebenen und Hügeln in bunten Farben zwischen Rot und Orange changierend, deren Alter anhand von Linien, die den Schichtverlauf beschrieben, ersichtlich war.

Jetzt erklang vom Pilotensitz: »Der Flug wird lange dauern – sechs Stunden etwa. Macht es Ihnen etwas aus, wenn ich rauche?«

»Ja.«

Als daraufhin eine Reihe Schalter an der Konsole betätigt wurden, kam es dem Killer so vor, als sei der Pilot beleidigt.

»Na gut«, murrte der Kerl.

Sobald die Cessna ihren Flugwinkel auf fünfzehntausend Fuß Höhe anglich, fuhr der Killer mit einer Hand über den Sack neben ihm. Er ertastete den Schaft des CheyTac M200, das er zerlegt und sorgfältig verstaut hatte.

Da er eine solche Waffe logischerweise nicht bei einem Linienflug hätte mitnehmen können, war er kurzerhand an eine Privatgesellschaft herangetreten.

Seit der Ermordung des Indianers sah er das Scharfschützengewehr als Gewinn an. Er hatte es nicht als Siegestrophäe aufgehoben, sondern weil er nun gegen die Hardwick-Brüder vorgehen würde.

Darum hielt er während der gesamten Reise den Kopf nach vorn geneigt und den Mund geschlossen, während seine flache Hand auf dem Seesack ruhte, als müsse er sich fortwährend daran erinnern, dass die Waffe sofort griffbereit war.

Auch Kimball Hayden reiste auf dem Luftweg, und zwar ebenfalls mit einer falschen Identität, wozu ihm der vatikanische Nachrichtendienst extra einen Pass ausgestellt hatte.

Er flog in der zweiten Klasse, wo seine beiden Sitznachbarinnen Anstoß an seinen breiten Schultern nahmen, weil sie deshalb weniger Platz hatten. Allerdings beschwerte sich keine von ihnen, da ihnen sein Kollar nicht entgangen war. Vielmehr nickten sie und lächelten unaufrichtig, um einem Priester gegenüber höflich zu sein, der in Wirklichkeit gar keiner war.

Gleich im Anschluss an sein Telefongespräch mit Kardinal Vessucci auf Hawks Ranch hatte ihm der SIV den nächstmöglichen Flug von Annapolis nach Maryland gebucht. Nach der Landung würde er nach Baltimore fahren, wo die Hardwicks wohnten – zwei der größten Hedonisten, die er kannte, die immer schon ungehorsam, starrsinnig und spitzbübisch jenseits aller Prinzipien gewesen waren, aber nichtsdestotrotz auch exzellente Soldaten.

Auf dem heruntergeklappten Tischchen vor ihm lagen die Fotos. Er hatte sie ordentlich zu einem Stoß gestapelt und hielt nun das glänzende Bild seiner alten Truppe in der Hand. Alle bereits Ermordeten, bis auf Victor Hawk, waren mit einem Buchstaben beschriftet, die den Namen Iskariot bilden sollten. Mit einem wasserfesten Stift setzte Kimball jetzt ein R über den Kopf des Indianers und seufzte leise.

Eine ganze Weile starrte er auf das Bild – auf die jungen Gesichter – und erinnerte sich an die Kameradschaft, die in ihrer Eliteeinheit vorgeherrscht hatte, jedoch auch an die Arroganz, der sie alle schuldig gewesen waren. Um davon abzulassen, hatten sie sich als zu gut angesehen, und sich für unaufhaltsam gehalten.

Jetzt besiegelte die Arroganz ironischerweise ihr Schicksal.

Dort draußen ging nun jemand um, der besser, stärker, schneller und viel gefährlicher war als sie. Und dieser Jemand zerschlug das alte Team scheinbar ohne merkliche Anstrengung.

Kimball betrachtete das Foto noch einmal eingehend; seine für die Kamera posierende Truppe. Viele Jahre waren seitdem vergangen, und nur drei Mitglieder lebten noch. Mit dem Stift umkreiste er das Gesicht des Soldaten neben Hawk. Dieser war voraussichtlich das nächste Ziel des Killers, einer der Hardwick-Brüder.

Schließlich legte Hayden das Bild hin und schaute auf seine Uhr. Bis zur Landung in Annapolis dauerte es noch zwei Stunden, und vielleicht dreißig weitere Minuten würden verstreichen, um Baltimore zu erreichen, nachdem er einen Wagen gemietet hatte.

Im Moment fragte er sich vor allem eines: *Ist mir der Mörder schon dicht auf den Fersen oder ist er mir sogar einen Schritt voraus?*

Wie dem auch sei, er würde es bald herausfinden.

Kapitel 20

Baltimore, Maryland

Jeff Hardwick beging Morde, weil sie ungeahndet blieben. Als ehemalige Mitglieder der Acht – einer geheim gehaltenen Einheit der Force Elite – die einst Schmutzarbeit für die US-Regierung erledigt hatten, bekamen sein Bruder und er ihre Leben einfach nicht mehr richtig in den Griff, seit die Gruppe nicht mehr existierte. Als die Altersfrage aufgekommen und er zugunsten jüngerer und fitterer Übersoldaten entlassen worden war, hatte man ihm kameradschaftlich auf die Schulter geklopft, ihm eine Rente zugesichert und ihm mit auf den Weg gegeben: »Ach übrigens, sollten Sie jemals Informationen über die Acht oder die Force Elite weitergeben, können Sie damit rechnen, unmittelbar nach der Preisgabe dieser Dinge ausgeschaltet und irgendwo verscharrt zu werden.«

Reizend! Vor allem seitens einer Regierung, der man stets ohne irgendwelche Vorbehalte gedient hatte.

Nichtsdestotrotz waren die Brüder mit dem gemeinsamen Geld vom Staat in der Lage gewesen, einen Laden für Army- und Navy-Inventar in der Innenstadt von Baltimore zu kaufen. Nach der Übernahme des schlecht laufenden Geschäfts hatten sie sich erst einmal schwergetan und versucht, den Betrieb mit potenziellen Beziehungen im Militärmilieu, beispielsweise unter Söldnern mit Bedarf an speziellen Arbeitsmitteln, von Grund auf neu zu gestalten.

Das erste Jahr war ein Kampf gewesen und so gut wie jeder Handel war geplatzt, bis sich schließlich ihre alten Kameraden – Walker, Grenier und Arruti – gemeldet hatten, die mit einer Kampforganisation an den Start gegangen waren, um sich von Regierungen mit Geld aus der Ersten Welt für Einsätze in der Dritten anheuern zu lassen.

Die Hardwicks waren daraufhin die einzigen Waffenhändler der drei geworden und hatten ungeheures Kapital daraus geschlagen, sie mit Landminen, Geschütztürmen oder Panzerfäusten, und praktisch jeder anderen illegalen Ware zu versorgen. Innerhalb eines Jahres hatte sich das Gewerbe zu nichts weniger entwickelt als einer Tarnung für unlautere Waffenverkäufe.

Jetzt waren Jeff und Stanley Hardwick gut abgesichert und parkten gewaltige Summen auf Bankkonten auf den Kaimaninseln sowie in Ländern wie Belize, Brasilien oder Costa Rica. Sie erfreuten sich an der Tatsache, dass es für alles einen lukrativen Markt gab.

Und *ihr* Markt war eben der Krieg.

Jeff Hardwick hatte seinen Kragen nun wegen des kalten Ostwinds hochgestellt, während er unter der geschlossenen grauen Wolkendecke herumstolzierte, als würden ihm der Gehsteig, die Stadt, ja sogar die ganze Welt gehören. Er rümpfte die Nase und bewegte sich wie ein Mann, der glaubte, für ihn würden keinerlei Regeln gelten, und jeder Passant müsse sofort zur Seite treten, wenn er vorbeikam. Diese Überheblichkeit hatte er mit seinem Bruder Stanley, der elf Monate älter war als er, gemeinsam.

Mit seinem braven Haarschnitt und einer Statur, die von regelmäßigem Sport zeugte, wirkte er um Jahre jünger. Er war schlank und breitschultrig, hatte stramme Oberschenkel und noch dickere Bizeps – genauso wie sein Bruder, der ihm hinsichtlich seines Körperbaus in nichts nachstand. Auf einen Nahkampf hätte man es weder mit Jeff noch mit Stanley angelegt. Wenn man einen Hardwick herausforderte, bekam man außerdem auch noch Ärger mit dem anderen, und dank dieses Rufs, der ihnen auf Baltimores Straßen vorauseilte, kamen sie regelmäßig mit Regelbrüchen davon, wobei ihre Macht nur auf reine Einschüchterung beruhte.

Falls es einen anderen Ausdruck oder ein Synonym für organisiertes Verbrechen gab, dann lautete es Hardwick.

Nachdem Jeff eine Weile in Richtung Osten gegangen war, bog er nach Süden ab und gelangte schließlich in eine Gegend, die nicht als besonders gesittet galt. Dort sah man heruntergekommene Geschäftsfassaden mit verbretterten Fenstern oder Scheiben mit Sprüngen, die man behelfsmäßig mit Klebeband geflickt hatte. Obsthändler verkauften hier ihre Erzeugnisse unter Sonnensegeln, deren Ränder schon komplett ausgefranst waren und in der leichten Luftströmung hin und her wackelten, und oft lungerten heruntergekommene Drogenabhängige an den Einmündungen von Gassen oder Kreuzungen herum. Gelegentlich befanden sie sich auch am Fuß von Steintreppen vor Gebäuden, in deren Appartements es vor Ungeziefer wimmelte, seien es Ratten oder Kakerlaken. Wann immer jedoch einer der Hardwicks auftauchte, verstummten die Anwohner geradezu ehrerbietig und redeten erst wieder weiter, wenn er vorbeigegangen war.

An einer bestimmten Tür zog Jeff jetzt einen Anhänger mit Schlüsseln hervor, steckte einen davon ins Schloss und drehte ihn. Nachdem der Riegel zurückgesprungen war, drückte er dagegen und trat hindurch.

Dank eines Bewegungsmelders wurde es hell im Hausflur, und er erkannte eine zweite Tür, die weiterführte, und dicker und stabiler wirkte, da sie aus massivem Eisen bestand. An der Wand daneben hing ein Tastenblock. Jeff tippte rasch einen achtstelligen Code ein, um den Alarm abzuschalten. Danach gab er eine weitere Kombination ein, dieses Mal aus zwölf Zahlen, woraufhin eine Mechanik den Block aus der Mauer drückte und nach unten klappte, um einen Retina-Scanner zugänglich zu machen. Während er mit beiden Augen hineinschaute, glich das Gerät die optischen Merkmale, anhand welcher sich die Brüder eindeutig erkennen ließen, mit jenen in seinem Speicher ab, und bestätigte kurz darauf Jeffs Identität. Denn ansonsten besaß niemand eine Eintrittserlaubnis, was nicht zuletzt daher kam, dass im Untergeschoss illegale Waffen im Wert von weit über einer Million Dollar lagerten.

Nach der Augenabtastung löste sich der schwere Verschluss der Tür automatisch, und sie ging langsam auf.

Der Raum dahinter war dunkel und hatte keine Fenster. Alte Uniformen und Soldatenhelme lagen auf wuchtigen, stark verstaubten Regalen. Dort, wo kein Licht hinfiel, bewegte sich nichts, aber manche Schatten und Umrisse waren dunkler als andere. Als Jeff die Lampen einschaltete, wirkte alles düster und grau, auch wegen der Staubschicht, von der nichts unbedeckt geblieben war. Schließlich diente das gesamte Inventar nur der Vorspiegelung, und nichts davon wurde jemals verschoben. Die eigentlichen Wertsachen fand man nämlich unten.

Nachdem Jeff Hardwick die Schlüssel auf die Glasoberfläche einer Vitrine geworfen hatte, die so staubig war, dass man ihren Inhalt kaum noch erkannte, hörte er zuallererst den Anrufbeantworter ab, wozu er ebenfalls ein Passwort eintippen musste.

Keine Nachrichten.

Grenier und Arruti hatten sich schon seit über einer Woche nicht mehr bei ihm oder Stan gemeldet, was den Brüdern im Wissen um einen laufenden Einsatz auf den Philippinen, für den diese dringend Betriebsmittel und Güter benötigten, Anlass zur Sorge gab.

Jeff steckte den Hörer zurück auf die Telefonstation, die speziell zur Verschlüsslung aller eingehenden Anrufe programmiert worden war und jeden ablehnte, den der Computer nicht kannte. Dann zog er sein Handy aus der Tasche und wählte die Nummer seines Bruders.

Als dieser abhob, sagte Jeff nur einen Satz: »Der Kunde, der wegen der Uniformen angefragt hat, hat nicht mehr zurückgerufen.«

Stan verstand natürlich sofort, was das bedeutete: Greniers und Arrutis Unternehmen hatte alle geplanten Investitionen aus unerfindlichen Gründen auf Eis gelegt.

Da war eindeutig etwas faul.

»Verstanden«, antwortete er gelassen und legte auf, ohne noch etwas hinzuzufügen.

Kapitel 21

Vatikanstadt

Unter dem Petersdom gab es ein Separee, das als Nervenzentrum des *Servizio Informazione del Vaticano* fungierte. Die Wände bestanden aus bombensicherem Glas, und der Raum selbst war ein Wunder der Technik mit einem Breitband-Plasmabildschirm, der eine ganze Wand einnahm und als Einzelmonitor benutzt oder zu unterschiedlichen Zwecken auch in mehrere Anzeigebereiche unterteilt werden konnte. Computerkonsolen reihten sich gestuft angeordnet wie Sitzplätze in einem Kino aneinander. Die zurückversetzten standen jeweils ein wenig höher, damit jeder Angestellte auf den Riesenschirm schauen konnte, ohne den hinter ihm Sitzenden die Sicht zu versperren. Das Personal, das die Terminals bediente oder die Daten auswertete, trug einheitliche schwarze Hosen und Krawatten, weiße Hemden und dunkelrote Jacketts mit dem vatikanischen Wappen auf der Brusttasche. Simon Petrus' überkreuzte Schlüssel – einer Silber, einer Gold – unter der Tiara.

Da mehr als neun Zehntel aller Länder der Welt dem Stadtstaat diplomatisch verbunden waren, besetzte er sozusagen einen Logenplatz an der Weltbühne.

Beim Hinabsteigen der steinernen Wendeltreppe grübelte Vessucci über viele Dinge nach. Der Krebs raubte ihm in Kürze einen Freund, woraufhin niemand mehr den

Papstthron besetzen würde. Als Anwärter auf die Nachfolge handelte man neben dem Kardinal noch zwei andere Männer. Im Rahmen der Kampagne schwelte ein Streit zwischen mehreren konservativen Lagern, und Pius hatte seinen Favoriten bereits genannt, doch Bonasero wusste, dass der Ausgang jeder Wahl von politischen Winkelzügen abhing, und nicht vom Wunsch des Amtsinhabers.

Als er die unterste Stufe erreicht hatte, konnte er durch die Trennscheibe des SIV-Zentrums schauen. Auf dem Monitor vor den Rechnern sah man gerade verschiedene Videos gleichzeitig ablaufen, größtenteils aus dem Mittleren Osten, aber auch von Brennpunkten auf den Philippinen und aus Brasilien.

Nachdem er durch den kurzen Flur gegangen war, stand er vor einer dicken Glastür mit in Titan eingefasstem Blatt. Er winkte übertrieben, was ein Nachrichtendienstagent im Raum sofort zur Kenntnis nahm, indem er die Geste erwiderte, bevor er sich anschickte, eine Ziffernfolge in ein Tastenfeld einzugeben. Als er sie bestätigt hatte, ging die Tür auf, und ein Schwall kühler Luft strömte heraus. Kaum, dass Bonasero eingetreten war, schloss sie sich wieder hinter ihm, wobei es zischte wie beim Entweichen von Dampf. Daran erkannte man, dass die Kammer versiegelt wurde.

Was ihn abgesehen vom bevorstehenden Tod seines alten Freundes aufwühlte, war das Wohlergehen seines ebenfalls langjährigen Bruders im Geiste: Kimball Hayden. Die Erkenntnis, dass der Killer den Ritter hätte umbringen können, verstörte ihn immer noch zutiefst.

Er hatte Haydens besondere Fertigkeiten nie in Zweifel gezogen, musste sich nun allerdings ernsthaft fragen, ob der

Mann letzten Endes vielleicht doch nicht mehr schritthalten konnte. *War Kimball ihm nicht mehr gewachsen?*

Diesem Gegner … vielleicht nicht.

Für gewöhnlich baute man den Druck des irdischen Lebens mit der Kraft des Gebets und Glaubens ab. Diese Verbindung entspannte Vessucci im gleichen Maße wie die Meditation, doch diese Sorgen ließen sich auf diese Art nicht einmal ansatzweise in den Griff bekommen. Er wusste, dass es ihm nicht gelingen würde, bis er nicht eine Gruppe von Rittern zusammengestellt hatte, die zu Haydens Unterstützung ausgesandt werden konnten, insbesondere wegen der Tatsache, dass die Mitglieder seiner früheren Einheit, die nur aus überragenden Kämpfern bestanden hatte, momentan starben wie die Fliegen, um eine klischierte Floskel zu bemühen.

Würden die anderen Ritter besser dastehen?

Auch das konnte der Kardinal nicht mit absoluter Gewissheit sagen, weil dieser Killer absolut unvergleichlich war.

Ihm blieb offenbar nichts anderes übrig als Beten und Hoffen.

Als Bonasero so dastand und die zahlreichen Eindrücke auf dem Großbildschirm überflog, kam der stellvertretende SIV-Direktor auf ihn zu.

»Einen angenehmen Nachmittag wünsche ich, Kardinal Vessucci.« Der Mann war klein und wirkte zerbrechlich, der Kragen seines Jacketts war viel zu weit für einen so spindeldürren Hals. Sein Gesicht konnte außerdem nicht breiter als die Klinge eines Beils sein, doch seine Stimme klang lieblich, ja geradezu süß wie Honig.

»Mein Freund Carmello, wie geht es Ihnen heute?«

Der Vizedirektor schaute zu den Videos zurück und wies mit einer seiner zierlichen Hände darauf. »Ich habe viel zu tun«, antwortete er. »Die Welt schläft niemals.«

»Das sehe ich.«

»Aber so groß dieser Planet auch sein mag, gibt es dank dem Fortschritt der Technik nichts, was uns noch verborgen bleibt.«

»Sie haben die Ritter, die Urlaub machen, also gefunden?«, fragte Bonasero hoffnungsfroh.

»Leider nicht alle«, erwiderte Carmello. »Nur Job.«

»Wo?«

Als der stellvertretende Nachrichtendienstleiter zum nächsten Computer ging, blieb Vessucci dicht hinter ihm. Nach der Eingabe eines vorgegebenen Codes blendete eine der Bildflächen in der oberen rechten Ecke des enormen Monitors auf die Landschaftsaufnahme einer Satellitenübertragung über. Berge mit verschneiten Gipfeln und Täler, Flüsse, Seen und andere blaue Wasserflächen – der Vierwaldstättersee in der Schweiz erschien wie auf einem Foto in einem Reiseführer.

»Es gelang uns, das Signal seines Mobiltelefons zu orten, nachdem Sie uns seine Nummer gegeben hatten. Eigentlich eine simple Methode. Anhand Ihrer Information waren wir in der Lage, ihn praktisch umgehend in diesem Gebiet aufzuspüren.«

»Aber Joshua und Ezechiel haben Sie nicht entdeckt?«

Der kleine Mann schüttelte bedauernd seinen Kopf. »Wir suchen aber weiter fieberhaft nach ihnen«, versicherte er ihm. »Keiner der beiden scheint ein Handy, einen Laptop oder überhaupt irgendwelche elektrischen Geräte dabeizuhaben, die wir nachverfolgen könnten. Dass sie doch welche mitführen und diese nur noch nicht eingeschaltet haben, ist aber auch denkbar.«

»Sie könnten allerdings auch ohne aufgebrochen sein. Immerhin machen sie Urlaub, und dabei geht es schließlich darum, sich dem Alltag zu entziehen – zum Beten und zur inneren Einkehr.«

»Wir geben nicht auf«, bekräftigte Carmello noch einmal. »Da wir Job gefunden haben, können wir auch die anderen finden. Dazu müssen wir einfach nur konsequent und hartnäckig bleiben.«

Vessucci lächelte und klopfte seinem zwergenhaften Gegenüber auf die Schulter. »Das ist wahr, mein Lieber. Ich möchte allerdings, dass Sie sich mit der Suche beeilen, denn die Lage ist ziemlich ernst.«

Er schaute erneut auf den Bildschirm. *Es ist unheimlich*, dachte er, *fast wie der Allwissende auf die Erde zu schauen.* Und dann sagte er: »Haben Sie Job schon Bescheid gegeben?«

»Noch nicht, aber Agenten sind bereits zu ihm unterwegs, um ihn darüber zu informieren, dass sein Typ hier im Vatikan verlangt wird.«

»Wissen Sie denn, wo genau er sich gerade aufhält?«

»Ja, Kardinal. Unseren Koordinaten zufolge irgendwo in der Nähe des Luzerner Löwendenkmals.«

Kapitel 22

Vierwaldstättersee, Schweiz

Jenes Kunstwerk in Luzern zeigte einen in Stein gemeißelten Löwen im Sterben, der an die während der Augustaufstände 1792 im Zuge der Französischen Revolution gefallenen Mitglieder der Schweizergarde erinnern sollte, als Umstürzler den Tuilerienpalast in Paris gestürmt hatten. Infolge des unerwarteten Ausbruchs der Gefechte, nachdem die Königsfamilie vom Gelände geschleust und sicher im Tagungssaal der Nationalversammlung untergebracht worden war, hatten die Gardisten ihre Munition aufgebraucht und sich kurz darauf einer Überzahl beugen müssen. Im Anschluss an ihre Kapitulation waren schließlich Hunderte gestorben und noch mehr regelrecht massakriert worden. Geschätzt zweihundert weitere Verwundete hatten entweder ihre Gefangenschaft nicht überlebt oder den Tod während des folgenden Blutbads im September gefunden. Seit 1821, als Lukas Ahorn aus Konstanz die Skulptur auf der Grundlage eines Entwurfs des Dänen Bertel Thorvaldsen fertiggestellt hatte, symbolisierte diese die Tapferkeit und das Vermächtnis der Schweizergarde.

Job bildete sich durchaus etwas darauf ein, der Garde bis zu seinem Wechsel zu den Rittern des Vatikans angehört zu haben.

Er war über 1,85m groß und knapp zweiundachtzig kg schwer, schien fast nur aus straffen, sehnigen Muskeln zu bestehen und stammte als einziger Ritter aus der Schweiz, wohingegen die anderen aus sehr unterschiedlichen Umfeldern kamen. Als er zehn Jahre alt gewesen war, hatte sein Vater, ein Richter am Schweizer Bundesgericht, einen Drahtzieher der kriminellen Unterwelt wegen einer Reihe von Verbrechen zwischen Kleingaunerei und Mord zu lebenslanger Haft verurteilt. Wegen dieser Entscheidung war er später zusammen mit seiner Frau und seinen drei Kindern erschossen worden. Job hatte allerdings überlebt, nachdem er von den beiden Schüssen, die der Attentäter auf ihn abgegeben hatte, getroffen worden war. Er – dessen bürgerlicher Name Johannes war – hätte auch verbluten können, war aber früh genug von einem Kindermädchen gefunden worden, das daraufhin zügig den Notarzt verständigt hatte.

Und obwohl er über das Trauma irgendwann hinweggekommen war, hatte man später im besten Interesse des Jungen beschlossen, ihn der Wahrheit zum Trotz in den Medien für tot zu erklären, um ihn vor möglichen anderen Vergeltungsschlägen in der Zukunft zu schützen.

Als Waise war ihm dann angeboten worden, dem Vatikan zu dienen. Mit elf und weniger als fünf Monate nach dem Tod seiner Familie hatte der junge Johannes seine dreijährige Ausbildung zum Messdiener angetreten. Diese war jedoch schon nach kurzer Zeit jäh abgebrochen worden, als Kardinal Bonasero ihn entdeckt und das Potenzial in ihm erkannt hatte, einige sehr spezielle Talente zu entwickeln. Nach seinem Wechsel in Vessuccis Obhut war er angewiesen worden, sich an Kimball Hayden zu orientieren, der ihn in die Lehre genommen hatte, um einen Ritter des Vatikans im Dienst der Herrlichkeit der Kirche aus ihm zu machen. Aber als Schweizer und mit dem Eintritt ins Mannesalter hatte Johannes schließlich eine andere Bestimmung gefunden: Dienst bei der Schweizergarde. Man hatte ihm die Mitgliedschaft gestattet, ihn aber, nachdem er dem Ruf gefolgt und eine Weile im Korps gewesen war, in eine der herausragendsten Kampfbruderschaften der Welt eingegliedert.

Und der Kampf zum Schutz der Kirche und ihrer Anhänger war seither zu seinem alltäglichen Begleiter geworden – manchmal sogar bis zur völligen Erschöpfung. Deshalb wurde Rittern, um der Kriegsmüdigkeit vorzubeugen, ab und zu Langzeiturlaub gewährt, damit sie sich abkoppelten, mit der Natur beschäftigten und am gewöhnlichen Leben teilnahmen, um ihre Seele durch den Glauben an Gott zu erkunden und wieder inneren Frieden zu finden.

Momentan saß Johannes Eicher mit einem Gefühl vollkommener Harmonie unter dem blauen Himmel auf einer Bank vor dem Luzerner Löwendenkmal, um die geschmeidigen Linien und den außerordentlichen Detailreichtum der Skulptur zu bewundern.

Währenddessen spürte er eine leichte Brise auf seiner Haut, die ihn streichelte und sanft massierte.

Etwas Besseres gab es nicht.

»Bruder Job?«

Nun erschrak er. In Kirchenkreisen so genannt zu werden, war nichts Besonderes, in seiner Heimatstadt hingegen war es äußerst ungewöhnlich, weil er eigentlich Johannes Eicher hieß. Der Name eines Ritters des Vatikans wurde als Erkennungszeichen stets in Ehren und geheim gehalten.

Zwei dunkel gekleidete Männer in identischen Mänteln näherten sich ihm gerade mit tief in den Taschen steckenden Händen. Beide hatten gepflegte kurze Haare und Gesichter, die so glatt rasiert waren, dass die Haut förmlich wächsern glänzte. Am Hals trugen sie ein strahlend weißes Kollar.

»Entschuldigung«, erwiderte Job. »Kenne ich Sie?«

Der Größere der zwei schützte ein Lächeln vor, zog einen Ausweis in einer aufklappbaren Brieftasche hervor und zeigte ihn Job: Der *Servizio Informazione del Vaticano*, der Nachrichtendienst.

»Ich bedauere, Sie stören zu müssen, Bruder Job«, sagte der Mann. »Ich weiß, dass Sie gerade Urlaub machen, doch in dieser speziellen Angelegenheit, deretwegen wir Sie aufsuchen, drängt leider die Zeit.«

»Der Papst hat mir versichert, ich würde während meiner freien Zeit nicht gestört werden und ich habe noch fünf Tage.«

»Die Nachricht, die wir Ihnen bringen, stammt von Papst Pius persönlich.«

Job lehnte sich mit wie zum Beten gefalteten Händen nach vorn und betrachtete das Löwendenkmal. »Ich weiß«, entgegnete er tieftraurig, »dass er ziemlich krank ist.«

»Bei dem, was wir Ihnen mitteilen sollen, geht es aber nicht um seine Krankheit.«

Nun neigte Job seinen Kopf zur Seite. »Worum geht es denn dann?«

Der kleinere Mann trat jetzt vor. »Sie wissen Bescheid über uns?«, fragte er. »Über den SIV und unsere Funktion?«

»Selbstverständlich.«

»Dann wissen Sie bestimmt auch, dass wir strengeren Vorschriften bezüglich der Wahrung vatikanischer Geheimnisse unterliegen.«

Der Ritter wandte seinen Blick keine Sekunde lang von der Skulptur ab. »Mit Verlaub ...« Er betonte die Worte so, dass der SIV-Agent den Satz mit seinem Namen beenden musste.

»Monsignore Gianicomo«, sagte er.

»Mit Verlaub, Monsignore Gianicomo, was genau wollen Sie mir jetzt erzählen?« Schließlich wandte sich Job von dem Löwen ab und schaute dem Italiener direkt in die Augen. »Bitte.«

»Als Agenten des *Servizio Informazione del Vaticano* stehen wir kraft unseres Eides in der hehren Pflicht, alles geheim zu halten, was vertraulich und heilig ist, angefangen bei der Wahrheit über das Turiner Grabtuch bis zur Bedeutung der Dritten Prophezeiung der Fátima. Darüber hinaus haben wir aber auch die Aufgabe, über die Ritter des Vatikans im Bilde zu sein und sie in Bedarfsfällen zu unterstützen.«

Job verzog keine Miene. Man hatte ihm beigebracht, dass die Ritter fest als im Verdeckten arbeitende Truppe etabliert und nur dem Rat der Sieben bekannt waren – einem Verband der sechs innigsten Getreuen des Papstes, dessen siebtes Mitglied Pius XIII selbst war.

Oh Wunder aber: Das stimmte offenbar gar nicht.

Der Monsignore ahnte, was der Gottessoldat gerade dachte. »Wir wussten immer, dass die Ritter des Vatikans existieren«, fügte er hinzu. »Treue über alles, außer Ehre. Der SIV hat dasselbe Credo.«

Job stand nun auf. »Sie sagten, der Papst bitte um meine Hilfe?«

Der Mann nickte. »Er und Kardinal Vessucci baten uns, Sie zu finden.«

»Und wie haben Sie mich gefunden?«

»Wir haben Ihre Position mittels GPS-Ortung Ihres Mobiltelefons lokalisiert«, erklärte ihm der Monsignore.

Nun kniff Job seine Augen wie vor Schmerz zusammen. *Natürlich!* Diese Methode war dank moderner Technik nur allzu simpel.

Schließlich sagte er ruhig, aber absolut verbindlich: »In meiner Dienstbarkeit dem Oberhaupt der Kirche gegenüber beende ich meinen Urlaub natürlich ergebenst.«

Der Agent nickte.

»Danke, Job.«

»Und jetzt erzählen Sie mir, wofür ich genau gebraucht werde.«

Auf dem Weg zu seiner Herberge ging er zwischen den beiden Gottesmännern her, während sie mehrere überdachte Brücken über das Wasser nahmen. Monsignore Gianicomo ruderte beim Reden hektisch mit den Armen wie ein leidenschaftlicher Orchesterdirigent, um seinen Ausführungen Nachdruck zu verleihen.

Er sprach über Kimballs Zeit als Mitglied der Acht unter amerikanischer Führung und von dessen damaligen Gefährten, die nun reihenweise von jemandem umgebracht wurden, dessen Vorgehensweise weit über alle anderen Mörder hinausging, mit denen sie es bisher zu tun gehabt hatten.

»Kimball kann sich auch gut allein behaupten.«

»In diesem Fall nicht. Der Täter hat bereits klargestellt,

dass er ihn leicht hätte töten können, aber erst noch abwarten will.«

Job hörte aufmerksam zu, wobei er zuerst noch Gleichgültigkeit zur Schau stellte, aber mit der Zeit zusehends besorgter aussah. Er runzelte nun die Stirn und fing an, sich von innen auf seine Wange zu beißen – eine nervöse Marotte von ihm.

Aber trotzdem …

»Kimball ist Kimball, ein vatikanischer Elite…«

»Das mag sein, aber vielleicht ist er auch einfach überfordert und benötigt deshalb dringend Ihre Hilfe.«

»Und die werde ich ihm auch fraglos leisten. Allerdings ist Kimball Hayden nie zuvor überfordert mit irgendetwas gewesen.«

»Hoffen wir es. Im Augenblick ist er nämlich vollkommen auf sich allein gestellt.«

Sie unterhielten sich nun über Jobs Rolle bei Haydens Unterstützung, um dessen Chancen zu verbessern, sowie über die Suche des SIV nach Ezechiel und Joshua, die sich dem Anführer der Ritter ebenfalls bei seiner Fahndung anschließen sollten.

»Kimball musste den Killer weglocken, sonst wäre der Vatikan mit Gewalt überzogen worden.«

»Haben wir Hinweise darauf, wo er momentan steckt?«

»Nein, leider nicht.«

»Und das trotz all Ihrer Recherchemöglichkeiten?«

»Wer auch immer der Täter ist, er verhält sich in jeder Hinsicht wie ein Phantom.«

Eine Pause folgte, und dann sagte er hochachtungsvoll: »Genauso wie Kimball Hayden.«

Während die Männer weiter in Richtung Herberge gingen, fand der schöne Tag allmählich ein Ende, da sich dichte Wolken zusammenbrauten, die einen Wolkenbruch in Aussicht stellten.

Kapitel 23

Sofort nach seiner Landung mietete Kimball einen Wagen, kaufte eine Landkarte und suchte eine Strecke zum Geschäft der Hardwick-Brüder heraus. In Baltimore stellte er das Auto auf einem eingezäunten Platz ab, wo man Parkgebühren pro Stunde erhob, nahm den Dokumentenumschlag vom Beifahrersitz und machte sich auf den Weg durch die Straßen, die von Ziegelsteinreihenhäusern flankiert wurden.

Die Regenrinnen waren hier mit Müll verstopft, und streunende Hunde schleckten das Schmutzwasser, das zu den Kanalöffnungen mäanderte; Schlägertypen aus der Umgebung, die alle ihrer Bandenzugehörigkeit gemäß ihre Kleider in einheitlichen Farben offenbarten, saßen auf den Eingangstreppen von Wohnungsblocks und brüllten ungehobelt herum, äußerten jedoch kein Wort mehr, wenn Kimball vorbeiging, sondern starrten nur auf seinen Priesterkragen. Dann waren sie auf einmal wie ausgewechselt, zügelten sich und blieben ruhig, als schrecke die Nähe eines Priesters sie in hinreichendem Maß davon ab, sich danebenzubenehmen.

Der Ritter passierte nun schlecht instandgehaltene Ladenzeilen, bis er endlich auf ein Gebäude stieß, das einer Lagerhalle ähnelte. Die Mauern bestanden aus Zementsteinen, die bunt mit urbanen Wandbildern bedeckt waren, und über der Tür hing ein Schild, das von seiner Machart her recht schäbig wirkte. HARDWICKS' ARMY & NAVY STORE stand darauf.

Kimball hielt auf dem Gehsteig gegenüber kurz inne, atmete einmal so tief ein, wie er konnte, und dann entsprechend lange wieder aus.

Die Hardwicks, dachte er, *sind nun, zusammen mit mir, die letzten Mitglieder einer einzigartigen und verschworenen Gruppe.*

Nach all den Jahren konnte er allerdings nicht wissen, welchen Empfang sie ihm bereiten würden, nachdem sie glaubten, dass er bereits viele Jahre zuvor gestorben war, obwohl er sich in Wirklichkeit nur aus dem Dienst zurückgezogen hatte.

Würden sie darüber genauso enttäuscht sein wie Hawk?

Er trat vom Gehsteig hinunter. Gleich würde er die Antwort auf diese Frage erhalten.

Kapitel 24

Sobald die Cessna gelandet war, wandte sich der Killer abermals wortkarg an den Piloten: »Danke.« Dann nahm er sein Gepäck und verschwand aus dem Leben des Mannes, wobei es zu hoffen war, dass dieser sich nur beiläufig und immer schlechter an ihn erinnern würde, und ihn schließlich vollkommen vergessen würde.

Nachdem er sich einen fahrbaren Untersatz beschafft hatte, machte er einen kurzen Abstecher in die Stadt, um die Hardwick-Brüder auszuschalten. Dafür stieg er auf das Dach eines leer stehenden Gebäudes gegenüber dem Armeebedarfsladen. Nicht lange, und er sah einen der beiden eintreten. Der Kerl bewegte sich breitspurig und affektiert wie irgendein Adliger. Seine selbstgefällig hochnäsige Kopfhaltung und die federnde Gangart belegten eindeutig, dass dieser Hardwick glaubte, in der Nahrungskette des urbanen Urwalds weit über allen anderen zu stehen.

Dies war genau der Mythos, den der Killer mit seinem Dorn zu zerstören gedachte.

Im Laufe des Tages, während er den Verlauf der Straßen im Kopf nachzeichnete, prägte er sich so manches ein … die Zu- und Ausgänge, jeden Aussichtspunkt in hoher und flacher Lage … und er legte sich außerdem Fluchtwege von einigen dieser Stellen zurecht.

Er plante seine Einsätze immer äußerst sorgfältig.

Innerhalb von zwei Stunden und circa neunzig Minuten nach Hardwicks Eintritt in den Laden fiel dem Killer ein anderer Mann auf, der sich zielstrebig dem Gebäude näherte. Er war groß und kräftig, trug ein Priesterhemd und ein dazu passendes reinweißes Kollar, außerdem eine schwarze Hose mit Beintaschen und Militärstiefel mit knöchelhohem Schaft. An der Brust des Hemdes prangte ein Wappen: ein silbernes Tatzen-Kreuz auf einem blauen Schild, das von zwei Löwen gehalten wurde – das Symbol der Ritter des Vatikans.

Kimball Hayden!

Er beobachtete aus sicherer Entfernung, dass der »Priester, der in Wirklichkeit gar keiner war«, seiner Umgebung keine größere Aufmerksamkeit schenkte, obwohl er genau wusste, dass es jemand auf ihn abgesehen hatte. Für den Killer stand jedoch fest, dass Kimball unantastbar war, bis er die Hardwick-Brüder beseitigt hatte.

Mehrere Sekunden lang schaute er auf ihn hinunter, während der Ritter scheinbar unentschlossen auf dem Bürgersteig gegenüber von dem Armeebedarfsladen verharrte. Schließlich trat er auf die Straße und ging auf das Gebäude mit der bunt besprühten Fassade zu. In einer Hand hielt er einen braunen Umschlag.

Zweifellos die Lebensläufe, dachte der Killer.

Er wusste, dass er nun Probleme bei der Durchführung seines Plans bekommen würde, weil er jetzt mit wesentlich stärkerer Gegenwehr rechnen musste. Allerdings machte ihm die Tatsache, es mit drei Mann aufnehmen zu müssen, kaum Sorgen. Er hatte Hawk, den Geist, ohne viel Aufhebens umgebracht, und dem alten Mann war sein Geschick über die Jahre hin ganz offensichtlich abhandengekommen. Die Hardwicks hingegen wirkten fit und imstande, sich jederzeit im Kampf zu behaupten, während Kimball Haydens Fähigkeiten sowieso außer Frage standen. Dadurch, dass sich der Killer nun gleichzeitig mit allen dreien auseinandersetzen musste, hatte sich der Schwierigkeitsgrad seines Vorhabens gerade um mehrere Stufen erhöht.

Dieses Mal würde Hayden ihn nämlich erwarten.

Und die Brüder folglich auch.

Sogar vom Dach aus konnte der Killer das Brummen eines Türöffners hören, als der Ritter ins Gebäude gelassen wurde.

So nahe war er ihm bereits.

Jeff Hardwick traute fast seinen Ohren nicht, als er hörte, dass jemand läutete. Das Geschäft für Ausrüstungsgegenstände der Army und Navy war im Milieu weithin als Scheinunternehmen bekannt, das eigentlich überhaupt keinen Militärbedarf verkaufte.

Äußerst seltsam!

Auf dem Monitor der Überwachungskamera erkannte er nun deutlich einen großen Mann. Dieser hielt irgendwelche Papiere in einem Ordner in der Hand, so wie es aussah. Zuerst vermutete er, dass es ein Postbote mit einem Einschreiben war, dessen Erhalt er quittieren müsse, doch als er genauer hinschaute, konnte er einen Priesterkragen erkennen. Das Gesicht des Mannes blieb allerdings weiterhin für ihn verborgen, da dieser seinen Blick nach unten gerichtet hatte.

Ein Priester?

Hardwick griff sofort unter die Theke, und zwar aus zwei Gründen: Erstens um den Türöffner zu betätigen, damit der Fremde eintreten konnte, und zweitens wegen einer Glock, um für den Fall, dass es ungemütlich werden sollte, bereit zu sein.

Er nahm die Waffe und schob sie sich am Rücken in den Hosenbund. Nachdem er sein Hemd darüber fallen lassen hatte, ließ er denn Mann herein.

Der Kerl machte nicht gerade den Eindruck eines Himmelsboten, wie Jeff Hardwick fand. Denn er hatte breite Schultern und eine schlanke Taille, während seine eckigen Züge, die wie herausgemeißelt wirkten, eher an einen Leistungssportler als an einen Geistlichen denken ließen. Die Form seiner Augen verstärkte den Eindruck, dass er knallhart und extrem schwankungsanfällig war noch, und beim geringsten Anlass ausrasten würde. Außerdem benahm er sich beim Gehen so selbstsicher, wie es keiner der Brüder schaffte, egal wie sehr sie sich auch anstrengten.

Dieser Mann bewegte sich wie ein erfahrener Krieger.

Jeff fasste sich deshalb langsam ans Kreuz und tastete dort nach der vertrauten Rundung des Pistolengriffs. »Was kann ich für Sie tun?«, fragte er.

Der große Mann trat nun näher. »Ist es echt so lange her, dass du mich nicht mehr wiedererkennst?«

Hardwick legte daraufhin seinen Kopf schräg und kniff die Augen zusammen, um sein Gegenüber genauer anzuschauen.

Plötzlich riss er sie so weit auf, als habe ihm gerade jemand eiskaltes Wasser ins Gesicht geschüttet. Langsam nahm er seine Hand hinter dem Rücken hervor und legte sie auf die Theke, als ob er sich dort festhalten wollte.

»Kimball Hayden?«

Er nickte. »Ist lange her, Jeff.«

Hardwick trat hinter der verstaubten Vitrine hervor, ohne den Blick von dem Ritter abzuwenden. »Du bist doch im Irak gestorben. Wir haben eine Bestattungsfeier für dich ausgerichtet.«

»Man kann eben nicht alles glauben, was man so hört.«

»Was ist passiert?«

Kimball starrte nun ein wenig länger vor sich hin, bevor er den Dokumentenumschlag auf die Glasoberfläche der Theke legte. »Ich bin abgehauen«, antwortete er schlicht. »Ich konnte diesen Job irgendwann einfach nicht mehr machen.«

An Hardwicks Schläfen zuckten die Muskeln, was Hayden auf zurückgehaltene Verärgerung schließen ließ.

»Du bist abgehauen.« Die Wiederholung war keine Frage, sondern ein Ausdruck seiner Aversion. »Ausgerechnet du«, fügte er verächtlich hinzu. »Der Soldat mit dem längsten Schwanz in der Einheit, ist ein Feigling?«

»Mit Feigheit hatte das Ganze überhaupt nichts zu tun.«

»Du bist desertiert, und Deserteure sind nun einmal Feiglinge!«

»Jeff …«

»Kimball Hayden, der Mann ohne Gewissen, die Mordmaschine, die wir alle sein wollten – ist ein Feigling.«

Kimball seufzte. Das würde schwierig werden.

»Was willst du hier?«, fuhr Hardwick nun wütend fort. »Und was zum Teufel trägst du da am Hals? Also, wenn mich nicht alles täuschst, bist du mir nie außerordentlich fromm vorgekommen. Gott hat dich genauso aufgegeben wie uns alle wegen der Entscheidungen, die wir in unserem Leben getroffen haben. Glaubst du wirklich, dir würden all diese Sünden vergeben, wenn du dich als Priester verkleidest?«

»Ich bin kein Priester.«

»Danke dafür, dass du das klargestellt hast«, höhnte er. »Nicht zu fassen, dass du nicht nur feige, sondern vielleicht auch noch ein Heuchler wärst.«

»Ich bin nicht hier, um dich um Verständnis zu bitten.«

»Warum dann? Und aus welchem Grund trägst du diesen bescheuerten Kragen, wenn du gar kein Priester bist?«

Kimball hob eine Hand und fuhr sanft mit einem Finger an dem Kollar entlang. »Ich bin ein *Emissär* der Kirche«, erwiderte er.

»Ein *Emissär*? Dieses Wort ist mir leider kein Begriff.«

»Es bedeutet vatikanischer Agent oder Gesandter.«

»Vatikanisch?« Hardwick kam nicht umhin, seinen ehemaligen Kameraden und dann dessen Halsband anzustarren. Die blauen Augen des Mannes strahlten vor Aufrichtigkeit wie Hitze in der Wüste, die über den Sand flimmerte. Dann stutzte Hardwick angesichts der unvereinbaren Kleidungsstücke ... das Kollar und die schwarze Militärhose und -stiefel. »Vom Bauch an aufwärts bist du ein Pfaffe« sagte er, »aber darunter siehst du aus wie ein Soldat.« Nach kurzem Zögern fragte er: »Was genau tust du als *Emissär* der Kirche?«

»Alles, was getan werden muss«, entgegnete Kimball schlicht.

»Bist du etwa hier, um meine Seele zu retten? Hält Gott das irgendwie für wichtig?« Sein Lächeln wirkte jetzt zunehmend finster und gehässig und nahm bösartige und linkische Züge an. »Bist du etwa hier, um die Hardwick-Jungs zu retten?«

Hayden schob den Umschlag über die Theke. »In gewisser Weise kann man es wohl so ausdrücken«, deutete er an, »aber es ist nicht so, wie du denkst.«

Hardwick öffnete nun den Umschlag. Darin steckte ein Stoß Hochglanzfotos in Schwarzweiß. Das oberste zeigte Walker ohne Beine auf einem Tisch liegend mit dem in den Rücken geritztem Buchstaben I.

»Lass uns damit anfangen«, sagte Kimball. »Zuerst möchte ich aber, dass du deinen Bruder rufst.«

Jeff sperrte jetzt den Mund weit auf und bekam ihn nicht mehr zu. Sein Gesicht wurde vor Ehrfurcht immer länger.

»Ruf deinen Bruder«, drängte ihn Kimball nachdrücklich. »Und zwar sofort.«

Kapitel 25

Stanley Hardwick war genauso verblüfft wie sein Bruder und legte die gleiche scheinbar angeborene Abneigung gegen die leiseste Feigheit an den Tag, während er Kimball von der anderen Seite der Theke aus anstarrte. Er verzog sein schroffes Gesicht despektierlich und hatte die Arme ablehnend vor seiner Brust verschränkt. »Ich sollte dich eigentlich windelweich prügeln.«

»Du könntest es zwar probieren, würdest aber nicht viel ausrichten.«

»Mein Bruder hat gemeint, du seist jetzt so was wie ein Priester.«

»Ein *Emissär*«, berichtigte ihn Hayden. »Oder kennst du den Begriff auch nicht?«

»Ich weiß, was er bedeutet.«

Als Stanley das Kollar betrachtete, schnaubte er noch einmal; ein Ausdruck von Häme oder herablassender Erheiterung. »Da haben wir dir doch glatt nachgeweint, während du in Italien mit Cognac verköstigt worden bist.« Er schüttelte den Kopf. »Du feiges Arschloch!«

Jeff stellte sich jetzt neben seinen Bruder. Sie ähnelten einander wirklich stark, wie Kimball mal wieder auffiel. Man hätte sie fast für Zwillinge halten können, denn sie hatten die gleichen Züge und Körpermerkmale, wohingegen ihre Hau-drauf-Einstellung vermutlich vielmehr angeeignet als genetisch bedingt war.

»Also gut«, sprach Jeff nun. »Du bist hier, und was jetzt?«

Stanley starrte ihn weiterhin wie gebannt an und blieb regungslos hinter der Theke stehen.

Kimball schob das erste Foto zu ihnen hinüber und zeigte auf Walker, das erste Opfer der Gruppe, der von einem Unbekannten ermordet worden war. Dann fuhr er mit Arruti und Grenier fort, die neben Walker in der hinteren Reihe auf dem Bild posiert hatten.

Stanley Hardwick wirkte leichter zugänglich und in Anbetracht der Situation auch nüchterner. »Wir leiten hier ein Unternehmen«, erklärte er Kimball, »das schwer erhältliche Waren verkauft.«

»Du meinst illegale Waffen.«

Stanley streckte seine Arme aus, um auf die Ladenfläche zu verweisen. »Du glaubst, wir hätten dieses Geschäft eröffnet, um diesen Plunder hier zu verticken? Natürlich nicht. Wir verdienen unsere Kohle mit Waffen. Arruti und Grenier haben sich vor allem mit unserem Zeug eingedeckt.«

Jeff nahm die Fotos der drei ersten Toten und hielt sie wie Spielkarten aufgefächert in einer Hand. »Jetzt wissen wir also, warum sie sich plötzlich nicht mehr bei uns gemeldet haben«, sagte er.

»Wo hast du die her?«, fragte Stanley.

»Von meinen Informationsgebern.«

»Das ist mir schon klar. Tust du das alles über die Kirche?«

Kimball schwieg, während Jeff die Abzüge wieder hinlegte und das Bild von Victor Hawk, alias *dem Geist* in die Hand nahm. Dieser lag mit dem Gesicht in rotem Matsch. Der Mörder hatte ihm ein R in den Rücken geschnitten.

»Es gibt niemanden auf diesem Planeten, der es mit *dem Geist* aufnehmen konnte«, sagte er verwundert.

»Offenbar doch«, widersprach ihm Hayden. »Er hätte auch mich töten können, tat es aber nicht.«

»Wäre kein großer Verlust gewesen«, entgegnete Stanley immer noch verärgert.

Kimball spürte den Hass, der in den Worten seines früheren Weggefährten mitschwang, geradezu körperlich.

»*Der Geist* war alt, Bruder – und außer Übung. Das passiert nun mal, wenn man nicht regelmäßig trainiert. Man verliert irgendwann seinen Schneid.«

»Ach was.« Jeff hielt die Fotos von Arruti und Grenier hoch. »Und wie sieht es mit den beiden aus?« Es war eine rhetorische Frage. »Wir wissen, dass sie ihren Schneid nicht verloren hatten. Sie standen in vollem Saft, das brauche ich dir ja wohl nicht zu sagen.«

Stan Hardwick weigerte sich vehement, auf die Fotos zu schauen, stattdessen behielt er lieber Kimball im Auge.

»Dieser Mann, der Killer«, begann der Ritter, »hat es aus welchen Gründen auch immer auf uns abgesehen. Fünf fähige Soldaten hat er so zwanglos umgebracht, dass man schwer glauben kann, dass er dabei allein gewesen ist.«

»Und du bist dir sicher, dass es nur einer war?«

»Ich habe auf Hawks Ranch lediglich ein Paar Fußabdrücke gefunden.«

»Wenn du mich fragst, bedeutet das nichts weiter, als dass eine Person genügt hat, um ihn zu überwältigen.« Dann fuhr er fort: »Ich meine, Hawk war nichts Besonderes. Jedenfalls nicht mehr. Er hat sich gehen lassen und ist fett geworden, worunter zwangsläufig auch seine Fähigkeiten gelitten haben … Er hat sich bloß zu einem alten Sack entwickelt, der von Erinnerungen an eine längst vergangene Zeit zehrte. Jeder Pfadfinder hätte ihn plattmachen können.«

Diese Behauptung ließ sich nur schwer anfechten, denn die Fußspuren einer Einzelperson deuteten in der Tat darauf hin, dass der Killer seinen Auftrag ganz allein ausgeführt hatte. In Gruppen hielt man sich gemeinhin an »Einsatzregeln«, die für den Erfolg einer Mission unerlässlich waren. Falls dieser Täter Verstärkung hatte, dann gab es bislang keine Hinweise dafür. »Nein«, erwiderte Kimball. »Ich bin überzeugt davon, dass es nur ein Mann war. Und ihr wisst doch genau, wie es läuft … niemand arbeitet allein, außer man ist Einzelgänger.«

»Das wirft aber gleich mehrere Fragen auf, nicht wahr?«

»Zweifelsohne.«

»Zum Beispiel: Wer ist dieser Typ? Und warum tut er das Ganze überhaupt?«

Alle drei verharrten nun und schauten sich ernst an.

Denn niemand von ihnen konnte auch nur eine dieser Fragen beantworten.

Kapitel 26

Zum ersten Mal, seit er seine Diagnose erhalten hatte, war Papst Pius XIII unbehaglich zumute. Er spürte einen Druck auf der Lunge und bekam jetzt häufig keine Luft mehr, wenn er sich in irgendeiner Weise körperlich anstrengte.

Im Moment stand er an einem der raumhohen Fenster und rieb sich zur Beruhigung mit der Hand über seine Brust, während er sich einen Moment lang Zeit nahm, um hinaus auf den Petersplatz zu schauen, wobei ihm praktisch nichts entging. Er konnte alles sehen.

Von dieser Warte aus konnte er die halbrunden Kolonnaden überblicken, zwei Reihen aus dorischen Säulen an den Rändern, jede mit für die Architektur des Barocks typischem ionischem Oberteil. Im Zentrum stand der dreiundachtzig Fuß hohe Obelisk, den Papst Sixtus V 1585 auf den Platz hatte bringen lassen. Er datierte auf die Zeit vor Jesu Geburt zurück und war im ersten Jahrhundert der christlichen Zeitrechnung aus Ägypten nach Rom transportiert worden, um Neros Circus zu zieren. Der Legende nach war seine Spitze einst mit einer dicken Bronzekugel ausgestattet gewesen, welche die Asche von Julius Cäsar enthalten hatte, aber angeblich war diese entfernt worden, als man den Obelisken auf dem Petersplatz aufgestellt hatte. Er zeugte gemeinsam mit den Säulengängen und den beiden vortrefflichen Brunnen – einer von Carlo Maderno, der andere von Carlo Fontana – von einer Verschmelzung verschiedener Ästhetiken. Vielleicht, so dachte Pius, war es eine symbolische Geste, Menschen unterschiedlichen Schlags miteinzubeziehen. Alle gleich in den Augen Gottes, alle mit einer ausgeprägten Kultur, verbunden zu einer ganzheitlichen Einheit.

Er dachte daran, dass ihm dieser Anblick bald zugunsten des Lichtes des Herrn verwehrt bleiben würde. Dann schloss der kranke Papst seine Augen und lächelte.

Er hatte ein wirklich erfülltes Leben hinter sich.

Nun wandte er sich vom Fenster ab und kehrte zu seinem Schreibtisch zurück, immer noch mit einer Hand an der Brust, da diese ihm wehtat und wie zugeschnürt war. Er tat sich schwer damit, gleichmäßig Luft zu holen, weshalb er unter Atemnot litt, und er hatte auf einmal große Mühe, einen Fuß vor den anderen zu setzen. Als er endlich seinen Sessel erreichte, stellte er sich mit dem Rücken davor hin und ließ seine Knie einknicken, damit er auf das Polster sackte.

Allmählich schöpfte er wieder ein bisschen Kraft, als sich sein Atemrhythmus beruhigte.

»Heiliger Vater, geht es Euch gut?«

Der Papst hatte gar nicht mitbekommen, dass Kardinal Vessucci eingetreten war. Er stand ihm nun vor dem Tisch gegenüber, seine Hände steckten in den weiten Ärmeln seines Gewands.

Pius lächelte ihn an. »Es wird langsam schlimmer, mein Freund, aber ja, es geht mir gut.«

»Ihr seht müde aus, Amerigo. Der Arzt könnte Euch womöglich …«

Der Papst unterbrach ihn, indem er die Hand hob. »Bonasero, die Natur nimmt unaufhaltsam ihren Lauf. Ich werde vorübergehend Schmerzen haben, letzten Endes aber in die Herrlichkeit des Herrn aufsteigen, wo es dann kein Leiden mehr gibt.«

Der Kardinal nickte. »Ich meine es ja nur gut«, erwiderte er.

»Ich weiß, werter Freund. Ihre Sorge um mich ist erhebend.« Langsam legte er die Hand auf den Tisch. »Aber was kann ich für Sie tun, Bonasero?«

Vessucci nahm Platz. »Im Kollegium heißt es, dass Kardinal Marcello starken Rückhalt als Euer möglicher Nachfolger auf dem Papstthron erhalten würde.«

»Bevor Ruhe einkehrt, braust stets ein Sturm, Bonasero. Diejenigen, die sich nicht einig sind, behelfen sich von jeher gern politischer Mittel. Sie müssen es einfach genauso halten.«

»Das tue ich ja, Eure Eminenz, doch Kardinal Marcello scheint mir deutlich zu führen und hat vermutlich auch die besten Voraussetzungen. Ihr müsst bei den Mitgliedern des Kollegiums unbedingt ein gutes Wort für mich einlegen.«

»So sei es, aber noch haben wir Zeit. Am besten berücksichtigt man zuerst jede Seite, um sich Klarheit zu verschaffen. Die Masse fühlte sich schon immer zu jenen hingezogen, die ihrer Ansicht nach jedes Problem einfach so aus der Welt schaffen können.«

»Aber Kardinal Marcello vertritt die Meinung der Ultrakonservativen. Ich kann es ihm nicht guten Gewissens gleichtun, weil ich um die Notwendigkeit der Ritter des

Vatikans weiß. Er und andere von seinem Schlag halten sie lediglich für ein Ärgernis, das gegen unsere Prinzipien verstößt, als zu begreifen, wie wichtig sie in Bezug auf das Recht der Kirche sind, Ihre Hoheit, ihr Wohlergehen und ihre Anhänger zu schützen.«

»Und genau aus diesem Grund sollen Sie den betreffenden Mitgliedern des Kollegiums begreiflich machen, dass wir uns immerzu anpassen müssen, da die Weltanschauung der Menschen einem steten Wandel unterworfen ist. Tun wir das nicht, stirbt das Christentum langfristig aus.« Der Papst seufzte. »Sie sind nicht auf den Mund gefallen, mein Freund. Seien Sie geduldig und hören Sie zu, und dann lassen Sie die anderen zwischen Tradition und Notwendigkeit abwägen.«

»Manchmal, Amerigo, ist keine Hürde schwerer zu überwinden als traditionelle Denkweisen. Sollte ich nicht Euer Nachfolger werden, sind die Ritter des Vatikans Geschichte – vor allem, wenn Kardinal Marcello den Thron besteigt. Und falls dies geschieht, werden wir nicht mehr in der Lage sein, auf die Christen im Ausland aufpassen oder die Interessen und Hoheit der Kirche aufrechterhalten zu können.« Er machte eine kurze Pause. »Heute herrschen andere Zeiten vor, Amerigo.«

»So anders sind sie gar nicht«, widersprach ihm Pius. »Streit und Meinungsverschiedenheiten im Vatikan gab es schon immer, außerhalb ebenfalls. Kreuzzüge wurden in jedem erdenklichen Ausmaß geführt, ob auf breiter Ebene oder im Kleinen. Der Kampf um die Anerkennung und Aufmerksamkeit des Kollegiums ist lediglich ein weiterer Kreuzzug, den es auszutragen und zu gewinnen gilt. Ich bin mir sicher, dass die Ritter des Vatikans noch eine ganze Weile existieren werden.«

»Ich bete dafür, Heiliger Vater.«

»Haben Sie die Beurlaubten mittlerweile gefunden?«

Vessucci nickte. »Job.«

»Und Joshua und Ezechiel?«

»Noch nicht – leider. Aber ihr Urlaub ist in ein paar Tagen sowieso vorbei.«

»Hoffen wir, dass es dann nicht zu spät für Kimball sein wird.«

»Laut SIV hat sich Kimball nun mit den Brüdern getroffen. Sie sind jetzt also zu dritt, was ihm definitiv helfen sollte.«

»Er hatte einen Vorteil, als er bei Mr. Hawk war, doch jetzt, da Mr. Hawk tot ist, muss Kimball froh sein, noch zu leben.« Pius begann jetzt, nachdenklich auf seiner Unterlippe zu kauen, und schaute an Vessucci vorbei.

Noch nie zuvor waren ihm Zweifel daran gekommen, dass Hayden mit seinen Fähigkeiten bestens für jede Art von Konfrontation gewappnet war. Kein einziges Mal hatte es nennenswerte Gründe gegeben, sich zu ängstigen oder zu sorgen, schon gar nicht wegen etwaiger Fehler, die dem Ritter unterlaufen könnten. Pius' Vertrauen in Kimball war seit jeher so unerschütterlich wie die Streben, welche die Hauptstruktur mittelalterlicher Kirchen stützten. Als solche hatten sich die Konstruktionen, die empfindliche architektonische Gebilde festigten, in gleicher Weise zu Inbildern von Stärke entwickelt wie Hayden als Gehilfe des Papstes. Dieser war unbewusst der Versuchung erlegen, den Ritter zur Grundlage seines Stolzes und einer finsteren Eitelkeit zu machen, und fragte sich, ob ihm der Herr nun eine schmerzhafte Lektion erteilte, indem er ihm eben genau diese Grundlage entzog.

Kämpft Kimball wirklich auf verlorenem Posten?

Er hoffte, dass dies nicht der Fall war.

Langsam schloss er seine Augen. »Ich hoffe und ich bete dafür, dass Gott der Allmächtige seine schützende Hand über Kimball hält«, sagte er schließlich.

Bitte lass ihn nicht für den Hochmut eines alten Mannes büßen.

Unterschwellig jedoch spürte er, dass die Strebe, die ihn stützte, langsam zu bröckeln anfing.

Kapitel 27

Baltimore, Maryland

Alle Türen und Fenster des Armeebedarfsladens waren jetzt verriegelt, und sie hatten ein GESCHLOSSEN-Schild an das verrammelte Fenster des Eingangs gehängt.

Trotz der eingeschalteten Leuchtstoffröhren an der Decke, die leise vor sich hin brummten, haftete dem Raum etwas grabähnlich Düsteres an. Das Licht war nur schwach und die Luft stickig warm.

Die drei führten ihre Unterhaltung jetzt im Keller fort, wo es zumindest für Kimball aussah wie in einem Lager für überkommene Gerätschaften aus Kriegszeiten. Dort gab es Hieb- und Stichwaffen vom Bajonett bis zum Kavallerieschwert. Der eigentliche Schatz war allerdings hinter einer falschen Wand in einer »Kammer« verborgen. Dort fanden sich Kampfmittel jeglicher Art, angefangen bei mobilen Geschützen über Raketenwerfer bis hin zu Gatling-Minikanonen, kurz gesagt ein Garant für saftige Umsätze.

Während Kimball in dem Arsenal umherging, fuhr er gelegentlich mit einem Finger über die Waffen … über schnittige Panzerfäuste oder über die Trommel eines Kompakt-MGs.

»Das«, erklärte Jeff mit huldvoll ausgestreckten Armen, »ist unsere Goldmine. Grenier und Arruti haben immer direkt bei uns eingekauft, um die Rebellen auf den südlichen Philippinen zu versorgen.«

Hayden stutzte. »Du meinst dieselben Rebellen, gegen die sie gekämpft haben?«

»Genau diese«, bestätigte Hardwick. »Die philippinische Regierung hat den Militärsicherheitsdienst der beiden angeheuert, um die Übergriffe von Terroristen in den Süden zu unterbinden. Während sie sich von der Regierung dafür bezahlen ließen, die Ausbreitung des Krebses aufzuhalten, verkauften sie gleichzeitig Waffen an die Guerilla-Splittergruppen im Süden, um den Konflikt noch weiter zu schüren. Friede bedeutet, dass man nichts absetzen kann, und ohne Absatz gibt es keinen Profit.«

»Die Auseinandersetzungen mit den Rebellen könnten also ewig weitergehen.«

Jeff lächelte. »Wie ich schon sagte: Das ist 'ne wahre Goldmine, Baby. Eine Situation, in der wir alle nur gewinnen konnten. Die beiden bekamen ein Vermögen von den Filipinos, um dieselben Aufrührer zu bekämpfen, die sie die ganze Zeit mit unseren Waffen ausgestattet haben. So haben wir aus beiden Seiten Kapital geschlagen und zugleich dafür gesorgt, dass die Kämpfe immer weiter andauerten. Die Landesregierung war komplett ahnungslos.«

»Aber jetzt wissen wir, warum wir seit über einer Woche nichts von ihnen gehört haben«, fügte Stanley hinzu.

Hayden ging von den Auslagen mit den Waffen fort zu einem kleinen Tisch, an dem die Hardwicks saßen. Darauf verstreut lagen die Fotos der langjährigen Mitglieder der Acht, aus der Zeit vor und nach ihrem Tod. Er setzte sich und begann, sie erneut durchzusehen. Gegensätzlicher konnten sie gar nicht sein. Jugendliche Kraftprotze hier, ältere Tote mit aufgeschlitzter Haut dort.

Dann sprachen die drei über Grenier und Arruti, ein nicht so einfach zu überwältigendes Duo.

Die Ermordung von Ian McMullen hingegen verwunderte sie kaum, denn er hatte schon an der Flasche gehangen, lange bevor die Einheit aufgelöst worden war. Sie kamen darin überein, er habe sich diesem Schicksal irgendwann einfach gefügt, weil er dem Alkohol stets enger verbunden gewesen war als seinen Waffenbrüdern – so eng, dass es schließlich zu einem Gebrechen geworden war.

Hawk hingegen hatte beschlossen, sich wieder mit den Geistern seiner Ahnen im Volk der Apachen zu vereinen, statt als hochrangiger Mitarbeiter in Greniers und Arrutis Militärunternehmen reich zu werden.

Als sie letzten Endes auf Kimball zu sprechen kamen … Nun ja, bei ihm lag der Fall vollkommen anders.

Während Jeff Hardwick ihn weiter anstarrte, drückten seine dunklen Augen eine Erbitterung aus, die sich mit der Leidenschaft dessen gleichsetzen ließ, was von seiner Seele übrig geblieben sein mochte. »Jetzt weißt du über uns alle Bescheid, also erzähl uns jetzt mal von dir selbst – und erklär uns *das* hier.« Er zeigte auf den Priesterkragen. »Damals haben wir alle nach deiner Pfeife getanzt, doch jetzt erzählst du uns, dass du desertiert bist, um dein Heil in der Kirche zu suchen.« Er beugte sich zu dem Ritter des Vatikans. »Erwartest du etwa tatsächlich, dass Gott dir nach all den Gräueltaten, die du begangen hast, vergeben wird? *Uns* vergeben wird?«

»Ich habe euch nicht aufgesucht, um über mich zu reden.

Was aus mir geworden ist und warum es so war, steht heute nicht zur Debatte. Ich kam her, um euch hiervor zu bewahren.« Hayden wies mit einer Handbewegung auf die Abzüge. »Falls wir jetzt nicht sofort handeln und einen Plan schmieden, wird es bald weitere Fotos wie diese geben, und zwar von dir …« Er zeigte auf Jeff, dann auf Stanley. »… und dir.«

Ersterer lehnte sich zurück, ohne seinen strengen Blick auch nur eine Sekunde von Kimball abzuwenden. »Glaubst du ernsthaft, mir ist wohl dabei, hier zu hocken und zu wissen, womit du deinen Lebensunterhalt verdient, und was du anderen Leuten angetan hast, egal, ob sie unschuldig waren oder nicht, während ich dabei auf das Band an deinem Hals schauen muss? Wenn ich mit jemandem zusammenarbeite, will ich ihn genau kennen. Aber dich kenne ich nicht, Kimball Hayden. Nicht mehr zumindest. Da ich dich also nicht kenne, traue ich dir auch nicht, und da ich dir nicht traue, arbeite ich auch nicht mit dir zusammen. So einfach ist das.«

»Dein Bruder und du, ihr schafft das nicht zu zweit.«

»Dann tust du wohl gut daran, meinem Bruder und mir in Ruhe zu erklären, was aus dir geworden ist und warum.« Jeffs Züge wurden nun genauso starr wie sein Blick, weil er sich bewusst unnachgiebig verhielt.

Kimball seufzte leise, nickte dann und fügte sich. »Na gut … ich gebe ja schon nach.«

Nun grinste Jeff Hardwick vor Vergnügen diebisch. »Nur zu.«

Der Killer beobachtete sie weiter und wartete dabei artig wie ein Gotteseiferer. Vom Dach des Gebäudes auf der anderen Straßenseite aus, hielt er aufmerksam Wache über den Armeebedarfsladen.

Kimball Hayden war jetzt vor über drei Stunden hineingegangen, weshalb sich vor allem eine Frage bei ihm aufdrängte: *Worüber unterhielten sie sich so lange, was mutmaßten sie im Moment und wie würden sie in Kürze reagieren?*

Wer steckt hinter den Morden?

Welche Motive hat er?

Wie halten wir ihn auf?

Ist es ein Er oder eine Sie?

Dies waren seinem Dafürhalten nach wohl die logischen Gedankengänge, ein Ausdruck des Wunsches nach Selbstschutz. Ein Ausdruck der Furcht engherziger Männer.

Nachdem der Killer seinen Rucksack abgestreift hatte, kramte er in einer Tasche an der Rückseite herum. Heraus zog er ein Schwarz-Weiß-Foto der Acht, auf dem die Mitglieder jeweils knieend oder stehend vor der Kamera die unerschrockenen Machos markierten. Als Nächstes war laut seiner Liste Stanley Hardwick an der Reihe.

Während er sanft mit einem Finger über dessen Gesicht fuhr, nahm sich der Mörder vor, seiner Leitlinie weiter zu folgen, egal wie schwierig es auch werden würde. Dem Bild gemäß würde er zuerst Stanley, dann Jeff und schließlich Kimball töten.

Und die Vorstellung gefiel ihm sehr, obwohl er sich keinen Gefühlsausbruch gönnte, nicht einmal in Form eines nur verhaltenen Schmunzelns.

Schließlich steckte er das Foto wieder in dieselbe Tasche zurück, zog den Rucksack wieder an und stellte sich an die Dachkante, um weiter zum Geschäft gegenüber hinunterzuschauen.

Die Furcht engherziger Männer, dachte er.

Die Furcht engherziger Männer.

Kapitel 28

Vatikanstadt

Falls irgendjemand aussah wie ein Wiesel, dann Kardinal Giuseppe Angullo. Er hatte ein extrem schmales Gesicht und eine spitze Nase, die über einem hängenden Kinn hervorragte wie eine Schnauze. Er starrte ständig großäugig mit herumirrendem Blick durch die Gegend und näselte beim Sprechen. Fragte man jedoch seine Anhängerschaft, empfahl er sich für höchste Weihen.

Als er das Gemach des Papstes betrat, hielt er sich vornübergebeugt. Dies hatte nichts mit körperlicher Schwäche oder Krummwuchs zu tun, sondern sollte eine respektvolle Geste sein. Wieder aufgerichtet im Schatten stehend, den der Papst warf, war er fast zwei Meter groß.

»Heiliger Vater«, begann er.

Ehe Pius ihn umarmte, hielt er seinen gesegneten Ring hoch, den Angullo pflichtbewusst küsste. Dann wurde er herzlich umschlungen. »Es tut so gut, Sie wiederzusehen, alter Freund.«

Der Kardinal entzog sich ihm jetzt und betrachtete den Papst, während er ihn noch sanft an beiden Schultern festhielt. »Ihr seht gut aus, Amerigo.«

Pius winkte missbilligend ab. »Sie lügen«, erwiderte er müde lächelnd. »Ich nehme ab – obwohl ich das schon vor langer Zeit hätte tun sollen – und sehe ständig unausgeschlafen aus, obwohl ich mittlerweile fast nichts anderes mehr tue, als zu schlafen.« Er streckte eine Hand nach einem mit Knöpfen bestickten Ledersessel vor seinem Schreibtisch aus. »Bitte«, fuhr er fort. »Nehmen Sie doch Platz.«

Der Kardinal ließ sich nieder und schaute mit seinem immerzu nervösen Blick zu Pius auf. »Ihr wolltet mich sprechen?«, fragte er.

Der Papst nickte und zögerte dann einen Moment lang, als suche er nach passenden Worten. »Jedes Leben«, begann er schließlich in ernstem Tonfall, »geht einmal zu Ende. Und wie Sie wissen, Giuseppe, habe ich meine besten Jahre bereits hinter mir.«

Der Kardinal rutschte mit offensichtlichem Unbehagen auf dem Sessel herum, während seine Augen herumirrten – ein klares Zeichen der Beunruhigung.

»Können Sie sich vielleicht schon denken, weshalb ich Sie herbestellt habe?«

Der Kardinal antwortet fahrig und angespannt: »Ich glaube zu erkennen, wo ich vor der Wahl des Kollegiums stehe, nun da ein Papstnachfolger gefunden werden soll.«

Pius lächelte warmherzig. »Sehr gut.«

»Heiliger Vater, in Anbetracht Eurer Verfassung muss ich ehrlich sagen, dass mir nicht wohl dabei ist, mich mit Euch darüber zu unterhalten.«

»Giuseppe, politisches Handeln gehört nun einmal zum Leben. Würde man darauf verzichten, würden ganze Institutionen zerfallen. Wir müssen unbedingt eine umsichtige Entscheidung treffen, damit die böse Saat der Verderbtheit nicht aufgeht. Andernfalls wird die Kirche zwangsläufig irgendwann untergehen. Nun weiß ich, dass Sie ein Auge auf den Thron werfen, den ich besetze – das ist auch durchaus verständlich – doch die Namen zweier anderer Männer tauchen zusehends häufiger auf als Ihrer, diejenigen der guten Kardinäle Bonasero Vessucci und Constantino Marcello.«

»Bei aller gebührenden Hochachtung, Heiliger Vater, begehre auch ich den Thron, das stimmt. Darum denke ich, dass Ihr mein Licht einfach unter den Scheffel stellt, weil andere Eures Erachtens nach längere Schatten werfen.«

»Nein Giuseppe, keineswegs. Ich gebe nur an, was in der Theorie das Beste für die Führung der Kirche ist. Wie Sie wissen, vertritt Kardinal Marcello rigide, erzkonservative Ansichten, die der Christenheit in ihrer stetigen geistigen Fortentwicklung schaden könnten. Wenn wir nicht mit der Zeit gehen, werden sich die Menschen – naturgemäß, wie die Zeit gezeigt hat – letzten Endes anderen Religionen zuwenden, die ihren Bedürfnissen mehr gerecht werden, anstatt die Bibel wörtlich auszulegen. Obwohl wir uns an den Konservatismus halten müssen, den Gott von seinen Kindern verlangt, dürfen wir dennoch niemals vergessen, dass man dem Menschen seinen freien Willen nicht einfach so austreiben kann. Es gilt also, einen gesunden Mittelweg zu finden.«

»Verlangt Ihr etwa von mir, falls ich zum Zünglein an der Waage werde, meine Anhängerschaft dazu zu bewegen, in Kardinal Vessuccis Lager überzuwechseln?«

Der Papst beugte sich nach vorn. »Der Vatikan hütet viele Geheimnisse, Giuseppe – Dinge, die ich Ihnen momentan nicht erzählen kann, da sie das Maß dessen überschreiten, was Kardinal Marcello billigt, aber für die Weiterexistenz der Kirche unbedingt vonnöten sind.« Die Ritter des Vatikans fielen Pius dabei zuallererst ein.

»Ich hoffe, Heiliger Vater, ihr sprecht nicht von unredlichen Mitteln, die den Zweck heiligen sollen.«

»Natürlich nicht«, versicherte er ihm hastig. »Ich sage lediglich, Giuseppe, dass Schwarzweißdenken in manchen Belangen einfach nicht funktioniert. Und in gewissen Situationen bewegt man sich nun einmal in einer Grauzone, wo es heikel zugehen kann und schwere Entscheidungen erforderlich sind, die sich nicht notwendigerweise auszahlen müssen. Ich meine damit, dass wir einen Papst brauchen, der gewillt ist, flexibel zu denken, mit der Bereitschaft zur Anpassung an die Umstände, welche von Tag zu Tag schwieriger werden, mein Freund.«

»Und Ihr traut Kardinal Marcello oder mir nicht zu, dies zu leisten?«

»Der gute Kardinal Marcello kann es nicht, das wissen Sie so gut wie ich.«

»Und Ihr glaubt nicht, dass meine Anhängerschaft stark genug ist, um mich auf den begehrten Posten zu wählen?«

Der Papst beugte sich erneut nach vorn. »Ihre Anhängerschaft ist sehr stark, Giuseppe, aber leider nicht so stark wie jene von Marcello oder Vessucci. Ich fürchte, von Ihnen hängt am Ende ab, wer zu meinem Nachfolger gewählt wird.«

»Und selbstverständlich wollt Ihr, dass ich den Mann unterstütze, den Ihr bevorzugt: Kardinal Vessucci.«

Papst Pius XIII sackte in seinem Sessel zurück. »Er wurde bereits von langer Hand darauf vorbereitet, dieses Amt zu bekleiden. Da er der Präsident und zweite Mann hinter dem Kirchenoberhaupt ist, kennt er auch alle Geheimnisse.«

»Mit Verlaub, Heiliger Vater, Präsident im Vatikan zu sein bedeutet nicht automatisch, dass man den Papstthron besteigen kann.«

»Das weiß ich, Giuseppe, doch Kardinal Vessucci hat im Laufe der Jahre stark auf die Geschicke der Kirche eingewirkt und gehört auch zu den Papabili. Der Wechsel würde also nahezu nahtlos verlaufen können.«

»Aber Kardinal Marcello ist wie ich ein Verfechter der Tradition. Warum sollte ich mich jemandem andienen, der nicht meine Ansichten vertritt?«

»Was Sie tun, Giuseppe, geschieht nicht in Ihrem eigenen Interesse. Sie tun es der Kirche zuliebe. Politisches Handeln kann ein hervorragendes Mittel sein, wenn es der Christenheit großen Nutzen bringt. Und ich bin von ganzem Herzen davon überzeugt, dass Kardinal Vessucci der Mann ist, der das Papstzepter halten sollte.«

Giuseppe lächelte. »Ihr verlangt damit aber außerdem, dass ich von meinem Ziel absehe und auf den begehrten Posten verzichte, indem ich das Feld räume, damit ein anderen ihn annehmen kann.«

»Ja, ich verlange von Ihnen, ein großes Opfer zu bringen und das Richtige zu tun«, sagte der Papst flehend. »Ich möchte, dass Sie Ihre persönlichen Wünsche zum Wohle aller Katholiken hintanstellen.«

Der Mann mit dem Wieselgesicht lehnte sich zurück und ließ seine Pupillen abermals umherschweifen, während er angestrengt überlegte. »Da ich Euer Amt genauso gern übernehmen würde wie Vessucci und Marcello, Heiliger

Vater, werde ich mich auch zur Wahl aufstellen lassen, denn das ist mein gutes Recht. Sollte ich aber erkennen, dass meine Anhängerschaft zu schwach ist, komme ich natürlich gern auf Euren Vorschlag zurück, meinen guten Kollegen Vessucci zu unterstützen.«

Nun lächelte der Papst und nickte. »Mehr kann und will ich gar nicht verlangen, mein Freund.«

Angullo stand jetzt auf. Pius tat es ihm mit einiger Mühe gleich, bevor er erneut seinen beringten Finger ausstreckte, damit der Kardinal ihn küssen konnte. Dies tat er, indem er die Hand festhielt, die an eine Vogelklaue erinnerte, und seinen Mund auf das Siegel drückte.

»Vergesst aber nicht, Heiliger Vater, dass das, worüber wir heute gesprochen haben, keinesfalls in Stein gemeißelt ist. Am Ende kommt es nur darauf an, was ich als richtig für die Kirche oder für das Wohlergehen der Gläubigen empfinde. Ob ich mich für Vessucci oder Marcello entscheide, kann nur Gott beeinflussen.«

»Dann bin ich zuversichtlich, dass er Sie erleuchten wird, sodass die Entscheidung zu einem Selbstläufer wird.«

»Vielleicht, Heiliger Vater.«

Abschließend klopfte Pius dem Kardinal auf die Schulter und führte ihn zur Tür. »Und danke dafür, dass Sie in mein Gemach gekommen sind, um mit mir zu sprechen«, fuhr er fort. »Wie Sie schon sagten, gehe ich davon aus, dass das, worüber wir uns heute unterhalten haben, unter uns bleibt und sonst niemandem zu Ohren kommt.«

»Im Sinne der klugen Politik«, erwiderte Angullo.

»Gut. Und es hat mich gefreut, Sie wiederzusehen, Giuseppe.«

»Ganz meinerseits, Heiliger Vater. Und schont Euch soweit wie möglich.«

Pius nickte wieder. »Das werde ich tun, mein Freund. Danke sehr.«

Als er die Tür schloss, kam ihm das Zimmer auf einmal wie ein luftleerer Raum vor. Es war, als seien alle Geräusche herausgesaugt worden, bis nichts als Totenstille darin herrschte. Als er so gebeugt dastand und auf den Eingang schaute, dachte er nur an eines: Politische Manipulation war ein unverzichtbares Werkzeug zur Sicherung einer segensreichen Zukunft. Andererseits wurde ihm bewusst, dass die Ambitionen eines Einzelnen häufig dessen Moralempfinden aushebelten und ihn deshalb zum falschen Handeln trieben. Was Angullo anging, so dachte Pius, dass der Kardinal sich vornehmlich von seinen Leidenschaften leiten ließ, statt auf das Wohlergehen seiner Anhänger zu achten.

Vielleicht, dachte der Papst, *überinterpretiere ich das Ganze aber auch einfach.* Aber er hoffte inständig, sich dahingehend zu irren.

Irgendwie konnte er sich allerdings selbst nicht so recht davon überzeugen, dass es klug gewesen war, im Vertrauen mit Kardinal Angullo zu reden.

Nachdem er sich von der Tür abgewandt hatte, schleppte er sich mit ungeheurer Anstrengung zurück zu seinem Schreibtisch und schaute aus dem Fenster hinaus auf den Petersplatz.

Schön, dachte er mit einem Blick auf die Kolonnaden. *Einfach nur … unglaublich schön.*

Und dann schloss er die Augen.

Kapitel 29

Baltimore, Maryland

Die überlebenden Mitglieder der Acht befanden sich in einem kleinen Raum im Keller des Geschäfts. Die alten Veteranen saßen unter einer schwach leuchtenden Glühbirne und besprachen sich, umgeben von Wandregalen voller Schusswaffen jeder Form und Bauart, die der Schwarzmarkt bot.

Jeff und Stanley hockten an einer Seite des Tischs, Kimball an der anderen.

Fast eine Stunde lang hatte der Ritter ihnen erklärt, weshalb er aus dem Dienst getreten und von den Acht fortgegangen war. Danach erzählte er ihnen ausführlich von seinem Soloeinsatz im Irak, wo er die beiden Hirtenjungen getötet und daraufhin eine göttliche Eingebung erhalten hatte. Schließlich erörterte er, dass ihm dank der Kirche eine Chance zuteilgeworden war, doch noch Erlösung zu finden. Was er allerdings nicht erwähnte, war seine tragende Rolle als Anführer der Ritter des Vatikans.

»Mann, du hättest damals nicht mal das Vaterunser aufsagen können«, meinte Jeff. »Kennst du es mittlerweile?«

Er wusste es tatsächlich nicht auswendig. Wie gut, dass Jeff keine Antwort auf diese Frage erwartete.

»Und aus reiner Herzensgüte ist die Kirche oder der Papst einfach ohne bestimmte Absicht auf dich zugekommen und hat dir die Chance gegeben, Erlösung zu finden? Wie lautet der Grund dafür?«

Kimball fühlte sich allmählich in die Enge getrieben. Im Gegensatz zu Stanley, dessen Schulerziehung deutlich zu wünschen übrig ließ, war Jeff ein durchaus gebildeter Zeitgenosse, der wie ein Strafverfolger alle möglichen Blickwinkel in Betracht ziehen konnte.

»Sie sind nicht auf mich zugekommen«, log er. »Ich habe sie aus eigenen Stücken aufgesucht.«

»Und wie aus heiterem Himmel hattest du diese Epiphanie …«

»Was ist eine Epiphanie?«, fragte Stanley verwirrt.

»Halt mal den Rand. Also, du hattest ganz plötzlich diese Epiphanie, und die Kirche schloss dich zwanglos in die Arme, und vergab einem Mörder wie dir.« Jeff schnippte mit den Fingern. »Einfach so, hm?«

»Nein, nicht einfach so«, erwiderte Kimball und fasste sich ans Kollar. »Wie du siehst, stehe ich für den Rest meines Lebens in der Schuld der Kirche.«

Jeff schaute erneut auf den leuchtend weißen Stoff. »Und wenn du dich irgendwann vom Acker machst?«

»Dann ende ich genauso wie ihr«, antwortete Hayden. »Ich wäre verdammt.«

Jeff ließ sich nun auf seinen Stuhl zurückfallen. »Das kann ich nicht abstreiten«, räumte er ein, »aber wenn ich du wäre, würde ich nicht allzu viel erwarten, Kimball. Deine Verbrechen sind unverzeihlich, egal wie eifrig du jetzt vor dem Gott, den du gefunden hast, zu Kreuze kriechst.«

Traurigerweise, dachte Hayden, *traf sein Gegenüber den Nagel mit dieser Einschätzung durchaus auf den Kopf.*

Dann beugte sich Jeff wieder nach vorn und legte einen Unterarm auf den Tisch. »Du glaubst wirklich, du könntest dein Gewissen lange genug verdrängen, um wieder einer von uns zu sein? Traust du dir tatsächlich zu, diesen Typen umzunieten?«

Kimball nickte. »Selbst die Kirche sieht ein, dass man ein Recht darauf hat, sich selbst zu verteidigen«, erklärte er.

Jeff betrachtete ihn daraufhin lange mit einem eindringlichen Blick, um herauszufinden, ob sie ihm trauen und ihn in ihrem Bruderbund aufnehmen konnten. Kimball konnte aufgrund seiner sehr besonderen Talente nach wie vor von großem Nutzen sein. »Bist du denn noch so fit wie früher?«

»Ich trainiere regelmäßig.«

Jeff seufzte gespielt angestrengt. »Bist du wirklich noch so fit wie früher?«

»Ich kann mich definitiv behaupten«, bekräftigte Hayden erneut.

»Ich brauche hier aber keinen Passivposten, Kimball, sondern einen echten Helfer.«

»Ich habe nie vernachlässigt, was meine Fähigkeiten betrifft«, stellte er klar.

»Man stelle sich das mal vor«, höhnte Jeff. »Ein Priester, der mit Messern hantieren kann wie kein Zweiter. Ich finde das ziemlich ungewöhnlich. Du nicht auch?«

»Pass auf, wir können gern hier sitzenbleiben und uns weiter im Kreis drehen … was du von mir willst … was ich tun kann, oder auch nicht … oder wir besprechen stattdessen, wie wir uns nach außen hin absichern und vor dem Killer schützen, der uns von Minute zu Minute näher auf die Leiber rückt.«

Jeff entging nicht, wie gereizt Kimball dabei klang. »Also gut, aber lass dir eines gesagt sein: Sobald diese Sache gelaufen ist, kannst du zurück zu deiner Kirche kriechen und dein heuchlerisches Leben weiterführen. Ich will dich nämlich nie wiedersehen.«

»Ich bin hier, um uns allen zu helfen, nicht um eure Anerkennung zu erlangen. Behaltet das einfach im Kopf.«

Jeff lächelte süffisant. »Dann lass uns mal über mögliche Verdächtige sprechen.«

»Ja, lass uns das tun.«

Kapitel 30

Vatikanstadt

Kardinal Marcellos Gemach war vielleicht nicht so prunkvoll ausgestattet, aber dafür bequem eingerichtet. Eine Mauernische bot Platz für ein Bücherregal voller geistlicher Literatur in Festeinbänden, das bis unter die Decke reichte. Nach Osten hin boten zwei Rundbogenfenster, deren oberer Teil jeweils aus Buntglas bestand, einen herrlichen Ausblick auf die Gärten, und auf dem Einzelbett zwischen den beiden Fenstern lag eine Tagesdecke in den gleichen Farben wie sein Gewand, Scharlachrot und Gold.

Während sich die roten Schlieren der Dämmerung am Himmel mehr und mehr ausbreiteten, zog Marcello die Vorhänge, die Bogenkanten hatten zu, und nahm an seinem Schreibtisch Platz. Vor ihm stand Kardinal Angullo, der seinen Hals gerade nach vorn reckte wie ein Geier.

»Also, Pius spricht sich bereits für den vatikanischen Präsidenten aus.« Marcello drückte die Fingerspitzen seiner Hände gegeneinander und begann, nachdenklich mit seinem Kinn darauf zu wippen. »Mit dem, was er sagt, hat er aber nicht ganz Unrecht. Meine Anhängerschaft ist genauso groß wie Vessuccis, und offen gestanden, mein Freund, sind Sie in der Tat das Zünglein an der Waage.«

Angullo schickte sich an, vor dem Tisch hin und her zu gehen. »Er hat angesprochen, dass Sie tendenziell zu konservativ für das Amt wären und zu stur für eine Übereinkunft mit den Massen.«

»Ich glaube fest daran, dass die Heilige Schrift wortwörtlich ausgelegt werden muss«, erwiderte Marcello. »Der Wille des Volkes muss sich nun einmal dem Willen Gottes beugen. Er darf sich niemals dem Willen des Volkes fügen.«

»Außerdem erwähnte er auch noch Geheimnisse«, fügte Angullo hinzu. »Solche, die anscheinend nur wenige Auserwählte kennen.«

»Wenn etwas geheim gehalten wird, dann aus gutem Grund, Giuseppe, nicht wahr? Die jeweilige Sache gibt nämlich oft Anlass zu Diskussionen und Streit.«

»Daraufhin fragte ich den Heiligen Vater, ob die Geheimnisse unredlicher Art seien, aber er verneinte dies.«

»Das liegt daran, dass man sich normalerweise keinen Zwang antut, Mittel zu heiligen, die einen bestimmten Zweck erfüllen, ob moralisch oder nicht.«

Angullo blieb stehen und reckte seinen Kopf wieder nach vorn . »Ich erzähle Ihnen bestimmt nichts Neues, wenn ich Ihnen gestehe, dass ich den Papstthron genauso sehr begehre wie Sie und Vessucci, richtig?«

»Nein.«

»Sie erfahren dies hier auch nur von mir, weil ich genau weiß, wo ich stehe, Constantino. Meine Anhängerschaft ist vielleicht klein, aber sehr stark.«

Marcello hielt den Kopf still, ohne seine Finger unter dem Kinn wegzuziehen.

»Was schlagen Sie vor?«

Sein Gegenüber bewahrte sich einen neutralen Gesichtsausdruck. »Ein geteiltes Amt«, antwortete er dann.

»Wir beide wissen, dass dies im Falle des Papstamtes nicht möglich ist.«

»Nicht direkt, das stimmt, aber die Aufgaben lassen sich nichtsdestotrotz teilen. Pius macht es schließlich gemeinsam mit unserem werten Kollegen Bonasero Vessucci vor.«

»Sie wollen also an meiner Seite sitzen?«

»Als Ihre rechte Hand, ja.« Angullo setzte sich wieder in Bewegung, und ging nun dicht vor Marcellos Tisch auf und ab. Während er zur Decke hinaufschaute, sprach er laut denkend weiter: »Der vatikanische Präsident wird doch durch den Papst bestimmt, oder?«

»Korrekt.«

Er blieb abermals stehen und beugte sich dann mit auf den Tisch gestützten Fäusten nach vorn. »Wenn Sie versprechen, Kardinal Vessucci seiner Pflichten als Präsident zu entheben und mich an seine Stelle setzen, werde ich mein Gefolge anhalten, uneingeschränkt Sie zu unterstützen. Indem wir unsere Anhänger vereinen, machen wir Vessucci die Anwartschaft auf den Papstthron garantiert abspenstig.«

»Um ehrlich zu sein, Giuseppe, finde ich Ihren Vorschlag für sich genommen ganz schön skrupellos.«

Angullo richtete sich wieder auf. »Politisches Handeln mag vielleicht manchmal diesen Anschein erwecken, ist aber probat, wie Papst Pius sagte, wenn es der Allgemeinheit nutzt. Falls uns Geheimnisse vorenthalten werden, die einer moralischen Interpretation bedürfen, liegt es an uns, Korrekturen vorzunehmen – und zu berichtigen, was falsch ist.«

Kardinal Marcello fing nun an, ernsthaft über diese Offerte nachzudenken.

Angullo ergänzte: »Ich könnte Vessucci natürlich das gleiche Angebot machen, falls Ihnen meine Bedingungen nicht gefallen.«

Nun verzog Marcello verärgert das Gesicht, sodass sich seine Augenbrauen am Nasenrücken zusammenzogen. »Stellen Sie mir etwa gerade ein Ultimatum?«

»Ich handele nur politisch, das geschieht zwar in keinem Fall auf die feine Art, ist aber leider momentan überlebensnotwendig. Diesen Vorschlag mache ich zuerst Ihnen, weil ich Sie für denjenigen halte, der das Papstamt verdient – abgesehen von mir selbst natürlich. Lassen Sie mich aber eines klarstellen: Als wahlentscheidende Instanz kann ich nur gewinnen und werde mir deshalb einen besseren Stand im Vatikan verschaffen. Sie würden das auch tun, wenn Sie in der gleichen Position wären wie ich, Constantino. Wir alle trachten zu diesem oder jenem Zeitpunkt nach dem Thron. Allerdings bekommt ihn niemand so angeboten wie Sie gerade von mir.«

Constantino Marcello schloss seine Augen und biss sich immer wieder auf die Lippen. Sein Kollege hatte unter taktischen Gesichtspunkten durchaus recht.

»Na gut«, sagte er schließlich. »Wenn Ihr Gefolge meine Bemühungen befürwortet und sich meinen Anhängern anschließt, gehört das Amt des Präsidenten Ihnen. Ich werde dem teuren Kardinal Vessucci dann einen anderen Posten zuweisen.«

Angullo strahlte. »Dann mache ich mich jetzt daran, meine Unterstützer auf Sie einzuschießen … auf *Euch*, Heiliger Vater.«

Marcello schaute ihn mit strengem Blick an. »Ich bin noch nicht Papst, Giuseppe. Reden Sie mich also nicht an, als sei ich es, solange Pius noch lebt. Er ist ein guter Mann, der unsere ganze Hochachtung verdient.«

Angullo verneigte sich vor ihm. »Ich bitte um Verzeihung, lieber Kollege. Das war bestimmt nicht respektlos gemeint.«

»Sonst noch etwas?«

»Nein.«

»Dann wünsche ich Ihnen eine angenehme Nacht.«

Angullo lächelte immer noch schalkhaft. Als er das Zimmer seines Kollegen verließ, bauschte sich sein Gewand hinter ihm auf.

Die Tür fiel mit einem Nachhall zu, der andauerte wie Marcellos Gewissensbisse. *Habe ich meine Seele gerade an den Teufel verkauft?*

Wie zum Sündenerlass redete er sich beschwichtigend ein, vor Gott Rechenschaft abzulegen, indem er sein Handeln rechtfertigte, denn nichts war einfacher für den Menschen, als seine Taten zu begründen, wenn sie zu einem erstrebenswerten Ziel führten. Und seiner Meinung nach bestand kein Zweifel daran, dass Gott es ihm nachsehen werde, ein schwerwiegendes Übel ausgemerzt zu haben.

Ungeachtet der Frage, welch finstere, frevelhafte Geheimnisse der Vatikan gegenwärtig hütete, würde Gott den Kardinal gewiss als Fackelträger und Kreuzritter gegen jegliches Fehlverhalten innerhalb der Kirche ansehen.

Trotzdem fand sich der gute Mann jetzt zum Gebet ein und hoffte dabei, all dies sei tatsächlich des Schöpfers himmlischer Plan und nicht der verzehrende Egoismus menschlichen Ehrgeizes.

Kapitel 31

Baltimore, Maryland

»Wer läuft denn Gefahr, am meisten zu verlieren, wenn wir am Leben bleiben?«, fragte Jeff.

»Wem könnten wir nach über zwanzig Jahren noch solche Sorgen bereiten?«, fügte Stan hinzu.

»Genau.«

Hayden schwieg, überlegte aber augenscheinlich weiter intensiv.

Jeff sah ihn argwöhnisch an. »Was meinst du, Kimball?«, wollte er wissen. »Irgendeine Idee?«

Der Angesprochene beugte sich nach vorn , während er auf einen unbestimmten Punkt an der Wand gegenüber starrte. »Fangen wir doch mit dem Offensichtlichen an«, antwortete er. »Wir können davon ausgehen, dass es jemand ist, der über die Acht Bescheid weiß, richtig?«

»Zweifellos.«

»Und Bescheid über die Acht wusste im Grunde genommen nur wer?«

Jeff nickte verständig. »Hochrangige Politiker«, erwiderte er.

»Und die Stabschefs«, ergänzte Stanley.

»Stimmt, aber die Aufgabe der Stabschefs bestand ausschließlich darin, uns unsere Ziele im Ausland zu nennen.

Die Einsatzerlaubnis kam immer nur von den ganz hohen Tieren.«

Jeff schlussfolgerte: »Ergo wäre es unsinnig, wenn sich irgendeiner der Stabschefs auf so etwas einlassen würde. Sie hatten nur einen einzigen Job – aufständische Instanzen auszumachen und abzuschätzen, ob diese eine Bedrohung für die Vormachtstellung oder Sicherheit der Vereinigten Staaten darstellten.«

»Und über die weitere Vorgehensweise bestimmte eigentlich nur der Generalissimus«, sagte Hayden.

»Aber wieso gerade jetzt?«, fragte Stan verwirrt. »Warum nach zwanzig Jahren?«

Kimball zählte mit einem erhobenen Zeigefinger auf: »Jetzt kommen wir zum Wer, Was, Wo, Warum und Wie in dieser Sache. Wir alle wissen, dass die Regierung Ford dem CIA verboten hat, Morde an Zielen im Ausland zu begehen. Dies hielt die nachfolgenden Präsidenten aber nicht davon ab, Geheimoperationen durchzuführen. Nicht vergessen, Spionage ist Spionage und kein Zuckerschlecken. Aus diesem Grund wurden die Force Elite und Gruppen wie die Acht gegründet. Männer von unserem Schlag sorgten für Ordnung auf der Welt, ohne von der Öffentlichkeit an den Pranger gestellt werden zu können, wenn mal etwas schiefging.«

»Du meinst also«, entgegnete Jeff, »wenn ich es richtig verstehe, dass nach deinem Empfinden ein noch amtierender politischer Führer darin involviert ist?«

»Ich wollte damit nur sagen, dass nicht selten Präsidenten die Hauptstrippenzieher waren, die unsere Missionen genehmigt haben. Mir geht es einfach nur darum, das Ganze logisch aufzurollen. Dummerweise scheint Logik aber in keines der Szenarien zu passen, die ich gerade in meinem Kopf durchspiele, aber vielleicht wird das Bild etwas klarer, wenn wir die Warum-Frage beantworten können.«

Stanley pflichtete ihm bei. »Genau, aber wieso ist das nicht schon vor zehn Jahren passiert? Meinetwegen auch vor fünfzehn, warum ausgerechnet jetzt?«

»Das ist ein berechtigter Einwand, also formulieren wir die Frage doch mal anders: Warum sind wir jetzt gefährlich und waren es, wie Stan sagt, vor fünfzehn Jahren noch nicht? Warum bekommt ein aktiv regierender Politiker plötzlich wie aus heiterem Himmel Angst vor uns? Sollte er dieser Tage etwas zu verlieren haben, dann was?«

»Ich finde, du übertreibst hier«, wandte Jeff ein. »Regierende Politiker brauchen doch keine Angst vor uns zu haben.«

»Das ist wahr«, erwiderte Kimball, »doch es gab einen Zwischenfall, in dem extrem hart durchgegriffen wurde, erinnert ihr euch noch daran?«

Jeff nickte. »Ein enger Mitarbeiter der damals amtierenden Regierung steckte den Bossen, dass Senator Cartwright andere Senatsangehörige erpresst hatte, damit diese von ihm erhobene Vorwürfe gegen den Präsidenten bekräftigten, ansonsten wollte er ihre Karrieren ruinieren, indem er Informationen über ihre verfängliche Vergangenheit publik gemacht hätte. Cartwright wurde daraufhin zu einem Ausgestoßenen, der sich den Sturz von Führungspersonen während Bushs Legislaturperiode zur Aufgabe gemacht hat – darunter auch der Präsident selbst – und dabei auf Material setzte, das er gegen gewisse Seilschaften gesammelt hatte.

Er erzwang mit seinen Erpressungsmethoden Entscheidungen von Senatsmitgliedern, die nicht hätten gefällt werden dürfen und stand kurz davor, zum Gegenstand von Ermittlungen wegen unlauterer Aktivitäten zu werden.«

»Womit man sozusagen noch in ganz andere Wespennester gestochen hätte.«

»Das ist richtig, und weißt du noch, was als Nächstes geschah?«

Hayden bejahte. Er erinnerte sich noch allzu deutlich daran. Senator Worthe hatte der Entourage des Präsidenten hinter verschlossenen Türen nahegelegt, dass Senator Cartwright zu gefährlich wäre und deshalb aus dem Verkehr gezogen werden müsse. »Man beseitigt die Ursache eines Problems und somit auch das Problem selbst. Addition durch Subtraktion.«

»Stimmt. Das war jedoch das erste Mal, dass unsere Regierung vorgeschlagen hat, ein politisches Schwergewicht innerhalb der amerikanischen Regierung mundtot zu machen. Senator Worthe machte sich an erster Stelle dafür stark, dass es geschah, ihr erinnert euch – gemeinsam mit ein paar anderen, wie zum Beispiel die Senatoren Rhames und Shore. Worthe war aber letzten Endes derjenige, der uns beauftragt hat, die Situation zu entschärfen, und niemand weiß das besser als du, Kimball, weil du Cartwright auf Worthes Geheiß hin die Kehle durchschneiden solltest.«

Vor Haydens geistigem Auge zog noch einmal jener Moment vorbei, in dem er mit einem Messer über das Fleisch des alten Mannes gefahren war, woraufhin dieser bedingt durch einen Würgereflex Blut aus seiner Lunge ausgehustet hatte, und er sah auch wieder vor sich, wie Senator Cartwright daraufhin auf seinem Schreibtisch zusammengesackt und schließlich gestorben war, während zuckende Blitze das Zimmer erhellt hatten.

Ja, ich weiß es noch genau.

»Solche Dinge geschehen gemeinhin in Dritte-Welt-Ländern, aber doch nicht in den USA«, meinte Jeff. »Sollte so etwas je wieder zur Diskussion gestellt werden …«

»… würde man es vehement leugnen«, beendete Hayden den Satz.

»Oder auch nicht«, sagte Stan. »Der Mörder wurde schließlich niemals gefunden.« Er wandte sich nun wieder Kimball zu. »Sie haben deine Spuren verwischt und die Akte im hintersten Winkel des Pentagon-Archives versteckt.«

»Aber auf eine Sache bist du noch gar nicht weiter eingegangen.«

»Und die wäre?«

»Du hast sie vorhin schon angeschnitten: Warum wurden wir nicht kurz danach kaltgemacht, um keinen Aufruhr zu verursachen? Weshalb hat man darauf verzichtet, die Special Activities Division heißzumachen, um uns auf die gleiche Weise aus dem Weg zu räumen wie den Senator und das Risiko aufzuheben, dass in Zukunft etwas durchgesickert wäre? Das ergibt doch gar keinen Sinn.«

»Nur auf den ersten Blick«, behauptete Stanley. »Denk doch mal genau darüber nach. Zähl mal zwei und zwei zusammen. Wer ist der *eine* Mann unter den Senatoren Rhames, Shore, und Worthe, dem eine plötzliche Aufdeckung am meisten schaden würde?«

Hayden wusste es sofort. »Senator Worthe hat kürzlich

die Vorwahlen gewonnen und kandidiert jetzt für den Sitz im Weißen Haus. Genaugenommen genoss er jüngsten Umfragen zufolge sogar einen Vorsprung im zweistelligen Prozentbereich gegenüber dem Amtsinhaber.«

»Das Einzige, was ihm jetzt noch im Weg stehen könnte, wäre seine Vergangenheit«, sagte Stan. »Und wir gehören natürlich dazu. Sollten die Medien also Wind davon bekommen, dass Worthe unmittelbar für die Genehmigung eines Mordes an einem US-Senator verantwortlich war, ist seine Karriere augenblicklich vorbei. Auf so etwas stürzt sich die Presse, wie wir wissen sofort, wohingegen die Macher auf der Politbühne die Geschichte nur als unseriösen Journalismus abtun und dementieren würden. Der Schaden wäre allerdings trotzdem nicht mehr rückgängig zu machen. Das würde Worthes Kandidatur trotzdem überschatten, weil wir in einer Gesellschaft leben, die sowieso nur wenig Vertrauen in ihre Regierung setzt. Die Stimme der Öffentlichkeit dürfte also den Ausgang der Ermittlungen bezüglich einer möglichen Beteiligung des Senators kategorisch anfechten. Eine Verschwörungstheorie mit genügend Zugkraft, um seine Wahlprognosen zu verschlechtern … er könnte diese Scharte endlich auswetzen wollen. Möglicherweise hast du Recht, Kimball, und die Special Activities Division wurde nun doch eingeschaltet.«

Hayden betrachtete ein aktuelles Foto des Senators im Internet. Obwohl man Worthe ansah, dass er zwanzig Jahre älter war, wirkte er weiterhin recht jugendlich, wenn man nicht auf die grauen Strähnen in seinen einst tiefschwarzen Haaren achtete, die ihm ein markantes Äußeres verliehen. Hardwicks Ausführungen stimmten jedoch: Der Mann stand hinter dem Komplott, Cartwright aus dem Senat zu entfernen. Bisher gab es, wenn man das Attentat auf John F. Kennedy weiterhin als strittig erachtete, keinen anderen Fall wie diesen, in dem ein Mitglied der US-Regierung von seinen eigenen politischen Kollegen ermordet worden war.

»Aber Worthe muss mich eigentlich für tot halten«, meinte Kimball.

»Nicht mehr. Nicht, wenn es stimmt, was du erzählt hast, wenn der Killer dich auf Hawks Ranch tatsächlich hätte umbringen können und es nicht getan hat. Denkst du nicht, dass Worthe dann mittlerweile darüber im Bilde wäre?«

Hayden lehnte sich zurück und überlegte. »Warum hat er mich dann nicht aus dem Weg geräumt, als er die Gelegenheit dazu hatte? Warum hält er sich beim Morden so strikt an die Reihenfolge der Mitglieder unserer Einheit auf dem Foto? Die Special Activities Division treibt doch keine solch albernen Spielchen. Sie eliminieren ihre Ziele schnell und ohne Umschweife.«

»Weißt du, was ich denke?«, erwiderte Stanley. »Wir sollten das Übel direkt an der Wurzel packen.«

»Du willst geradewegs ins Haus des Senators latschen und ein bisschen mit ihm über diese Angelegenheit plauschen?«, erwiderte Kimball. »Im Ernst?«

Jeffs warf ihm einen langen bösen Blick zu. »Willst du stattdessen lieber darauf warten, dass seine Dreckarbeiter hier auflaufen und uns 'nen Kopfschuss verpassen?«

Kimball zögerte. Er wünschte sich plötzlich die anderen Ritter des Vatikans herbei. Die Arbeit mit den Hardwick-Brüdern gestaltete sich immer so spontan und chaotisch.

Man konnte nie absehen, was geschehen würde, egal wie sorgfältig man vorher alles plante, damit es perfekt lief.

»Nun?«, drängte ihn Jeff.

»Es muss noch einen anderen Weg geben«, erwiderte Hayden.

»Den gibt es aber nicht.«

»Das Haus wird bestimmt gründlich bewacht.«

»Ganz bestimmt«, pflichtete ihm Jeff bei. »Das macht das Ganze doch nur noch spaßiger.«

»Aber niemand wird getötet.«

Nun schnalzte Jeff mit der Zunge. »Also echt, Kimball, du bist vielleicht ein Spielverderber. Was ist denn los mit dir? Steigt dir dieses Priesterding zu Kopf? Ist der Kragen zu eng?«

Hayden ließ sich nicht beirren. »Ich sagte … niemand … wird … getötet.«

Jeff stand nun von seinem Platz auf. »Ja, ja, in Ordnung. Wie du willst. Also, machst du jetzt gemeinsame Sache mit uns oder nicht?«

Kimball richtete sich zur vollen Größe auf, sodass er die Brüder überragte. »So wie es aussieht, habe ich wohl keine andere Wahl, oder?«, fragte er.

Kapitel 32

Fünfundzwanzig Meilen nördlich von Washington D.C.

Die Fahrt in einen der Washingtoner Vororte verlief für die Hardwicks und Kimball Hayden ohne irgendwelche Zwischenfälle. Sie wechselten nur wenige Worte miteinander, während sie in einem aufgemotzten Pick-up saßen. Hayden zerlegte gerade auf der Rückbank des Führerhauses eine Schusswaffe – eine Smith & Wesson Kaliber .40 – baute sie wieder zusammen und schraubte dann einen Schalldämpfer daran, der so lang wie ihr Lauf war.

Kimball trug genau wie die Brüder einen schwarzen Kampfoverall mit großen Taschen, einen Funktionsgürtel und Armeestiefel. Das Kollar hatte er ausgezogen. In der Brusttasche seines Hemdes steckte eine flache Dose mit schwarzer Schuhcreme. Bevor sie das Grundstück betreten würden, mussten sie, wie sie beschlossen hatten, ihre Gesichter damit einschmieren.

Als sie Senator Worthes Anwesen erreichten, parkten sie ungefähr zweihundert Yards davor. Das war weder zu dicht dran noch zu weit entfernt. So sicherten sie sich ab, für den Fall, dass ihr Plan fehlschlug.

Vorsichtig, während sie sich ununterbrochen umsahen und im Schatten blieben, stießen sie zu dem Gebäude vor, das auf einem Hügel stand. Unterwegs sahen sie eine knapp zwei Meter hohe Grenzmauer, an deren Oberkante sich schnörkelhafte Spitzen entlangzogen. Das Gelände wurde sorgfältig instandgehalten und die Sträucher ordentlich beschnitten. Das Haus war zweistöckig und gab ein wirklich stattliches Bild ab. Man hatte es im Kolonialstil gebaut und Säulen mit schmuckvollen Horizontalbändern hinzugefügt. Rosen rankten sich an Spalieren hinauf, und unbewegliche Läden zierten die Fenster mit Rundbögen. Wie die drei wussten, befand sich das Schlafzimmer im hinteren Teil des Hauses und bot Ausblick auf einen Pool.

Die Mauer ließ sich mühelos überwinden, zumal die Höhe nicht im Geringsten abschreckte und eine zentral über das Grundstück verlaufende Ligusterhecke eine hervorragende Deckung abgab, als sie sich dahinter niederkauerten. Ihr Ziel – Senator Worthe – war jetzt zum Greifen nah.

»Er sollte mindestens drei Sicherheitsbeamte der Capitol Police zu seinem Schutz hier haben«, flüsterte Kimball nun. »Diese überwältigt man nicht ohne Weiteres, aber wir sind ja nicht zum ersten Mal hier. Darum wiederhole ich noch einmal, was ich gesagt habe: Niemand wird getötet!«

Jeff grinste schief. »Wir tun, was wir tun müssen, um zu kriegen, was wir wollen«, sagte er. »Das war schon immer unser Motto, und außerdem werden diese Typen wohl nicht zulassen, dass wir einfach so ins Schlafzimmer des Senators spazieren und Hallo sagen.«

»Doch. Vorausgesetzt, sie bemerken uns nicht.«

»Und falls doch?«

Als sie noch Auftragsmörder der US-Regierung gewesen waren, hatte es darauf nur eine Antwort gegeben: *Jeden Widerstand rigoros brechen, um die Mission nicht zu gefähr-*

den. Dies war seit jeher das oberste Gebot bei Einsätzen gewesen, und manche Dinge änderten sich eben nie.

»Die Acht sind immer unsichtbar geblieben, bis sie ihr Hauptziel erfasst hatten«, erinnerte ihn Kimball. »Darauf lief es stets hinaus, Jeff. Heimlichkeit war das A und O.« Er schaute ihn schräg mit zweifelndem Blick an. »Willst du mir etwa gestehen, dass du außer Form bist?«

Dies schien Jeff zu kränken, denn er biss sich sprichwörtlich auf die Zunge. »Ich bin absolut nicht außer Form«, betonte er gereizt. »Ich wollte nur darauf hinweisen, dass man Konfrontationen selbst mit nebensächlichen Gegnern manchmal einfach nicht vermeiden kann.«

»Lasst euch jetzt mal was gesagt sein«, warf Stan ein, während er den Verschluss seiner Waffe zurückzog, um sie durchzuladen. »Falls uns Worthes Aufpasser in die Quere kommen, gehe ich so gegen sie vor, wie ich es für angemessen halte, um dafür zu sorgen, dass unser Vorhaben gelingt. Und allein darauf, Kimball, läuft es doch hinaus. Das Einsatzziel ist das A und O. Es geht nicht um irgendeine moralische Zwickmühle, in der du jetzt zufällig gerade steckst.« Er hielt die Glock hoch, deren Schalldämpfer den Lauf außerordentlich lang machte.

»Wir sind nicht zum Töten hier«, stellte Kimball klar, »sondern um Informationen einzuholen. Immerhin wissen wir gar nicht sicher, ob er überhaupt hinter alledem steckt.«

»Soll das ein Witz sein?«, fragte Stan. »Erklär mir doch mal, warum du vorhin auf der Fahrt in meinem Wagen eine halbe Stunde damit verbracht hast, deine Kanone auseinanderzubauen und dich zu vergewissern, dass sie auch funktioniert?«

»Hör mal, ich will nur schießen, wenn es sich nicht vermeiden lässt. Du und dein Bruder, ihr seid schon immer so drauf gewesen, dass ihr erst getötet und hinterher Fragen gestellt habt.«

Jeff musste daraufhin unweigerlich schmunzeln. »Jetzt nenn mir doch mal irgendeine bessere Art, sich selbst zu verteidigen, als den Gegner zu töten, bevor er die Chance erhält, dir zuvorzukommen?«

»Das sind aber nicht unsere Gegner. Es handelt sich hierbei um Sicherheitskräfte, die nur ihren Job machen.«

Nun machte auch Jeff seine Pistole scharf, indem er den Verschluss zurückzog, sodass eine Kugel ins Lager rutschte. »Dann hätten sie sich weniger riskante Jobs suchen sollen.«

»Niemand … wird … getötet!«

»Red … du … nur.«

Sie schlichen nun zum Ende der Ligusterhecke, wo sie das Haus genau im Blick hatten.

»Ich sehe niemanden«, wisperte Stanley.

»Sie sind aber hier … irgendwo.«

Kimball bewegte sich weiter. »Bleibt dicht an der Hecke. Ich übernehme die Spitze. Jeff, du behältst die Umgebung im Auge, und du, Stan, schaust nach hinten.«

»Darf's sonst noch was sein, großer Häuptling?«, fragte Jeff genervt.

Als Hayden sich daraufhin zu ihm umdrehte, legte er die gleiche Haltung und Eindringlichkeit an den Tag wie als Mitglied der Acht – das Verhalten eines blutrünstigen Überzeugungstäters. »Ich hatte eigentlich nicht vor, hier mit dir zu streiten. Willst du das Ganze anführen? Oder hältst du dich lieber zurück? Mir ist es komplett egal.«

Jeff fiel der flammende Blick seines alten Gefährten sofort auf. Solche Aggression hatte Kimball vor jedem Mord nach außen gekehrt, und Hardwick wurde nun bewusst, dass er selbst im Augenblick der Auslöser dieser Aggression war. »Nein, mach ruhig«, erwiderte er sofort besonnener, und weniger angriffslustig. »Du darfst gern die Spitze übernehmen.«

Kimball schaute ihm noch eine Zeit lang in die Augen, bevor er den Blick wieder abwandte.

Dann näherte er sich dem Haus weiter, und die Hardwicks folgten ihm.

Ein Beamter der Capitol Police patrouillierte in Zivilkleidung auf dem Grundstück. Vor seiner Brust hielt er ein Kompaktsturmgewehr vom Typ TAR-21 mit Reflexvisier und Nachtsichtgerät. Der Mann bewegte sich mit selbstsicherer Lässigkeit. Als er um eine Ecke des Hauses verschwand, schnellte Kimball mit den Brüdern hervor. Sie stellten sich unter einen halbrunden Balkon vor dem Swimmingpool. An den Seiten dieses Balkons ragten mit Rosen überwucherte Spaliere auf, und sie sahen, dass die obere Tür geöffnet war, damit frische Nachtluft im Schlafzimmer des Senators zirkulieren konnte. Kimball reckte eine Faust und zeigte mit einem Finger auf den Balkonabsatz. Die Brüder verstanden seine Geste sofort, steckten ihre Waffen ein und kletterten dann leise an den Spalieren hinauf, während er unten blieb und auf einem Knie niederging, um Wache zu halten, indem er seine Pistole in die Höhe hielt und sich umschaute.

Kaum, dass die Brüder oben angelangt waren, winkten

sie Hayden zu sich, während Stanley die Umgebung unten im Auge behielt.

Nun machte sich auch der Ritter vorsichtig an den Anstieg. Er bewegte sich dabei behutsam und leise, unheimlich sparsam und doch zugleich kraftvoll, während er eines der Spaliere am Balkon erklomm und Fuß fasste.

Die Vorhänge an der offenen Tür wehten leicht in einem schwachen Luftzug. Sie bestanden aus einem leinenartigen Stoff, der hauchfein wirkte und träge hin und her pendelte. Im Zimmer war es dunkel.

Einen Moment lang blieben die Männer vor der Tür stehen, sodass man sie von drinnen nur als Schatten hätte sehen können, auf die von unten Licht aus dem Schwimmbecken fiel.

Dann traten sie gemeinsam ein.

Nachdem sie die Tür gefühlvoll hinter sich geschlossen hatten, gingen sie mit aufs Bett gerichteten Waffen auseinander, Stan und Jeff nach links und rechts, Kimball genau geradeaus bis zum Fußende.

Senator Worthe lag zusammen mit seiner Ehefrau unter einer einzelnen Decke, die sich bei ihren Bewegungen im Schlaf um ihre Beine gewickelt hatte.

Der Senator nahm die linke Seite ein und hatte seine Gliedmaßen derart verrenkt, dass es unmöglich bequem sein konnte.

Stan beugte sich langsam über den Senator, bis nur noch wenige Zoll Platz zwischen seinem Mund und dem Ohr des Mannes war. »Aufwachen, Sonnenschein«, wisperte er.

Aber Worthe rührte sich nicht.

»Komm schon, Sonnenschein, mach die Äuglein auf.« Stanley streckte einen Mittelfinger und den Daumen aus und schnippte gegen sein Ohrläppchen.

Nun grunzte der Senator überrascht. Seine Lider flackerten, bevor er die Augen auf- und den Mund zuschlug wie eine zuschnappende Bärenfalle. Während sich seine Augen langsam an die Dunkelheit gewöhnten, nahm sein Gehirn allmählich Formen und Gestalten wahr, die eindeutig nicht in diesen Raum gehörten.

Stan schaute nun mit hämisch heiterem Grinsen auf ihn hinab. »Na wie geht's dir Sonnenschein?«

Bevor der Senator antworten oder anderweitig reagieren konnte, hielt ihm der Eindringling mit einer behandschuhten Hand den Mund zu.

»Hör mir zu«, flüsterte er, »und zwar ganz genau. Nur ein Ton, und du bist tot. Gleiches Spiel, falls du irgendwelche Dummheiten versuchst. Kapiert?«

Worthe nickte.

»Das gilt auch für deine Frau.«

Diese schlief jedoch immer noch tief und fest.

»Ich werde die Hand jetzt wegnehmen. Und wenn ich das getan habe, beantwortest du brav unsere Fragen. Habe ich mich klar ausgedrückt?«

Nur die Pupillen des Senators bewegten sich, als er sich umschaute. Am unteren Bettende stand ein großer Mann, ein weiterer hatte sich neben seine Frau gestellt und hielt ihr eine Schusswaffe an den Kopf.

Dann wiederholte der Mann genauso ruhig flüsternd wie zuvor: »Habe ich mich klar ausgedrückt?«

Worthe nickte erneut, was Stanley davon überzeugte,

dass der Senator nicht bezweifelte, dass er sterben würde, falls er sich ihren Wünschen nicht fügte.

»Guter Junge.« Stan zog nun die Hand weg, während er gleichzeitig den Lauf seiner Pistole auf Worthes Schädel richtete.

Dieser begann nun, die Decke unter seinem Kinn hochzuziehen, als ob er sich schützen wollte; eine äußerst dürftige Abwehr gegen Kugeln. »Was wollen Sie?«, fragte er ängstlich.

Seine Stimme war so laut, dass seine Frau nun auch unruhig wurde. Er hatte nämlich nicht geflüstert.

»Wir wollen Ihnen nur ein paar Fragen stellen«, antwortete Kimball, während er näher an das Fußende trat. »Danach verschwinden wir sofort wieder.«

Soweit der Senator erkennen konnte, zielte der große Mann nicht auf ihn, geschweige denn, dass er überhaupt eine Waffe hatte, im Gegensatz zu den anderen beiden. Etwas an ihm – seine Züge, seine Kieferpartie, die kräftigen breiten Schultern und sein Tonfall – erinnerten Worthe an einen Soldaten, den er fast zwanzig Jahre zuvor kennengelernt hatte. Dieser war von der hohen Riege des Pentagons ehrenhalber in einem Sarg in Arlington bestattet worden.

»Erinnern Sie sich noch an mich?«, fragte der Mann jetzt, weil er seinen prüfenden Blick bemerkt hatte.

Der Senator überlegte kurz. »Sollte ich?«

Als sich Hayden nach vorn beugte, war sich der Senator auf einmal vollkommen sicher.

Er machte so große Augen wie eine Eule. Die plötzliche Erkenntnis kam einem Schlag ins Gesicht gleich. »Sie sind doch angeblich tot.«

»Das bekomme ich oft zu hören, ist aber offensichtlich falsch.«

Die Ehefrau des Senators machte jetzt Anstalten, ihren Kopf anzuheben, da sie feststellte, dass die Stimme, die sie gerade hörte, nicht die ihres Gatten war. Sobald sie aufschaute und Jeff ihr zuzwinkerte, wollte sie schreien, doch er unterband dies sofort, indem er ihren Mund mit einer Hand zuhielt. Ein Selbstschutzreflex brachte sie dazu, mit offenen Händen auf seine Arme einzuschlagen, aber er hob nur gelassen seine Waffe, und sobald sie die Spitze des Schalldämpfers an ihrer Stirn spürte, hörte sie auf sich zu wehren.

»Beruhigen Sie sich«, ermahnte er sie, »oder ich verteile den Inhalt ihres hübschen Köpfchens auf dem teuren Seidenzeug, in dem Sie liegen.«

»Nicht vergessen, was ich gesagt habe«, warf Kimball ein. »Niemand wird getötet.«

»Mach du nur einfach weiter.«

Worthe setzte sich aufrecht hin und drückte seinen Rücken fest gegen das Kopfende. »Kimball Hayden«, sagte er ehrfürchtig und hörbar verblüfft. »Es hieß, Sie seien im Irak gefallen.«

»In Wirklichkeit hat er den Brocken wie ein rückgratloser Feigling hingeschmissen«, erklärte Stanley. »Stimmt doch, Kimball, oder? Erzähl ihm doch mal, wie du abgehauen bist wie ein feiges Schwein.«

Aber Hayden ging nicht darauf ein.

Jeff hingegen kicherte amüsiert.

Unvermittelt kam Kimball das Klischeebild eines durch Inzucht gezeugten Kindes in den Sinn. Die Brüder gingen fraglos als Paradebeispiele für diese Abkömmlinge von Hinterwäldlern durch. Ihm fiel jetzt erst wieder auf, wie sehr er sie verachtete.

Er setzte sich dem Bett gegenüber auf einen Stuhl. Die Hardwicks blieben mit ihren Waffen stehen, wo sie waren, die Schalldämpfer nur ein paar Zoll vor den Schläfen ihrer Geiseln, Senator Worthe und seiner Gattin, entfernt.

Ersterer blickte seitwärts auf die Pistole, als könne er ihre Durchschlagskraft förmlich spüren. Als er dann Stan in die Augen schaute, erinnerte er sich auch wieder an ihn und an sein bösartiges Wesen. »Jeffrey Hardwick«, sagte er.

»Eigentlich bin ich Stan. Jeff ist derjenige, der gerade deine Frau in Schach hält.«

Dieser schmunzelte und winkte mit seiner Pistole, so wie jemand einen guten Bekannten vor Freude, ihn zu sehen, grüßen würde. Er machte sich jedoch lediglich einen grausamen Spaß mit dieser Geste.

»Warum sind Sie hier?«, fragte Worthe. »Warum tun Sie das?«

»Warum lassen Sie die Mitglieder der Acht umbringen?«, erwiderte Jeff daraufhin.

Nun sah ihn der Senator verständnislos an.

»Ich lasse niemanden umbringen«, entgegnete er. »Ihre Einheit ist nichts weiter als ein Stück finstere Vergangenheit, die ich einfach vergessen will.«

»Exakt«, sagte Jeff. »Und was wäre da besser, als jemanden zum Reinemachen zu schicken, der sichergeht, dass wir auch ja in Vergessenheit geraten?«

»Ich habe keine Ahnung, wovon zum Teufel Sie sprechen.«

»Wirklich?« Stan nahm ein gefaltetes Foto aus der Beintasche seiner Hose und warf es dem Senator zu. »Anschauen«, verlangte er.

Worthes Hände zitterten, während er das Bild nahm und es aufklappte. Es zeigte die aufgelöste Einheit, die Mitglieder der Acht im besten Alter beim Posieren. Da waren Walker und Arruti – Gesichter, die er nie hatte wiedersehen wollen, Kimball und der irre Ire, dessen Namen er schon vergessen hatte. Und natürlich Grenier, Hawk sowie die Hardwicks. Alle jung und übermütig. Kraftstrotzende Ausbünde an Elan. Echte Krieger, die sich eingebildet hatten, die härtesten Typen zu sein, die es jemals gegeben hatte. Der Punkt aber war: Dies stimmte tatsächlich und war ihnen auch vollends bewusst gewesen.

Während der Senator das Foto betrachtete, kehrten die Erinnerungen an die Zeit wieder, als er zum engen Kreis des Präsidenten gehört hatte. Er rekapitulierte ungetrübt die Momente, in denen er Missionen mit dem Regierungsoberhaupt besprochen hatte – darüber, wer am Leben hatte bleiben und sterben müssen oder wohin man die Einheit schicken sollte, um Morde zum Wohl der Nation zu begehen, auf dass das Recht der Vereinigten Staaten bewahrt und begründbar blieb, nicht nur als Weltpolizei aufzutreten, sondern auch als Richter, Geschworener und Vollstrecker. Die Acht hatten dabei bewundernswerte Dienste geleistet.

Als er das Bild mit fast wissenschaftlicher Genauigkeit betrachtete, fielen ihm plötzlich die rot eingekreisten Gesichter und die Buchstaben auf, mit denen sie überschrieben waren: I-S-C-A-R. Er fuhr mit einem Finger darüber.

»Ganz richtig«, bemerkte Stanley. »Sie sind alle tot.«

»Und Sie glauben, ich hätte etwas damit zu tun?«

»Wer denn sonst?«

»Aus welchem Grund denn bitteschön?«

Jeff schaute Worthe tief in die Augen. Sie starrten einander mit fest entschlossenen Blicken an. »Vor vielen Jahren haben sie gemeinsam mit den Senatoren Shore und Rhames – vielleicht auch noch mit jemand anderem – die Ermordung eines anderen US-Senatoren eingefädelt, oder?«

Worthe wandte sich kurz seiner Frau zu, die ihn daraufhin verwundert anschaute.

Jeff drückte ihr seine schallgedämpfte Pistole fester an die Schläfe, sodass sie leise wimmerte.

»Wenn mir eines fehlt, Senator, dann Geduld, also beantworten Sie meine Frage. Vor ein paar Jahren haben Sie die Ermordung eines US-Senatoren eingefädelt, stimmt das?«

Worthe drehte den Kopf wieder zu seiner Frau um, die mit weit aufgerissenen Augen dalag, als sei sie ins Scheinwerferlicht eines heranrasenden Autos geraten, und ebenfalls gespannt auf seine Antwort wartete. Endlich sagte er: »Ja, das stimmt.«

Nun kamen ihr die Tränen. Die schloss die Augen und wandte sich von ihm ab.

»Senator, Sie haben diese düstere Episode vor Ihrer besseren Hälfte geheim gehalten? Das ist aber gar nicht gut.« Jeff schnalzte mit der Zunge und rügte ihn spöttisch: »Böser, böser Senator.«

»Um Gottes willen, Hardwick, Cartwright war ein Unmensch und er kannte seine Grenzen einfach nicht. Irgendwann kam er an einen Punkt, da dachte er, mächtiger als der Präsident zu sein, und wäre imstande gewesen, ihn zu töten, genauso wie jeden anderen, der sich ihm in den Weg stellte. Die Prinzipien der Demokratie bedeuteten ihm rein gar nichts. Entweder hielt man ihm bis zum bitteren Ende die Treue oder kam auf der Stelle zu Fall. Dieser Mann durchkreuzte Karrieren mittels Erpressung statt durch taktisch kluge politische Lobbyarbeit.«

»Senator, ich wollte nicht wissen, weshalb Sie Ihre Tat für gerechtfertigt halten. Ich habe lediglich gefragt, ob Sie mit der Entscheidung, Cartwright zu töten, zu tun hatten. Und Ihre Antwort – ob gerechtfertigt oder nicht – lautete ja. Sie verschworen sich also gegen einen mächtigen Politiker aus dem Senat der Vereinigten Staaten und billigten seine Ermordung.«

Worthes Frau fing daraufhin an zu schluchzen.

»Schatz?« Als er sich nach ihr ausstreckte, entzog sie sich, indem sie seine Hand schulterzuckend abschüttelte. »Es tut mir leid.« Daraufhin sagte er in einem gefassten Tonfall zu Jeff: »Kommen Sie endlich zur Sache.«

»Mein Gedankengang ist ganz simpel, Senator, also auch nicht schwer nachvollziehbar.«

»Worauf wollen Sie hinaus?«

»Geduld«, beschwichtigte er ihn, und sagte dann: »Momentan sind Sie den Umfragen zufolge der Favorit unter den möglichen Nachfolgern von Präsident Burroughs als Oberbefehlshaber, richtig?«

»Wenn Sie es sagen.«

»Das tue ich nicht, es geht aus den Umfragen hervor. Sie liegen über zehn Prozent vor Ihrem Rivalen, und der Kandidat der Oppositionspartei erhält kaum Zulauf.«

»Und?«

Stanley riss Worthe das Foto aus der Hand. »Und die Leiche in Ihrem Keller, das Komplott gegen Senator Cartwright und Ihre Genehmigung, ihn zu töten, würden Ihre Kandidatur bei der Wahl des nächsten US-Präsidenten zunichtemachen.«

»Jeden Tag kriechen Verrückte wie Sie aus ihren Löchern«, erwiderte Worthe. »Ihresgleichen – die Acht – haben nie irgendeinen Rückhalt genossen oder offiziell überhaupt existiert. Man würde Sie einfach nur als Denunzianten und Idioten abtun. Niemand wird Ihnen glauben.«

»Das ändert aber nichts an der Tatsache, dass wir immer noch eine Bedrohung darstellen, oder?«

»Sie glauben also, ich müsste, um meine früheren Fehltritte zu vertuschen, deren Ursprung zerstören, ist es das?«

»Falls Sie es nicht selbst tun, dann wissen Sie definitiv, wer dahintersteckt.« Stan warf ihm das Bild erneut zu.

Worthe betrachtete es noch einmal. »Und was hat es mit diesen Buchstaben auf sich?«

»Erklären Sie es uns«, sagte Jeff. »Es ist Ihr Spiel. Anscheinend buchstabieren Sie den Namen Iskariot.«

»Ich habe keine Ahnung, was Sie meinen«, behauptete der Senator und schnippte das Foto in Richtung Bettende.

»Iskariot«, wiederholte Stanley. »Christus' Verräter.«

»Ich weiß, wer das ist. Mir leuchtet nur nicht ein, was die Beschriftung des Fotos bedeuten soll.«

»Uns auch nicht, aber so wie es aussieht, wollen Sie nicht aufgeben und es uns erklären, oder doch?«

»Ich brauche nicht aufzugeben. Denn ich habe nichts damit zu tun, dass irgendwelche Mitglieder der Acht umgebracht werden.«

Kimball kratzte sich nachdenklich am Kinn. Während der Befragung des Senators hatte er ihn ganz genau beobachtet und seine Reaktion anhand unterschwelliger Gesichtszuckungen registriert. Bisher hatte er keine Ungereimtheiten in den Worten festgestellt, die der Mann zu seiner Verteidigung hervorgebracht hatte, und er glaubte, dass dieser die Wahrheit sagte.

»Solange wir existieren, Senator«, fuhr Jeff fort, »stellen wir eine Gefahr für Ihre Kandidatur dar – solange wir leben. Deshalb liegt eine Eliminierung dieser Gefahr doch nahe, oder etwa nicht?«

»Noch einmal: Ihre Truppe hat in den Augen des eigentlichen Regierungsapparats nie existiert. Bis zum heutigen Tag wissen nur sehr wenige davon, dass es Sie …«

»Was die Zahl der Verdächtigen sehr überschaubar macht, finden Sie nicht? Darunter beispielsweise die Senatoren Shore und Rhames.«

Stan fügte hinzu: »Letzten Endes aber, Senator, sind Sie derjenige, der so einiges verlieren würde, falls die Medien Wind davon bekämen. Und Sie wissen ja, wie scharf die Medien auf so etwas sind. Sie scheinen einfach nie genug davon zu kriegen.«

»Muss ich mich wiederholen? Die politische Führung – ich selbst eingeschlossen – würde dergleichen umgehend leugnen, sollte es an die Öffentlichkeit gelangen.«

»Nichtsdestotrotz«, sagte Jeff, »wissen Sie so gut wie ich, Senator, dass negative Berichterstattung ungeachtet ihres genauen Inhalts fatal für Ihre Kandidatur wäre, vor allem wenn Ihre Gegner nach einer Ermittlung verlangen … Wollen Sie das etwa abstreiten? Ihrer Beliebtheit zum Trotz könnten nicht einmal Sie die Rückwirkung einer solchen Presseschelte verkraften und weiter im Wahlkampf bleiben.«

»Nach all den Jahren fällt Ihnen auf einmal ein, dass Sie eine Bedrohung für mich sind? Falls dem so wäre, hätte ich doch schon vor langer Zeit etwas gegen Sie unternehmen können.«

Dieses Argument konnte keiner der Hardwicks entkräften. Es war berechtigt, solide und stichhaltig. Worthe hatte sich zu einem herausragenden Staatsmann entwickelt, der jetzt kurz vor der Präsidentschaft stand.

Stan wandte sich seinem Bruder zu und suchte seinen Blick. Hayden konnte praktisch sehen, dass sie eine wechselseitige Beziehung pflegten, als würde Energie zwischen zwei Synapsen überspringen. Kein Zweifel, sie kommunizierten stumm miteinander und einigten sich gerade darauf, was sie nun tun wollten, wie man relativ deutlich erkannte.

Sie nickten sich im selben Moment zu, traten zurück und legten auf das Ehepaar an.

Nun war es offenbar an der Zeit, Nägel mit Köpfen zu machen.

Kimball fühlte sich seltsam träge wie in einem Albtraum. Er konnte sich nicht schnell genug bewegen, als er eine Hand ausstreckte, und war sich nicht sicher, was er jetzt tun sollte. »Nein!«, rief er.

Aber die Brüder beachteten ihn gar nicht, sondern gaben rasch aufeinanderfolgend mehrere Schüsse ab. Mündungsblitze erhellten jetzt das Zimmer, als die Kugeln einschlugen, und der Senator und seine Frau zucken ein ums andere Mal, als sie getroffen wurden. Blut und Hirnmasse spritzten gegen das reich verzierte Kopfteil des Bettes und die Wand.

Als es vorbei war und die Leichen reglos dalagen, roch es verbrannt und alles war unglaublich still.

Kimball stand fassungslos da und wusste nicht, warum ihn dieser Ausgang in Anbetracht der Tatsache erstaunte, dass die Hardwicks daran beteiligt waren. Anscheinend hatten sie sein Verbot, jemanden umzubringen, eher als Anregung aufgefasst, anstatt es zu achten.

»Ich sagte, dass niemand getötet werden darf!«

»Ja, das hast du, okay. Willkommen in der Welt der Stärkeren«, erwiderte Jeff. »Hast du ernsthaft erwartet, er würde uns einfach so gehenlassen, ohne uns einen mehr oder weniger heftigen Denkzettel zu verpassen? An dem, was wir getan haben, führte einfach kein Weg vorbei. Das weißt du genau, also hör auf, dich zu verstellen, Kimball. Du bist kein Priester. Du fährst genauso zur Hölle wie wir.«

Hayden blieb wie erstarrt stehen und starrte entsetzt auf die Toten. Der Senator und seine Frau sahen regelrecht durchsiebt aus. Dank der Schalldämpfer waren die Pistolen sehr leise gewesen, und keiner der beiden hatte vor Schmerz geschrien. Kimball hingegen befürchtete, dass die Brüder und er jetzt nach seinem impulsiven Ausruf auffliegen würden. Er drehte sich zu Jeff um, der ihn verärgert anstarrte.

»Ganz toll gemacht«, schrie er. »Jetzt müssen wir uns den Weg hier raus freikämpfen.«

Kapitel 33

Der Killer war Hayden und den Hardwicks von Baltimore aus gefolgt. Er hatte einen simplen Peilsender unter ihrem Pick-up angebracht und ihren genauen Standort dann auf einem Monitor sehen können, der auf dem Armaturenbrett seines Mietwagens montiert war. So hatte er ihnen unbemerkt mit einem sicheren Abstand von drei Meilen hinterherfahren können. Als sie schließlich nicht weit von Senator Worthes Anwesen entfernt stehen geblieben waren, hätte er sich keine günstigere Fügung vorstellen können.

Operation Iskariot lief einfach perfekt.

Nachdem er ungefähr einen Block hinter dem Auto der Brüder geparkt hatte, stieg der Mörder auf das leicht abgeschrägte Dach eines protzigen Eigenheims, das wohl schon seit einiger Zeit leerstand und nun zwangsversteigert wurde, wie man zumindest angesichts des ausgedörrten Rasens und des wuchernden Gestrüpps annehmen konnte. Von oben hatte er den Pick-up genau im Blick. Er schien durch das Visier des CheyTac M200 betrachtet, das er von Hawk gestohlen hatte, nur einen Steinwurf weit entfernt zu sein.

Mit gezielten Handgriffen nahm er nun die Einzelteile des Gewehrs aus seinem Rucksack und begann, es zusammenzubauen, indem er alle Teile sorgfältig ineinandersteckte. Als er damit fertig war, setzte er das Visier auf, schaute hindurch und suchte sorgfältig die Umgebung ab.

Alles erschien ihm nun in Grüntönen, die Objekte waren sehr detailliert und klar umrissen.

Er schraubte einen Schalldämpfer an den Lauf der Waffe, bevor er sie auf den dicken Stamm einer Eiche richtete und genau auf dessen Mitte zielte. Während er flach und gleichmäßig Luft holte, richtete er das Fadenkreuz des Visiers aus und drückte fast lautlos ab.

Als das Holz links von der Stelle absplitterte, die er vorgesehen hatte, stellte er die Zielvorrichtung neu ein und versuchte es ein weiteres Mal. Jetzt traf er ganz genau.

Während er die Augen schloss, atmete er tief ein und wieder aus. In dem Moment, als ihn eine meditative Ruhe überkam, zog er ein Foto aus der Seitentasche seines Rucksacks und betrachtete es intensiv. Es handelte sich um eine Fotokopie des Gruppenbilds der Acht, auf dem die Gesichter aller bereits toten Mitglieder eingekreist waren.

Als er auf den Pick-up und dann erneut auf das Foto schaute, wurde dem Killer bewusst, dass er genug Zeit hatte, die Inszenierung seines nächsten Mordes in Ruhe vorzubereiten, da Kimball und die Hardwick-Brüder gerade mit dem Senator beschäftigt waren.

»Nein!«

Die beiden Beamten der Capitol Police waren sich vollkommen sicher, das Gleiche gehört zu haben. Jemand hatte laut geschrien, klar und deutlich vernehmbar.

Sie befanden sich gerade im Erdgeschoss, wurden aber sofort aktiv und griffen zu ihren MP-5-Pistolen. Nachdem sie diese durchgeladen hatten, schlichen sie mit schussbereiten vorgehaltenen Waffen zu der Wendeltreppe.

Jeff, Stanley und der Ritter hörten die Schritte der Polizisten auf den Stufen sofort. Hayden blieb deshalb nichts anderes übrig, als ebenfalls seine Waffe zu ziehen. Die Brüder gingen jetzt schnell zur Zimmertür. Der Flur führte nach links zur Treppe – und die Beamten kamen immer näher. Direkt neben der Treppe gab es eine Nische mit einem avantgardistisch anmutenden Kunstwerk.

»Ich kümmere mich schon darum«, wisperte Stan.

Er rückte bis zum oberen Absatz vor und versteckte sich in dem Mauerwinkel. Seine Glock hielt er mit der rechten Hand fest.

Als der erste Polizist die letzte Stufe betrat, war er nicht auf Stanley vorbereitet, der nun blitzschnell hervorstürzte und weit mit seinem linken Arm ausholte. Er schlug dem Mann mit der Handkante gegen die Kehle – ein atemraubender Treffer und so schwungvoll, dass dieser sofort umkippte und auf den Boden krachte.

Noch in derselben Bewegung hob Stan seine Schusshand und zielte auf den zweiten Beamten, der erschrocken zu ihm hochschaute. Ihm wurde nun unversehens bewusst, dass sein Leben gleich enden würde, als drei Schüsse in rascher Folge fielen. Die Kugeln trafen ihn genau in die Brust, wobei er bedingt durch die Aufprallwucht rückwärts die Treppe hinunterfiel.

Ohne zur Ruhe zu kommen, fuhr sein Mörder herum und richtete die Waffe jetzt auf den ersten Mann, dem er gegen den Hals geschlagen hatte. Dieser lag immer noch würgend und röchelnd mit beiden Händen am Hals auf dem Boden und bekam keine Luft. Stanley zögerte nicht, sondern gab noch zwei weitere Schüsse ab; beide Volltreffer in die Stirn. Eine Blutlache breitete sich rings um seinen Kopf aus wie ein Heiligenschein. Die zwei Polizisten hatten in weniger als vier Sekunden ihr Leben gelassen.

»Na, wenn das mal kein Geniestreich war«, meinte Jeff stolz.

»Wir sind noch nicht aus dem Schneider«, sagte Stan. »Hast du etwa den Kerl mit dem MP-5 draußen vergessen?«

Jeff hielt seine Waffe hoch, winkte damit und grinste. »Hab ich nicht.«

Stan lächelte ebenfalls. »Dann lass ihn uns mal plattmachen.«

Kimball fühlte sich, als würde er komplett neben sich stehen. Die Brüder hatten sich jetzt in ihrer eigenen Mordgier verrannt. Töten war wie eine Sucht für die beiden, und ein Schuss hatte genügt, um sie wieder anzufixen. *So hätte es nicht laufen dürfen*, dachte er entsetzt. Eindringen und wieder verschwinden, ohne jemanden umzubringen – es war ein einfacher Plan gewesen, um herauszufinden, wer hinter den Hinrichtungen steckte. Ob es die Agenten der Special Activities Division oder jemand ganz anderes war, zum Beispiel ein angeheuerter Verbrecher.

Worthe hatte Kimballs Einschätzung zufolge nichts mit dem Mordauftrag zur Beseitigung der Acht zu tun gehabt. Dessen war er sich jetzt sicher.

Die Hardwicks waren allerdings offenbar zu einem anderen Schluss gelangt.

»Lassen wir es einfach hierauf beruhen«, bat er sie. »Den Wachmann auch noch zu töten ist doch vollkommen unnötig.«

Jeff wandte sich mit einem Blick an ihn, der Ungutes verhieß. »Was um alles in der Welt ist denn bloß mit dir passiert?«, fragte er.

»Dem Wachmann wird doch gar nicht auffallen, was hier gelaufen ist. Erst, wenn wir längst verschwunden sind.«

»Wenn er die Leichen findet, ruft er sofort Verstärkung. Wir brauchen Zeit, um uns einen Vorsprung zu verschaffen.«

Kimball sah ein, dass Jeff recht hatte. Sie waren immer der Faustregel »Angriff, Zerstörung, Rückzug« gefolgt. Im Grunde fehlte ihm also jede Diskussionsgrundlage, um die Situation zu entspannen. Töten hatte sich stets als ihre Stärke erwiesen, sobald sie entdeckt worden waren.

Der Ritter hatte keine andere Wahl, als den Brüdern zu folgen, und beugte sich stumm ihrem Willen. Seine Führungsrolle war ihm genommen worden.

Das Töten würde also weitergehen.

Der letzte Beamte, der das Grundstück patrouillierte, erhielt gerade einen Funkspruch, den er durch einen Knopf in seinem Ohr hörte. Man brauche Hilfe, sagte sein Kollege mit hektischer Stimme. Nachdem er in sein Mikrofon gesprochen hatte, erhielt er keine Antwort mehr von ihm. In der Leitung war es plötzlich still.

Er nahm daraufhin sein MP-5 hoch, das zu einer Verlängerung seiner selbst wurde, und schaute durch das Visier der Waffe.

Plötzlich erklang von hinten ein Geräusch; kaum hörbar, aber dennoch nicht zu leugnen.

Er drehte sich langsam um.

Durch das Visier sah er nur die europäischen Zypressen, die sanft im Wind schwankten.

Noch ein Geräusch ertönte, dieses Mal von rechts, das Knacken eines zerbrechenden Zweiges.

Im Dunkeln bewegte sich etwas.

Der Polizist drehte sich zu dem Ursprung der Unruhe um und rückte langsam, aber auf geradem Weg näher.

Dann sah er ihn! Im Schatten konnte er die Umrisse eines Mannes erkennen, der regungslos wie eine Schaufensterpuppe unter einer Gruppe von Bäumen verharrte.

»Sie da! Treten Sie sofort mit den Händen hinter dem Kopf vor! Sofort!«

Aber der Unbekannte rührte sich nicht.

»Ich sagte: sofort!«

Abermals kam von hinten ein Flüstern, nur wenige Fingerbreit von den Ohren des Beamten entfernt. »Vielleicht will er einfach nicht vortreten«, hörte er nun.

Schnell fuhr er mit der Maschinenpistole im Anschlag herum. Aber es war schon zu spät.

Sein Gegner schlug ihm die MP-5 aus den Händen und schnitt ihm mit einem KA-BAR-Kampfmesser die Kehle durch, mühelos wie durch warme Butter.

Der Polizist riss panisch seine Augen auf, während die Wunde an seinem Hals wie ein grässliches Grinsen aufklaffte. Das Blut floss in Strömen, während er auf die Knie fiel und zusehends an Lebenskraft verlor. Er war zwar beileibe nicht enthauptet worden, doch sein Kopf knickte nach hinten ab wie der Deckel eines Sturmfeuerzeugs, sodass sich blutige Adern und Röhren durch den langen Schnitt erkennen ließen. Schließlich fiel er auf den Rücken und war tot.

Jeff steckte das Messer in die Scheide zurück und winkte seinen Bruder aus der Dunkelheit hervor. »Gute Arbeit, Mann.«

Stanley lächelte, während er zu seinem Bruder ging. »Ich habe auch nichts anderes erwartet.«

»Was meinst du damit? Du hattest Schiss, er könnte abdrücken, oder?«

»Wie gesagt, ich habe nichts anderes erwartet. Du hast dich wie eine Katze angepirscht.«

Nachdem Stan eine Faust gegen Jeffs gestoßen hatte, drehten sich die beiden zu der Leiche um, deren aufgeschlitzter Hals dunkel glänzte wie Teer.

»Fast wie in alten Zeiten, nicht wahr?«, fragte Stanley.

Kimball kam nun ebenfalls hinzu. Er hatte sich bewusst zurückgehalten, aber aufmerksam hingeschaut, um zu erfahren, ob der Hinterhalt tatsächlich gelingen würde. »Hoffentlich seid ihr zwei Untiere jetzt zufrieden mit euch selbst.«

Jeff wandte sich ihm zu. »Weißt du, was ich an dir mag, Hayden?«

»Nein, was?«

»Rein gar nichts.« Er starrte den Ritter herausfordernd an, was allerdings nichts daran änderte, dass er gut sechs Zoll kleiner war als dieser. »Deine selbstgerechte Art geht mir so was von auf den Sack.« Nach einer Pause fügte er hinzu: »Du bist nicht mehr derselbe, Kimball. Früher hättest du diesen Typen kaltgemacht und dich mit seinem Blut eingeschmiert … Was ist bloß aus dir geworden?«

Kimball schwieg, gab sich aber im Geiste selbst die Antwort: *Ich suche nichts weiter als Vergebung.*

Zuletzt trat Stanley vor und packte den Arm seines Bruders, um ihn wegzuführen. »Wir müssen jetzt von hier verschwinden«, drängte er.

Jeff ließ sich mitziehen, und Kimball folgte ihnen. Sie schlugen jetzt einen schnelleren Schritt an, liefen erst langsam los und danach immer schneller. Dann kehrten sie zu dem Pick-up zurück und ließen fünf Tote hinter sich.

Kapitel 34

Vatikanstadt

Job trug eine ausgebleichte Jeans, die er in seine Soldatenstiefel gesteckt hatte, ein schwarzes Priesterhemd und ein römisch-katholisches Kollar. Er hatte kurz rasierte Haare und eine Sonnenbrille, mit bernsteinfarbener Tönung. In einer Hand hielt er eine Reisetasche, auf deren Stoff das Symbol der Ritter des Vatikans gestickt war, das Wappen mit dem silbernen Tatzen-Kreuz auf blauem Hintergrund. Die Farben waren insofern von Bedeutung, als dass das Silber für Frieden und Offenheit stand, wohingegen das Blau die Tugenden *Wahrhaftigkeit* und *Treue* repräsentierte. Links und rechts stand ein Wappenlöwe auf seinen Hinterläufen und hielt den Schild mit seinen Vordertatzen fest. Die Raubkatzen waren der Inbegriff von Wildheit, Wagemut und Heldentum. Das Symbol prangte zugleich auch an der Einsatzkleidung der Ritter.

Als Job das Terminal verließ, wartete Kardinal Bonasero Vessucci bereits an einer Limousine des Papstes auf der Spur für Kurzparker auf ihn. Er trug ein schwarzes Gewand mit roten Knöpfen und Säumen in einem etwas dunkleren Farbton sowie ein ebenfalls rotes *zucchetto*.

Die Männer begrüßten einander mit einem ehrlichen Lächeln und umarmten sich herzlich, nachdem Job seine Tasche fallenlassen hatte.

»Ich bin froh, Sie wieder hier zu haben, Job«, sagte der Kardinal, als er sich ihm entzog. »Tut mir furchtbar leid, dass ich Sie so früh aus dem Urlaub zurückrufen musste.«

»Das geht schon in Ordnung«, erwiderte der Ritter. Dann hob er sein Gepäck auf und ging um den Wagen herum zum offenen Kofferraum. Davor stand mit hinter dem Rücken verschränkten Händen der Chauffeur, der nun zur Seite trat, damit Job seine Tasche hineinlegen konnte. Während der Fahrer die Klappe schloss, stieg der Kardinal mit seinem Schützling auf der Rückbank ein, wo sie es sich bequem machten.

Der Wagen scherte vom Bordstein aus und rollte dann so ruhig los, als rutsche er über eine Glasfläche. Anschließend fuhren sie auf die Hauptstraße zu.

Job beugte sich nach vorn. »Sie haben gesagt, Kimball würde in Schwierigkeiten stecken.«

Der Kardinal nickte.

»Sie wissen, woher Kimball kommt, oder? Kennen Sie auch seine Vergangenheit?«

Der Ritter bejahte. »Er war ein Auftragsmörder«, antwortete er geradeheraus.

»Anscheinend werden die Mitglieder seiner früheren Einheit gerade alle nacheinander umgebracht. Die Morde zeugen von außergewöhnlicher Abgeklärtheit, und wir haben keinerlei Hinweise auf den oder die Täter. Der SIV kann nicht sagen, wer darin involviert ist oder aus welchem Grund. Gewiss ist nur eines: Wer auch immer dafür verantwortlich ist, tötet Kimballs ehemalige Gefährten systematisch der Reihe nach. Der Mörder, falls es nicht sogar mehrere sind, ritzt jedem Opfer einen einzelnen Buchstaben in den Rücken. Gemeinsam betrachtet, werden diese voraussichtlich den Namen Iskariot ergeben.«

»Judas' Beinamen, aber warum?«

Der Kardinal zuckte mit den Achseln. »Wir vermuten – besser gesagt, Kimball vermutet – dass jemand aus US-Politkreisen daran beteiligt ist, um das Unrecht, das er in der Vergangenheit begangen hat, vergessen zu machen. Der *Servizio Informazione del Vaticano* findet allerdings nichts, was diese These stützen würde.«

»Die Regierung der Vereinigten Staaten versteht durchaus etwas von strenger Geheimhaltung.«

Vessucci nickte. »Über die Hälfte der Mitglieder des ehemaligen Kampfverbands sind bereits tot, alle ermordet von einem oder unterschiedlichen Tätern, und Kimball gehen deshalb langsam die Optionen aus. Ich möchte, dass Sie sich fertigmachen, Job. Ezechiel und Joshua werden ihren Langzeiturlaub ebenfalls bald beendet haben und zurückkehren. Falls Kimball es schafft, die nächsten paar Tage durchzuhalten, will ich, dass Sie drei ihm den Rücken stärken.«

»Wie schlägt er sich denn bis jetzt?«

Der Kardinal schüttelte den Kopf und schaute ihn besorgt an. »Er ist nicht allein«, antwortete er, »sondern bei einem Bruderpaar, das genauso erbarmungslos und geschickt vorgeht wie Kimball. Dennoch könnte ich wesentlich besser schlafen, wenn ich wüsste, dass ihm die Ritter des Vatikans beistehen, und nicht diese zwei Kerle namens Hardwick.«

Daraufhin lehnte er sich zurück und starrte zum Fenster hinaus. Er richtete seinen Blick auf nichts Bestimmtes, während die Stadt verschwommen an ihm vorbeizog. *Kimball*, dachte er, *ist möglicherweise imstande, die Gefahr zu bannen*. Falls nicht, gab es für Bonasero kein Vertun, dann musste der Mann schnellstmöglich in die sichere Obhut des Papstes zurückkehren.

Und sollte es so weit kommen, würden sich die Gewaltakte höchstwahrscheinlich in den Vatikan verlagern.

Der Kardinal bemühte sich trotz seiner wachsenden Unruhe um Selbstbeherrschung, indem er die Augen schloss und zu beten anfing.

Kapitel 35

Während in Rom gerade die Sonne aufgegangen war, herrschte in Washington früher Morgen, als Kimball mit den Hardwick-Brüdern durch die Straßen zu dem Pick-up rannte. Sie beeilten sich, blieben aber dennoch leise und bewegten sich mit der Anmut von Raubtieren. Dabei begaben sie sich so oft wie möglich in den Schatten, ihren Verbündeten.

Sobald sie den Wagen erreicht hatten, schauten sie sich gewohnheitsmäßig in der Umgebung um, entdeckten jedoch nichts Auffälliges.

Es war früher Morgen und still.

Kimball stand mit einem Blick, der von unterdrücktem Zorn zeugte, neben der Führerkabine. Ihm war klar, dass er auf der Hut sein musste, denn wenn er sich mit einem der Brüder anlegte, brachte er automatisch auch den anderen gegen sich auf, und es mit beiden gleichzeitig aufzunehmen war ein bisschen zu viel verlangt.

Nun äußerte er seinen Groll, in ruhigen, bemessenen Worten, in denen allerdings auch leise Verachtung mitschwang. »So war das aber nicht vorgesehen.«

»Wie denn dann?«, fragte Stanley. »Sollten wir etwa hineinschleichen, den Kerl verhören und danach einfach so wieder verschwinden? Wir sind Agenten, Kimball, und nie etwas anderes gewesen. Wenn wir unseren Einsatzort erreichen, geben wir ein eindeutiges Statement ab, bevor wir uns wieder vom Acker machen.«

»Und dass wir Senator Worthe erschossen haben«, ergänzte Jeff, »sollte demjenigen dort draußen, der unsere alte Truppe auslöschen will, doch wohl deutlich machen, dass wir wissen, wie der Hase läuft, und er umgehend aufhören oder die gleichen Konsequenzen tragen muss.«

»Wir haben doch überhaupt nichts in der Hand«, hielt Kimball dagegen. »Als er mich gesehen hat, tat er nicht nur so, als sei er überrascht. Denkt ihr nicht, der Killer hätte ihm längst mitgeteilt, dass ich noch lebe?«

»Politiker sind eben die geborenen Schauspieler. Natürlich wusste er, dass du noch lebst.«

»Er hatte nicht die leiseste Ahnung!«

Jeff packte den Griff der Beifahrertür. »Du irrst dich, Kimball. Worthe hat hinter allen gesteckt, weil er der Einzige war, der die Acht aus gutem Grund fürchten musste – natürlich gesetzt den Fall, dass du nicht noch jemanden im Sinn hast. Falls ja, würden mein Bruder und ich sehr gern hören, was du diesbezüglich noch zu erzählen hast. Sag uns: Schwebt dir noch jemand anderes vor … eine weitere Person, die uns vielleicht tot sehen will?«

Hayden, musste gestehen, dass er sonst niemanden verdächtigte und Worthe zweifellos alle Bedingungen erfüllt hatte, um als Urheber infrage zu kommen, da er durch die noch lebenden Mitglieder der Acht und ihre Kenntnisse alles hätte verlieren können. In keinem Punkt aber – weder anhand seiner Körpersprache oder einer auffallenden Mimik noch in Hinblick auf seine Redeweise – war ersichtlich gewesen, dass er irgendetwas gewusst hatte. Kimball hatte nur Ahnungslosigkeit gesehen.

»Was ist, Kimball?«, fragte Stanley nun. »Fehlen dir etwa die Worte?«

»Ihm fehlen die Worte«, erwiderte Jeff, »weil er einsieht, dass wir recht haben. Stimmt doch, Kimball, oder?«

Hayden musste zähneknirschend bejahen, und zwar im wahrsten Sinn des Wortes, wie sie an seinen zuckenden Wangenknochen sahen.

Jeff grinste. »Dachte ich es mir doch.«

Als er die Beifahrertür öffnete, fiel Kimball plötzlich etwas auf, das unter den Scheibenwischer geklemmt war. Es sah aus wie ein Flugblatt. »Warte«, unterbrach er Jeff und zupfte das Papier von der Scheibe. Es war gar kein Zettel, sondern ein Foto. Es zeigte die Acht, war allerdings mittlerweile aktualisiert worden. Im Gegensatz zu den anderen Fotos hatte jemand hierauf noch ein Opfer eingekreist, wieder in Rot, und dessen Gesicht war mit einem »I« übermalt worden.

Es war das Gesicht von Stanley Hardwick.

Und dann fiel es ihnen allen plötzlich wie Schuppen von den Augen. Sie waren nicht allein!

Kimball fuhr sofort herum und winkte aufgeregt mit einer Hand, damit sich Stan zu Boden warf. Aber es war zu spät. Niemand von ihnen hörte den Schuss oder sah auch nur das Mündungsfeuer.

Stan erstarrte auf einmal mit leicht durchgedrücktem Kreuz und ballte die Fäuste, als die Kugel seine Stirn traf. Das Einschussloch war plötzlich wie durch Zauberei da. Seine Pupillen irrten vorübergehend wild herum, als wolle er die letzten Augenblicke seines Lebens zur Gänze erfassen, doch dann kippte er steif wie ein Holzbrett rückwärts.

Jeff und Kimball gingen sofort in die Hocke, während sie sich aufgeregt umsahen.

Nichts.

»So viel zu deiner Theorie, der Killer würde sofort aufhören, wenn der Senator tot ist«, höhnte Kimball. »Wie sauber kombiniert.«

»Halt die Fresse!« Jeff kroch hastig zu seinem Bruder, der mit dem Loch in der Stirn, das überhaupt nicht blutete, in Richtung Himmel starrte. Der ausgefranste Wundrand erinnerte an eine offene Rosenblüte aus zerfleddertem Fleisch, während eine dünne Rauchfahne daraus aufstieg.

»In den Wagen«, befahl Kimball. »Schnell.«

Jeff schaute zuerst ihn an, dann blickte er wieder auf seinen Bruder und schließlich zu den Häusern ringsherum. Er wurde von Sekunde zu Sekunde wütender. Als er den Kopf des Toten in die Arme nahm, kam er sich so komplett abgekapselt vor, wie noch niemals zuvor in seinem Leben. Er fühlte sich vollkommen leer, so als sei ihm ein Körperteil zur Gänze abgerissen worden – etwas, das sich nicht wieder ersetzen oder heilen ließ.

Stanley Hardwick war tot.

»Steig … in … den … Wagen«, beharrte Kimball.

Jeff schaute ihn geistesabwesend und traurig an, dann legte er den Kopf seines Bruders sanft nieder, streichelte eine seiner Wangen mit den Fingerspitzen und setzte sich anschließend in den Pick-up.

Kimball stieg geduckt auf der Fahrerseite ein, steckte den Schlüssel in die Zündung und drehte ihn dann um. Als der

Motor ansprang, schaltete er auf Dauerbetrieb und trat das Gaspedal durch; ein fließender Bewegungsablauf. Die Räder des Pick-ups drehten durch, und das Heck rutschte beim Einlenken vom Bordstein weg. Auf ihrer Flucht aus der Gegend schlitterte der Wagen durch die Kurven.

Bevor sie die erste nahmen, sah Jeff noch einmal im Seitenspiegel, wie sein Bruder auf der Straße lag.

Und dann war er weg.

Jeff brüllte: »Woher wusste der Kerl, wo wir waren?« Er raufte sich die Haare. »Woher? Wir wurden doch nicht verfolgt! Darauf habe ich genau geachtet. Hinter uns war niemand.«

»Verfolger lassen sich nicht sonderlich gern erwischen«, erwiderte Kimball.

Nun kam Jeff eine Idee. »Verwanzt«, sagte er. »Er hat irgendwo an diesem Wagen einen Peilsender angebracht.«

»Das ist sehr wahrscheinlich.«

Dies blieben die letzten Worte, die sie bis Baltimore miteinander wechselten.

Nachdem Kimball in die Gasse hinter dem Armeebedarfsladen eingebogen war, bremste er und stellte den Motor ab. Dann blieben die beiden Männer erst einmal eine Weile still sitzen.

Nach langem Schweigen brach Kimball schließlich das Eis: »Ich fühle mit dir wegen Stan«, begann er.

»Du fühlst doch 'nen Scheißdreck«, entgegnete Jeff wütend. »Du konntest ihn doch genauso wenig leiden wie er dich.«

Kimball seufzte. »Die Behörden werden eine Weile brauchen, um ihn zu identifizieren, weil er nicht aktenkundig war und keine irgendwo gelistete Identität hatte. Vermutlich wird man ihn nur anhand eines Fotos bis hierher zurückverfolgen können … vielleicht.«

»Spielt das überhaupt 'ne Rolle? Der Mann ist immerhin tot.«

»Hör mal, Jeff …«

»Spar dir die Luft, Kimball. Ich hör gar nicht zu.«

Jeff öffnete nun die Beifahrertür, stieg aus und knallte sie so fest zu, dass der gesamte Pick-up wackelte. Dann ging er zu der Stahltür des Geschäfts und sperrte mit einem Einheitsschlüssel einen Metallkasten daneben auf. Dahinter hing ein Ziffernblock, auf dem er einen Code eingab, bevor er in den dazugehörigen Retinascanner schaute. Daraufhin gerieten die Titanriegel in Bewegung und zogen sich zurück. Die Tür war nun offen, also drückte Jeff die Klinke herunter, stieß sie weit auf und trat ein. Er machte sie nicht hinter sich zu … eine stumme Aufforderung zum Folgen für Kimball.

Dieser schloss die Autotür anders als Jeff behutsam. Er blieb kurz danebenstehen und sah sich aufmerksam um. Die Nacht war der dicht bevölkerten Gegend zu Trotz sehr still, doch er fragte sich, wie lange es wohl dauern würde, bis sich der Killer bemerkbar machte.

Vielleicht überhaupt nicht lange, dachte Kimball betrübt.

Schließlich nahm er Jeffs Einladung an und betrat das Gebäude ebenfalls.

Kapitel 36

Vatikanstadt

»Job ist wieder bei uns«, berichtete Vessucci, während er durch Pius' Gemach ging.

Der Papst sah erschöpft und abgehärmt aus, sein Gesicht war länger als gewohnt. Er bat den Kardinal mit einer Handbewegung, sich in den leeren Sessel neben seinem zu setzen. Auf einem Tisch zwischen ihnen standen zwei Cognacschwenker. »Wie geht es Ihnen, Bonasero?«

Vessucci musste immerzu daran denken, dass der Kirchenvater vor sich hinsiechte; darum verkniff er sich eine Bemerkung zu Pius' körperlichem Zustand. Nichtsdestotrotz versetzte ihm der Anblick seines engen Freundes einen Schmerzensstich. »Mir geht es gut, Amerigo, danke.« Nachdem er neben dem Papst Platz genommen hatte, nahm er ein Glas, das bereits für ihn gefüllt war.

»Danke, dass Sie gekommen sind«, sagte Pius und hob den anderen Schwenker. »Bitte trinken Sie mit mir.«

Vessucci hielt seinen Cognac ebenfalls in die Höhe und zum Toasten nach vorn . Er nippte davon, bevor er ihn wieder abstellte. »Joshua und Ezechiel sind weiterhin nicht aufspürbar«, erklärte er. »So wie es aussieht, müssen wir einfach noch ein paar Tage warten, bis ihr Urlaub vorbei ist. Demnach bedauere ich es auch, nichts anderes sagen zu können, als dass Kimball mit dem vorliebnehmen muss, was er momentan hat.«

»Hat er denn mittlerweile von sich hören lassen?

Der Kardinal nickte. »Er hat erzählt, dass er jetzt Umgang mit den Hardwicks hat.« Keiner der beiden Geistlichen äußerte sich zu dem heißspornigen Wesen des Bruderpaars, von dem sie in den Biografien gelesen hatten, die ihnen vom SIV zugespielt worden waren. Bestimmt dachten sie aber das Gleiche: Kimball Hayden befand sich jetzt in einem denkbar schlechten Umfeld. Die Hardwicks waren so gemein und grausam wie der Mörder, von dem sie gejagt wurden. Außerdem mussten sich der Papst und der Kardinal fragen, ob Kimball wieder in alte Gewohnheiten verfallen würde, anstatt sich weiter zu dem Menschen zu entwickeln, der ihnen vorschwebte. »Ihm wird schon nichts passieren«, behauptete Vessucci, allerdings ohne rechte Überzeugung.

Der Papst durchschaute seinen Freund jedoch dank seiner außerordentlichen Menschenkenntnis sofort und erkannte, dass Bonaseros Besorgnis genauso groß war wie seine eigene. Er lächelte ihn an. »Ich weiß«, erwiderte er genauso unglaubwürdig.

»Eines ist allerdings zu befürchten«, fügte der Kardinal hinzu.

Pius wartete.

»Falls Kimball diese Angelegenheit nicht in den Vereinigten Staaten klären kann, wird sein Privatkrieg bald auf den Vatikan übergreifen.«

»Wir können nichts weiter unternehmen, als uns darauf vorzubereiten«, erwiderte der Papst. »Sollte Kimballs Vorhaben, die Bedrohung aufzuheben, wirklich scheitern, erachten Sie es als Segen, dass er überhaupt imstande ist, wieder herzukommen.«

»Trotzdem: Krieg ist Krieg … und leider gibt mir noch etwas Grund zu Bedenken.«

»Ich schätze mal, Sie sprechen von Ihren werten Kollegen Marcello und Angullo, richtig?«

Vessucci nickte. »Sehr verlässliche Quellen haben besagt, dass der gute Angullo für Marcello als Papstnachfolger eintreten wird, da dieser ihm eine Vergütung irgendeiner Art für den Fall zugesichert hat, dass er die Wahl gewinnen sollte.«

»Sich für meine Nachfolge anzubieten ist eine Sache, Bonasero. Politisch zu taktieren, um jemandes Gunst zur persönlichen Bereicherung zu gewinnen, ist etwas vollkommen anderes. Kardinal Marcello weiß das sehr genau und wird sich bestimmt nicht von falschem Ehrgeiz leiten lassen.«

Vessucci beugte sich in seinem Sessel nach vorn. »Von Ehrgeiz haben sich schon viele gute Menschen blenden lassen, Heiliger Vater. Ich möchte nicht unterstellen, dass Kardinal Marcello korrupt ist – keineswegs. Allerdings sollte man bedenken, dass jeder Mensch mit einem unbändigen Verlangen alles rechtfertigen wird, um es zu befriedigen, und dazu gehört wohl leider auch die Abkehr von moralischen Prinzipien und dem Glauben an das, was dem Gemeinwohl dient.«

»Ich kenne Kardinal Marcello schon seit vielen Jahren«, erwiderte der Papst daraufhin. »So ehrgeizig er auch sein mag, ich bin fest davon überzeugt, dass er sich nicht derart herabwürdigen würde.«

»Herabwürdigen oder nicht, so ist der Mensch nun einmal. Wir alle machen Fehler. Sollte das Gerücht tatsächlich stimmen und Angullo seine Wähler aus Eigennutz davon überzeugen, Marcello zu folgen, sind die Tage der Ritter des Vatikans gezählt, sobald der neue Papst sein Amt antritt.«

Pius dachte kurz darüber nach, während er aus dem Fenster schaute. »Ist denn wirklich Verlass auf Ihre Quellen?«

»Einige davon stammen aus Angullos Lager selbst; es sind Männer, die sich Sorgen machen.«

»Wenn das so ist, sollte ich mich womöglich mal mit Kardinal Marcello über seine fehlgeleiteten Ambitionen unterhalten.« Der Papst stellte sein Glas auf den Tisch und raffte sich mühsam auf, dann humpelte er zu der Scheibe, die einen Ausblick auf den Petersplatz bot. »Niemand von uns darf zulassen, dass wir aus der Spur geraten«, sagte er schließlich, während er die Massen zwischen den Säulen dahinziehen sah. »Die Ritter des Vatikans leisten einen wertvollen Beitrag zur Sicherheit unserer Glaubensgemeinschaft im Ausland. Ohne sie – speziell ohne Kimball – wäre ich selbst überhaupt nicht hier, vor allem nach dem, was in den USA und an Bord der Shepherd One vorgefallen ist. Sie sind für die Kirche absolut unverzichtbar.«

»Aber Marcello wird das ganz anders sehen, und falls man ihn auf den Thron wählt …« Vessucci sprach nicht zu Ende.

Pius nickte. »Geben Sie Kardinal Marcello bitte Bescheid, dass er unverzüglich zu mir kommen soll«, gebot er.

Vessucci stand auf, faltete seine Hände wie zum Gebet und neigte seinen Kopf nach vorn. »Ich veranlasse das sofort, Heiliger Vater.«

Mit diesen Worten verließ er das Zimmer.

Kapitel 37

Baltimore, Maryland

Kimball und Jeff saßen nun in der »Kammer« im Keller des Geschäfts, in der es sehr hell war, wegen der strahlend weißen Wände, an denen sich alle möglichen Waffen aneinanderreihten. Auf dem Tisch in der Mitte des Raums stand ein olivgrüner Seesack. Jeff steckte Sachen hinein und machte sich für ihre unmittelbare Abreise fertig. Er hatte nur das Nötigste an Kleidung und Toilettenartikeln eingepackt, dafür aber umso mehr Waffen aus dem Ladenbestand: eine Desert Eagle, mehrere Schalldämpfer, hinreichend Munition, Kampfmesser, Wurfsterne und noch zwei Pistolen – eine Glock und eine Smith & Wesson. Eine Handvoll gefälschter Pässe war das Wichtigste.

An der hinteren Wand stand ein Tresor, den sie nicht versteckt hatten. Nach dem Öffnen des Schlosses per Drehrad zog Jeff die Tür auf und nahm sechs Bündel Geldscheine heraus, deren Wert Kimball auf je zehntausend, also insgesamt sechzigtausend Dollar schätzte.

»Was wird aus alledem?«, fragte er und zeigte auf die vielen anderen Waffen an den Wänden. »Lässt du das Zeug einfach so zurück?«

Jeff antwortete ihm nicht, jedenfalls nicht sofort. Er hörte jetzt mit dem Packen auf und blieb stehen. Seine Miene hatte sich in den letzten paar Stunden deutlich verfinstert. Langsam wie ein schwerfälliger Roboter beugte er sich über den Tisch und stützte dabei seine Fäuste auf. Währenddessen starrte er ins Leere, doch Hayden erkannte, dass er überlegte.

»Stan war nicht gerade der Hellste«, sagte Jeff schließlich. »Dafür hatte er aber Mumm und Ehrgefühl, weshalb er sich nie davor gescheut hat, den ersten Schritt zu machen, wo andere – auch ich – gezögert haben.« Er drohte nun, die Fassung zu verlieren, wie man an seinem zitternden Kinn sah. »Während unserer Schulzeit gab es so 'nen Typen, der groß war für sein Alter. Also, ich meine, wirklich groß, ein richtiger Riese.« Auch seine Stimme fing jetzt an zu zittern. »Und eines Tages kam der Kerl an und verlangte Kohle von mir. Während ich schon in meiner Hosentasche nach Kleingeld kramte, wollte Stan sich das nicht bieten lassen. Gut, er war zwar mein Bruder, aber viel kleiner als ich. Trotzdem legte er sich mit dem Jungen an, und tja … Stan kriegte schließlich eine gehörige Abreibung, und der andere erleichterte mich dennoch um meine Kohle. Nichtsdestotrotz sah ich meinen Bruder von da an mit anderen Augen – und definitiv nicht mehr als meinen *kleinen* Bruder.« Er wandte sich Kimball den Tränen nahe mit glänzenden Augen zu. »Tag für Tag erpresste dieser Kerl Geld von mir, und jedes Mal stand Stan für mich ein und bekam an meiner Stelle die Fresse vermöbelt. So war das zwischen mir und meinem jüngeren Bruder. Er war kleiner als ich und trotzdem so draufgängerisch, wie ich es gern selbst gewesen wäre.«

Jeff zog sich nun vom Tisch zurück und begann, im Raum hin und her zu gehen.

»Irgendwann«, fuhr er fort, »nahm mich Stan mit in dieses winzige Lokal. Was er mir dort zeigte, war aber eine Riesensache. Es handelte sich um einen Kampfsportklub. Jener Tag hatte den Anfang unserer Zusammenarbeit als Bruderduo markiert, mit dem man sich besser nicht in die Wolle kriegte. Wir wuchsen noch enger zusammen, und wurden unzertrennlich. Bald darauf, als jener Typ wieder Knete von mir wollte, war ich viel selbstbewusster und darauf gefasst, also stand ich mit Stan an meiner Seite meinen Mann, mit genauso viel Mumm und Ehrgefühl wie er. Natürlich haben wir den Jungen grün und blau geschlagen, weil wir ein Zeichen setzen wollten. Und es zeigte tatsächlich Wirkung. Niemand hatte sich danach mehr getraut, uns die Stirn zu bieten, und weißt du was? Dieses Gefühl, tough und unbezwingbar zu sein war genial. So wurden wir schließlich genau zu dem, was wir eigentlich selbst zutiefst verachtet hatten: Zu Schlägern, die keinen Deut anders waren als der Kerl, den wir an jenem Tag auf dem Spielplatz niedergeknüppelt hatten. Und er war letzten Endes dafür verantwortlich, dass wir uns verwandelt haben. An dem Tag, als wir bereit gewesen sind, schlugen wir zurück und zerstörten sozusagen unseren Schöpfer.«

Kimball trat vor. »Ich kann deinen Verlust nachvollziehen, Jeff. Wirklich.«

Nun verzog Hardwick plötzlich sein Gesicht und seine Züge wurden steif. »Spiel mir gegenüber nur ja nicht den Verständnisvollen. Nicht jetzt und auch zu keiner anderen Gelegenheit.«

Er zwang sich zum Weitermachen und steckte noch mehr Artikel in den Seesack.

Schließlich brüllte er rasend vor Wut aus vollem Halse: »NIE WIEDER, VERSTANDEN?«

Daraufhin brach er zusammen, schluchzend wie der kleine Junge in Bedrängnis, der er einst auf dem Spielplatz gewesen war.

Kapitel 38

Vatikanstadt

Kardinal Marcello klopfte behutsam an die Tür des Papstgemachs. Er trug einen schwarzen Rock mit dunkelroten Knöpfen, Säumen und Litzen, und auf dem Kopf ein farblich passendes *zucchetto.*

»Kommen Sie doch herein.« Pius' Stimme klang einladend und beruhigend. Er lächelte ihn aufrichtig an.

Als Marcello das Arbeitszimmer betrat, saß der Papst an seinem Schreibtisch und zeigte mit einer Hand auf einen von zwei leeren Sessel vor ihm. »Bitte«, sagte er.

Der Kardinal setzte sich.

»Wie geht es Ihnen heute, Constantino?«, fragte Pius. »Hoffentlich gut.«

Marcello nickte und erwiderte das Lächeln. »Ja, mir geht es gut, Heiliger Vater. Und Euch?«

»Unter den gegebenen Umständen darf ich mich wohl nicht beklagen.« Pius beugte sich nach vorn und faltete die Hände mit verschränkten Fingern wie zum Gebet, bevor er sie langsam auf den Tisch legte. Das Lächeln verging ihm zu keiner Sekunde, sein Gebaren blieb immerzu freundlich und einnehmend.

»Bedrückt Euch etwas, Heiliger Vater?«

Nun beugte der Papst seinen Kopf nach vorn. Dieses einmalige Nicken reichte dem Kardinal zur Bestätigung. »Die

Gerüchteküche innerhalb des Klerus brodelt«, sprach Pius dann. »Es heißt, Angullos Anhänger würden sich Ihren Befürwortern anschließen … um zu gewährleisten, dass Sie der nächste Papst werden.«

»Heiliger Vater, ohne Euch auf die Füße treten zu wollen und Euren Gesundheitszustand einmal außen vorgelassen: Als Kardinal habe ich das Recht, mich um das Amt zu bemühen, das nach Eurem Tod neu bekleidet werden muss.«

Der Papst hob eine Hand. »Verstehen Sie mich nicht falsch, Constantino. Sich um meinen Posten zu bewerben, steht Ihnen zweifelsohne zu – genauso wie jedem anderen Kardinal. Ohne Ambitionen kann es schließlich keinen Fortschritt geben.«

»Dann weiß ich nicht, worauf Ihr hinauswollt.«

»Den eigenen Ambitionen zu folgen ist eine ganz wunderbare Sache«, erklärte Pius. »Es inspiriert andere, sich ebenfalls weiterzuentwickeln, doch wie man seine Ziele durchsetzt und was man dabei hinter sich lässt, sind zwei gänzlich andere Faktoren.«

Marcello zog verwirrt seine linke Augenbraue hoch. »Ich kann Euch leider immer noch nicht folgen.«

Pius lehnte sich wieder in seinem Sessel zurück und hörte auf zu lächeln. »Jene Gerüchte«, hob er im ruhigen Tonfall an, »aus dem Kollegium besagen, dass Sie willens sind, eine Belohnung dafür zu entrichten, dass man Ihnen das Papstamt sichert. Sagen Sie mir bitte, dass das nicht stimmt.«

Der Kardinal ließ sich nichts anmerken, weder durch Gesichtszuckungen noch durch einen Oktavsprung in seiner Stimme nach oben oder unten, als er antwortete: »Heiliger Vater, wenn man Politik betreibt, kommt man manchmal nicht daran vorbei, sich mit anderen zu verbünden, indem man jegliche Mittel anwendet, die verfügbar sind.«

»Dann ist es also wahr, ja? Statt sich durch Ihre früheren Leistungen als Geistlicher um das Amt verdient zu machen, fühlen Sie sich einzig und allein aufgrund Ihres Ehrgeizes dazu berechtigt und wollen andere bestechen, damit sie Ihnen ihre Stimme geben?«

»Das ist Lobbyarbeit«, erwiderte Marcello.

»Eine Lobby, Constantino, gewinnt man aufgrund seiner eigenen Fähigkeiten. Sie machen geltend, was Sie in der Vergangenheit zustande gebracht haben, und kündigen an, was Sie in Zukunft leisten wollen, um die Kirche zu bereichern, nicht sich selbst. Es ist immer nur um die Kirche gegangen.«

»Und nichts weniger als das ist meine Absicht«, behauptete der Kardinal. »Ich möchte die Kirche bereichern.«

Einen Moment lang starrten die beiden sich an. Keiner von ihnen war feindselig oder machte Ausflüchte. Sie kamen einfach bezüglich ihrer unterschiedlichen Auffassungen ins Reine.

Schließlich lehnte sich auch Marcello auf seinem Platz zurück und drückte seine Finger gespreizt gegeneinander, sodass sie an die Decke zeigten. »Darf ich ehrlich zu Euch sein«, fragte er, »wo wir gerade über Gerüchte sprechen?«

»Selbstverständlich.«

»Angeblich habt Ihr Euch zu Geheimnissen innerhalb der Kirche geäußert, von denen nur der Papst etwas wissen darf. Darum möchte ich nun wissen: Ist das wahr?«

»Daraus muss ich schließen, dass Sie darüber mit Kardinal Angullo gesprochen haben.«

»Es ist also Fakt? Die Kirche enthält uns Geheimnisse vor?«

»Sollten Sie tatsächlich mein Nachfolger werden, werden Sie bald begreifen, dass manche Geheimnisse besser solche bleiben sollten.«

»Geheimnisse entstehen im Allgemeinen aber um Dinge – bei allem gebührenden Respekt, Heiliger Vater – denen etwas mehr oder weniger Unmoralisches anhaftet.«

»Oder etwas, dass Kontroversen auslösen könnte und dadurch wiederum nicht selten die Gemüter spaltet anstatt sie zu einen.«

»Dasselbe, nur beschönigend ausgedrückt.«

»Ob beschönigend oder nicht: Wir alle wissen, dass Gott unmoralischen Handlungen nicht gewogen ist. Wenn Sie Ihre Amtszeit als Papst auf einer unmoralischen Handlung begründen, weil Sie sich den Posten erkauft und nicht durch Ihre Vorzüge verdient haben, werden Sie zwangsläufig weitere unmoralische Handlungen begehen und rechtfertigen, dass diese zum Wohl der Kirche notwendig seien. Und so etwas darf nun einmal nicht geschehen, Constantino. Das hat uns die Geschichte in der Vergangenheit ausreichend gelehrt.«

»Allerdings sitzt Ihr hier, Heiliger Vater, und maßt Euch das Recht an, Geheimnisse für die Kirche zu wahren, die bis zu einem gewissen Grad unmoralisch sein könnten. Falls sie es tatsächlich sind, darf ich wohl sagen, dass Moral und Unmoral subjektiv auslegbar sind.«

Das Gesicht des Papstes war allmählich wieder lang geworden, als wolle er um Mitleid heischen. Die Unterhaltung hatte sich zu einem erbitterten Schlagabtausch zweier

Männer mit unvereinbaren Ansichten ausgewachsen. Dies hätte er lieber vermieden. Und in seinem Bestreben, seinen Einfluss geltend zu machen, war er ebenfalls kläglich gescheitert. Falls der Entschluss, den Kardinal in sein Gemach zu bestellen, überhaupt irgendetwas bewirkt hatte, dann dass Vessuccis Aussichten auf das höchste Kirchenamt nur noch schlechter geworden waren. Dies wurde Pius nun schlagartig mit tiefstem Bedauern bewusst.

»Jene Geheimnisse«, begann der Kardinal erneut. »Würdet Ihr sie mir preisgeben?«

Pius blieb schweigend sitzen und betrachtete sein Gegenüber. Falls Marcello tatsächlich Papst wurde, musste er von den Rittern des Vatikans erfahren. »Nein«, antwortete er aber dann. »Vielleicht verstehen Sie es eines Tages, weshalb solche Geheimnisse erforderlich sind.«

»Vorausgesetzt, ihnen wohnt nichts Unmoralisches inne.«

»Meine Geheimnisse sind nicht unmoralisch. Nur streitbar.«

»Ach so.« Der Kardinal stand auf. »Sollte dies dann alles gewesen sein, Heiliger Vater, so habe ich noch andere Angelegenheiten zu erledigen.«

Pius erhob sich ebenfalls und streckte die Hand aus, an der er den Fischerring trug. Marcello küsste ihn pflichtbewusst, verbeugte sich ehrerbietig vor dem Kirchenoberhaupt und verließ dann das Zimmer.

Der Papst sackte nun langsam in seinen Sessel zurück. Er machte sich große Sorgen darum, was aus den Rittern des Vatikans werden würde.

Kapitel 39

Baltimore, Maryland

Als Jeff mit dem Packen des Seesacks fertig war, wuchtete er ihn über eine seiner Schultern und stellte sich dann vor seinen ehemaligen Waffenbruder Kimball Hayden. Ihre Blicke begegneten sich weniger im Sinne von Drohgebärden übersteigerter Männlichkeit, sondern eher im Bewusstsein der Tatsache, dass sie einander gerade möglicherweise zum letzten Mal sahen – als die Letzten einer aussterbenden Art.

»Ich weiß, dass ich mich nicht unbedingt so verhalten habe, doch ich habe mich wirklich gefreut, dich wiederzusehen«, gestand ihm Jeff nun. »Dabei sind wieder Erinnerungen an früher hochgekommen. Schöne Erinnerungen. Und ich spreche hier nicht von den Morden. Ich meine die Situationen, in denen wir zusammengelebt haben wie eine Familie, weil wir außer uns selbst niemanden hatten. Du, mein Bruder und ich, Hawk – wir alle vereint.« Er lächelte andeutungsweise. »Sogar der irre Ire«, fügte er hinzu. Dann verschwand das Lächeln wieder.

»Wohin willst du denn jetzt überhaupt?«, fragte Kimball.

Jeff verließ die »Kammer« und ging die Treppe hinauf. Hayden folgte ihm kurz danach.

»Ich habe Bankkonten auf der ganzen Welt«, erzählte ihm Hardwick. »Das heißt, ich habe für den Rest meines Lebens ausgesorgt. Demnach werde ich an irgendeinem lauschigen

Plätzchen untertauchen. In den Tropen, wo die Frauen keine Bikinioberteile tragen, weil es zu heiß und oben ohne dort nicht gesetzeswidrig ist.« Daraufhin schlug er einen ernsteren Tonfall an. »Vor allem muss es ein Ort sein, an dem er mir nichts anhaben kann.«

Natürlich meinte er damit den Killer. »Pass auf dich auf.«

»Das habe ich vor, verlass dich darauf.«

Oben im Erdgeschoss stellte Jeff den Sack auf den Boden und ging dann zu dem Tastenfeld neben der Tür. Blitzschnell tippte er die richtige Zahlenfolge ein, sodass sich die Riegel zurückzogen und die Tür aufging.

Während sie sich automatisch öffnete, schaute er sich ein letztes Mal um und rekapitulierte gemeinsame Momente mit Stan in diesem Geschäft. Es war unsauber und es wirkte schäbig, aber es war ihr Eigen und ihr Zuhause gewesen.

Ohne sich zu Kimball umzudrehen, fragte er: »Und was wirst du tun? Kehrst du zu deinen Kirchenfreunden zurück?«

»Ja.«

»Bist du denn wirklich glücklich dort?«

»Ja.«

Jeff schloss die Augen, nachdem er noch in Erinnerungen geschwelgt hatte. »Das gönne ich dir«, erwiderte er.

Er blieb mit dem Rücken zu Hayden in der Tür stehen, sodass er den Pick-up draußen sehen konnte, und ergänzte: »Wir haben eigentlich gar keine Chance, oder?«

»Irgendeine Chance ergibt sich immer.«

Kimball sah es zwar nicht, aber Jeff lächelte. »Also, die Kanonen in meinem Gepäck werden zumindest meine Chancen verdoppeln, findest du nicht auch?«

Da Kimball schwieg, redete er einfach weiter: »Na ja, ich dachte mir schon, dass du nicht zustimmen würdest.«

Jeff betrat die Gasse, sperrte den Wagen auf und öffnete die Fahrertür, warf den Seesack auf den Sitz, stieg ein und ließ die Scheibe herunter. Dann blieb er eine Zeit lang sitzen und starrte geradeaus, ohne etwas zu sagen. Zuletzt drehte er sich noch einmal zur Seite und sah Kimball mit seinen kantigen Zügen, die keinerlei Emotionen zeigten an – weder gute noch schlechte, nicht einmal Gleichgültigkeit. »Eines steht absolut fest«, sagte er schließlich. »Was auch immer du in der Kirche tust und wie lang du diesen Kragen auch tragen wirst, Kimball: Wir sehen uns wieder. Allerdings in der Hölle … und das ist Fakt.«

Jeff drückte auf den Knopf des elektrischen Fensterhebers, woraufhin die Scheibe zwischen ihnen beiden wieder zuging.

Nachdem der Killer Stanley Hardwick mit einem einzelnen Schuss sofort getötet hatte, zerlegte er das Gewehr mit schnellen, geübten Handgriffen und kehrte zu seinem Auto zurück, um sich mithilfe des GPS-Monitors zu vergewissern, dass Kimball und Jeff wirklich nach Baltimore zurückfuhren, was sie auch taten.

Kein Zweifel, sie hatten den Senator getötet, ein zusätzliches Plus für sein Vorhaben. Nun folgte er ihnen bis zu dem Lokal in Baltimore.

Von seinem Aussichtspunkt aus, dem gusseisernen Absatz einer Feuertreppe an einem Gebäude, das weniger als eine halbe Meile entfernt war, konnte der Killer den Pick-up gut sehen.

In einer Hand hielt er ein Metallkästchen, das ungefähr so groß war wie eine Zigarettenschachtel. Als Jeff das Geschäft verließ und auf den Wagen zuging, zog der Mörder eine vier Zoll lange Antenne heraus, klappte eine Sicherheitskappe auf und legte dann den Daumen auf den Knopf darunter.

Mit einer Engelsgeduld wartete er nun.

Während die Scheibe der Tür wieder zuging, hatte Kimball einen Schritt auf die Gebäudetür und somit auch auf die Gasse zugemacht, um Jeff zum allerletzten Mal in die Augen zu schauen.

Als er nun auf der Schwelle stand, haderte er mit der Vorstellung, dem Mann in der Hölle wieder zu begegnen. Dabei fragte er sich unwillkürlich: Hatte Hardwick mit seiner Einschätzung recht, dass die Erlösung, die Kimball so dringend suchte, wirklich unerreichbar war? Stand ihm die Verdammnis aufgrund seiner früheren Sünden schon sicher bevor? Darauf hatte Jeff gewiss angespielt, doch der Ritter hatte längst eingesehen, dass ihn irgendjemand, sobald er seinem Seelenheil zwei Schritte nähergekommen war, einen Schritt zurückstoßen würde. Dies sollte ihm jedoch egal sein, denn ohne Anstrengung gab es nun einmal keinen Erfolg. Auf Jeffs Bemerkung hin hatte er deshalb einfach mit einem Lächeln reagiert.

Als das Fenster wieder geschlossen war, wollte Jeff gerade den Schlüssel in die Zündung stecken. Am Armaturenbrett haftete jedoch mit Klebefilm befestigt ein zusammengerolltes Stück Papier. Er kratzte das Band ab und rollte das Papier langsam auf. Es war das Gruppenfoto der Acht, auf dem die Gesichter auffallend rot eingezirkelt und mit deutlich lesbaren Buchstaben versehen waren. In dem Kreis um sein Gesicht stand ein O.

Der Killer war hier – im Auto!

Jeff warf das Bild panisch zur Seite und geriet sofort in Panik, während er an seinem Sicherheitsgurt herumnestelte, um rasch aussteigen zu können. Der einstige Elitesoldat wimmerte dabei wie ein alleingelassener Welpe.

Er fingerte hektisch daran herum, bis er es schließlich schaffte, den Einrastknopf zu drücken.

Aber nichts geschah.

Daraufhin zog er an dem Gurt, schlug auf den Verschluss ein, und gab ihm einen Ruck. Dann fing sein Herz zu rasen an, und Adrenalin brachte sein Blut in Wallung. Gleich darauf rauschte es laut in seinen Ohren, sodass er nichts anderes mehr aus der direkten Umgebung hörte, und er verlor komplett die Fassung. Die Ränder seines Sichtfelds wurden rot und zogen sich zusammen.

Der Sicherheitsgurt klemmte.

Und jetzt konnte er den Grund dafür sehen.

Ein Stück Metall steckte im Mechanismus. Der Killer hatte ihn manipuliert, damit sich die Zunge, sobald sie erst einmal eingerastet war, nicht mehr lösen ließ.

Plötzlich kam ihm eine Idee.

Mein Messer!

Aber in dem Moment, als er den Griff der Waffe berührte, hörte er deutlich ein Klicken, woraufhin etwas heulte wie ein aufdrehender Motor. Dieses Geräusch hatte er schon sehr oft im Umgang mit Sprengkörpern gehört.

Nun war es das Geräusch, mit dem sein Leben ein jähes und brutales Ende nehmen würde.

Jeffrey Hardwick ließ von seinem Messer ab, drehte sich zur Türscheibe und schaute noch einmal hinaus. Das Letzte, was er je sehen würde, war Kimball Hayden im Eingang des Armeebedarfsladens. Und merkwürdigerweise fiel ihm dabei nur eines ein: *Der Priester, der gar keiner ist.*

Dann ging sein Gesichtskreis in grellweißem Licht auf, als Flammen durch die Lüftung des Pick-ups schossen und ihn erfassten. Prompt wurde es so heiß, dass die Sekurit-Glasscheiben des Wagens barsten. Und dann gab es eine gewaltige Explosion – das lodernde Feuer stieg als gelber Ball empor, das Auto hob ab und überschlug sich, bevor es als schwarzes Wrack landete. Die verkohlte Karosserie brannte noch weiter aus.

Vom Himmel herab segelte nun das Foto. Es brannte ebenfalls, und die Kanten kräuselten sich bereits nach innen. Als es den Boden berührte, verzehrten es die Flammen endgültig, bis nur noch Asche übrig war, die der Wind rasch verwehte.

Wäre es nicht verbrannt, hätte man den roten Kreis um das Gesicht des letzten Mannes auf dem Bild gesehen – von Kimball Hayden, das noch nicht beschriftet gewesen war.

Zeit konnte sich in Millisekunden oder noch kleineren Einheiten messen lassen – und verging mitunter doch zu schnell, als dass das menschliche Gehirn früh genug reagieren konnte, selbst wenn es um Leben oder Tod ging.

Als Kimball in der Tür stand und über Jeffs Abschiedsbemerkung nachdachte, beobachtete er, wie sein ehemaliger

Kamerad etwas vom Armaturenbrett nahm – einen Zettel, so wie es aussah – und ihn aufmerksam betrachtete. Er wurde schlagartig nervös und zappelte herum, dann tastete er nach dem Verschluss des Sicherheitsgurts und schlug schließlich wild darauf. Erst einmal, und dann wieder und wieder.

Anschließend stockte er.

Als er zu Kimball schaute, erkannte dieser in Jeffs Augen einen vielsagenden Ausdruck, den er niemals von einem der Hardwick-Brüder erwartet hätte. Es war der Blick eines Mannes, der realisierte, dass er gleich sterben würde und absolut nichts unternehmen konnte, um dies hinauszuzögern. Ihm blieb nichts weiter als unleugbare Furcht.

Die Blicke der beiden trafen erneut kurz aufeinander und dann gab es eine gleißende Explosion, die mit einem ohrenbetäubenden Knall einherging. Die Stoßwelle riss Hayden den Boden unter den Füßen weg und schleuderte ihn durch die Luft gegen eine Wand. Er schlug mit dem Rücken dagegen und hinterließ einen Abdruck in der Gipskartonplatte. Nachdem er wieder auf die Beine gekommen war, bekam er keine Luft und sah alles verschwommen und doppelt. Man hätte man meinen können, er sei aus Asche wie Sternenstaub auferstanden. Ihm fiel es schwer, sich zu orientieren und zu begreifen, was gerade geschehen war. Während sein Augenlicht langsam zurückkehrte, hatte er den Kupfergeschmack von Blut im Mund. Er schleppte sich mühsam zur Tür wie jemand, der sich durch einen Sandsturm in der Wüste schlagen musste – mit gerade ausgestreckten Händen, während er sich vorwärts beugte wie gegen einen kräftigen Wind.

Endlich bekam er den Türrahmen zu fassen und hielt sich daran fest. Ein Hitzeschwall blies ihm unvermittelt entgegen und zwang ihn zum Zurücktreten. Dort, wo er verharrte, hörte er das laute Prasseln der Flammen, während der Pick-up ausbrannte. Hinter dem Lenkrad konnte er Jeffrey Hardwicks verkohlte Leiche erkennen. Seine Haut war dermaßen verschmort, dass die Knochen bereits hervortraten.

Kimball taumelte rückwärts in den Laden hinein. Sein Magen verkrampfte sich jetzt infolge der Erschütterung durch seine heftige Kollision mit der Wand. Dadurch, dass er mehrmals tief Luft holte, konnte er die Übelkeit allerdings schnell wieder abwenden.

Nachdem er sein Mobiltelefon aus der Cargo-Hose gezogen hatte, wählte er eine gespeicherte Nummer und wartete, dass der Anruf entgegengenommen wurde.

Von Kardinal Vessucci.

»Sie sind alle tot«, sagte Kimball nur.

Der Italiener hörte selbst durch die Leitung, dass sein Schützling vollkommen außer Atem war. »Ist alles in Ordnung mit Ihnen?«

»Sie sind alle tot«, wiederholte Kimball. »Er hat sie alle getötet, Bonasero. Ich bin der Letzte. Der Einzige, der noch übrig ist.«

»Geht es Ihnen gut?«

»Ja … ich bin nur etwas aus der Puste, sonst nichts.«

Die Flammen draußen knisterten weiterhin laut.

»Was ist das?«

»Bloß ein kleines Freudenfeuerchen, in dem Jeffrey Hardwick gerade zufälligerweise verbrennt.«

»Oh nein.«

»Er ist nach wie vor ganz in der Nähe, Bonasero. Immer noch hat er es auf mich abgesehen und treibt sein perverses Spiel weiter.«

»Kommen Sie nach Hause, Kimball.«

»Wenn ich das tue, werde ich bestimmt nicht allein kommen. Er wird mir folgen, und ich möchte den Vatikan nicht in diesen Kampf hineinziehen.«

»Wir haben Job mittlerweile gefunden. Er ist hier. Und Joshua und Ezechiel kehren auch bald aus ihrem Urlaub zurück. Bis Sie hier eingetroffen sind, werden die drei einsatzbereit sein. Ein Mörder gegen vier Ritter des Vatikans, da haben Sie doch ganz gute Aussichten.«

»Falls es wirklich nur ein Mörder ist«, gab Hayden zu bedenken. »Ich will aber nicht, dass jemand anderes zu Schaden kommt, Bonasero. So jemanden wie diesen Kerl habe ich noch nie zuvor erlebt. Ich kenne keinen Menschen, der so gefährlich ist.«

»Kimball ... kommen Sie nach Hause.«

»Ich bin mir nicht sicher, ob das klug ist.«

Von Weitem hörte er jetzt Sirenengeheul. Die Polizei rückte bereits an. Ohne das Handy von seinem Ohr zu nehmen, zwang er sich der Hitze zum Trotz, auf die Straße zu treten.

»Kimball, bitte. Amerigo will es zwar nicht wahrhaben, doch ihm geht es von Tag zu Tag schlechter. Sie müssen ihn unbedingt noch einmal sehen.«

»Wie lange hat er noch?«

»Der Doktor meint, ein paar Monate – drei, höchstens vier. Aber wer weiß. So schnell, wie er abbaut ...«

»Selbst mit Chemo- und Strahlentherapie?«

»Er verweigert jegliche Art von Behandlung. Er will genauso sterben, wie Gott es für ihn geplant hat.«

Kimball regte sich darüber hörbar auf. »Ist Ihnen jemals in den Sinn gekommen, dass Gott Ärzte geschaffen haben könnte, um Leben zu verlängern?«

»Ich kann mir vorstellen, dass Sie das wütend macht, Kimball, doch was wäre das andererseits denn für ein Leben? Er würde bis zuletzt leiden, betäubt in seinem Bett liegen und schließlich gar nicht mehr wahrnehmen, was um ihn herum geschieht.«

Als die Polizei und Krankenwagen mit Blaulicht und Sirenen um die Ecke bogen, zog sich Kimball in den Schatten zurück und ließ sie vorbeifahren.

Dann sagte er: »Er will seinen Himmlischen Vater bestimmen lassen, wie sie einander gegenübertreten. Er will es nicht selbst entscheiden.«

Hayden musste seine Tränen gewaltsam hinunterschlucken. Neben Kardinal Vessucci und ein paar anderen Männern war Papst Pius XIII zu seinem größten Unterstützer geworden. Er glaubte, dass Kimball nur dem Pfad der Erlösung folgen musste, um sie letzten Endes auch zu erlangen. Seine Fehltritte hatte er ihm längst verziehen. Er liebte ihn wie einen Sohn, und Hayden liebte ihn wie einen Vater. Dass einer der wichtigsten Männer auf der Welt an jemanden glaubte, wo dieser noch nicht einmal selbst an sich glaubte, sprach Bände. Dementsprechend erschüttert war Kimball.

Schließlich entschuldigte er sich: »Ich wollte nicht laut werden.«

»Das ist doch absolut verständlich. Wir alle lieben ihn, und er wird uns unglaublich fehlen.«

Kimball blieb stehen und drehte sich nach dem Flammenschein um, der hinter dem Gebäude strahlte wie ein Lichterkranz. »Ich komme nach Hause«, sagte er geistesabwesend.

»Er wird sich freuen, Sie noch einmal sehen zu können.«

Dies war der Tropfen, der das Fass endgültig zum Überlaufen brachte. Kimball konnte seine Tränen nicht mehr zurückhalten und fing zum zweiten Mal innerhalb weniger Tage an zu weinen. Obwohl er sich nicht dazu verleiten ließ, haltlos zu schluchzen.

»Kimball?«

Er schloss die Augen, um weitere Tränen zu verhindern. »Ich bin noch dran«, entgegnete er und schaffte es, sich nichts von seinem Kummer anhören zu lassen. »Doch die Gewalt wird mir nach Hause folgen.«

»Dann bereiten wir uns eben darauf vor.«

Nachdem sich der Pick-up im Zuge der Explosion auf spektakuläre Weise überschlagen hatte, versenkte der Killer die Antenne wieder in den Kasten und schloss in aller Seelenruhe die Kappe des Auslösers. An seinem Aussichtspunkt beobachtete er das Feuer weiter, wobei er feststellte, dass es durchaus hypnotisch wirkte. Dem Flammentanz wohnte eine gewisse Anmut inne, die ihm regelrecht ein Eigenleben verlieh. Gleichzeitig freute er sich darüber, Jeffrey Hardwick einen kurzen Eindruck davon gegeben zu haben, was diesen in der Hölle erwarten würde.

Dessen war er sich sicher.

Als in der Ferne Sirenen laut wurden und er gerade aufbrechen wollte, sah er Kimball Hayden aus dem Gebäude kommen und ebenfalls die Flucht ergreifen. Er wirkte außer sich, vollkommen orientierungslos und ging eher wie ein Betrunkener als wie jemand, der sportlich und fit war. Aber schon nach wenigen Augenblicken hatte er sich wieder gefasst. Der große Mann schien unverletzt zu sein und rannte jetzt in den Schutz der Dunkelheit.

Das ist gut, dachte der Killer. Hayden hatte die Explosion also überlebt. Er war jetzt der letzte Überlebende und zweifelte, nachdem er seine ehemaligen Gefährten nacheinander hatte sterben sehen, bestimmt an seiner eigenen Unfehlbarkeit. Darum fragte sich der Mörder, ob er im Begriff war, Kimball mental zu zermürben. Ihn zu töten war nun seine oberste Priorität.

Tief Luft holend, obwohl es nach Rauch und Asche stank, beobachtete er, wie Hayden im Schatten verschwand. *Komme, was wolle*, dachte er. *Ich folge dir auf Schritt und Tritt und werde mein Vorhaben bis zum Ende durchziehen, indem ich dir irgendwann die Kehle durchschneide. Dann stelle ich mich vor dich hin und schaue dabei zu, wie du verblutest, woraufhin ich – keinen Augenblick früher – lächeln werde, sobald du deinen letzten Atemzug aushauchst.*

Diesem Vorsatz getreu nahm der Killer die Verfolgung auf.

Kapitel 40

Vatikanstadt

»Man enthält uns in der Tat Geheimnisse vor«, bestätigte Kardinal Marcello, während er mit Angullo auf einem Pfad durch den alten Garten ging. »Pius hat mich in sein Gemach gerufen und wollte wissen, ob ich Ihnen eine Belohnung für Ihre Unterstützung bei der Papstwahl zugesichert habe oder nicht.«

»Und was haben Sie gesagt?«

»Die Wahrheit«, antwortete er. »Ich habe ihm erklärt, dass ich alles Erforderliche tun würde, um Verbündete zu finden. Er hingegen glaubt, ich solle meine bisherigen Leistungen als Kardinal für das Kollegium vorzeigen, anstatt andere Lager um mich zu scharen, indem ich mit Versprechungen locke.«

»Und was sind das für Geheimnisse?«

»Der Papst war offen zu mir«, fuhr Marcello fort. »Er hat behauptet, die Geheimhaltung rühre nicht daher, dass es sich um etwas in irgendeiner Weise Unmoralisches handle, sondern etwas, dass eher unerwünschte Kontroversen lostreten könnte.«

»Kontroversen, mein lieber Constantino, ergeben sich normalerweise aus Sachverhalten, die – zumeist – unmoralisch sind.«

»Ganz meine Meinung«, pflichtete er ihm bei. »Und ich habe dem Heiligen Vater auch gesagt, dass Moral und Unmoral durchaus Auslegungssache sind. Sollte es etwas von solcher Tragweite geben, dass es Kontroversen auslösen kann, dann hat es nichts in der Kirche zu suchen. Tugendhaftes und Strittiges schließen sich gegenseitig aus.«

»Hat er Sie denn in irgendein Geheimnis eingeweiht?«

»Nein, er gab nichts preis.«

»Dann kann ich Sie vielleicht mit Informationen erhellen, die mir meine Quellen gegeben haben, während ich mich vor ihnen für Sie starkgemacht habe.«

»Nur zu.«

»Ist Ihnen der Rat der Sieben ein Begriff?«, fragte Angullo.

»Nein.«

»Angeblich handelt es sich dabei um unser mächtigstes Entscheidungsgremium«, erläuterte er. »Es soll aus dem Papst, Vessucci und fünf der verlässlichsten Kardinäle aus dem Kolleg bestehen, die Pius' besonders eng verbunden sind. Es heißt, Sie allein hüten die Geheimnisse des Vatikans.«

Marcello blieb stehen. Angullo tat es ihm gleich, woraufhin sich die beiden, umgeben von den bunten Blüten der Pflanzen im Garten, stumm anstarrten.

»Es heißt?«

Angullo schüttelte den Kopf. »Ja, so sagt man, aber ich versuche gerade, das genauer zu verifizieren.«

Sie gingen weiter.

»An sich lässt sich so etwas sehr gut vertuschen«, meinte Marcello. »Die Existenz eines solchen Rates zu beweisen, könnte fast unmöglich sein.«

»Da haben Sie recht, und vielleicht kommt nie ans Licht, ob es ihn wirklich gibt, falls sie tatsächlich die Geheimnishüter im Vatikan sind. Sollte es sich wiederum bewahrheiten, ist Kardinal Vessucci mit sehr einflussreichen Personen im Bunde.«

Marcello nickte. »Er bespricht sich nur mit wenigen anderen abgesehen von Pius, also lässt sich schnell herausfinden, um wen es sich bei den anderen Mitgliedern handelt, falls es wirklich stimmt.«

»Und dann – ob bewiesen oder nicht – müssen wir oder genauer gesagt Sie als neuer Papst Maßnahmen ergreifen, um jegliche Geheimbünde innerhalb der Kirche sofort aufzulösen.«

»Ohne Indizien würde ich nur ungern Vorwürfe gegen irgendjemanden erheben.«

»Pius hat aber schon bestätigt, dass der Vatikan Geheimnisse wahrt, die zu lüften er nicht bereit ist, weil er denkt, Sie seien nicht vertrauenswürdig genug. Deshalb hat er mich ja sogar vor Ihrem Treffen mit ihm zu sich bestellt. Er wollte offensichtlich auf mich einreden, damit ich meine Anhänger dazu bringe, Kardinal Vessucci zu unterstützen, damit diese Geheimnisse auch weiterhin geheim bleiben.«

Marcello nickte wieder zustimmend. »Sein Wunsch, den guten Vessucci zum nächsten Papst zu machen, war schon immer mehr als offensichtlich.«

»Aber ich habe Ihnen die Unterstützung durch meine Wähler garantiert, um zu gewährleisten, dass Sie Papst werden, wenn ich dabei selbst das Amt des vatikanischen Präsidenten erhalte. Jetzt bitte ich Sie um einen weiteren Gefallen, der Ihnen das Amt sichern wird.«

Erneut blieb Marcello abrupt stehen. »Ich dachte, es sei von dem Moment an sicher gewesen, als ich Ihnen die Ernennung zum Präsidenten anbot – nach meinem Wahlsieg.«

Angullo hielt einen Zeigefinger in die Höhe. »Ich möchte Sie nur noch um eines bitten«, entgegnete er. »Was ich verlange, wird aber nur dazu beitragen, Sie und den Papstthron zu schützen, falls der Rat der Sieben tatsächlich existiert.«

»Fahren Sie fort.«

»Der Vatikan ist den meisten Staaten auf der Erde diplomatisch verbunden. Deshalb will ich Folgendes von Ihnen erbitten: Sobald Sie definitiv Papst sind, müssen Sie Kardinal Vessucci und seine Verbündeten in verschiedene Erzdiözesen weltweit versetzen, um ihren Einfluss zu schwächen.«

Marcello blieb erneut stehen. Er war ein erfahrener Kirchenmann und wesentlich älter als Angullo. Außerdem durchschaute er Vorspieglungen, die ihm Gesprächspartner machten, und ihre Gedankenspiele, die sie trieben, um ihre Aussichten auf etwas Begehrenswertes zu verbessern immer sofort. Und ihm dämmerte langsam etwas. »Jetzt verstehe ich«, sagte er schließlich. »Was Sie angeblich nur mir zuliebe tun, geschieht in Ihrem eigenen Sinne. Ich bin dreißig Jahre älter als Sie und werde deshalb wesentlich früher sterben, doch Sie treten nur dermaßen für mich ein, weil sich daraus gleich zweierlei ergibt: Erstens erhalten Sie die höchste Position im Vatikan und werden so mächtig wie niemand anderes sein, nachdem Sie sich Vessuccis Amt angeeignet haben, und außerdem zerschlage ich dann das Gefolge des teuren Kardinals, indem ich ihn in eine auswärtige Erzdiözese versetze, sodass Sie nach meinem Tod die stärkste Anhängerschaft im Vatikan haben werden. Sie tun also letzten

Endes nichts weniger, als die Weichen für Ihre zukünftige Herrschaft zu stellen.«

»Ich tue nichts weniger, als zum Wohl der Kirche zu handeln«, hielt Angullo dagegen. »Nicht, dass ich es abstreiten würde, dass unser beider Ambitionen verschieden sind, Constantino, aber ich bin überzeugt davon, dass Kardinal Vessucci, falls er eventuell unmoralische Geheimnisse kennt, auch wenn er ein guter Mann ist, zur Gefahr für das Wohlergehen der Kirche werden könnte – und sei es auch nur unwissentlich – weil der Weg zur Hölle im wahrsten Sinne des Wortes mit hehren Absichten gepflastert ist. Wären Sie tatsächlich bereit, dies tatenlos geschehen zu lassen?«

Marcello dachte gründlich darüber nach. Er nahm sich jedes Wort seines Kollegen zu Herzen, bevor er antwortete: »Ich glaube auch, dass Sie in eigenem Interesse handeln, wenn Sie Vessucci beseitigen, der meines Erachtens eher zur Gefahr für Sie als für den Vatikan werden könnte. Andererseits klingt Ihre Argumentation durchaus logisch. Darum erfülle ich Ihre zweite Bitte, doch sollten Sie mit einer dritten an mich herantreten, werde ich mich ohne Ihre Hilfe um das Papstamt bemühen. Ist Ihnen das klar?«

Der Kardinal spannte daraufhin seine schmalen Lippen mit offenem Mund an, was vielmehr wie eine Grimasse als wie ein Lächeln aussah. »Vollkommen klar«, erwiderte er.

Kapitel 41

»Noch einmal!«

Aus der Dunkelheit am Rande der Halle im Ausbildungszentrum, einem nicht kartierten Gebäude zwischen dem Domus Sanctae Marthae und dem Äthiopischen Kolleg ungefähr zweihundert Meter westlich des Petersdoms aus, beobachtete Hayden Joshua, Job und Ezechiel, die mit hölzernen Katanas den Schwertkampf übten.

Das flackernde Licht von Messinglampen an den Wänden ließ die Schatten der Knaben wie in einem makabren Tanz verstrickt zucken.

Ezechiel stand momentan in der Mitte des Gewölbes und wurde von den beiden anderen angegriffen. Sie richteten gerade die stumpfen Spitzen der Katanas auf ihr Ziel. Langsam und umsichtig, wie sie es gelernt hatten, zogen sie Kreise um den jungen Ritter, bis sich eine Gelegenheit zum Zuschlagen ergab.

Ezechiel hielt das Holzblatt seines Schwertes in die Höhe, um die vorgeblichen Gegner auf Distanz zu halten, während er überlegte, welche Defensivtechnik er im Augenblick eines Angriffs anwenden sollte. Mittlerweile hatte er verstanden, dass seine Instinkte ausreichend geschärft sein sollten, um automatisch handeln zu können … unterbewusst mit einer gekonnten Bewegung … Aktion und Reaktion. Er erkannte allerdings ebenfalls, noch nicht so weit zu sein. Nach wie vor war er auf vorsätzliche Entscheidungen angewiesen, anstatt impulsiv reagieren zu können. Viel fehlte aber nicht mehr, und das wusste er. Kimball ebenfalls.

Während Joshua und Job weiterhin ihre Kreise zogen, hoben sie die Spitzen ihrer Katanas erwartungsvoll an – in Ezechiels Augen verräterische Zeichen dafür, dass sie gleich angreifen würden.

Darum verlagerte er sein Gewicht jetzt auf die Fußballen und machte sich darauf gefasst, eine Drehung in jede Richtung zu vollziehen, um sich zu verteidigen.

Und schon war es soweit.

Job und Joshua stürzten sich von entgegengesetzten Seiten auf ihn, indem sie weit ausholend mit ihren Schwertern herumfuchtelten. Es rauschte, während die Klingen die Luft verdrängten.

Und dann ertönte ein Knall beim Aufeinandertreffen von Holz auf Holz, Blatt gegen Blatt. Die jungen Männer gingen auf Tuchfühlung … Aktion und Reaktion. Ihre Hiebe verschwammen, während Ezechiel seine Position geschickt verteidigte.

Er schwang seine Waffe ebenfalls mit wahnsinniger Geschwindigkeit hin und her, um die Schläge von Joshua und Job abwehren zu können. Seine Bewegungen zeugten von Geschick und folgten fließend aufeinander, weil er eher instinktiv handelte, anstatt darüber nachzudenken, was er genau tat. Schließlich fuhr er herum und traf Joshuas Katana oberhalb des Hefts, sodass die Schwertattrappe zerbrach. Die hölzerne Klinge rutschte über den Boden in die Dunkelheit.

Joshua schied somit aus. Den Regeln zufolge war er jetzt tot. Also ging der Kampf nun eins gegen eins weiter. Eze-

chiel gegen Job, ein wahrlich ausgezeichneter Streiter. Sie packten ihre Waffen beidhändig und gingen aufeinander los. Zug um Zug, Schlag für Schlag drängte Job Ezechiel in die hintere Ecke des Kampfplatzes. Dort bäumte sich der Angegriffene plötzlich mit einem Urschrei auf, der all seine inneren Reserven freizusetzen schien, und wehrte sich mit hemmungsloser Vehemenz.

Hoch, seitwärts, quer – blitzschnell konterte er und zwang seinen Gegner mit der schieren Kraft seiner Muskeln zum Zurücktreten. Job wurde nun plötzlich zum Verteidiger. Seine Augen funkelten, während ihre Waffen gegeneinanderprallten. Auf einmal duckte er sich und traf das Fleisch über einem von Ezechiels Knien, ein lähmender Schlag, der den Kampf beendete.

Job hatte gesiegt.

Enttäuscht ließ Ezechiel sein Katana fallen.

»Sehr gut«, lobte Kimball die beiden, als er aus dem Schatten trat. »Gegen zwei der Besten anzutreten ist in keinem Fall eine leichte Aufgabe.«

»Aber ich habe trotzdem verloren«, antwortete Ezechiel seufzend.

»Wenn du gewonnen hättest, wäre ich auch überrascht gewesen. Zwei Ritter des Vatikans zu bezwingen, stellt eine beachtliche Leistung dar, Ezechiel. Du darfst dir etwas darauf einbilden. Fast hättest du es geschafft.«

Job legte sein Schwert nieder und stellte sich neben Ezechiel, Joshua ebenfalls. Nun standen sie nebeneinander wie Brüder – vielleicht nicht biologisch verwandt, aber kameradschaftlich vereint. Sie waren zusammengewachsen, sowohl spirituell als auch mental und körperlich.

Und Kimball hatte dabei zugesehen, wie sie von Knaben zu Teenagern und schließlich zu jungen Männern gereift waren. Jeder von ihnen hatte eine starke Konstitution entwickelt, Kraft aus seinen Kenntnissen gezogen und Wissen aus seiner Kraft geschöpft. Sie waren gelehrte Könner geworden, die alles verschlangen, was Bücher hergaben. Vor allem aber hatten sie jene Stärke gewonnen, derer es bedurfte, um ihr Leben nach dem Leitsatz »Treue über alles, außer Ehre« zu führen. Kimball Hayden war wirklich stolz auf sie.

Und jetzt angesichts seiner Zwangslage würden sie ihm zur Hilfe kommen und seine Schilde werden.

Nach mehreren Stunden Flug setzte Kimballs Maschine endlich zur Landung auf dem Flughafen Rom-Fiumicino an. Job, Joshua und Ezechiel beschäftigten ihn weiterhin in seinen Gedanken, als der Jumbojet auf der Rollbahn aufsetzte.

Nachdem er eine Dreiviertelstunde lang bei der Gepäckausgabe gewartet hatte, holte er sich seine Tasche vom Rollband und ging hinaus zum Abholplatz. Dort wartete eine Papstlimousine auf ihn. Der Fahrer hielt Kimball eine der hinteren Türen auf. Auf der Rückbank saß Kardinal Vessucci.

Schön, wieder zu Hause zu sein, dachte der Ritter.

»Freut mich, Sie wiederzusehen«, begrüßte ihn der Kardinal.

»Ja, nur zu dumm, dass meine Mission ein einziges Debakel war. Ich weiß mir langsam keinen Rat mehr, Bonasero. Wer auch immer das tut, ist absolut gesichtslos. Ich bin der Lösung dieses Rätsels kein bisschen nähergekommen als an dem Tag, als ich von hier aufgebrochen bin.«

»Wir gehen davon aus, dass es jemand mit politischen Motiven ist.«

»Nur sehr wenige Personen hätten etwas zu verlieren, wenn die Mitglieder der Acht mit ihren Kenntnissen an die Öffentlichkeit gegangen wären. Eigentlich nur eine, doch ich glaube nicht, dass dieser Mann irgendetwas mit dieser Sache zu tun hatte. Zu sehen, dass ich noch lebe, hat ihn wirklich überrascht. Folglich war er also nicht der Strippenzieher.«

»Und dieser Politiker …«

»… ist jetzt tot«, ergänzte Kimball schnell.

»Sie haben ihn umgebracht?«

»Nein, das zu tun, lag mir vollkommen fern, doch die Hardwick-Brüder waren offenbar anderer Ansicht. Leider.«

»Ich verstehe.«

»Wann treffen Ezechiel und Joshua denn hier ein?«

»Bald«, antwortete Bonasero.

»Ich brauche sie dringend. Allein schaffe ich das einfach nicht.«

»Ich weiß, und glauben Sie mir, Kimball, dem Papst und mir wird wesentlich wohler zumute sein, wenn die anderen Ritter des Vatikans bei Ihnen sind. Wir werden das gemeinsam durchstehen.«

Hayden wandte sich nun ab und schaute nach draußen, wo die Landschaft vorbeizog. Er erfreute sich an dem satten Grün der Bäume und der wahrhaft ästhetischen Anmut Roms. Ohne sich dem Kardinal wieder zuzuwenden, fragte er: »Wie geht es Pius?«

»Gut.«

Nun drehte er sich doch mit ernster Miene zu ihm um. »Wie schlimm ist es wirklich um ihn bestellt?«

Vessucci holte tief Luft. »Er hat Krebs, Kimball. Und er liegt im Sterben. Geistig und seelisch ist er aber noch ganz der Alte. Sein Körper baut jedoch leider mit jedem Tag ein bisschen weiter ab, und den langsamen Verfall eines großartigen Mannes mit ansehen zu müssen, zerreißt mir schier das Herz. Amerigo erinnert mich allerdings wie gewohnt mit einem Lächeln im Gesicht daran, dass dies nun mal der Lauf der Dinge ist.«

»Ich werde ihn unglaublich vermissen.«

Der Kardinal schaute auf seiner Fensterseite hinaus. »Die ganze Welt wird ihn vermissen!«

Für den Rest der Fahrt schwiegen die beiden. Während sie durch die Fenster blickten, bewunderten sie die Stadtkulisse Roms, das historische Erbe altertümlicher Säulen und Marmorbauten.

Wie aus heiterem Himmel erschien ihnen das Leben plötzlich viel zu kurz, um irgendetwas vorübergehen zu lassen, ohne es vorher wertschätzend zu betrachten.

Kapitel 42

Es heißt, wenn man jemanden nicht täglich sieht, sondern erst nach langer Zeit ohne Umgang miteinander, seien Veränderungen sofort augenfällig. Bei regelmäßigen Begegnungen hingegen falle der Wandel nicht so stark auf. Im Falle von Papst Pius XIII war es tatsächlich genauso.

Als Kimball ihn wiedersah, kam er ihm drastisch gealtert vor, obwohl nur ein paar Tage vergangen waren. Er war blass, und sein Gesicht fiel langsam ein, sodass seine Wangen schlaff herunterhingen. Bemerkenswert fand Kimball beim Betreten des Papstgemachs allerdings, wie aufrichtig der alte Mann lächelte, als er aus seinem Sessel aufstand, um ihn zu begrüßen.

Sie fielen einander in die Arme, was dem Ritter einen plötzlichen Stich versetzte, da er unweigerlich an den bevorstehenden Verlust denken musste. Er hielt Pius mehrere Sekunden lang fest.

»Ich bin froh, dass es Ihnen gut geht«, begann der Papst und entzog sich ihm.

»Euer Zustand …«

Kimball ließ die Worte im Raum stehen.

»Alles in Ordnung, Kimball. Ich bin in jeder Hinsicht bereit, und das macht ungeheuer viel aus. Wenn ich Sie nun bitten darf …« Er zeigte auf einen der Sessel vor seinem Schreibtisch. »Nehmen Sie doch gemeinsam mit dem Kardinal Platz. Es gibt noch viel zu bereden.«

Hayden trug die Kleidung der Ritter des Vatikans, das schwarze Priesterhemd mit Kollar, die nicht dazu passende Hose und die Armeestiefel. Bonasero hatte wie üblich ein schwarzes Gewand und ein scharlachrotes *zucchetto* an.

»Was mit mir geschehen wird, lässt sich nicht abwenden«, begann der Papst. »Genauso unabwendbar, falls Kardinal Vessucci nicht meine Nachfolge antritt, könnte die Auflösung der Ritter des Vatikans sein.«

Kimball wandte sich Bonasero zu, bevor er sich wieder an Pius richtete. »Er hat aber doch einen starken Rückhalt. Außerdem ist er der vatikanische Präsident. Somit befindet er sich doch von Anfang an in einer günstigen Position.«

Der Papst nickte. »Das stimmt zwar, aber mir ist zu Ohren gekommen, dass sich Kardinal Angullos Anhänger mit jenen von Kardinal Marcello zusammentun werden.«

»Können Sie das bestätigen?«

»Dass sich die Gefolgschaft der beiden vereint, wurde mir von neutralen Männern mitgeteilt.«

»Was heißt das?«, fragte Kimball alarmiert.

»Es heißt«, erklärte Vessucci, »dass ich erheblich weniger Zuspruch finden werde als gedacht.«

»Die Christenheit wird zunehmend weltlicher, doch Kardinal Marcello ist nicht gewillt, dem Rechnung zu tragen, nicht einmal mit kleinsten Eingeständnissen. Die Traditionalisten innerhalb des Klerus sehen darin eine Gelegenheit, das Papstamt mit einem unverbesserlichen Konservativen zu besetzen, und Bonasero ist nun mal kein solcher.«

Kimball beugte sich nach vorn. »Sie meinen, falls Kardinal Marcello den Thron besteigt, wird er die Ritter des Vatikans einfach auflösen?«

»Kardinal Marcello wird die Ritter nicht als Beschützer der kirchlichen Glaubensgemeinschaft ansehen, sondern eher als Militärverband, und sie mit Kriegsführung und Brutalität in Verbindung bringen.«

»Aber damit haben wir doch gar nichts zu tun.«

»Das weiß ich doch. Und Kardinal Vessucci weiß es auch, genauso wie alle anderen Mitglieder des Rates der Sieben. Gewisse Lager innerhalb der Kirche werden sich aber aus den gerade erwähnten Gründen niemals auf die Seite derjenigen stellen, die mit der Existenz der Ritter des Vatikans einverstanden sind.«

»Dann müssen wir sie eben aufklären«, antwortete Kimball.

»Den Klerus über die Ritter zu informieren wird die Gemüter und sehr wahrscheinlich sogar die gesamte Kirche spalten, was wir uns momentan einfach nicht leisten können. Der Papst ist der Hüter der vatikanischen Geheimnisse und darf sie nicht bekanntmachen, sonst kommt es zu einem Schisma. Er muss sie jedoch an seinen Nachfolger weitergegeben, damit dieser sie weiterhin bewahren kann. Und als neuer Hüter genießt er leider das Recht, nach seinem eigenen Ermessen mit den Geheimnissen zu verfahren. Da wir wissen, dass Kardinal Marcello ein ausgemachter Konservativer ist, können wir mit ziemlicher Sicherheit voraussagen, dass er die Ritter des Vatikans auflösen wird, was ich für einen schwerwiegenden Fehler halte.«

»Und was unternehmen wir dagegen?«

»In der Zeit, die mir noch bleibt, müssen der werte Bonasero und ich mit gebührender Sorgfalt am Wahlkampf teilnehmen. Nach wie vor hören viele Verfechter der Tradition auf mein Wort, und er hat einen guten Draht zu denjenigen im Kollegium, die sich enthalten. Ich glaube, dass wir gemeinsam eine Anhängerschaft um uns scharen können, die stärker ist als die von Kardinal Marcello. Das erfordert allerdings einige Anstrengungen.«

»Haltet Ihr das wirklich für machbar?«, fragte Vessucci.

»Kein Weg führt daran vorbei«, entgegnete Pius.

»Warum operieren wir dann nicht einfach unter der Führung von Bonasero und den Mitgliedern des Rates der Sieben weiter?«, wollte Kimball wissen.

»Egal, wie es ausgeht, mein Freund: Wir können und werden nichts vor dem amtierenden Papst verbergen. Sollten wir damit anfangen, ist das der Anfang vom Ende der Kirche. Der Papst vertritt den Katholizismus in der Öffentlichkeit und muss deshalb in Vollbesitz der Kontrolle sein. Andernfalls wird die Institution letzten Endes an Korruption im Inneren zugrunde gehen. Der Papst weiß alles, *muss* alles wissen.«

Kimball ließ sich in seinen Sessel sacken. Die Lage sah wirklich düster aus.

Der Papst nahm ihn weiter ins Gebet: »Noch wichtiger, mein Freund, ist allerdings erst einmal Ihre Unversehrtheit vor demjenigen, der Sie umzubringen versucht. Ohne Sie kann es die Ritter des Vatikans nämlich nicht geben.«

»Das ist nicht wahr«, widersprach ihm Kimball, da er sich sofort peinlich berührt fühlte. »Jesaja und Leviticus können die Mannschaft ebenfalls ohne Weiteres leiten. Alle Ritter des Vatikans sind gleich.«

»Aber kein anderer kann Ihnen das Wasser reichen, und das, mein Freund, ist keine bloße Schmeichelei.«

Nun senkte Kimball demutsvoll den Kopf. Er respektierte diesen Mann zutiefst, der ihn ihm offenbar etwas erkannte, dass er selbst nicht sehen konnte … eine verborgene Gutheit. »Ich danke Euch.«

»Mit Gottes Gnaden«, erwiderte Pius, »werden wir es schaffen, uns an beiden Fronten durchzusetzen.«

»Und falls nicht?«, fragte Hayden.

»Dann herrscht ein Traditionalist über die Kirche, und die Ritter des Vatikans gehören der Vergangenheit an … Sollten Sie den Krieg nicht überleben, der dann unweigerlich über uns ausbrechen wird, werden wir alle verlieren.«

Kapitel 43

Vatikanstadt | Drei Tage später

»Er ist irgendwo dort draußen. Er ist brandgefährlich, und unterwegs hierher.«

Joshua und Ezechiel kehrten wie vorgesehen aus ihrem Langzeiturlaub zurück. Sie trafen sich sofort mit Kimball und Kardinal Vessucci in einem nicht ausgezeichneten Gebäude zwischen dem Domus Sanctae Marthae und dem Äthiopischen Kolleg ungefähr zweihundert Meter westlich des Petersdoms, das als Kaserne diente. Es handelte sich dabei um ein schlichtes, unscheinbares Bauwerk. Drinnen kam man sich wie in der Zeit zurückversetzt vor, da alles aus Ziegeln und Steinplatten bestand. An den Wänden hingen beeindruckende Leuchter, wohingegen das Außenlicht durch Buntglasfenster einfiel, die jeweils Stationen des Kreuzwegs zeigten. Im Zentrum befand sich ein rundes Gewölbe beziehungsweise eine gewaltige Rotunde, die das Gebäude in zwei Flügel teilte. Diese diente feierlichen Anlässen, etwa wenn ein Mann zum Ritter des Vatikans geschlagen oder der Leichnam eines im Kampf gefallenen Mitglieds aufgebahrt wurde. Der Boden war mit einem Mosaik ausgelegt; einem meisterhaften Kunstwerk aus zusammengesetzten Steinen, die das Symbol der Ritter des Vatikans ergaben. Und in der Mitte des Wappens erstreckte sich silberfarben auf Blau das Tatzen-Kreuz.

Das Erkennungszeichen der Gruppe stand nicht nur sinnbildlich für Tapferkeit, sondern erinnerte sie auch dauerhaft daran, was die Ritter waren, denn es prangte an vielen Stellen in diesem Gotteshaus. Man sah es sowohl in anderen Buntglasfenstern als auch als standesgemäßes Abzeichen auf ihren Uniformen und Baretts. Außerdem war es über der Tür ihrer Wohnquartiere in die Steinwand geätzt.

Nun stand Kimball am Rand des Mosaiks und klärte sein Team darüber auf, was ihnen genau bevorstand.

»Ihr wisst, was ich gewesen bin, bevor ich zu einem Ritter des Vatikans geworden bin, und was ich getan habe«, sagte er. »Jeder in diesem Raum kennt meine Vergangenheit, und wie es aussieht, hat sie mich jetzt eingeholt, um mir zum Verhängnis zu werden – und zwar im wahrsten Sinne des Wortes.« Er stellte sich in die Mitte des Wappens auf dem Boden. »Wer auch immer mich jagt, ist so gewandt, wie es den Rittern des Vatikans zur Ehre gereichen würde«, ließ er sie wissen. »Er hält sich verborgen und geht methodisch vor, bevor er tödlich zuschlägt. Tatsächlich hat er eine ganze Gruppe altgedienter Veteranen umgebracht, die man früher zu den Weltbesten zählte, wenn es um unter Verschluss zu haltende Ermordungen ging. Und das will schon etwas heißen.«

»Gibt es Anhaltspunkte, denen wir nachgehen können?«, fragte Job. »Haben wir etwas in der Hand, um irgendwo ansetzen zu können?«

Kimball schüttelte seinen Kopf. »Nichts«, erwiderte er frustriert. »Der Kerl hat kein Gesicht. Genauso gut könnte es sich um eine ganze Einheit von Geheimagenten handeln.«

»Wenn wir unser Ziel nicht kennen«, wandte Ezechiel ein, »wie sollen wir dann die Bedrohung abwenden können?«

»Wir müssen ihn ködern«, antwortete Hayden, »und warten, bis er einen Fehler macht.«

»Dabei könnten wir aber einen hohen Preis zahlen«, gab Joshua zu bedenken.

Da hat er recht, dachte Kimball. Nicht selten waren Menschenleben der Preis dafür, dass sich der Mörder zeigte, um gezielt zuzuschlagen. Aufflammendes Mündungsfeuer oder das Stöhnen eines Sterbenden könnten ihn anlocken – alles, was jemandes Aufmerksamkeit weckte, der empfänglich dafür war und erkannte, dass dort draußen etwas seinen Zerstörungstrieb anregte.

Kardinal Vessucci, der auch heute wieder seine traditionelle Kluft mit dem dunkelroten *zucchetto* trug, betrat nun das Mosaik und stellte sich neben Kimball. Er bat die Ritter des Vatikans, ihre Häupter zu einem Gebet zu neigen, und sprach dann leise auf Latein. Am Ende bekreuzigte er sich wie üblich und sagte: »Gott sei mit euch.«

Als Kimball durch den Raum ging, hallten seine Schritte von den Steinwänden wider. »Das ist meine persönliche Angelegenheit, und niemand von euch muss sich daran beteiligen«, erklärte er rundheraus, »falls er es nicht will.«

»Wir wollen aber«, erwiderte Ezechiel. »Das vatikanische Protokoll besagt, dass wir unsere Bürger schützen müssen. Gehörst du etwa nicht dazu?«

Dies räumte ihm Kimball leicht schmunzelnd ein. Was Ezechiel damit meinte, war klar, und er sah sowohl Job als auch Joshua im Gesicht an, dass diese seine Einstellung teilten. Letzten Endes lief es auf einen einzelnen Leitsatz heraus, der die Geisteshaltung jedes Ritters zusammenfasste: Treue über alles, außer Ehre.

»Ich danke euch«, sagte er schlicht.

Job trat nun vor. »Worauf warten wir dann noch?«, fragte er. »Wir müssen uns bereitmachen. Die Konfrontation ist schließlich unumgänglich.«

Und genau dies, war das Problem, als sich Kimball dem Kardinal zuwandte. Als sie sich gegenseitig anschauten, erübrigten sich weitere Erklärungen. Die besorgte Miene des Ritters sagte alles. Seine persönliche Fehde auf vatikanischem Grund und Boden auszutragen, behagte ihm überhaupt nicht. Allerdings ließ auch Vessuccis Gesichtsausdruck recht tief blicken. Aus seinen Zügen las man deutlich heraus, dass der Vatikan Kimball nicht im Stich lassen würde, nachdem dieser sich ein ums andere Mal für die Kirche verdient gemacht hatte. Darum würde sie ihn behüten und beschützen.

Schließlich sprach er auch dem Kardinal leise und mit tiefer Stimme seinen Dank aus.

Vessucci lächelte, nickte ihm zu und hielt sich dann zum Salut der Ritter des Vatikans eine Faust ans Herz. Erneut auf Lateinisch sagte er: »Treue über alles, außer Ehre.«

Kimball wiederholte den Spruch mit der gleichen Geste.

Für Kimball war der Vatikan nicht nur der kleinste Staat der Welt, sondern auch so unberührt wie kein zweiter. Die Stadt mochte mit nur etwas mehr als siebenhundert Bürgern kaum größer als ein Golfplatz sein, fungierte aber als geistiges Zentrum für über eine Milliarde Katholiken.

Während Hayden durch die päpstlichen Gärten spazierte, schaute er versonnen zum kräftig blauen Himmel hinauf und genoss die sanfte Brise auf seiner Haut. Wohin man sich auch umdrehte, blühten Blumen in bunten Farben, doch die prachtvolle Umgebung schien ihn momentan wenig bis gar nicht zu interessieren, weil er sich fieberhaft den Kopf darüber zerbrach, wer der Killer war.

Er glaubte mit ziemlicher Sicherheit zu wissen, dass Senator Worthe nichts mit der Sache zu tun gehabt hatte, aber da sich der Mann aufgrund seiner Prominenz aufgedrängt hatte, war er automatisch unter Verdacht geraten.

Jetzt lebte er nicht mehr, und war genauso wie vier andere Männer grundlos gestorben. Falls jemand aus der Politik dahintersteckte, fasste er Worthes Ermordung zweifelsohne als klare Ansage auf; genauso wie es die Hardwicks beabsichtigt hatten. Allerdings war das Morden weitergegangen, kaum eine Stunde nach seinem Tod mit den Brüdern selbst. Sollte das Ableben des Senators also jemandem zur Botschaft gereicht haben, war diese ohne Wirkung geblieben. Der Killer schritt weiter voran und zielte nun auf Kimball ab.

Dieser war jetzt tatsächlich der Letzte einer aussterbenden Art.

Im Vorbeigehen an mehreren Geistlichen nickte er lächelnd und setzte seine Grübelei dann fort. Der allgemeine Tenor lautete, dass alles auf einem einzigen Vorfall beruhte, der nun schon mehr als zwanzig Jahre zurücklag: der von damals amtierenden Politikern in hohen Positionen in Auftrag gegebenen Tötung eines US-Senators. Die Mitglieder der während jener Legislaturperiode zuständigen Behörden waren aber entweder bereits verstorben oder in der Versenkung verschwunden. Für Kimball stand fest, dass Senator Worthe mit ganzen Leichen*bergen* im Keller zur Präsidentschaftswahl angetreten war, und falls jemand Grund zum Vertuschen einer Vergangenheit hatte, die eine demokratische Regierung aufgrund ungerechter Entscheidungen zu jener Zeit belastete, dann war wohl er derjenige, der am ehesten jedermann, von dem seine Karriere bedroht worden wäre, aus dem Weg geschafft hätte.

Er und sonst niemand, dachte Hayden.

Irgendetwas sagte ihm jedoch, dass dem nicht so war – jenes Gefühl im Bauch … die im Laufe vieler Schlachten entwickelte Intuition eines Soldaten … die Ahnung einer weiter bestehenden Gefahr, weil der Gegner immer noch auf der Pirsch war.

Aber wieso?

Er kam einfach nicht darauf.

Nachdem er sich über zwei Stunden lang das Hirn zermartert hatte, machte sich Kimball langsam auf den Weg zurück zu den Quartieren der Ritter des Vatikans. Als er das Wohngebäude betrat, herrschte eine Atmosphäre wie auf einem Friedhof, eine beunruhigende Stille hüllte alles ein. Job, Ezechiel und Joshua, so glaubte er, waren sehr wahrscheinlich im Waffenlager. Daraufhin ging er über das Symbolmosaik durch den Saal und fragte sich, da in diesem Raum auch Totenwachen für im Einsatz gefallene Ritter abgehalten wurden, ob auch er bald, so wie andere vor ihm, auf genau diesem Wappen aufgebahrt werden würde, kurz bevor man ihn in den Grotten unter dem Petersdom bestattete.

Er blieb jetzt auf dem Teil des Mosaiks stehen, der den Schild mit dem silbernen Tatzen-Kreuz zeigte, und schaute sich um. Wenn die Ritter des Vatikans einen Mitstreiter die letzte Ehre erwiesen, standen sie immer in ihren kompletten Uniformen am Rand der Rotunde, während der Papst gemeinsam mit den anderen Angehörigen des Rates der Sieben eine Eloge auf den Umgekommenen hielt. Nach der Zeremonie brachten die auserkorenen Träger den Sarg dann hinunter zu einem Marmorgrab in der Krypta der Kirche.

Es ist kalt hier, dachte er. *Und düster wie unter der Erde.* Es war jedoch geweihter Boden.

Auf dem Weg über die Flure zu den Quartieren fielen ihm wieder die eingeätzten Wappen der Ritter über allen Türen ins Auge.

Als er seines erreicht hatte und die Tür hinter sich schloss, fand er sich in einem kleinen Zimmer mit kaum größeren Maßen als einer Gefängniszelle wieder. Hier hatte er aber stets seine Ruhe gehabt, obwohl man es in keiner Weise opulent hätte nennen können.

An der linken Wand stand ein Einzelbett mit Nachttisch und Kommode. Die gegenüberliegende Seite nahmen ein kleines Pult mit einer bislang ungelesenen Bibel, ein Ständer mit Weihkerzen, die erst einmal angezündet worden waren, und eine Betbank zum Hinknien ein. Darauf belief sich die spartanische Einrichtung. An der Wand in der Mitte gab es noch ein Fenster aus buntem Bleiglas. Die einzelnen Scheiben ergaben ein Bild der Jungfrau Maria mit einladend ausgebreiteten Armen.

Hier blieb Kimball immer vollkommen ungestört.

Als er sich auf das Bett setzte, hing die Matratze durch.

Die Arme der Heiligen über ihm leuchteten im Licht der Mittagssonne, während sie sich nach ihm auszustrecken schien. Nachdem er wieder aufgestanden war, fuhr er sanft mit einem Finger über das Bild. Das Glas fühlte sich warm an, und die Jungfrau wirkte fast real.

Er ließ sich abermals nieder und schloss die Augen. Es war vollkommen still.

Als er die Augen wieder aufmachte und sich im Raum umsah, stutzte er beim Blick auf die Bibel, denn sie lag nicht so wie sonst auf dem Pult, sondern aufgeschlagen mit dem Einband nach oben. Er hatte das Buch nur selten geöffnet und auf die Seiten geschaut – geschweige denn, es so liegenlassen.

Jemand ist hier gewesen, schlussfolgerte Kimball deshalb aufgeregt.

Er erhob sich noch einmal und trat ein paar Schritte näher.

Doch, das Buch lag tatsächlich aufgeklappt und umgekehrt auf dem Pult. Während er es durchblätterte, stieß er auf ein Lesezeichen, das sich als Fotokopie des Gruppenfotos der Acht herausstellte.

Im ersten Moment – es dauerte nicht länger als einen Herzschlag – hätte Kimball schwören können, sein eigenes Herz bleibe stehen, als habe ihm jemand kurzerhand gegen die Brust geschlagen.

Die Gesichter aller Teammitglieder waren jetzt mit Rotstift umkreist, auch das seine. Es gab jedoch einen Unterschied auf diesem Foto. In dem Kreis um sein Gesicht stand jetzt der Buchstabe T. Der Killer hatte den Namen »Iskariot« somit also komplett ausgeschrieben.

Binnen Sekunden durchlebte Kimball ein Gefühlschaos von Entsetzen über Wut bis hin zu Verwirrung, bevor er sich vernünftig zu erklären versuchte, was eigentlich gar nicht sein konnte. Schließlich kam er besonnen zu der Einsicht, nun endgültige Gewissheit zu haben.

Der Killer war hier!

Kapitel 44

Vatikanstadt

Dadurch, dass sie zusammen aufgewachsen waren und das Kämpfen gemeinsam im Ausbildungszentrum gelernt hatten, standen sie einander auch ohne Blutsverwandtschaft nahe wie Brüder.

Der Mord an ihren Eltern hatte sie zu Waisen gemacht und sie in den Schoß der Kirche geführt, wo sie großgezogen worden waren. Dadurch hatten sie die Gelegenheit bekommen, Kreuzritter der Moderne zu werden, und Einigkeit, Gottvertrauen und Hingabe in ihr Fleisch und Blut übergehen lassen.

Aufgrund ihrer tragischen Kindheit war ihnen die Anpassung an die neue Umgebung in einem fremden Land jedoch schwerer als gewöhnlich gefallen.

Als Teenager hatten sie sich gemeinsam entwickelt, miteinander studiert und das Kämpfen mit Messerattrappen oder Holzschwertern gelernt. Dadurch waren sie außerordentlich gebildet, vertraut mit den Schriften und eklektischen Philosophien von Männern wie Aristoteles, Epikur oder Thomas von Aquin. Auch herausragende Kunst hatte mit auf ihrem Lehrplan gestanden, wobei nur bestimmte Werke behandelt worden waren, um den Jungen Einsichten von Kennern zu vermitteln, welche die ästhetischen Feinheiten von Leonardo da Vinci oder Michelangelo aufzeigen und interpretieren konnten. Für einen Ritter des Vatikans, so hieß es, spiele die geistige Entwicklung eine ebenso wichtige Rolle wie die körperliche. Die Verschmelzung von beidem förderte Männer von unerschütterlicher Willenskraft, Charakterstärke und der Auffassung zutage, Treue stehe über allem, ausgenommen der Ehre.

Nach dem Unterricht war ihnen dann aber auch Zeit zum Großwerden gegeben worden, so wie es sich für Kindern gehörte. Sie hatten spielen und Streiche veranstalten dürfen, wofür sie natürlich auch bestraft worden waren. Der Kardinal sah darin einen wichtigen Aspekt des Erwachsenwerdens. Die Strafe hatte ihnen eine Lehre sein und beibringen sollen, welches Verhalten akzeptabel war und welches nicht – den Unterschied zwischen richtig und falsch erklären sollen.

Beim Spielen hatten sie besonderen Gefallen an den Flipperautomaten in der Sakristei des Petersdoms gefunden, die in der Regel den im Vatikan ausgebildeten Messdienern vorbehalten gewesen waren. In der Pubertät hatten sie dann mit Wein experimentiert und ihren ersten Rausch beziehungsweise Kater erlebt, was in Bonaseros Augen schon Bestrafung genug gewesen war.

Alles hatte zum Kennenlernen und Entdecken sowohl ihrer selbst als auch der weiten Welt beigetragen, und keine drei anderen Menschen hätten dabei enger zusammenwachsen können als Job, Joshua und Ezechiel.

Sie waren komplett unzertrennlich geworden.

In einem Raum hundert Meter südlich der Kammer, wo der Rat der Sieben häufig über den Ablauf von Einsätzen tagte, befand sich eine kleine Waffenkammer, welche die

Ritter aufsuchten, um die geeignete Ausrüstung für die jeweilige Mission auszusuchen. Dort gab es keine Fenster und die Mauern bestanden aus gemörteltem Granit sowie Kalkstein. An der Decke hingen leistungsstarke Neonlampen. Eine uralte Tür aus Holz, die mit schwarzen Eisenbändern und Nieten beschlagen war, gewährte Einlass in einen größeren Raum für weitere Teile des Arsenals.

»Das ist neu«, meinte Job nun, während er den Verschluss einer Glock zurückzog, die sich besonders leicht entsichern und spannen ließ. »Kimball zu beschützen, meine ich.«

Ezechiel hielt gerade ein KA-BAR-Messer in der Hand und begann, es mühelos mit der Fingerfertigkeit eines Zauberkünstlers herumzuwirbeln, wobei es sich so schnell drehte, dass man es kaum noch richtig sehen konnte. Schließlich legte er es auf den Tisch.

Job lächelte. »Angeber.«

Ezechiel lachte kurz auf und griff dann zu einem Sturmgewehr. »Wenn wir auf die Probe gestellt werden, lernen wir dazu«, fuhr er fort. »Spielraum zur Verbesserung besteht immer. Andernfalls würden wir doch nur auf der Stelle treten.« Er hielt die Waffe nun senkrecht und öffnete den Verschluss. Das Geräusch erzeugte ein lautes Echo im Raum.

»Dennoch«, erwiderte Joshua. »Probe hin oder her, ich würde gern wissen, mit wem wir es zu tun kriegen.«

»Meine Rede«, stimmte ihm Job zu.

»Und meine«, fand auch Ezechiel. »Aber es soll wohl nicht sein, was?«

Sie überprüften die Waffen, indem sie diese vollkommen zerlegten und anschließend wieder zusammenbauten. Sich richtig auszurüsten war das Allerwichtigste, und eine Kanone, die im Gefecht plötzlich eine Ladehemmung hatte, bedeutete nicht selten den Tod. Darum vergewisserten sie sich stets der Funktionsfähigkeit ihrer Einsatzmittel.

Als Job sein überprüftes Sturmgewehr beiseitelegte, fiel ihm etwas auf, das im Licht der Neonlampen glitzerte. Es funkelte wie ein Diamant, und zwar hell genug, um ihn bei seinem Tun zu unterbrechen.

In einer Tasche aus Leinen rechts neben dem Tisch steckte halb verborgen von einem Busch-Hut in Tarnfleckoptik etwas matt Glänzendes. Er warf einen Blick über die Schulter zu Joshua und Ezechiel, die weiter mit ihren Vorbereitungen fortfuhren. Job langte in die Tasche hinein, nahm den Hut weg und fuhr vorsichtig über den Gegenstand, einen glatten Metallzylinder.

Was ist das?

Nachdem er ihn herausgezogen hatte, hielt er ihn in die Höhe und drehte ihn langsam, um ihn von allen Seiten betrachten zu können. Das Metall war silberfarben und geschliffen, sodass es sein Gesicht schief verzerrt wie in einem Spiegelkabinett reflektierte. Außerdem fühlte es sich kalt an und verfügte über einen roten Knopf, der ideal platziert war, um ihn mit dem Daumen zu drücken.

Und genau dies tat Job jetzt, da er schon immer extrem neugierig war.

Aus dem Oberteil des Zylinders schoss plötzlich ein Dorn, was so schnell geschah, dass er es fast gar nicht wahrnahm. Der Dorn war sehr spitz und scharf, weshalb man ihn mit entsprechendem Kraftaufwand bestimmt überall hineinrammen konnte, nicht zuletzt in den Schädel eines Menschen.

»Na, na, na – was haben wir denn da?«

Auf einmal erklangen Schritte von hinten. Jemand kam näher, um sich den Gegenstand anzusehen, dann folgte Stille.

»Darf ich mal?«

»Natürlich.« Per Knopfdruck versenkte Job den Dorn genauso blitzschnell, wie er ihn ausgefahren hatte. Dann reichte er den Zylinder nach hinten weiter wie bei einem Staffellauf.

»Pass auf«, ermahnte er ihn. »Mit dem Ding tust du dir ruckzuck weh.«

Er ließ sich die Waffe trotzdem abnehmen.

»Das glaub ich sofort«, entgegnete der andere, und fuhr den Dorn wieder aus.

Kimball sah nichts als einen engen Flur nach dem anderen und sandsteinfarbene Wände. Während er weiterlief, rasten seine Gedanken hin und her. Vor lauter Anspannung hatte er das Foto zerknüllt. Der Killer war sprichwörtlich einfach durch die Haustür hineinmarschiert … vorbei an den Sicherheitsleuten … und hatte sich danach direkt in Haydens Zimmer begeben. *Der Mann, musste wohl wirklich ein Phantom sein – jemand, den sie in der Tat bald nicht mehr stoppen könnten*, dachte er nun.

Während er zum Arsenal eilte, begegnete er auf den Gängen fast niemandem.

Er rannte jetzt durch die dunklen Korridore, die zum Besprechungsraum des Rates der Sieben führten, dann durch Türen aus dem Mittelalter und vorbei an zahllosen uralten Laternen, die an ebenmäßigen Felswänden hingen. Dreißig

Fuß hinter einem Torbogen lag schließlich endlich die Waffenkammer.

Kein Zweifel, dort würde er die anderen Ritter des Vatikans finden. Sie sollten schnell zur Tat schreiten, doch als er die Tür öffnete, stank es derart penetrant kupfrig nach Blut, dass er sofort wusste: Er war schon zu spät.

Zwei seiner Kameraden waren bereits tot. Blut breitete sich gleichmäßig dunkelrot und scheinbar zäh wie Öl auf dem Boden aus. Der Geruch lag so schwer in der Luft, dass man glaubte, durch ein dickes Tuch zu atmen.

Einen Moment lang blieb Kimball wie benommen und fassungslos vor den Leichen stehen. Er fühlte sich abgestumpft, weil sein Verstand den Anblick seltsam surreal wirken ließ … abgründig und traumartig wie etwas am Rande des Makabren.

Als er jedoch langsam den Kopf drehte, sah er eine verschmierte Mauer, so als sei jemand mit einer blutigen Hand darübergefahren, um ein einzelnes Wort auf die Steine zu schreiben.

ISKARIOT

Die Erkenntnis, dass dies Wirklichkeit war, traf Kimball wie ein Hammerschlag. Der traumähnlich surreale Eindruck verschwand augenblicklich, so als würde Wind Rauch verwehen, und zurück blieb nichts weiter als die schreckliche Wahrheit. Seine Gefährten waren tot.

Langsam schloss er die Augen, doch es kam ihm so vor, als habe sich der Name ISKARIOT von innen auf seine Lider gebrannt.

Der Killer hatte sein Versprechen tatsächlich gehalten.

Kardinal Bonasero Vessucci dachte gerade angestrengt über seine Kandidatur nach, während er durch die Korridore unter dem Petersdom ging. Wenn er nicht in den alten Gärten spazierte, dann tat er dies hier unten auf dem Weg zur Nekropole, wo es still war und ihn niemand störte. Zumindest vorübergehend hatte er so das Gefühl, vollkommen allein auf der Welt zu sein.

Den Gerüchten zufolge, die im Kollegium kursierten, scharte Kardinal Marcello mit Kardinal Angullos Hilfe eine beträchtliche Anhängerschaft zusammen, was Vessuccis Chance auf die Papstnachfolge natürlich erheblich verringerte, selbst mit dem Rückhalt von Pius XIII. Falls er bei der Wahl unterlag, musste er als vatikanischer Präsident pflichtgemäß alle vertraulichen Staatsinformationen offenbaren, beginnend mit der Dritten Prophezeiung der Fátima und schließlich auch der Existenz der Ritter.

Seine Hauptanliegen war momentan der Fortbestand von Kimballs Mannschaft. Ohne Marcellos Unterstützung, das wusste Bonasero, würden die Ritter des Vatikans hinfällig werden. Konnte man keinerlei Verteidigungsinstanz implementieren, stand die Vormachtstellung der Kirche im Ausland und das Wohlergehen der Gläubigen nun auf der Kippe. Man setzte sie damit schutzlos gegnerischen Kräften aus, die sich in einer stets im Wandel begriffenen Welt, wo Fanatismus zur Norm geworden war, von Tag zu Tag mehrten.

Für Vessucci bestand kein Zweifel daran, dass Marcello die Grausamkeiten, die international begangen wurden, als Papst einfach zu ignorieren versuchen würde.

Der Kardinal beschäftigte sich weiter mit der Situation

und überlegte, wie er die Gefolgschaft seiner beiden Kollegen davon überzeugen konnte, für ihn zu stimmen. Er hatte aber einfach keine zündenden Ideen.

So lief er auf den Boden schauend weiter durch die Tunnel, in die kein natürliches Licht fiel, und strengte seine grauen Zellen an. Die zitternden Flammen der Gaslaternen warfen gespenstische Schatten an die Wände.

Er brauchte allerdings mehrere Sekunden, um zu erkennen, dass es nicht seine eigenen waren, die dort tänzelten.

Jemand anderes war bei ihm.

Er hob daraufhin den Kopf. »Hallo?«

Ungefähr zwanzig Fuß weit entfernt konnte er einen Umriss erkennen, der sich dunkel in der Finsternis absetzte. Die Person verharrte regungslos. Nicht einmal der Schein der Lampen in der Umgebung erhellte ihr Gesicht.

»Wer ist da?«

Er bekam keine Antwort.

»Gibt es ein Problem? Kann ich Ihnen irgendwie helfen?«

Der Unbekannte trat nun einen Schritt ins schummerige Licht. Sein Gesicht blieb größtenteils unter der Krempe eines gefleckten Buschhuts verborgen, doch Bonasero konnte trotz der Dunkelheit genug davon erkennen, um ihn identifizieren zu können.

Der Mann lächelte. Seine Zähne sahen so gerade aus, als wenn sie mit einem Lineal gezogen wären. »Guten Tag, Kardinal.«

Vessucci erwiderte das Lächeln. »Was führt Sie denn hier herunter?«

Der Mann hörte abrupt zu lächeln auf. »Nichts Besonderes«, antwortete er.

»Nichts Besonderes?« Irgendetwas an seiner Stimme machte den Kardinal stutzig. Er klang ein wenig gereizt. »Was meinen Sie mit 'nichts Besonderes'?«, fragte er zaghaft.

»Eben nichts Besonderes.«

Der Mann trat nun näher. Jetzt wirkte er unleugbar bedrohlich. Vessucci machte einen Schritt zurück. »Ist wirklich alles in Ordnung?«

»Ganz wunderbar«, erwiderte der Mann. Er hielt etwas in der Hand, dessen Feinschliff im dürftigen Licht hell glänzte. Die Farben der Flammen in den Laternen spiegelten sich darin wider: Rot, Gelb und Orange. Deshalb sah der Gegenstand, ein Metallzylinder, aus, als würde er brennen, als er ihn hochhielt. »Alles ist ganz wunderbar«, wiederholte er und ließ plötzlich einen Dorn hervorschnellen. Auch dessen Spitze funkelte im Licht. »Tun Sie einfach, was ich sage, Kardinal. Mehr verlange ich gar nicht.«

Für Kimball, der in die Knie gegangen war, kam diese Fügung einem Schlag mit einem Kantholz ins Gesicht gleich. Die beiden Männer, die tot dalagen, waren nicht einfach nur Soldaten der Kirche gewesen, sondern Freunde und bis zu einem gewissen Grad auch ein Ersatz für leibliche Kinder. Kardinal Vessucci hatte sie kurz vor Beginn ihrer Pubertät in Kimballs Obhut gegeben. Ihre Charaktere waren von ihm geprägt worden. Er hatte ihnen den Anforderungen der Kirche gemäß beigebracht, was Rechtschaffenheit bedeutete – und sie dabei wie ein Vater behütet. Jahrelang waren sie seine Mitstreiter gewesen und ihm im gemeinsamen Umgang enger ans Herz gewachsen als es üblich war zwischen Mentoren und ihren Schützlingen.

Sie hatten mit der Zeit eine richtige Familie gebildet.

Als ausgesprochen willensstarker und zurückhaltender Mensch verbat er sich aber, noch mehr Tränen zu vergießen. Er war schon zu lange Soldat und aufgrund seiner Geisteshaltung einfach nicht gewillt, seinen Emotionen nachzugeben, weil er genau wusste, dass Rührseligkeit gemeinhin ein Zeichen von Schwäche war, das ihn daran hinderte, seiner Rolle als Kämpfer gerecht zu werden. Dennoch schwang in ihm etwas mit, das er weder leugnen noch akzeptieren konnte. Es war definitiv keine Einbildung, sondern ein unverfälschtes Gefühl, das ihn erst zu einem Menschen machte und sich nun Bahn zu brechen drohte. Es umfasste Verlustschmerz, Trauer und vor allem die damit einhergehenden Leiden.

Während er den Kopf des toten Ritters sanft in beiden Armen hielt, fuhr er ihm mit den Fingern durch die Haare und starrte dabei auf die andere Leiche, die keine fünf Meter entfernt mit halb offenen Augen, sodass man nur das Weiße darin sah, auf dem Rücken lag.

Kimball schaute langsam hoch auf das Wort an der Wand. Der Name ISKARIOT war mit dem Blut eines Ritters des Vatikans geschrieben worden und nunmehr eingetrocknet, abgesehen von Tropfen unter den Buchstaben, die immer noch weiter hinunterrannen.

Schließlich wurde er wütend.

Dann rasend vor Wut.

Er biss sich auf die Zähne, legte den Kopf des Toten behutsam auf den Boden und stand dann auf.

Anschließend ging er geradewegs zu einem Tisch und nahm seine Lieblingswaffe hoch, ein Kampfmesser. Er ließ es genauso in seiner Hand rotieren wie ein Revolverheld eine Pistole, bevor er diese in sein Holster steckte. Das Messer fühlte sich gut an, es war hervorragend gewichtet und nicht zu leicht. Zuletzt schnallte er sich noch zwei Scheiden an die Beine, für die Messer. Er wappnete sich für das Gefecht!

An die Hüfte hängte er sich ein Holster mit einer Smith & Wesson Kaliber .40, die er für Präzisionsschüsse bevorzugte. Nun fielen ihm auch auf einmal der Monsignore und die Therapiesitzungen ein, in denen es um das Töten gegangen war. Er erinnerte sich daran, wie der Arzt Kimballs Taten in einen Vorher-nachher-Kontext gesetzt hatte, seine Zeit als Auftragsmörder für die US-Regierung im Verhältnis zu seinem Dienst als Ritter des Vatikans. Der Unterschied bestand darin, dass er damals *freiwillig* getötet hatte, nicht gezwungenermaßen, und dies war auch der Gegensatz zwischen seinem früheren und jetzigen Ich. Er hatte als Killer für die Obrigkeit der Vereinigten Staaten töten wollen und es ungestraft getan, wohingegen er Töten als Ritter des Vatikans nur als letzten Ausweg gesehen hatte, um sich selbst oder andere zu schützen.

Als er jetzt jedoch auf das Wort ISKARIOT auf der Steinwand schaute, wurde ihm tief in sich bewusst, dass er sich wahrscheinlich wirklich niemals ändern würde. Er blieb, was er war: ein Killer. Nachdem er sich Gottes Licht mit Riesenschritten genähert hatte, gelangte er nun zu dem Schluss, weiter morden zu wollen, weil er es so wollte.

Nicht aus irgendeinem Zwang heraus.

Sein Streben nach Erlösung musste vorerst hintanstehen.

Als er die Waffenkammer verließ, warf er einen letzten

Blick auf den Namen an der Wand. Dann schaute er auf die Ritter des Vatikans, die in den Lachen ihres eigenen Blutes auf dem Boden lagen. Es war geronnen und fast so schwarz wie Teer geworden. Sie hatten den Raum zu dritt aufgesucht, jetzt waren aber nur zwei dort.

Somit drängte sich eine einzige Frage in ihm auf: *Wo war der andere Ritter?*

Kapitel 45

Vatikanische Nekropole

Die vatikanische Nekropole, die vom Ufficio Scavi beaufsichtigt wurde, erstreckte sich fünf bis zwölf Meter unterhalb des Petersdoms. Der Staat hatte von 1940 bis 1957 archäologische Ausgrabungen bezuschusst, um Teile einer Stadt freizulegen, die bis in die noch stark vom Heidentum geprägte Zeit des Römische Reichs zurückdatierte. Während des Baus eines Parkplatzes 2003 war man dann auf weitere Ruinen gestoßen, Kammern mit erhalten gebliebenen Fresken und Mosaiken aus christlicher Tradition im Gegensatz zu den bereits entdeckten Gräbern paganer Kasten.

Südlich des Doms konnte man jetzt anhand einer Gedenktafel sehen, wo der Obelisk einst in Neros Circus gestanden hatte. Heute markierte er die Mitte des Petersplatzes. Dort war der namensgebende Heilige angeblich gekreuzigt und in einer einfachen Steingruft bestattet worden, die nach Norden hin bis zur einstigen Via Cornelia reichte. Unter einem weiteren Torbogen rechts neben der Sakristei befand sich der Eingang in die Nekropole.

Der Killer hatte sich gemeinsam mit Kardinal Vessucci auf den Weg zum Grab der Ägypter gemacht und führte ihn nun ins Mausoleum.

Dort war der ägyptische Totengott Horus an die Nordwand gemalt. Sarkophage mit bacchantischen Skulpturen, die mythische Szenen darstellten und dem Grab seinen Namen gaben, standen ringsherum.

»Warum tun Sie das?«, fragte der Kardinal verwirrt. Er hörte sich eher unverständig als ängstlich an.

Aber der Killer ging nicht auf ihn ein.

»Sie sind doch schließlich ein Ritter des Vatikans.«

»Ich weiß«, erwiderte der Mann. »Treue über alles, außer Ehre.«

»Das ist richtig, doch was hat das alles mit Ehre zu tun?«

Der Killer beugte sich nach vorn und legte seinen Kopf dabei zur Seite. »Alle Kriege haben eines gemein, Kardinal, nämlich dass beide Parteien meinen, sie seien im Recht. Sie berufen sich dabei jeweils auf einen Ehrenkodex, der sich von dem ihres Gegners unterscheidet. Trotz dieses Unterschieds handelt es sich aber trotzdem um etwas Verbindliches. Und Sie haben nun einmal einen anderen Begriff von Ehre als ich. Ich halte mich an andere Regeln, verfolge ein anderes Ziel.«

Nach diesen Worten wandte der Killer seinen Blick ab und hielt den Zylinder in die Höhe. Wiederholt drückte er verspielt auf den Knopf, sodass der Dorn abwechselnd herausfuhr und dann wieder darin verschwand, hervorstieß und sich zurückzog, immer und immer wieder.

… klick …

… klack …

… klick …

… klack …

Für Vessucci verging die Zeit auf einmal quälend langsam.

»Und wie lautet Ihr Ziel? Kimball umbringen?«

Nun ließ der Killer von dem Knopf ab und starrte den Geistlichen eine Weile stumm an, bevor er sagte: »Mein Ziel, Kardinal, besteht darin, diesem Mann die Erlösung zu verwehren und ihn in die Hölle zu schicken, wo er hingehört.«

»Und darum haben Sie seine früheren Kameraden getötet?«

»Was ich getan habe, geschah nicht ohne Grund. Ich handelte nicht 'einfach nur so'. Jene Männer bekamen genau das, was sie verdienten.«

Vessucci schüttelte fassungslos den Kopf und machte ein Gesicht, als würde er gleich vor überwältigendem Bedauern zusammenbrechen. »Aber das ist alles so unnötig«, klagte er. »Kimball hat so große Anstrengungen unternommen, um mit seiner Vergangenheit abzuschließen.

»Manche Menschen, Kardinal, kommen einfach nicht aus ihrer Haut. Und ob er dazugehört, wird sich bald zeigen.«

Daraufhin spielte der Killer weiter mit dem Zylinder, ließ den Dorn ein ums andere Mal hervor- und wieder zurückschnellen. Nicht lange, und die begleitenden Geräusche hallten von den Wänden des ägyptischen Grabes wider.

… *klick* …

… *klack* …

… *klick* …

… *klack* …

Trauerarbeit ließ sich stets in sieben Phasen unterteilen, deren dritte Phase Zorn war. Diesen empfand Kimball nun, nachdem er die beiden ersten gar nicht erst durchgemacht hatte, unterwegs zu den Unterkünften der Kardinäle im Domus Sancta Marthae, das nach der gleichnamigen Heiligen benannt war und nicht weit vom Petersdom entfernt an der Grenze der Vatikanstadt stand.

Er sah konzentriert und entschlossen aus – mit verbissen angespannten Zügen – und schlug einen noch forscheren Schritt an. Nach wie vor trug er sein ordentliches Priesterhemd mit römisch-katholischem Kragen zusammen mit einer Militärhose und -stiefeln. Unter einem Mantel, der lang genug war, versteckte er die Kampfmesser in den Scheiden, die er sich an die Oberschenkel geschnallt hatte, und die Pistole an seiner Hüfte. Wenn der Wind allerdings etwas kräftiger wehte, hob und blähte sich das Rückenteil des Mantels, weshalb jeder etwaige Beobachter die Waffen sofort sehen würde, die er mit sich führte.

Hastig überquerte er den Platz vor dem Domus Sanctae Marthae, das wie ein Hotel für die Kardinäle wirkte, und trat ein. Er nahm je zwei Stufen auf einmal, während er die Treppe bis zum zweiten Stock hinaufging, wo Vessucci wohnte. Nachdem er angeklopft und nichts gehört hatte, ging er trotzdem hinein und schloss die Tür rasch hinter sich.

Das Quartier des Kardinals befand sich in einem tadellosen Zustand. Sein Bett war mit soldatischer Sorgfalt gemacht – *wie mit einem Metermaß glatt gezogen*, dachte Kimball – und die Holzläden standen offen, sodass man den Petersdom weniger als zweihundert Meter entfernt zur Gänze durch das Fenster sehen konnte.

Während er durch die Räume ging, sprach er Vessuccis Namen laut aus.

Kühle Luft strömte durch das Fenster herein, weshalb der Saum von Haydens Mantel flatterte, als er in der Mitte des Schlafzimmers stehen blieb, und erneut sowohl das Messer als auch die Pistole zu sehen waren. Sobald die Bö abflaute, fiel ihm der Stoff wieder gegen die Beine und verdeckte alles; er gereichte ihm abermals zur Vorspieglung, unbewaffnet zu sein.

Gerade wollte er das Gemach wieder verlassen, als er ein Mobiltelefon entdeckte, das neben einem Raumornament aus Kristallglas auf dem Boden lag. Es war ihm zuvor gar nicht aufgefallen. Es war mit einem Zettel versehen.

Er hob es auf, überprüfte es kurz und las dann den Zettel.

#8 WÄHLEN, FALLS DU DEN GUTEN KARDINAL WIEDERSEHEN WILLST.

Kimball machte sich schnell mit dem Gerät vertraut, bevor er die gespeicherte Nummer wählte und nervös wartete.

Kurz darauf meldete sich eine unverkennbare Stimme.

»Du hast das Handy also gefunden«, begann der Killer.

»Warum hast du es nicht mit deiner anderen Botschaft in der Waffenkammer hinterlegt?«

»Um zu riskieren, dass der Sicherheitsdienst an deiner Stelle darauf gestoßen wäre und mein Telefon dann per GPS geortet hätte? Nein danke. Das würde der SIV nämlich zuallererst tun, wenn er ein Handy an einem Tatort fände.«

»Warum das alles?«, fragte Hayden mit gequält klingender Stimme.

»Ist es nicht langsam mehr oder weniger offensichtlich?«

»Bonasero war stets wie ein Vater zu dir.«

»So wie du versucht hast, ein Vater für mich zu sein?«

»Dir geht es doch gar nicht um ihn, sondern nur um mich.«

»Oh, da hast du vollkommen recht. Dem lieben Kardinal wehzutun steht überhaupt nicht in meiner Absicht. Er ist nur der Honig, mit dem man Fliegen fängt. Das war schon längst überfällig.«

»Wo bist du gerade?«

»Wir sind im Grab der Ägypter«, gab der Killer preis. »In der Nekropole. Komm allein her. Falls du Sicherheitsmänner mitbringst, blüht Kardinal Vessucci das gleiche Schicksal wie den anderen beiden Rittern, die tot im Waffenraum liegen, ist dir das klar? Noch irgendwelche Fragen bezüglich dessen, was du tun sollst? Ich möchte noch einmal unmissverständlich deutlich machen, dass diese Konfrontation nur uns beide betrifft.«

»Krieg dich wieder ein«, erwiderte Kimball leicht aggressiv. »Ich komme allein. Und wenn es soweit ist, kannst du dich auf etwas gefasst machen.«

»Ach was … das werden wir ja sehen.«

Der Killer trennte die Verbindung nun.

Hayden starrte das Mobiltelefon lange Zeit an, bevor er es auf den Nachttisch legte. Langsam, während sich seine Miene vor Gram verfinsterte, ging er durch das Zimmer und schaute zum Fenster hinaus. Genau geradeaus stand der Petersdom – *was für ein Prunkbau*, dachte er, *nur einen Steinwurf weit weg, und darunter die Totenstadt.*

Während er seine Augen schloss, fragte er sich: *Warum ausgerechnet du?*

Kapitel 46

Im Laufe der Zeit hatte Kimball viele Jungen im Vatikan ausgebildet. Joshua, Job und Ezechiel waren jedoch stets seine Lieblingsschüler gewesen. Er hatte sie beinahe wie Kunstwerke zu Meisterstücken veredelt, nur ohne seine Hände einzusetzen, vielmehr psychologisch und als Lehrer, väterlich lenkend mit Bedacht auf Körper, Geist und Seele.

In ihrer Kindheit hatte er eingesehen, dass sie als Kinder auch mal spielen mussten. Oft war er deshalb mit ihnen auf die Felder hinausgefahren, wo sie sich beim *fútbol* ausgetobt hatten, und hinterher waren sie nach Rom gefahren, wo er ihnen eine Runde *gelato* spendiert hatte. Als Jugendliche waren sie immer so voller Zuversicht gewesen, und auch glücklich. Joshua – seit jeher der Größte von ihnen – hatte am häufigsten den starken Mann markiert und sich stets in den Vordergrund gedrängelt. Job hingegen war der Umgänglichste der drei gewesen und nie um einen Scherz verlegen, im Kampfring aber auch der Ehrgeizigste mit seinem Bedürfnis, um jeden Preis siegen zu müssen, selbst wenn er sich dabei selbst verletzte. Ezechiel wiederum, ein Ausbund an Fleiß wie kein zweiter, hatte stundenlang am Stück trainiert, um besser, stärker und schneller zu werden als die beiden anderen. Wegen seiner nur langsamen Fortschritte hatte Kimball viel Zeit für ihn aufgebracht, damit der zukünftige Ritter seine eigenen Erwartungen irgendwann übertreffen konnte. Mit unermüdlichem Eifer war Ezechiel mit der Erkenntnis, jedem Erfolgserlebnis gehe harte Arbeit voraus, an Niederlagen und Siegen gewachsen.

Und jetzt, dachte Kimball, hatte sich plötzlich alles bis zu einer entsetzlichen letzten Kraftprobe zugespitzt. Zwei Leben waren bereits vertan, und ein drittes, wenn es nach ihm ging, würde bald darauf folgen.

Gelegentlich wurden Führungen durch die unterirdische Nekropole angeboten. Heute war die »Stadt der Toten« allerdings verlassen.

Während Kimball leise die Stufen hinunterging, hielt er seine Smith & Wesson gut fest.

Der Heimlichkeit waren aufgrund der schwach leuchtenden Glühbirnen an der Decke Grenzen gesetzt.

Am Fuß der Treppe erwartete ihn das Grab der Ägypter.

Er blieb stehen und horchte.

Stille.

Kimball nahm noch eine weitere Stufe, und stieg schussbereit mit vorgehaltener Waffe ins Mausoleum hinab. Nach ein paar Metern wusste er instinktiv, dass ihm der Killer auflauerte.

Dabei fiel ihm plötzlich ein, dass das T von »Iskariot« für ihn stand.

Einer der vielen Sarkophage in der Kammer gelangte nun in seinen Gesichtskreis. Kurz darauf konnte er den Kardinal unter dem antiken Bild des Totengottes Horus sitzen sehen.

Nun packte der Ritter des Vatikans seine Pistole noch fester.

Vessucci hatte seine Augen weit aufgerissen, war aber weder gefesselt noch geknebelt.

Schließlich erreichte Kimball den unteren Absatz und stand vor dem Grab der Ägypter.

Plötzlich kam von links ein chinesischer Wurfstern durch die Luft geflogen, außerordentlich zielgenau geworfen, und traf seine Waffe, sodass er diese loslassen musste. Kaum, dass sie auf den Boden gefallen war, wollte er sie wieder aufheben.

»Lass es«, hörte er jetzt.

Wohl wissend, mit welch tödlicher Präzision der Killer vorging, erstarrte Kimball auf der Stelle.

»Also wirklich«, sagte sein Gegner jetzt. »Lässt sich dazu hinreißen, mit einer Kanone zu einem Nahkampf anzutreten.«

Er zeigte sich nun links neben ihm mit einem weiteren Wurfstern in der Hand.

Hayden drehte sich um – sein Gesicht vor gezügelter Wut ganz verzerrt – und schaute zu, wie der Mörder den Stern in eine Schutztasche steckte.

»Du bist«, fuhr der Mann fort, »beziehungsweise wirst das T in ›Iskariot‹ sein.«

Kimball stellte sich ihm entgegen, während er seine Arme mit geballten Fäusten hängenließ. »Ich habe mich um dich gekümmert wie um einen Sohn«, sagte er enttäuscht.

Ezechiel ging währenddessen grinsend auf den Kardinal zu, wohlweislich aber ohne seinen Lehrer aus den Augen zu lassen. »In Wirklichkeit, Kimball, hast du dich immer nur um dich selbst gekümmert«, erwiderte er ungerührt. »Der einzige Grund dafür, mich zu einem Ritter des Vatikans zu machen, war doch dein Wunsch, deine Schuldgefühle überwinden zu können. Stimmt doch, oder?«

»Ich habe dir eine Chance gegeben!«

»Eine Chance wozu? Um dir zu dienen, nachdem du meinen Großvater ermordet hattest?«

»Es war eine Chance!«

Ezechiel hielt inne und baute sich jetzt drohend vor ihm auf. Er starrte Kimball mit kaltem Blick an, dann sprach er mit erzwungener Ruhe weiter: »Du hast meinen Großvater ermordet und mir die Familie genommen.«

»Dein Großvater ist zu weit gegangen, als er sich Kräften entgegengestellt hat, mit denen er sich besser nicht angelegt hätte. Er wurde zu einer Gefahr für die Demokratie.«

Ezechiel sah ihn verdutzt an. »Eine Gefahr? Mein Großvater war der *Inbegriff* von Demokratie.«

Jetzt musste sich Kimball zwingen, ruhig zu bleiben. »Senator Cartwright kam vom rechten politischen Weg ab, weil er immer mächtiger wurde und einfach nicht damit umgehen konnte. Er hat andere Senatoren und Kongressabgeordnete beider Häuser eingeschüchtert, indem er sie mit Androhungen erpresst hat, ihre Karrieren zu zerstören, falls sie seine Anliegen nicht unterstützen würden, die man aber nun mal als große Gefahr für die Hoheit der Vereinigten Staaten ansah.«

Ezechiel konnte nicht anders und lächelte erneut. »Sieh dich doch mal selbst an«, gab er zurück, »stellst dich hier hin und rechtfertigst als Ritter des Vatikans einen Mord.«

»Ich unterstand damals dem Befehl meiner Vorgesetzten, eine realistische Bedrohung zu eliminieren.«

»Das macht es also rechtfertigbar?«

Kimball zögerte. »Nein«, antwortete er dann. »Nein, das macht es nicht.«

Ezechiel setzte sich wieder in Bewegung und ging langsam umher, wandte ihm dabei aber keine Sekunde lang den Rücken zu. »Ich war erst fünf Jahre alt«, hob er an, »und ich erinnere mich noch recht deutlich daran, wie du in unser Anwesen eingebrochen bist und Großvater umgebracht hast. Weißt du es noch? Ich habe mich in einem Schrank versteckt. Währenddessen hörte ich ihn sagen, er habe dich geschaffen … ein Monster, das ihn nun umbringen würde. Das war das Letzte, was ich mitbekommen habe, bevor du die Schranktür aufgemacht hast. In diesem Moment sah ich ihn mit durchgeschnittener Kehle an seinem Schreibtisch liegen. Du erinnerst dich bestimmt auch noch daran, oder nicht?«

Hayden entgegnete nichts, weil er diese Frage für rhetorisch hielt.

»Anstatt die Regeln zu befolgen und mich ebenfalls zu töten, hast du mich verschont – dir einen Anschein von Menschlichkeit gegeben und meine Wange gestreichelt, als wenn du sagen wolltest, der Mord an meinem Großvater gehe irgendwann unter … und dann sei alles vergessen und verziehen.«

»Du warst doch bloß ein Kind.«

»Und ich bin wie alle Kinder irgendwann erwachsen geworden.« Mit einem rügenden Tonfall schob Ezechiel hinterher: »Du hättest mich wie befohlen zusammen mit meinem Großvater ermorden sollen. Jetzt holt dich nämlich deine Vergangenheit ein, Kimball, jetzt bin *ich* das Monster, das seinen Schöpfer tötet. Genauso, wie du ihn verraten hast, bin ich nun zurückgekehrt, um *dich* zu verraten … Ich bin Judas Iskariot. Und ich werde dich vernichten.«

Kimball trat elegant wiegend auf der Stelle hin und her. »Versuch's ruhig«, sagte er herausfordernd.

Ezechiel ahmte ihn nach, sodass sich die beiden wie Spiegelbilder im vollkommenen Einklang bewegten.

»Weil du die Regeln nicht eingehalten und mir das Leben gelassen hast, wirst du jetzt deines verlieren.«

»Ezechiel, ich habe dir übel mitgespielt, das stimmt. Dennoch habe ich danach versucht, dir zu geben, was dir dein Großvater augenscheinlich nicht hatte bieten können: ein gutes Leben.«

»Und das ist genau der Knackpunkt«, erwiderte Ezechiel. »Ich war doch nichts weiter als dein Lieblingsspielzeug, mit dem du dich von den Schuldgefühlen ablenken wolltest, die du schon viel länger hattest.«

Kimball machte ein verwirrtes Gesicht.

»Schau mich nicht so an«, fuhr Ezechiel wütend fort. »Ich bin schließlich nicht blöd. Ich weiß von den zwei Jungen, die du während eines Einsatzes im Irak umgebracht hast, und dass dich diese Tat wie eine Offenbarung dazu gebracht hat, Vergebung zu suchen.«

Sie wurden nun schneller, während einer die Handlung des anderen nachahmte. Wie Zootiere im Käfig gingen sie hin und her, angespannter mit jedem weiteren Richtungswechsel.

»Ich habe dich sofort wiedererkannt, als du ins Waisenhaus gekommen bist. Dein Gesicht konnte ich niemals vergessen. Ich dachte zunächst sogar, du seist zurückgekehrt, um nachzuholen, was du damals versäumt hattest, bis ich dann den Kardinal sah.«

»Ich wollte dir nur helfen«, beteuerte Kimball.

»Du wolltest mich retten, weil dich dein schlechtes Gewissen fertiggemacht hat! Von Helfen konnte keine Rede sein! Retten wolltest du mich erst, nachdem du gezwungen worden warst, diese beiden Jungen zu töten – und mich zu retten, bedeutete gleichzeitig, dich selbst zu retten! Ich war für dich doch lediglich ein Platzhalter, der die schreckliche Leere in deinem Leben füllen sollte, wo dich die Verzweiflung und die Reue verzehrt haben. Du hast durch *mich* Buße getan! *Ich*, ein Kind, wurde derjenige, der *dich* retten sollte! Gib es doch wenigstens zu!«

Kimball seufzte. »Zu Anfang vielleicht, ja. Das streite ich auch gar nicht ab, doch mit der Zeit wurdest du so viel mehr für mich, Ezechiel. Du bist mir wichtiger geworden als Job oder Joshua.«

»Mir kommen gleich die Tränen.«

»Hör mal, ich erwarte ja nicht, dass du mir verzeihst, besonders nach allem, was ich gemacht habe. Was du jedoch getan hast, ist meines Erachtens und in den Augen der Kirche absolut unverzeihlich. Du hast deine beiden besten Freunde umgebracht.«

»Job und Joshua waren letzten Endes doch nur Abziehbilder von dir«, behauptete Ezechiel voller Verbitterung. »Du kannst dir gar nicht vorstellen, wie sehr ich sie gehasst habe. Meine Hingabe an dich und an alles, wofür du gestanden hast, wuchs irgendwann zu tiefem Hass, und dieser Hass wurde schließlich zu meiner Triebfeder und meinem Lebenszweck. Die beiden waren ein Teil von dir, so wie du ein Teil der Acht warst, und ich wollte dich mit ansehen lassen, wie alle starben, die dir einmal nahegestanden haben. Im Gegensatz zu dir dachte ich aber nicht im Traum daran,

Menschlichkeit heuchelnd auf dich zuzukommen, nachdem ich sie alle getötet hatte.«

»Du hättest es schon auf Hawks Ranch zu Ende bringen können.«

»Natürlich, doch mir war mein Ziel ziemlich klar – alles zerstören, was einen Bezug zu dir hatte. Dein Vermächtnis sollte Stück für Stück ausgelöscht werden, und dann wollte ich beobachten, wie deine ganze Existenz zu einem Nichts zusammenschrumpft, bevor zuletzt auch du stirbst.«

Von solchem Hass musste sich Kimball fraglos schmerzhaft gekränkt fühlen. Schließlich zog er seinen langen Mantel aus und breitete ihn sorgfältig auf einem Sarkophag aus.

Ezechiel bemerkte sofort die Scheiden mit den Messern an Haydens Beinen, hatte aber mit nichts weniger gerechnet, weil diese Waffen stets die erste Wahl seines Lehrers gewesen waren.

»Es gibt kein Zurück mehr«, sagte Kimball nun. »Nicht mehr. Nicht nach deinen Verbrechen.«

»Meine Verbrechen unterscheiden sich kein bisschen von deinen. Vielleicht hast du deshalb recht; vielleicht gibt es nach unserer beider Verbrechen kein Zurück mehr … keine Vergebung, keine realistische Hoffnung darauf, jemals Erlösung zu finden … Du kannst weiter dastehen, so lange du willst, und mir erzählen, wie sehr du deine scheußlichen Taten und die Motive dahinter bedauerst, aber machen wir uns doch nichts vor: Beichten führt nicht immer zum Seelenheil.«

Kimball nickte. »Und aus genau diesem Grund werde ich dich mit dem Gefühl töten, es auch zu *wollen*. Nicht zu *müssen*.«

Er warf nach diesen Worten allerdings einen kurzen, besorgten Blick zu Vessucci.

»Mach dir seinetwegen keinen Kopf«, sagte Ezechiel. »Ich halte mein Wort, was seine Unversehrtheit angeht. Er mag vielleicht eine wichtige Rolle in deinem Leben spielen, aber er ist nach wie vor auch ein Diener der Kirche. Meinen Krieg führe ich nur gegen dich. Und außerdem steige ich am Tag des Jüngsten Gerichts vielleicht in den Himmel auf, weil ich sein Leben verschont habe.«

»Das glaubst du ernsthaft?«

Nun nickte Ezechiel. »Nicht weniger ernsthaft als du, Vergebung zu erfahren.«

Statt darauf einzugehen, fasste sich Kimball langsam ans rechte Bein und öffnete den Verschluss der Messerscheide. Danach tat er das Gleiche mit links. Schließlich packte er beide KA-BARs an den Griffen und zog sie langsam heraus. Dabei hörte man kaum, wie das Metall am Leder rieb.

Ezechiel trug der Situation mit entsprechender Vorsicht Rechnung, indem er seinen Blick keinen Augenblick lang von Kimball abwandte und sich ebenfalls bereitmachte. Er hob und beugte nun einen Arm, umfasste das Heft eines Katanas hinter seiner Schulter und zog es anschließend aus dem Futteral, das an seinem Rücken hing.

»Auch du hast ein Lieblingsspielzeug, wie ich sehe«, erwiderte Kimball.

»Eines von vielen. Ich verspreche dir aber, dass es im Gegensatz zu dem hölzernen, mit dem du mich einst trainiert hast, sehr echt, sehr scharf und sehr tödlich ist.«

»Ich scheine irgendwie ein Handicap zu haben.«

»Mir konnte es noch nie lang genug sein.«

Kimball hielt seine Kampfmesser in die Höhe. »Aber zwei Waffen sind immer besser als eine.«

»Das wird sich gleich zeigen.«

Die Männer gingen langsam aufeinander zu. Ezechiel hielt die geschliffene Klinge des Katanas beidhändig in die Höhe, wohingegen Hayden darauf achtete, seine Messer fest im Griff zu haben. Sie taxierten einander – ganz die geübten Kämpfer – und suchten nach Lücken in der Deckung des anderen; nach Unregelmäßigkeiten und Schwachstellen. Dabei näherten sie sich unaufhaltsam, immerzu im Kreis drehend, immerzu aufmerksam.

Und dann tat sich plötzlich ein günstiger Moment auf.

Ezechiel vollführte mit seinem scharfen Schwert einen horizontalen Schlag und traf eine der Messerklingen. Kimball hatte den Angriff so mühelos und beiläufig abgewehrt, dass er seinen Gegner damit leicht beunruhigte.

»Mehr hast du nicht drauf?«, stichelte Kimball.

Daraufhin lächelte Ezechiel verhalten. »Ich habe noch gar nicht richtig begonnen.« Kaum hatte er das letzte Wort ausgesprochen, drehte er sich auf den Fußballen herum und lancierte eine Schlagkombination. Die Klinge des Katanas sauste zuerst gerade nieder und kam dann von der Seite, gefolgt von mehreren Stichen und Kurzhieben. Hayden wehrte sie alle souverän ab, wobei Funken sprühten und in der Luft tänzelten, bevor sie erloschen. Während ihres Kampfs bewegten sich die beiden schwungvoll durch die Grabkammer auf einen Sarkophag zu, wo es auf einmal eng wurde für Kimball.

Die Waffen trafen nun in rascher Folge aufeinander, und Ezechiels Schlagbewegungen waren zu schnell, als dass der

Kardinal sie hätte mitverfolgen können. Darum sah er nur die Klinge des Katanas funkeln, wenn sich kurz Licht darauf brach.

Kimball konterte aus der Defensive heraus. Er war unheimlich schnell mit seinen Armen und Händen, eher intuitiv statt bewusst, und Ezechiels rasantem Tempo mit den beiden Messern durchaus gewachsen.

Ein regelrechter Funkenregen stob jetzt auf, und je häufiger die Klingen aufeinanderprallten, desto mehr gerieten die Männer in Fahrt. Vor lauter Lichtglimmer hätte man glauben können, ihre Waffen seien aus Feuerstein anstatt aus Stahl geschmiedet worden.

Kimball ging rückwärts, verlor aber an Boden. Allmählich setzte ihm der Druck zu, weshalb er sein Gesicht vor Anstrengung verzog. Dennoch bewegte er seine Arme weiterhin geschwind – hoch und runter, nach links, nach rechts – um die Klinge des Katanas immer wieder abzulenken.

Ezechiel schien zu bemerken, dass sein Gegner langsam schwächelte, und witterte eine Chance, ihn zu überwältigen. Seine Hiebe waren fließend, grazil und aufgrund seiner Schnelligkeit äußerst zermürbend für Kimball.

Dieser wurde mit jedem Schlag zusehends weiter zurückgetrieben. Nicht mehr lange, und der Abstand zwischen dem Sarkophag und seinem Rücken betrug weniger als einen Meter.

Dann folgte ein Angriff von oben. Ezechiels ließ das Schwert niedergehen, als wolle er Kimball in der Mitte spalten, doch dieser hielt seine Messer einander verschränkt, sodass sie ein perfektes X ergaben, und blockte die Klinge mit dem Kreuzpunkt ab.

Die Zeit schien stillzustehen, während sich die Kämpfer gegenseitig anstarrten und mit bebender Brust nach Sauerstoff rangen. Der Moment, als ihre Waffen ineinander verschränkt waren, kam ihnen zum Verschnaufen ganz gelegen.

»Du wirst langsam alt«, meinte Ezechiel keuchend.

»Ja, das kann sein, aber jemand wie du, der nur halb so alt ist wie ich, sollte nicht dermaßen aus dem letzten Loch pfeifen. Habe ich dich beim Training etwa nicht hart genug rangenommen?«

Ezechiel lächelte vor hämischem Vergnügen. »Ich muss zugeben … du bist wirklich gut.«

»*Wie* gut genau, hast du noch gar nicht gesehen.«

»Ach, wirklich?«

»Ja … wirklich.«

Mit diesen Worten ging Kimball in die Offensive. Er drückte die Schwertklinge zur Seite und bedrängte Ezechiel jetzt mit einer Reihe von Hieben und Techniken, die so ästhetisch wirkten, dass sie Kardinal Vessucci wie für das Ballett choreografiert vorkamen. Der Anführer der Ritter bewegte seine Arme so gewandt, dass man sich seiner eigentlich unmöglich erwehren konnte. Ezechiel schaffte es aber trotzdem – jedenfalls so gerade eben, denn sein Gesichtsausdruck gab zu erkennen, dass er seinen Gegner offensichtlich unterschätzt hatte und sein Selbstbewusstsein gerade rapide verlor.

Sein Mentor befand sich jetzt ganz in seinem Element, gab Schlag für Schlag mit Stahl gegen Stahl den Ton an.

Und Ezechiel machte Fehler, und war unsicher in seinen Bewegungen, während er verzweifelt eine Angriffswelle nach der anderen abwehrte. Der stete Druck trieb jetzt ihn zurück, wohingegen sein Lehrer mehr und mehr an Boden gewann. Kimball nahm erneut Schwung auf, während seine Zuversicht wiederkehrte, und schlug immer schneller und kraftvoller zu. Seine verbissene Miene machte deutlich, dass er fest entschlossen war, den Jüngeren zu töten.

Nachdem er die Klinge des Katanas abermals zur Seite abgelenkt hatte, fuhr er Ezechiel mit einem Messer quer über den Bauch, womit er aber nur das Fleisch und nicht wie beabsichtigt die Eingeweide aufriss. Ezechiel taumelte erschrocken rückwärts. Er wusste plötzlich gar nicht, wie ihm geschah, und nahm sein Katana langsam herunter, womit er sich vollständig die Blöße gab.

Schließlich fiel er mit einer Hand auf der Wunde auf die Knie, während stetig Blut zwischen seinen Fingern herausströmte. »Du hast mich getötet.«

»Noch nicht, aber gleich.«

Als Hayden vortrat, um ihm mit einem kurzen Messerstich endgültig den Garaus zu machen, streckte Ezechiel unglaublich schnell einen Arm aus, und ein chinesischer Wurfstern flog auf ihn zu.

Kimball reagierte unwillkürlich, indem er den Unterarm anhob, um den Stern abzuwehren, der auf seine Kehle zielte. Während Ezechiel mit zugehaltener Wunde in die Knie gegangen war, hatte er noch das dreizackige Wurfgeschoss mit der anderen Hand herausgenommen. Dies zugelassen zu haben, war Kimballs Selbstüberschätzung geschuldet, wofür er sich selber rügte, als der Stern in seinem Fleisch stecken blieb.

Die rasiermesserscharfe Spitze drang tief in ihn ein und durchtrennte einen der beiden Unterarmknochen, sodass er diesen nicht mehr gebrauchen konnte … und eins der KA-BAR fiel auf den Boden. Er musste nun mit einem weiterkämpfen.

Ezechiel raffte sich beschwerlich auf. Sein Gesicht war mittlerweile so bleich wie der Unterleib eines Fischs. Er hielt sein Katana zwar noch fest, aber seine Körpersprache machte deutlich, dass er wenig bis gar keine Kraft mehr für einen verheerenden Schlag hatte.

Nichtsdestotrotz versuchte er es trotzdem.

Mit verzerrter Miene, weil seine Bauchwunde so furchtbar wehtat, strengte er sich an, die Spitze des Katanas auf Kimball zu richten. »Ich bin dieses Theater so was leid«, ächzte er. »Bringen wir's hinter uns.«

Dank einer erstaunlichen Willenskraft, die ihm sein Mentor gar nicht zugetraut hätte, setzte der vom rechten Weg abgekommene Krieger den Kampf trotz seines Zustands weiter fort, doch wenn er mit dem Schwert ausholte und damit schlug, dauerte dies wesentlich länger, weil er sich die Wunde hielt und die Waffe nur einhändig führen konnte.

Kimball konnte das Katana ebenfalls nur mit einem Arm leicht blocken, aber die Hiebe waren zum Glück schwach.

Endlich beendete Kimball den Kampf, indem er selbst weit mit seinem Messer ausholte und damit tief in die Schulter von Ezechiels Waffenarm schnitt, woraufhin dieser das Schwert auf den Boden fallen ließ.

Der Verletzte zog sich nun schwankend mit einem vollkommen orientierungslosen Blick zurück und tastete blind an seinen vielen versteckten Taschen nach einem weiteren Wurfstern. Er hatte aber keine mehr, alle Fächer waren leer.

Kimball umfasste daraufhin den Griff des Messers so fest,

dass die Knochen in seiner Hand weiß unter der Haut hervortraten.

Als er nun vorwärts stürzte und es zum letzten Schlag erhob, war seine Mordgier offensichtlich.

»Kimball!«, rief Kardinal Vessucci auf einmal laut mit einer strengen Stimme wie ein Vater, der ein Kind zurechtwies, um zu verhindern, dass es etwas Falsches tat. »Er ist am Ende.«

Nun hielt Hayden inne, starrte Ezechiel aber weiterhin aufmerksam an, weil dieser aussah, als würde er gleich umfallen.

»Er hat Joshua und Job umgebracht!«, schrie er. »Gute Menschen, die den Tod nicht verdient hatten. Und er hat meine alte Einheit, die Acht, kaltblütig ermordet.«

»Dann soll Gott über ihn richten, wenn seine Zeit gekommen ist. Fallen Sie nicht zurück auf das, was Sie früher einmal gewesen sind, ich bitte Sie.«

Ezechiel röchelte leise und sagte: »Ich habe es Ihnen doch gesagt Kardinal: Manche Menschen kommen einfach nicht aus ihrer Haut. Und Kimball hat die Probe offensichtlich nicht bestanden.«

»Noch lebst du doch, oder etwa nicht?«

»Nur weil der Kardinal dich zurückgepfiffen hat«, erwiderte er. »Fakt ist: Dir fehlt einfach der Wille, um dich zu zügeln.«

Kimball nahm sein Messer daraufhin herunter.

Ezechiel lehnte sich blutüberströmt an eine Wand.

Nun beging Kimball einen weiteren Fehler. In dem Moment, als er zu Vessucci ging, um ihm aufzuhelfen, hörte er von hinten ein Klickgeräusch.

Es war der Dorn, als er aus dem Zylinder schoss.

»Kimball aufpassen!«

Die Waffe flog nun durch die Kammer und traf Kimball genau oben an der Brust unterhalb des rechten Schlüsselbeins. Mit einem Mal sah er nur noch gleißend helle Sterne, und die Ränder seines Sichtfelds zogen sich dunkelrot zusammen. Er beobachtete fassungslos, wie sich Ezechiel unwirklich träge auf sein Katana zubewegte. Er sah den Zylinder, als er ihn aus der Brust zog, und den Dorn, der tief in seinem Fleisch steckte. Schmerzen stellten sich vorerst noch nicht ein, aber die Stimme des Kardinals kam wie aus weiter Ferne, tief wie von einem zu langsam abgespielten Tonband. Was auch immer er sagte, klang zu gedehnt, um es verstehen zu können.

Die Pistole lag jetzt rechts neben ihm auf dem Boden, nicht weit entfernt von dem Sockel des Sarkophags.

Gerade als Ezechiel den Griff des Schwertes zu fassen bekam, erreichte Kimball die Schusswaffe und hob sie gequält hoch, bis er auf seinen Schüler zielen konnte. Sein Gesichtskreis hatte sich mittlerweile zu einem kleinen Punkt mit dunkelroten Rändern verengt. Ihm wurde bereits schwarz vor Augen, doch er drückte trotzdem ab.

Die Kugeln schlugen hinter Ezechiel ein, weshalb dieser sich hastig duckte.

... zack ... zack ... zack ...

Sie verfehlten ihn und trafen nur die Wand, ein unersetzliches Relikt aus der Antike. Splitter platzten nach allen Seiten ab.

Ezechiel ließ das Katana wieder fallen, legte eine blutverschmierte Hand auf seinen Kopf und lief aus der Kammer.

Hayden ließ seinen Arm erschöpft hängen und die Smith & Wesson fiel aus seiner Hand. Sie blieb jedoch nicht weit von ihm entfernt liegen.

Vessucci kam sofort zu ihm und bettete Kimballs Kopf auf seinen Schoß. Er erkannte, dass der Mann das Bewusstsein verlor, denn seine Pupillen schrumpften zusehends zusammen, sodass sein Blick entrückt, und der Wirklichkeit enthoben wirkte. »Sie kommen wieder auf die Beine«, sicherte ihm der Kardinal ihm.

Daraufhin wandte sich der Kardinal dem Eingang zu, durch den Ezechiel geflohen war.

Alles war jetzt unheimlich ruhig.

Er sagte leise zu sich selbst: »Ich hätte niemals erwartet, eines Tages zu erleben, dass ein Ritter des Vatikans abtrünnig wird.«

Der alte Mann seufzte schwer.

Kapitel 47

Vatikanstadt | Drei Monate später

Fast drei Monate nach seiner Krebsdiagnose schied Papst Pius XIII friedlich im Schlaf dahin.

In dem Augenblick, als er starb, stand der Camerlengo – Kardinal Dominico Graziani hielt den Titel zurzeit inne – neben dem Bett und sprach den Namen des Papstes drei Mal aus, ohne eine Antwort zu erhalten. Nachdem er dieses althergebrachte Ritual beendet hatte, bestätigte das Pflegepersonal sein Ableben und stellte eine Todesurkunde aus. Der Camerlengo sperrte daraufhin das Privatgemach des Verstorbenen ab und setzte die Öffentlichkeit in Kenntnis, indem er den Kardinalvikar der Diözese Rom benachrichtigte. Im Anschluss an diese Mitteilung begann Graziani mit den Vorbereitungen des päpstlichen Bestattungsritus und der neuntägigen Trauerzeit, die *novemdieles* genannt wurde.

Während des Interregnums, der vorübergehenden Regierung, übernahm der Kardinal das Amt des Kirchenoberhaupts und leitete mithilfe von drei Mitarbeitern, die das Kollegium bestimmt hatte, umgehend die Wahl des neuen Papstes ein. So nahm das traditionelle Konklave seinen Anfang.

Am Wahltag nahmen die Kardinäle im Kreis in der Sixtinischen Kapelle Platz, erhielten einen Stimmzettel und schrieben einen Namen darauf. Dann schritten sie hintereinander mit Kardinal Vessucci an der Spitze zum Altar, auf dem ein Kelch mit Hostienteller stand. Nachdem sie ihren Zettel hochgehalten hatten, um ihre Stimmabgabe vor dem Konklave zu bestätigen, legten sie ihn auf den Teller und schoben ihn in den Kelch.

Als alle zu ihren Sitzen zurückgekehrt waren, schauten die Kardinäle Marcello und Vessucci einander an und nickten sich gewogen. Im Vorfeld hatte man verlauten lassen, Angullos Anhängerschaft sei unentschlossen, doch wessen Lager stärker war, sollte erst nach Abschluss der Konklave feststehen, da die Kardinäle ihre Entscheidung natürlich für sich behielten.

Der Camerlengo stieg daraufhin mit drei Gehilfen zum Altar hinauf und rief die Namen auf den Zetteln aus, damit diese auf einem Kontrollblatt gezählt werden konnten. Unterdessen gab sich Vessucci geschlagen und beugte seinen Kopf. Beim Verlesen zeichnete sich bereits ab, dass er unterlag, da lediglich ein Mehrheitsvotum benötigt wurde, also eine Stimme mehr als die Hälfte der Teilnehmer.

Nachdem man den letzten Namen vermerkt hatte, fädelte ein Assistent alle Stimmzettel mit einer Nadel auf und verknotete das Garn sorgfältig. Daraufhin wurden sie mit Beigaben verbrannt, die einen weißen Rauch erzeugten.

Dieser stieg durch den Schlot der Kapelle auf, hell wie die Quellwolken am strahlend blauen Himmel, und die Glocken des Petersdoms fingen an zu läuten.

Ein neuer Papst war gefunden.

Kardinal Constantino Marcello war dazu auserkoren worden, den vakanten Heiligen Thron unter dem Namen Papst

Gregor XVII zu besteigen, womit Vessucci plötzlich keine Macht mehr hatte.

Für ihn gab es keinerlei Zweifel daran, dass sich die Auflösung der Ritter des Vatikans unter der Herrschaft von Papst Gregor nicht verhindern lassen würde.

Und es gab nichts, was er dagegen unternehmen konnte.

Kapitel 48

Paris, Frankreich / Einen Tag nach der Wahl von Papst Gregor XVII

Ezechiel saß mit einer kleinen Tasse Latte draußen vor einem Imbissrestaurant. In den Händen hielt er die städtische Zeitung *Le Parisien*.

Nachdem er stark blutend und erschöpft aus der Nekropole geflohen war, hatte er einen Kurpfuscher aufgesucht und sich gegen ein pauschales Entgelt von ihm behandeln lassen, allerdings nicht ohne Vorauszahlung dafür, dass der Mann danach schwieg. Auf die Androhung hin, dass das Versprechen nicht eingehalten werden würde, falls er nicht noch mehr zahle als den abgesprochenen Betrag, hatte Ezechiel zu einem Skalpell gegriffen, und es gegen eine Wand der Praxis geworfen, wo es genau in einer hinaufkriechenden Kakerlake stecken geblieben war.

Eine wohl mehr als klare Ansage!

Daraufhin hatte der Doktor nichts mehr gesagt und den Mörder hastig verarztet.

Sobald Ezechiel wieder reisefähig gewesen war, hatte er sich auf den Weg nach Frankreich gemacht und sich dort so unauffällig wie möglich verhalten.

Knapp neunzig Tage nach seinem Kampf in der Nekropole wurde ihm, während er mit dem Eiffelturm im Rücken unter dem blauen Himmel saß und gurrende Tauben Krümel seines Croissants aufpickten, die rings um seinen Stuhl herum verteilt lagen, schwer ums Herz.

Ein Nachruf auf der Titelseite der Zeitung lobte Amerigo Anzalone, den verstorbenen Papst Pius XIII, in höchsten Tönen. Darin wurde sein Aufstieg zum Kirchenführer und die letzten Tage seines Lebens als Diener der internationalen Christengemeinde rekapituliert.

Am Ende muss ich ihn zutiefst enttäuscht haben, dachte Ezechiel. Es machte ihn sehr traurig.

Denn trotz seiner Abkehr hatte er den Papst hochgeachtet und hoffte insgeheim, Pius habe ihm seine vielen Fehltritte verziehen. Aus einem unerklärlichen Grund hielt er das nun für wichtig, wie er hier hockte und die Zeiten Revue passieren ließ, in denen ihm der Mann gewogen gewesen war.

Bitte vergebt mir!

Langsam legte er die Zeitung auf das weiße Tischtuch und schaute auf den Boden, wo sich die Tauben furchtlos um ihn scharten. Sie pickten, fraßen und gurrten weiter, während das Leben weiterhin seinen gewohnten Lauf nahm.

Es war ein schöner, aber trauriger Tag.

Nun flogen die Vögel in plötzlicher Panik flatternd hoch, sodass Ezechiel nur noch Federn sah. Dann waren sie auf einmal verschwunden.

An ihrer Stelle stand nun ein stattlich gebauter Mann mit heller Haut, rabenschwarzen Haaren und einer hervorstehenden, rosafarbenen Narbe unter dem Kinn, die er sich bei einem schweren Unfall zugezogen haben musste. »Widerliche Tiere, finden Sie nicht auch?«

Ezechiel sagte nichts, er starrte den Fremden nur an.

Dieser zeigte auf einen freien Stuhl auf der anderen Seite des Tischs. »Darf ich?«

»Sollte ich Sie kennen?«

Der Mann setzte sich, ohne auf eine Erlaubnis zu warten. »In gewisser Weise schon, glaube ich«, antwortete er geheimnisvoll.

Ezechiel hielt inne.

Als sich ihnen ein Kellner näherte, winkte der Mann ihn fort, dann schlug er lässig ein Bein über das andere und legte beide Hände auf das Knie. »Wir sind uns zwar noch nicht persönlich begegnet, aber ich bin mir sicher, Sie haben schon von mir gehört«, ließ er ihn wissen. »In Ihren Kreisen dürfte ich als Abraham Obadiah bekannt sein.«

Ezechiel ließ sich normalerweise nicht leicht aus der Ruhe bringen, blickte den Mann aber nun erschrocken an und langte sofort nach seiner Waffe.

Der Mann hob daraufhin schnell eine Hand hoch. »Nicht«, sagte er. »Denken Sie tatsächlich, ich würde mich ohne angemessene Rückendeckung an diesen Tisch setzen?«

»Ich könnte Sie töten, bevor jemand reagieren kann.«

»Das bezweifele ich doch sehr«, erwiderte er. »Schauen Sie mal auf Ihre Brust.«

Als Ezechiel dies tat, sah er drei rote Punkte eines Laservisiers genau auf seinem Herz. Die verborgenen Schützen entdeckte er jedoch nicht.

Zorn stieg in ihm auf. Ein paar Jahre zuvor hatte der Mann, der nun vor ihm saß, hinter der Entführung von Papst Pius gesteckt und mehrere Bischöfe des Heiligen Stuhls hinrichten lassen. Alle seine Erfüllungsgehilfen waren gestorben, und nur er hatte fliehen können, nachdem Kimballs Ritter Obadiahs Elitemilitärs bekämpft und besiegt hatten.

»Was wollen Sie hier?«, fragte Ezechiel.

Der Mann starrte ihn kurz an, bevor er ein Foto aus einer seiner Taschen hervorkramte und auf die aufgeschlagene *Le Parisien* legte. Es war alt, aber guterhalten und scharf. Es zeigte einen wesentlich jüngeren Kardinal Bonasero Vessucci. Neben ihm stand ein Mann mit lockerer, schwarzer Hose, soldatischem Barett, Priesterhemd und römisch-katholischem Kollar – Kimball Hayden.

»Wenn ein Blutsverwandter eines hochrangigen amerikanischen Senators vom Vatikan aufgenommen wird, erregt dies natürlich Aufmerksamkeit.« Er tippte auf das Bild. »Das wurde einen Tag nach der Unterzeichnung von Dokumenten gemacht, die Ihre Adoption bestätigten, wobei keine staatliche Institution Fragen stellte. Den Personen, für die ich arbeite, fallen solche Dinge natürlich sofort auf.«

»Worauf wollen Sie hinaus?«

Er zeigte auf Kimball. »Dieser Mann«, fuhr er fort. »Wer ist er?«

»Warum?«

Er tippte vehementer auf das Foto. »Wer … ist … er?«

Die beiden starrten einander bedrohlich und mit steinernen Mienen an. Schließlich antwortete Ezechiel beherrscht: »Sein Name ist Kimball Hayden.«

Obadiah lehnte sich zurück. »Kimball Hayden«, wiederholte er geistesabwesend und schaute ins Leere. Jetzt besaß der Unbekannte endlich einen Namen. »Und was tut Kimball Hayden genau?«

»Warum wollen Sie das denn wissen?«, fragte Kimball gereizt.

Sein Gegenüber beugte sich wieder nach vorn. »Sagen wir einfach, meine Leute behalten das Weltgeschehen zum Wohle der Menschheit im Auge.«

Nun grinste Ezechiel spöttisch. »Spionage«, unterstellte er ihm. »Damals im Zusammenhang mit der Entführung des Papstes hat man behauptet, Sie würden für den Mossad arbeiten.«

»Glauben Sie, was Sie wollen«, erwiderte Obadiah ruhig. »Falls man das behauptet hat, soll es mir recht sein,« Er beugte sich noch weiter vorwärts, als ob er Ezechiel ins Vertrauen ziehen wollte. »Jetzt erzählen Sie mir doch mal, was dieser Kimball Hayden so treibt – und warum er sich für den einzigen überlebenden Verwandten eines einflussreichen US-Senators interessiert?«

Ezechiel hielt weiterhin Abstand von ihm. Während er seine Hände wie zum Gebet faltete, legte er sie auf das Foto. »Er ist ein Ritter des Vatikans«, gab er nun preis. »Wie auch ich einer gewesen bin.«

Obadiah ließ sich daraufhin erneut gegen die Rückenlehne sacken. »Ein Ritter des Vatikans?«

Ezechiel nickte. »Der Vatikan unterhält eine eigene Gruppe von Elitesoldaten«, führte er weiter aus. »Sie waren diejenigen, mit denen Sie am Tag der Befreiung des Papstes aus Ihrer Gefangenschaft zu tun bekamen … und Kimball Hayden hat sie angeführt.«

Obadiah nickte. »Ich weiß.« Er hob seinen Arm und zeigte eine weitere auffällige Narbe. »Von ihm habe ich dieses Andenken.«

»Er hätte Sie umbringen sollen.«

»Das hat er aber nicht.« Eine Pause folgte, dann sagte er: »Und warum gerade Sie?«

»Um ein Ritter des Vatikans zu werden, muss man ohne Familie sein. Verwaist. Man wird dann von Kindesbeinen an zu einem gewandten und fachkundigen Kämpfer ausgebildet.«

»Faszinierend«, murmelte Obadiah. »Man greift also direkt auf das Vermächtnis der Spartaner zurück, indem man Kinder zu Ausnahmekämpfern abrichtet. Aber warum Sie?«

»Kimball hat damals meinen Großvater ermordet«, entgegnete Ezechiel.

»Im Dienst der Kirche?«

»Nein. Zu jener Zeit war er noch ein Auftragsmörder der Regierung der Vereinigten Staaten.«

Darüber staunte Obadiah nicht schlecht. Diese Information konnte schweren Schaden anrichten und genau so etwas, hatte seiner Organisation bislang noch gefehlt: Mord an einer politischen Instanz mit großer Macht durch einen Amtsträger im Weißen Haus. »Was für eine Rolle haben Sie gespielt?«

»Hayden hat mich aus persönlichen Gründen ausgesucht.«

Obadiah lächelte. »Seelenfrieden«, sagte er. »Er nahm sich Ihrer für seinen eigenen Seelenfrieden an.«

»Sie sind sehr scharfsinnig.«

»Der Mann möchte sein schlechtes Gewissen loswerden, also dient er dem Vatikan, um Vergebung zu finden. Sie zu retten, nachdem er Ihr Leben zerstört hatte, sei eine Art Wiedergutmachung, dachte er.«

»Sie haben den Nagel auf den Kopf getroffen.«

»Dann waren Sie also nichts weiter als ein Spielball für ihn?«

»Sozusagen, ja. Er versuchte, etwas aus mir zu machen.«

»Sicher doch.« Daraufhin nahm Obadiah mehrere weitere Abzüge aus seiner Jacketttasche und breitete sie auf dem Tisch vor ihm aus. Es waren Tatortfotos der Leichen der Mitglieder der Acht. »Mich beeindruckt, wie Sie vorgegangen sind«, meinte er nun. »Unser Nachrichtendienst wusste von dieser alten Geheimeinheit, doch wir haben bislang weder herausfinden können, wer diese Männer waren, noch ihre genaue Funktion bestimmen können. Als uns jedoch mitgeteilt wurde, dass jemand sie nacheinander umbrachte, mussten unsere Quellen ermitteln, wieso ehemalige Offizielle des Militärs so vermehrt ins Gras bissen, ob aus politischen oder anderen Gründen.« Er warf noch ein Foto auf die anderen. Es war mit einem UV-Objektiv gemacht worden. Darauf sah man Ezechiel beim Verlassen des Hauses der Ranch, nachdem er Hawk getötet hatte. Das nächste Foto, das Obadiah auf den Tisch legte, zeigte den abtrünnigen Ritter mit einem Scharfschützengewehr auf dem Dach, kurz bevor er einen gezielten Schuss auf einen der Hardwick-Brüder abgegeben hatte.

»Dann wurde uns auf einmal bewusst, dass keine politischen Motive dahintersteckten – dass es nichts weiter als ein persönlicher Rachefeldzug war.« Er bedeckte die Fotos nun mit einem letzten, auf dem Kimball Hayden aus einiger Entfernung zu erkennen war. »Und das ist der Mann, auf den Sie es von Anfang an abgesehen hatten, richtig?«

Ezechiel starrte auf das Foto, ohne zu antworten.

»Als ich dieses Bild gesehen habe, habe ich ihn sofort erkannt. Ich wusste, dass es derjenige aus dem Lagerhaus war, der den Papst befreit und meine Männer ausgeschaltet hat. Nie hätte ich damit gerechnet, ihn irgendwann einmal wiederzusehen.« Er nahm das Foto wieder an sich und betrachtete es intensiv. »Kimball Hayden war ein Mitglied der Acht und ist jetzt beim Vatikan angestellt. Einen krasseren Gegensatz gibt es wohl nicht.«

»Was wollen Sie, Obadiah?«

»Meinen eigenen Seelenfrieden«, erwiderte er umgehend. »Als ich begriff, dass der Enkel eines mächtigen Senators den Mann auf diesem Bild töten wollte und mittlerweile außergewöhnliche Fähigkeiten besitzt, die meine eigenen ausstechen könnten, witterte ich sofort eine Gelegenheit, selbst Rache üben zu können. Darum wartete ich in der Hoffnung, Sie würden Ihr Ziel erreichen und diesen Kerl aus unseren Leben tilgen.« Er legte das Foto wieder hin. »Aber es ist Ihnen leider nicht gelungen.«

»Ich habe meine Ziele noch immer alle erreicht«, widersprach ihm Ezechiel.

Obadiah rieb an der Narbe an seinem Arm.

»Jetzt wird er allerdings auf mich vorbereitet sein, was mir das Erreichen meines Ziels natürlich deutlich erschwert«, betonte Ezechiel.

Obadiah ließ von seinem Arm ab. »Und darum bin ich hier«, entgegnete er. »Anscheinend ist Kimball Hayden unser beider Moby Dick geworden, also mache ich Ihnen ein Angebot.«

»Ein Angebot?«

»Arbeiten Sie für meine Organisation!«, fuhr er fort.

»Kimball Hayden könnte uns bei zukünftigen Projekten gefährlich werden. Deshalb muss er unbedingt aus dem Verkehr gezogen werden. Gegen einen von uns steht er chancengleich da; gehen wir hingegen zu zweit gegen ihn vor, sind wir im Vorteil.«

»Warum sollte ich mich mit jemandem verbünden, der versucht hat, den Papst zu ermorden?«

»Was ich getan habe, war rein beruflich motiviert. Es standen nur politische Ziele dahinter, doch letzten Endes, als ich eingesehen habe, dass das Spiel aus war, nahm ich dem Papst selbst die Ketten ab, um ihn freizulassen. Mag sein, dass ich ein Eiferer bin, wenn es um die Arbeit für meine Organisation geht, doch das heißt nicht, ich würde verkennen, wenn alle Felle weggeschwommen sind. Den Papst zu töten ergab einfach keinen Sinn mehr.«

»Aber Ihre Leute haben es dennoch versucht.«

»Und wegen Kimball Hayden und den Rittern des Vatikans den höchsten Preis dafür gezahlt.« Erneut hielt er seinen Arm hoch. Die Narbe war immer noch unansehnlich und purpurrot. »Genauso wie ich.«

»Sie scheinen mir aber glimpflich davongekommen zu sein, wohingegen die anderen ihre Leben gelassen haben.«

»Das stimmt, doch er machte mich ein Stück weit zum Krüppel. Nichtsdestotrotz weiß ich mir weiterhin zu helfen.«

Daraufhin musterten sich die Männer mehrere Sekunden lang gegenseitig über den Tisch hinweg.

Schließlich wollte Obadiah von ihm wissen: »Sichern Sie mir Ihre Hilfe zu, Mr. Cartwright?«

»Ich heiße Ezechiel.«

Der Mann schmunzelte und bot ihm eine Hand an. »Gut«, sagte er. »Sind wir uns also einig, Ezechiel? Werden wir unseren Moby Dick nun gemeinsam jagen?«

Der ehemalige Ritter nickte mit einem Blick auf die ausgestreckte Hand, bevor er Obadiah in die Augen schaute, wobei ihm dessen gleichgültiger Gesichtsausdruck auffiel.

Zuletzt hob auch er den Arm und schüttelte Obadiahs Hand. »Arbeiten Sie für den Mossad?«, fragte er.

Sein Gegenüber lächelte erneut. »Vielleicht«, sagte er geheimnisvoll. Dann winkte er mit seiner anderen Hand, und die drei roten Punkte an Ezechiels Brust verschwanden.

Somit war ein neues Bündnis entstanden.

Kapitel 49

Vatikanstadt

Papst Gregor stand in seinem Gemach, als es an der Tür klopfte. Kardinal Angullo war beim ihm. Sie hatten sich gerade über verschiedene Angelegenheiten unterhalten. Nun galt es, die Veränderungen in Kraft zu setzen.

Gregor ging hinter seinen Schreibtisch und nahm Platz. Von dort aus rief er: »Treten Sie ein.«

Beim Hereinkommen ließ Kardinal Vessucci die Tür für Angullo auf, der das Zimmer daraufhin verließ. Im Vorbeigehen neigte er seinem Kollegen den Kopf zu, was dieser erwiderte – die Spannung zwischen den beiden ließ sich nicht leugnen – bevor er sich weiterbewegte. Nachdem er die Tür leise hinter Angullo geschlossen hatte, war er mit dem neugewählten Papst allein.

»Bitte«, sagte dieser mit Verweis auf einen der freien Sessel vor seinem Tisch. »Es gibt viel zu besprechen.«

Vessucci setzte sich. »Gratuliere, Constantino. Mit Eurer Wahl hat das Kollegium äußerste Umsicht bewiesen.«

»Soweit ich weiß, war es sehr knapp. Anscheinend änderten nicht wenige aus Kardinal Angullos Lager noch einmal ihre Meinung, was den Ausgang bis zuletzt unvorhersehbar gemacht hat. Das ist aber etwas, das wir nie genau erfahren werden, und ändert auch nichts an der Tatsache, Bonasero, dass ich zum neuen Papst ernannt worden bin.«

Bonasero Vessucci senkte sein Haupt ehrfurchtsvoll.

»Und wir haben nun einigen Diskussionsstoff«, fügte Gregor hinzu. »Dinge, die klargestellt werden müssen.«

»Selbstverständlich, Heiliger Vater.«

»Lassen Sie mich aber zunächst einmal betonen, dass ich den Tod von Papst Pius XIII sehr bedauere. Ich weiß, dass Sie eng mit ihm befreundet gewesen sind. Er war ein wirklich guter Mann.«

»Ein *großartiger* Mann.«

Gregor stimmte ihm zu. »Das steht außer Frage«, sagte er und lehnte sich zurück, um seinen Besucher zu betrachten. Dann erzählte er: »Erst vor wenigen Monaten saß ich an Ihrer Stelle und redete mit Amerigo, der sich für Sie starkmachte. Unser Gespräch drehte sich um Geheimnisse, die ich erst nach meinem möglichen Amtsantritt erfahren würde.«

»Es gibt Geheimnisse, das ist richtig.«

»Das wusste ich. Und ich habe ihm mitgeteilt, dass etwas meiner Einschätzung zufolge nur dann geheim gehalten wird, wenn es bis zu einem gewissen Grad unmoralisch ist. Ich habe aber festgestellt, dass dies, wie etwa bei der Dritten Prophezeiung der Fátima nicht immer der Fall sein muss. Diese muss aufgrund ihres Inhalts natürlich geheim bleiben, sollte sie sich wirklich erfüllen.«

»Ich verstehe.«

»Aber sie ist nicht das einzige Geheimnis, oder? Sie kennen auch noch weitere.«

»Es wird immer Geheimnisse geben.«

»Das hat Pius auch zu mir gesagt. Außerdem teilte er mir mit, dass Sie verpflichtet seien, mich in die vatikanischen

Geheimnisse einzuweihen, sollte ich sein Amt übernehmen.«

»Mir sagte er das Gleiche.«

Der Papst beugte sich nun zu ihm. »Ich wurde darauf hingewiesen, dass Sie ein Mitglied des Rates der Sieben seien. Existiert er also tatsächlich?«

Der Kardinal zögerte. Der Rat tagte schon seit vielen Jahren im Verborgenen. Sein Name hätte an niemanden außerhalb der Legislation weitergetragen werden dürfen. Anscheinend war es aber dennoch geschehen.

»Existiert er tatsächlich?«, wiederholte Gregor.

»Ja.«

»Und Sie sind amtierendes Mitglied?«

»Ja, das bin ich.«

»War Amerigo ebenfalls Mitglied?«

»Das war er.«

»Und wer gehört noch dazu?«

»Außer meiner Wenigkeit nur noch fünf andere. Papst Pius fungierte als Vorsitzender, genauso wie Johannes Paul II und viele weitere Papstvorgänger.«

»Johannes Paul … Wie lange existiert der Rat schon?«

»Seit dem Zweiten Weltkrieg, als die Nationalsozialisten anfingen, Gebiete in der Umgebung zu besetzen.«

Gregor wirkte derart verblüfft, dass sein Unterkiefer langsam herabsackte. »Ach so«, sagte er. Dann fragte er: »Und welchem Zweck dient der Rat konkret?«

»Er soll den Vatikan an allen Fronten beschützen«, erläuterte Vessucci. »Wir sorgen dafür, dass die Machtstellung der Kirche mitsamt ihren Interessen international erhalten und die Gläubigen unbescholten bleiben.«

»Und das schaffen sieben Mann allein? Nur dieser ... Rat?«

»Nein, wir schicken, wenn es notwendig ist, Streitkräfte zum Intervenieren in Krisengebiete auf der ganzen Welt.«

»Streitkräfte? Sie meinen die Schweizergarde, nicht wahr?«

Vessucci schüttelte den Kopf. »Nein«, gestand er nun. »Ich meine damit ganz besondere Streitkräfte, sehr spezielle Personen.«

Gregor schwieg geduldig und erwartungsvoll.

»Wie Ihr wisst, Heiliger Vater, sind mehr als neunzig Prozent aller Weltstaaten dem Vatikan diplomatisch verbunden, und in so einigen davon brechen von Zeit zu Zeit leider immer wieder Unruhen aus, bei denen auch Angehörige der katholischen Gemeinschaft ins Kreuzfeuer geraten.«

»Also lenken Sie mit diesen Streitkräften ein, ja?«

»Richtig.«

Gregor begann, mit den Fingern auf der Tischplatte zu trommeln, während er sitzen blieb und das Gesagte verarbeitete. »Und es ist nicht die Schweizergarde?«

»Nein, Heiliger Vater.«

»Gehört diese Gruppe zu den Geheimnissen, auf die Pius angespielt hat?«

»Möglicherweise. Ich war während Eurer Unterhaltung nicht zugegen, weshalb ich nicht beurteilen kann, inwieweit er ihre Existenz dabei durchblicken ließ.«

»Warum klären Sie mich dann nicht einfach selbst auf?«, legte ihm der Papst nahe. Er hörte auf, den Tisch mit seinen Fingerspitzen zu bearbeiten, sodass es plötzlich vollkommen still in dem Zimmer wurde.

»Sie trägt den Namen *Ritter des Vatikans*«, sagte der Kardinal. »Es handelt sich dabei um eine Einheit von Elitesoldaten, die von den Mitgliedern des Rates der Sieben erteilte Aufträge erledigen. Ihre Pflicht besteht darin, Brennpunkte aufzusuchen und die Situationen zu entschärfen, bevor diese eskalieren können.«

»Sprechen Sie hier etwa von einer Miliz?«

»Ich spreche von Soldaten ...«

»Von einer Miliz, die sich unter der wehenden Fahne der Vatikanstadt in Gefechte einmischt?«

»Ja.«

Gregor beugte sich erneut nach vorn. »Wir leben nicht mehr im Mittelalter, sondern haben längst aufgehört, das Christentum mit Waffengewalt zu verbreiten.«

»Es geht hier nicht um Missionierung«, stellte Vessucci klar. »Die Ritter werden nur ausgesandt, um Leben zu retten, und wie ich bereits sagte, lautet unsere Pflicht, die Machtstellung der Kirche mitsamt ihren Interessen zu erhalten ...«

»... und die Unbescholtenheit der Gläubigen zu gewährleisten«, ergänzte Gregor. »Aber die Aufgabe, Leben zu retten, obliegt uns nicht. Gottes leitende Hand entscheidet über das Schicksal, und nicht irgendeine Miliz!« Während sich der Papst wieder zurücklehnte, löste er seinen Blick nicht eine Sekunde von Vessucci. Schließlich fuhr er geruhsamer fort: »Haben diese Ritter schon jemals jemanden getötet?«

»Ja, das haben sie.«

Gregor nickte. »Und seit wann steht Mord auf der Agenda der Kirche?«

»Sie morden nicht«, bekräftigte der Kardinal noch einmal, vermutlich lauter als beabsichtigt. »Sie ergreifen einfach nur alle notwendigen Maßnahmen zum Erreichen unserer Ziele.«

»Unter meiner Regentschaft als Papst wird es garantiert keinerlei Mordkommandos geben«, kündigte Gregor unmissverständlich an.

»Sie sind aber kein Mordkommando, sondern Bewahrer des Glaubens.«

»Nur das Wort Gottes bewahrt den Glauben.«

»Das Wort Gottes allein bewahrt weder den Vatikan noch seine Interessen oder Anhänger vor dem, was uns bevorsteht. Die Welt dort draußen hat sich weitergedreht, und der Katholizismus wird immer häufiger von Fanatikern gefährdet. Schon Eure Vorgänger haben uns das Recht eingeräumt, die Kirche und ihre Belange zu verteidigen. Und die Ritter des Vatikans tun dies schon seit über siebzig Jahren.«

»Ich werde aber keine Mordkommandos unter Gottes Banner unterstützen oder auch nur billigen«, beharrte Gregor. »Sollten Gläubige dem Schwert zum Opfer fallen, dann mögen die Betreffenden in Gottes Gnaden aufgenommen werden, und die, welche das Schwert führen, seinen Zorn spüren. Wir unterhalten hier bestimmt kein Militär!«

»Heiliger Vater, die Ritter des Vatikans waren diejenigen, die Papst Pius in den Vereinigten Staaten gerettet haben, nachdem ihn militante Männer entführt hatten. Und Kimball Hayden war derjenige, der das Leben Eures Vorgängers an Bord der Shepherd One gerettet hat, als diese gekapert wurde.«

»Kimball Hayden?«

»Er ist der Anführer der Einheit.«

Papst Gregor schien einen Augenblick lang darüber nachzudenken. »Wo ist diese Einheit untergebracht?«

»In einem Gebäude an den päpstlichen Gärten«, antwortete der Kardinal.

»Auf vatikanischem Boden?«

»Ja, Heiliger Vater.«

Gregor nickte. »Fortan regiert ein anderer Papst, das ist Ihnen doch bewusst, Bonasero, nicht wahr?«

Vessucci nickte ebenfalls.

»Ich werde in meinem Amt als Oberhaupt der Kirche keine anderen Streitkräfte als die Schweizergarde dulden, ist das klar?«

»Heiliger Vater, ich bitte Euch inständig: Ihre Notwendigkeit, um abzuwenden, was noch kommen wird, macht die Ritter einfach unerlässlich. Sie sind ein Schild, der den Vatikan über die Stadtgrenzen hinaus beschützt. Falls wir sie auflösen, stehen wir weltweit unglaublich verletzbar da.«

»Sie müssen an Ihrem Glauben festhalten, Bonasero, und darauf bauen, dass diese Welt nicht jene Hölle ist, als die Sie sie darstellen. Gottes Wort ist stark genug, um die Herzen aller Menschen zu erreichen.«

»Das stimmt, doch manche Menschen sehen und hören Gott nun einmal anders – und mitunter deuten sie sein Wort nicht als Fürsprache für Barmherzigkeit.«

»Glauben Sie!«, war alles, was der Papst ihm daraufhin entgegensetzte.

Vessucci schloss seine Augen. Diese Meinung überraschte ihn nicht in Anbetracht von Marcellos Geisteshaltung, die dem Kardinalskollegium mehr als einschlägig bekannt war.

»Sie werden diese Gruppe unverzüglich auflösen«, befahl der Papst. »Und damit meine ich noch heute. Diese Männer dürfen keine weitere Nacht auf heiligem Boden verbringen und alles verderben, wofür der Katholizismus steht. Haben Sie mich verstanden?«

»Heiliger Vater …«

»Ich fragte: Haben Sie mich verstanden?«

Der Kardinal nickte erneut und erwiderte niedergeschlagen: »Ich habe verstanden.«

»Und Sie werden niemandem sonst von ihnen erzählen, von diesen … Rittern des Vatikans.«

»Jawohl, Heiliger Vater.«

Daraufhin faltete Gregor gebetsmäßig die Hände. »Es gibt da noch eine Angelegenheit«, fuhr er fort. »Angeblich geschehen in der Erzdiözese unlautere Dinge. Im Allgemeinen würde ich sagen, die meisten Gerüchte diesbezüglich sind haltlos, doch vonnöten ist jemand wie Sie, der das Urteilsvermögen besitzt, Fakten aus Unterstellungen heraus zu sieben, um sich Klarheit zu verschaffen.«

»Aber ich bin vatikanischer Präsident«, entgegnete Vessucci. »Mein Pflichtbereich befindet sich hier.«

»Ihr Pflichtbereich, mein lieber Kardinal, befindet sich überall, wo ich es für das Wohl der Kirche zuträglich ansehe. Sie werden deshalb versetzt.«

»In die USA?«

»Nach Boston, richtig.«

»Und was wird aus meiner Arbeit als Präsident?«

»Ihre Position übernimmt Kardinal Angullo. Er wird uns eine Bereicherung sein und – davon bin ich überzeugt – seine Aufgabe in hervorragender Art und Weise erfüllen.«

»Warum tut Ihr das?«

Der Papst schaute ihm genau in die Augen. »Ich tue, was ich tue, Bonasero, weil die Kirche dringend einen Richtungswechsel braucht. Und zwar dorthin, wohin uns Gott führen möchte.«

»Selbst Gott räumt einem das Recht zur Selbstverteidigung ein – und auch das Recht, für diejenigen einzustehen, die sich nicht selbst verteidigen können.«

»Sie reisen übermorgen nach Boston ab«, entschied der Papst.

Die Grundsatzdiskussion war damit offensichtlich vorbei, was ihn anging, also erhob sich Vessucci.

»Eines noch«, sagte der Papst und schaute dabei vorsätzlich nicht auf, sondern griff zu einem Stift und hielt ihn über ein Blatt Papier. »Ich will die Namen der fünf anderen Kardinäle erfahren, die zu diesem Rat der Sieben gehören.«

»Warum?«

»Ich muss Ihnen meine Absichten nicht darlegen. Ich fordere Sie lediglich auf, und Sie kommen meiner Aufforderung nach.«

»Werden diese auch an abgeschiedene Orte versetzt? Zur Bestrafung dafür, dass sie ihres Erachtens getan haben, was rechtens ist?

»Die Namen, Bonasero. Sofort!«

Vessucci holte tief Luft und blies sie geräuschvoll aus; eine Geste zunehmender Frustration.

Und dann gab er preis, was der Papst verlangt hatte.

Kapitel 50

Vatikanstadt, Kongregation für den Klerus

Im Sprechzimmer von Monsignore Dom Giammacio war die Luft trüb vor Zigarettenqualm. Kimball saß auf seinem angestammten Platz, während der Therapeut darauf wartete, dass er die Sitzung seinerseits eröffnete.

Es handelte sich um die erste seit dem Vorfall in der Nekropole, bei dem der Dorn von Ezechiels Zylinder Haydens Herz nur um weniger als vier Zoll verfehlt hatte. Sie war aber dennoch tief genug eingedrungen, um einen Lungenflügel zu durchstoßen, woraufhin sich dieser mit Blut gefüllt hatte wie eine Blase. Aufgrund dieser und anderer Verletzungen war er wochenlang bettlägerig gewesen, phasenweise auch fieberig im Zuge einstweiliger Infektionen.

Mittlerweile hatte er sich allerdings soweit erholt, dass er sich wieder bewegen konnte, auch wenn er noch immer unter Schmerzen litt und bisweilen Schwierigkeiten beim Atmen hatte. Schmerzlicher waren allerdings seine Gefühle … der Verlust von Papst Pius XIII und Ezechiels Verrat.

Gerade rieb er sich mit einer Hand den Unterarm, der von dem chinesischen Wurfstern getroffen worden war. Man hatte den gebrochenen Knochen nageln und mit Schrauben fixieren müssen.

»Tut es immer noch weh?«, erkundigte sich der Monsignore.

Nun hörte der Ritter sofort zu reiben auf. »Wird schon wieder«, antwortete er knapp.

»Kimball, ich trauere auch um Papst Pius«, sprach Giammacio weiter. »Sein Tod traf alle schwer, die ihn gut kannten. Sie scheinen sich jedoch wesentlich schwerer damit zu tun. Wir können darüber reden, falls Sie es möchten.«

»Es liegt nicht nur daran, Padre. Es gibt mehr Probleme.«

»Beispielsweise das, was in der Nekropole geschehen ist?«

»Unter anderem, ja.«

Der Monsignore beugte sich nach vorn. »Sind Sie sicher, dass es nicht hauptsächlich daran liegt?«

Kimball warf ihm einen Seitenblick zu. »Ist Ihnen schon einmal jemand in den Rücken gefallen?«

Der Therapeut schien einen Moment lang zu überlegen. »Ich denke schon«, erwiderte er dann.

»Haben Sie je einer Person so nahegestanden, dass Sie sie als Teil ihrer selbst oder als leibliches Kind angesehen haben?«

»Nein.«

Nachdem Kimball die Augen abgewendet hatte, starrte er ins Leere, als spiele sich etwas vor ihm ab, dass nur er sehen konnte. »Wissen Sie, was in der Nekropole genau geschah?«

»Ich weiß nur, dass Sie dort unten lebensgefährlich verletzt wurden. Wenn ich mich nicht irre, haben sie sich im Bestreben, den guten Kardinal Vessucci zu retten, den Arm gebrochen und ein Loch in der Lunge zugezogen.«

»Der Kardinal war nie wirklich in Gefahr«, entgegnete Hayden. »Es ging nur um mich. Ich wurde auf die Probe gestellt.«

»Von demjenigen, der versucht hat, Sie zu töten?«

»Von ihm, von Gott, und von mir selbst. Alles lief letzten Endes auf die Frage hinaus, ob ich tatsächlich imstande bin, mich zu ändern.«

»Zu ändern?«

Er nickte. »Bei unserem letzten Treffen haben Sie mir erzählt, ich könne Erlösung finden, weil ich nicht mehr derselbe wie früher sei. Sie haben gemeint, ich hätte seinerzeit willentlich getötet und würde es jetzt nur noch gezwungenermaßen tun … Und das darin der Unterschied zwischen Dunkelheit und Licht besteht.«

»Ich entsinne mich daran.«

»In der Nekropole, als ich erfahren habe, dass mich ein Mensch verraten hatte, dem ich sehr eng verbunden war, und Erlösung vollkommen ausgeschlossen war, bekam ich ein sehr vertrautes Gefühl.«

»Welches?«

Kimball schaute den Monsignore wieder an. »Ich erkannte, dass ich mich überhaupt nicht geändert habe«, erklärte er. »Ich habe mich bloß vor dem versteckt, was immer präsent war … vor der Wahrheit.«

Der Therapeut nahm daraufhin seine Schachtel Zigaretten, schüttelte eine heraus und steckte sie an. Nachdem er das Streichholz hin und her geschwenkt hatte, bis es erlosch, legte er es sorgfältig in den Aschenbecher. »Und wie lautet die Wahrheit?«

Hayden zögerte und bekam erneut jenen entrückten Blick.

»Kimball, wie lautet die Wahrheit?«, wiederholte Giammacio.

»Mein Leben war eine einzige Lüge«, antwortete der Ritter. »Erlösung stand von jeher außer Frage, egal wie sehr ich mich auch darum bemühte, denn die Tatsachen bleiben doch immer die gleichen.«

»Und welche war das genau?«

»Dass ich töte, weil ich es so will, nicht weil ich es muss!«

»Haben Sie denn kürzlich jemanden getötet, weil Sie es wollten?«

»Nein.«

»Sondern weil Sie gezwungen waren, oder?«

»Ja, doch das ändert trotzdem nichts daran, dass ich momentan vor allem eines tun will.«

»Und das wäre?«

»Ich *will* Ezechiel töten«, gestand er dem Padre.

»Ist das der Mann, der Sie verraten hat?«

»Ja.«

»Haben Sie denn genauer in sich hineingehorcht, Kimball? Haben Sie tief genug geblickt, um zu erkennen, dass Ihre seelischen Wunden viel schwerer sind als die körperlichen und dass die Wut darüber, hintergangen worden zu sein, Ihre Fähigkeit untergräbt, logisch und vernünftig zu denken?«

»Ich werde nicht rechtfertigen, was ich empfinde, Monsignore, indem ich behaupte, so zu empfinden sei richtig, weil ich wütend bin. Er hat andere Menschen wegen eines persönlichen Hasses auf mich umgebracht. Darum verdient er, was ich mit ihm tun werde.«

Giammacio lehnte sich wieder zurück. »Sie wollen ihn also töten.«

»Andernfalls wird er mich töten.«

»Nicht unbedingt.«

»Ohne Ihnen zu nahe zu treten, Padre, Aber Sie hatten offensichtlich noch nie das starke *Bedürfnis*, jemanden zu töten. Ich schon. Und es wird lediglich zunehmen, bis ich und wohl auch er wahnsinnig werden, außer wir treffen wieder aufeinander.«

»Was meinen Sie, hätte Papst Pius davon gehalten?«

Kimballs Gesicht verfinsterte sich ein wenig, und zeigte einen Anflug von Kummer und Enttäuschung.

»Amerigo ist tot«, gab er zurück.

»Glauben Sie, dass er über uns wacht?«

»Tun Sie mir das nicht an! Machen Sie mein schlechtes Gewissen nicht noch schlimmer! Ich bin, was ich bin!«

»Aber was ist mit Kardinal Vessucci? Hat er nicht den Menschen in Ihnen erkannt, den Sie selbst nicht haben sehen können?«

»Ich kann diesen Menschen, den er zu erkennen geglaubt hat, aber nicht sehen, weil es ihn gar nicht gibt! Ich bin ein Mörder, Padre! Das entspricht meinem Wesen. Töten fällt mir leicht.«

»Sie leisten der Kirche schon so lange gute Dienste. Sie hadern jetzt mit Ihrem Glauben und sprechen sich auf einmal Ihre Tugendhaftigkeit ab, weil Sie ungeheuer zornig sind.«

Kimball entging der hohe Tonfall seines Gegenübers nicht. *Sollte dies etwa eine Rüge sein?*

»Sie sitzen da und vergessen all Ihre Leistungen für die Kirche«, fuhr Giammacio fort. »Die Leben, die Sie gerettet haben, und Ihre eigene Läuterung mit der Einsicht, dass über die Dunkelheit Ihres früheren Lebens hinaus Hoffnung besteht. Jetzt, nachdem Sie verraten wurden, kommen Ihnen plötzlich alle Wendungen zum Besseren in Ihrem Leben und das Licht, das Ihnen den Weg weist, vergeblich vor, weil Sie den Zorn, der Sie wie ein dunkles Feuer verzehrt, einfach nicht loslassen wollen.«

Kimball biss sich auf die Zähne, als wenn er jenen Zorn sichtbar nach außen kehren wollte.

»Dann haben Sie vermutlich recht«, sagte der Monsignore, während er seinen Kopf schräg hielt und Qualm zur Zimmerdecke blies. »Vielleicht sind Sie nur ein unverbesserlicher Mörder, doch wissen Sie, was ich in Ihnen sehe? Was Papst Pius und Kardinal Vessucci in Ihnen gesehen haben?«

Haydens ganzer Körper verkrampfte sich.

»Einen Mann, dessen Pflichtergebenheit so viel stärker war als seine Überzeugung von sich selbst. Eines Tages erfuhr er dann eine göttliche Erleuchtung und erkannte, dass die Suche nach dem Licht des Himmelreichs nicht nur eine Notwendigkeit, sondern auch ein erreichbares Ziel darstellte. Was Pius in Ihnen sah, was Kardinal Vessucci in Ihnen sah, war das Potenzial, Ihr wahres Selbst zu entdecken, Kimball. Und das ist ein Mann, der sich verrannt hat, weshalb er versucht, wieder auf den rechten Pfad zu gelangen.«

Langsam entspannte sich Hayden wieder.

»Jawohl, Sie wurden verraten – und leider bestimmt nicht zum letzten Mal, doch Verrat gehört nun mal zu den Lehren, die das Leben uns erteilt, und wir müssen unsere Konsequenzen daraus ziehen, indem wir ihn mit dem Willen entgegentreten, zu verzeihen, anstatt unserer Rachsucht zu erliegen. Wenn Sie diesen Unterschied begreifen, Kimball, wenn der Zorn erst einmal nachlässt, dann steht für mich fest, dass Sie den Pfad des Lichts wiederfinden werden.«

Der Ritter seufzte. »Ezechiel ist aber noch nicht fertig mit mir. Er wird zurückkehren, um sein Vorhaben zu Ende zu führen.«

»Wenn er zurückkehrt, dann werden Zorn und Hass gewiss seinen Untergang bedeuten. Wer sich nämlich entscheidet, der Finsternis verhaftet zu bleiben, findet nur tief in ihr eine unliebsame Zuflucht.«

Kimball stand auf und ging zum Fenster. Hunderte Besucher tummelten sich momentan auf dem Petersplatz. »Amerigo und Ezechiel gleichzeitig zu verlieren ist im Augenblick einfach zu viel für mich«, gestand er.

»In der Psychologie unterscheidet man verschiedene Phasen des Umgangs mit einem Verlust, etwa Wut, Trauer und Verdrängung. Sie alle sind Teil des Verarbeitungsprozesses. Auch Sie bleiben davon nicht verschont. Ich erkenne eindeutig, dass Sie diesen Prozess gerade aktuell durchmachen. Das beweist nur Ihre Menschlichkeit, finde ich.«

Hayden dachte ernsthaft darüber nach. Was der Monsignore ihm bezüglich der Phasen sagte, stimmte. Im Zuge seiner Wut auf Ezechiel hatte er den Metallzylinder genommen, mit einem Hammer zertrümmert und ihn dann weggeworfen. Die Waffe würde nie wieder jemanden verletzen können.

»Kimball?«

»Ja?«

»Ihre Sitzung ist fast vorbei. Haben Sie noch etwas auf dem Herzen, das Sie gern loswerden möchten?«

Er überlegte, aber ihm fiel nichts ein. »Nein, Padre.«

Nun klopfte es an der Tür.

»Entschuldigen Sie bitte«, sagte Giammacio und ging hinüber.

Dann hörte Kimball ihn hinter seinem Rücken mit jemandem tuscheln. Er selbst starrte immer noch auf die Menschenmassen auf dem Petersplatz.

»Kimball.«

Daraufhin drehte er sich um. Der Monsignore stand jetzt mit einem Bischof im amtlichen Ornat an der Tür.

»Anscheinend würde Kardinal Vessucci gern mit Ihnen über die Tagungskammer reden. Kennen Sie einen solchen Raum?«

Es handelte sich dabei um den Versammlungsraum des Rates der Sieben, wo er sich normalerweise zur Vorbesprechung von Einsätzen einfand. »Ja.«

»Er wird Sie dort erwarten«, fuhr der Monsignore fort.

Als Kimball hinausgehen wollte, blieb er kurz neben seinem Therapeuten stehen. »Danke«, flüsterte er. Und die Art und Weise, wie er das Wort aussprach, zeugte fürwahr von tiefster Dankbarkeit.

»Es war mir ein Vergnügen«, erwiderte der Monsignore, »und falls Sie sonst nichts mitnehmen, dann zumindest dies: Sie haben recht, wenn Sie sagen, dass man ist, was man ist. In der Regel sieht man selbst zuletzt, wer man ist, nachdem es andere schon längst erkannt haben.«

Kimball hob eine Hand und drückte sanft eine von Giammacios Schultern. »Ich weiß Ihre Bemühungen zu schätzen, Monsignore, wirklich. Aber nur eine Ihrer Aussagen war richtig: Man ist, was man ist.«

Während er entschlossenen Schrittes mit steinernem Gesicht davonging, rief der Therapeut ihm etwas hinterher.

Kimball ignorierte die Bitten des Mannes jedoch, während ihm die Vergeltungssucht zu Kopf stieg.

Ich bin, was ich bin!

Kapitel 51

Vatikanstadt, Tagungskammer des Rates der Sieben

In einem Raum tief unter dem Petersdom, wo niemand ohne Weiteres eintreten durfte, standen auf einem vier Fuß hohen Marmorpodest sieben Sessel. Jener des Papstes war mit Blattgold verziert, das Gestell mit eingeschnitzten Engeln und Putten geschmückt. Der zweite Sessel, ein kleinerer, sah weniger opulent aus, das Holzrelief war nicht so ästhetisch wie am Sitz des Papstes, aber dennoch liebevoll genug herausgearbeitet, um die Aufmerksamkeit eines Kenners zu wecken. Es handelte sich dabei um Kardinal Bonasero Vessuccis Platz. Die fünf anderen Sessel mochten im Vergleich noch schlichter wirken, doch ihre Holzteile zeigten geflügelte Engel, die mit strahlenden Gesichtern Harfe spielten, detaillierte wie ebenmäßige Stilisierungen.

Vessucci setzte sich nun auf seinen Platz und fuhr sanft mit den Fingern über die Bilder. *Das ist das letzte Mal, dass ich hier sitzen darf*, dachte er.

Am Ende des langen Flurs vor der Kammer ging nun eine Holztür auf. Kimball trat ein und ging auf das Podest zu, wobei ihm auffiel, dass der Kardinal ganz allein dasaß und ein äußerst bekümmertes Gesicht machte, was definitiv nichts Gutes erwarten ließ.

»Bonasero.« Er zeigte auf die leeren Sessel. »Wo sind die anderen?«

Vessucci stand mühsam auf. »Es gibt leider keine anderen mehr«, antwortete er traurig. Dann ging er zum Sessel des Papstes und ließ seine Hände zärtlich über das Holz gleiten. »Hier saßen viele große Männer«, fuhr er fort, »die über die Schicksale redlicher, anständiger Menschen entschieden haben. Bedauerlicherweise wird dieser Platz nun nie wieder besetzt werden.«

Kimball trat einen Schritt vor. »Wollen Sie damit sagen, dass Papst Gregor im Begriff ist, die Ritter des Vatikans aufzulösen?«

»Nicht nur im Begriff ... Er hat es bereits getan!«

Der Kardinal kam zu ihm an den Rand des Podests und streckte eine Hand nach ihm aus. »Bitte, Kimball, wenn Sie mir kurz hinunterhelfen würden.«

Hayden hielt ihm beim Nehmen der vier Stufen die Hand, eine anstrengende Tätigkeit für den alten Mann. Als sie zu zweit vor dem Podest standen, schauten sie beide auf die unbesetzten Sessel. Die Stimmung zwischen ihnen war bedrückend und Verlusttrauer nicht unähnlich.

»Während des Zweiten Weltkrieges«, begann Vessucci, »floh ein abtrünniger Nazi von seinem Regiment, weil er eine unerträgliche Grausamkeit nach der anderen mitangesehen hatte, und fand hinter den vatikanischen Mauern Unterschlupf. Als die ersten Nazis in der Großregion Rom einfielen und drohten, den Papstsitz unter Görings Kommando nach Deutschland zu verlegen, schwor sich jener eine Soldat, diejenigen zu verteidigen, die sich nicht eigenmächtig wehren konnten. Während das Naziregime an allen Fronten Niederlagen erlitt, bot dieser einzelne Soldat der Kirche seine Dienste an, indem er die Maxime hervorhob, dass Treue über allem stehe, außer Ehre. Nun da Papst Pius XIII verstorben ist, fürchte ich, dass das alles jäh zu Ende gehen wird.« Er wandte sich Kimball mit einer Miene zu, die seinen Schmerz nicht verhehlen konnte. »Ich hielt es einfach nur für angemessen, mein Freund, Sie hier in dieser Kammer zu treffen, wo alles begonnen hat.«

Kimball blickte zu den Sesseln hinauf. Sie unbesetzt zu sehen wirkte sonderbar. Außerdem war es eigenartig still im Raum – wie in einer Gruft, unheimlich und leer.

»Ich habe Wert daraufgelegt, dass Sie es von mir persönlich erfahren«, sagte Vessucci. »Es gibt keinen Besseren als Sie. Vor allem jedoch haben Sie einen so weiten Weg hinter sich, was Menschengüte betrifft.«

Kimball schämte sich. Wie sollte er jemandem, der ihm eine Chance auf Erlösung gegeben hatte, begreiflich machen, dass sein Blut gerade kochte, weil er seinen Drang, Ezechiel zu töten, so sehr zurückhalten musste? Er war kein Erretter! Er war lediglich ein einfacher Mensch mit einem flüchtigen Traum von Vergebung gewesen, den es zerrissen hatte wie eine Seifenblase. Von Ezechiel kannte er die Wahrheit: Unter der Oberfläche herrschte Finsternis.

Kardinal Vessucci konnte eines allerdings ganz besonders gut: beliebige Menschen durchschauen. In Kimballs stahlblauen Augen erkannte er jetzt etwas Dunkles. »Sie sind immer noch wütend.« Es war eine Aussage, keine Frage. »Dass der Knabe, den Sie aufgezogen haben, Sie hintergangen hat, macht Sie rasend, nicht wahr?«

»Ich habe es doch nur gut mit ihm gemeint.«

»Natürlich, Kimball, doch der Weg zur Hölle ist nun mal mit hehren Absichten gepflastert.«

»Ich wäre nie darauf gekommen, dass er mich erkannt hat, als ich ihn damals aus dem Waisenhaus geholt habe.«

»Anscheinend hat er es aber getan. Und daraufhin machte ihn der Zorn zu einem Eiferer.«

Sie machten sich vom Podest aus auf den Weg zur Tür der Kammer.

»Kimball, er sieht Sie als den Verräter seines Großvaters an und er wird jetzt genauso von Hass geblendet wie Sie. Das ist ein hässliches Gefühl, doch Sie stehen darüber, ob Sie es glauben oder nicht.«

»Er hat Job und Joshua umgebracht!«

»Wofür Gott ihn, und nicht Sie zur Rechenschaft ziehen wird.«

Hayden seufzte. Sie machten kurze Schritte, weil der Kardinal sehr wacklig auf den Beinen war. »Sie sind ein guter Mensch geworden, Kimball. Bleiben Sie es einfach und entsagen Sie dem Hass. Ezechiel hat sich von Gott abgewandt und soll dementsprechend gerichtet werden.«

Nichtsdestotrotz schwelte etwas tief in Kimball weiter vor sich hin.

»Und was wird aus Ihnen?«, fragte er.

Der Kardinal blieb abrupt stehen. »So wie es aussieht, wurde ich degradiert«, erwiderte er.

»Wozu denn?«

»Der ehrenwerte Papst Gregor hält es offenbar für angebracht, mich nach Boston zu versetzen, wo es anscheinend momentan nicht ganz sauber zugeht. Die Diözese dort sieht sich mit Betrugsvorwürfen konfrontiert, und er meint, ich würde mich am Umsichtigsten um solche Belange kümmern können.«

»Aber wer wird dann vatikanischer Präsident?«

»Alles deutet darauf hin, dass Kardinal Angullo mein Amt übernehmen wird.«

Nun knirschte Kimball mit den Zähnen.

»Und die anderen Ratsmitglieder?«

»Auch Sie werden versetzt.«

Das war es also: Diejenigen, die mit den Rittern des Vatikans zu tun hatten, wurden voneinander getrennt und auf der ganzen Welt verstreut wie Asche vom Wind.

»Kimball, Sie haben sich das Recht verdient.«

»Das Recht worauf?«, fragte dieser verwirrt.

Der Kardinal drehte sich zu ihm um und lächelte. »Auf Erlösung«, antwortete er. »Sie gebührt Ihnen. Und zwar schon seit einer ganzen Weile.«

Vorübergehend schlug Haydens Herz höher. Es war ein erbauendes Gefühl.

»Sie haben sich viele Male darum verdient gemacht«, bekräftigte Vessucci noch einmal. »Darum lassen Sie sich Ihr Herz nicht von Ezechiel verderben. Erfüllen Sie es stattdessen lieber mit Nachsicht.«

Sie näherten sich nun der gewaltigen Tür.

»Also, was werden Sie jetzt tun?«, fragte er schließlich.

Kimball zuckte mit den Achseln. Ihm fiel keine Antwort ein. »Ich bin mir nicht sicher«, hob er an. »Ich war nie etwas anderes als ein Ritter des Vatikans.«

Er beugte sich nach vorn, packte den kunstgeschmiedeten Eisenring der Tür und zog sie auf, wobei die alten Angeln protestierend quietschten.

»Die Einheit besteht nicht mehr«, sagte der Kardinal. »Sie sind der Letzte. Ich möchte allerdings eines betonen.« Sie starrten beide durch die offene Tür – noch einmal auf die verlassenen Stühle auf dem Podest. »Sie sind so etwas wie ein Sohn für mich geworden. Und ich bin stolz auf Sie, Kimball, genauso wie es Papst Pius und Papst Johannes Paul gewesen sind. Sie haben mir stets am Herzen gelegen, Kimball, und ich werde Sie niemals vergessen.«

Hayden war den Tränen nahe. Er verlor von jetzt auf gleich mit einem Mal seine ganze Familie.

»Und das ist nun das Ende vom Lied?«, entgegnete er.

Der Kardinal blieb stehen und blickte noch einmal in die Kammer hinein. Das Podest wirkte prachtvoll, und es war eine geschichtsträchtige Ideenschmiede gewesen.

»Wer weiß?«, gab er schließlich zurück. »Vielleicht ruft die Pflicht Sie ja eines Tages wieder.«

»Das ist eher unwahrscheinlich.«

Vessucci ging nicht darauf ein, sondern sagte nur: »Bitte schließen Sie die Tür.«

Langsam zog Kimball das wuchtige Blatt zu, bis sie die Bühne nicht mehr sehen konnten.

Epilog

Kimball kehrte gar nicht erst in sein Quartier zurück, um zu packen. Stattdessen ging über den Petersplatz, durch den Dom und schließlich an den Kolonnaden vorbei in die Vatikanischen Gärten, wo er sich hinsetzte und solange blieb, bis der Spätnachmittagshimmel von Gelb- zu Orange- und Rottönen changierte.

Dort fand er einen inneren Frieden, wie er es noch nie zuvor erlebt hatte.

Irgendwann raffte er sich wieder auf und nahm den kurzen Weg zu den Unterkünften der Ritter, wobei er sich zwischen vertrauten und bisher ungekannten Emotionen hin und her gerissen fühlte. Kein Zweifel, er kochte innerlich, doch gleichzeitig war da auch diese gegensätzliche Gemütsruhe, und mal überwog das eine, mal das andere.

Vielleicht hatte der Kardinal am Ende doch nicht ganz unrecht, dachte er.

Falls Fragen bezüglich seiner Empfindungen für Ezechiel offen waren, konnte er sie noch nicht beantworten. Zumindest erwies sich seine Prüfung – sollte er töten, um eine zugrunde liegende Rechnung zu begleichen, oder Erlösung finden und ihn davonkommen lassen? – als viel schwieriger als gedacht.

Egal wie es ausgehen würde, er musste endlich damit abschließen.

Den Weg zu den Unterkünften anzutreten bereitete ihm fast körperliche Schmerzen. Die leeren Zimmer, das fehlende Lachen der anderen Ritter des Vatikans, das früher an den Steinmauern verhallt war, wenn sich einer von ihnen einen derben Scherz erlaubt hatte, oder der Geruch von Bratfleisch aus dem Speisesaal auf den Fluren …

Jetzt stand das Haus leer und war totenstill.

Als Kimball sein Quartier betrat, setzte er sich zuerst auf das Bett und fuhr wie liebkosend mit einer Hand über den weichen Stoff der Decke. Er würde die Fachzeitschriften mit seiner Militärausrüstung in einen Seesack stecken.

Alles, was ich in meinem Leben vorzuzeigen habe, dachte er traurig. Viel war es nicht.

Nachdem er die Sachen eingepackt hatte, stellte er den Sack neben die Tür und blieb in der Mitte des Zimmers stehen. An einer Seite standen die kleine Bank zum Niederknien mit den Weihkerzen und das Pult mit der Bibel, auf der anderen ein breites Einzelbett mit Nachttisch und die Regale für seine Literatur. Es war beileibe nichts Luxuriöses, aber es war sein Zuhause gewesen. Er hätte hier nicht zufriedener sein können.

Schließlich trat er vor den Spiegel und betrachtete sich darin, wobei ihm plötzlich die Krähenfüße auffielen, die immer länger und tiefer wurden. Einem konnte er auf keinem Fall trotzen – dem Altern.

Was sollte er jetzt also tun?

Er fuhr sein Spiegelbild behutsam mit einer Hand nach.

Langsam bewegte er die Finger über das Kollar hinunter zu dem gestickten Abzeichen der Ritter des Vatikans auf der Brusttasche seines Priesterhemds, dem Tatzen-Kreuz – silbern auf Taubenblau – mit den Wappenlöwen, die es festhielten.

Es war eine schöne Zeit gewesen, schlussfolgerte er. Dann zog er das priesterliche Kragenband von seinem Hals und hielt es sich vor das Gesicht. Er betrachtete es lange und überlegte, was es ihm bedeutete. Treue über alles, außer Ehre. Schließlich legte er es behutsam auf die Bibel auf dem Pult und strich es sorgfältig glatt.

Nachdem er seinen Sack genommen hatte, warf Kimball einen letzten Blick auf alles, um es sich genau einzuprägen.

Das Fenster hoch oben an der Wand gegenüber zeigte die Jungfrau Maria mit offenen Armen. Es war eine einladende Geste der Bereitschaft, Bedürftige aufzunehmen.

Obwohl das Tageslicht allmählich schwand, fiel noch ein wenig Licht durch die Hände der Muttergottes auf den Priesterkragen – eine Szene wie aus der Bibel, ein strahlendes Fanal von ätherischer Wirkung.

Die Sonne ging nun unter. Und die Helligkeit auf dem Kollar wurde zusehends schwächer. Kimball nahm es mit leiser Ehrfurcht und schob es sorgfältig in eine seiner Taschen. Er erinnerte sich an die Abschiedsworte des Kardinals: *Vielleicht ruft die Pflicht Sie ja eines Tages wieder.*

Ihm war jedoch klar, dass es wahrscheinlich nicht dazu kommen würde.

Zuletzt rückte er noch sein Barett gerade, so wie es sich für einen Ritter des Vatikans geziemte, hob den Seesack auf, ging hinaus und schloss die Tür hinter sich. Er fragte sich, was er mit dem Rest seines Lebens anfangen sollte.

LUZIFER

VERLAG